Verlag Edition Hochfeld

Sommer am Bodensee. Die Bregenzer Festspiele stehen kurz vor der Eröffnung und die Anzug-, Kostüm- und Hutdichte nimmt unter den Besuchern, Gästen und Touristen deutlich zu. Ein überraschend heftiger Sturm rast von Süden über den See, fährt barsch in die linde Stimmung und entwurzelt zahlreiche Bäume entlang des Ufers. Am Tag nach dem Wüten wird im Lindenhofpark die Leiche eines Mannes aufgefunden. Bald erfahren Schielin und seine Kollegen, dass sie es nicht mit einem Opfer des Sturms zu tun haben – der Mann ist vergiftet worden.

J.M. Soedher (*1963, in Bad Königshofen) lebt und arbeitet als Schriftsteller in Augsburg und in Lindau (Bodensee). Er ist Autor der Krimireihen *Bucher ermittelt* und *Schielins Fälle*. Der Bodensee hat ihn ganz in den Bann gezogen und bildet inzwischen den Schwerpunkt seiner Publikationen. Weitere Informationen gibt es auf der Autoren-Website unter: *www.soedher.de*

Schielins siebter Fall

Seebühne

Verlag Edition Hochfeld

Von J.M. Soedher sind bisher erschienen:

in der Reihe Bucher ermittelt:
Der letzte Prediger
Requiem für eine Liebe
Im Schatten des Mönchs
Marienplatz de Compostela

in der Reihe Schielins Fälle:
Galgeninsel
Pulverturm
Heidenmauer
Hexenstein
Inselwächter
Hafenweihnacht
Seebühne

Rotkreuzplatz da Vinci

1. Auflage
Juli 2014
Verlag Edition Hochfeld, Augsburg

Umschlagkonzept und Gestaltung: Verlag Edition Hochfeld
Lektorat: Dr. Gotlind Blechschmidt, Kolektorat: Anja Hartmann
Satzherstellung: Amann, Memmingen
Kartenillustration: Pete Monaghan für das ›Atelier am See‹,
Lindau (Bodensee)
Gesamtherstellung: CPI – Ebner & Spiegel, Ulm
Printed in Germany

ISBN: 978-3-9816355-0-8
www.edition-hochfeld.de

Wo bittet unter euch ein Sohn den Vater ums Brot,
der ihm einen Stein dafür biete?
und, so er um einen Fisch bittet,
der ihm eine Schlange für den Fisch biete?

Lukas 11.11

Seebühne ist ein Kriminalroman.
Handlung und Personen sind frei erfunden.
Etwaige Namensgleichheiten oder Ähnlichkeiten
mit lebenden Personen oder Ereignissen
sind rein zufällig und unbeabsichtigt.
Dieses Buch eignet sich nicht als Reiseführer.

Sommerhitze

Still und träge lag der See unter einem Himmel, dessen tiefes Blau von keiner Wolke, von keinem Schleier gestört war. Der Blick nach Westen versank in diesem Azur und es wurde einem schummrig, wollte man die Linie bestimmen, an der sich das Wasser von der Luft schied. Solang das Jahr bislang auch grau und kalt gewesen war, traf nun im Juli eine Hitze auf Land und Menschen, die für Tage hinweg alles Leben hemmte. Die Nächte waren tropisch heiß und ließen keinen tiefen Schlaf in Körper und Seelen dringen, die beide noch die Kühle der letzten Wochen in sich trugen. Allein in der Morgendämmerung wehte eine leichte Brise, die eine Ahnung von Kühle verhieß; eine Ahnung, die blieb, was sie war –eine Vorstellung von Wirklichkeit.

In den hellen Stunden bis zum Mittag erstarb jeglicher Lufthauch und nur im Schatten alter Bäume war das *Im-Freien-Sein* überhaupt zu ertragen. Auf der Wasserfläche waren nur wenige Boote unterwegs, und an den Ufern klang selbst das von Bade- und Wasserlust beförderte Geschrei der Kinder weit gezähmter, als es das im Sommer sein sollte.

Im Lindenhofpark dämmerte die ewige Schar Sonnenhungriger ebenso dahin wie im Eichwaldbad oder um die wassernahen Stellen an den Schanzen oder auf der Hinteren Insel.

Auch wenn einem die Erinnerung vorspielte, diese Stimmung an diesem Ort in diesen Bildern und Motiven schon einmal erlebt zu haben, so zauberte dieses Erinnern nur ein Muster hervor, denn: Der See wiederholte sich nicht.

Der schneeglänzende Gipfel des Säntis ruhte wie seit

Vorzeiten über der weiten Fläche des Sees – jedoch stiller als sonst, und der Alltag verlangsamte sich über das Maß eines ohnehin existenten, südlichen Lebensgefühls hinaus.

Einige Tage waren so dahingegangen und es hätte ewig so bleiben können, denn die sommerliche Trägheit fühlte sich wohlig an.

*

Im Lindenhofpark, ein Stück abseits der breiten Rasenfläche, auf der sich ein buntes Mosaik aus Handtüchern und Matten ausbreitete, lag ein Mann auf einem großen blauen Handtuch. Sein Arm ruhte im weichen, duftenden Gras. Er hatte einen geschützten Platz für sich gewählt, im Schatten der alten Bäume.

Er lag reglos und wenn man die Gestalt länger betrachtete, als es höflich gewesen wäre, dann musste man feststellen, dass die Reglosigkeit den Zustand des Dösens und die des Schlafes überstieg. Neugierige Beobachter hätten gesehen, wie Ameisen über sein Gesicht krabbelten.

Eine schwarze Fliege brummte aufgeregt um ihn herum, setzte sich auf dem Gesicht ab, huschte über den Nasenrücken, flog wieder auf, landete erneut. So ging das viele Male.

War sie so aufgeregt, weil sie ihr Glück nicht fassen konnte?

*

Schielin hatte die Arbeit im Büro früher beendet und am Nachmittag den Weg von Aeschach mit dem Rad hinunter zum Kanuclub genommen, wo er im Schatten der alten Linden ein Gespräch führte. Es ging um einen Camper, der vor ein paar Tagen mit seinem Kajak hier vorbeigekommen war und eine Nacht im Klang- und Duftsaum des Sees verbracht hatte.

Auf der warmen Ufermauer aus Sandsteinquadern saß es sich bequem, denn unter dem dichten Geäst jahrhundertealter Linden breiteten sich kühlende Schattenflächen aus. Es duftete süß und der summende Chor arbeitsamer Bienen wurde zu einem schläfrigen Sommerlied. Einige Unentwegte mühten sich mit den Kajaks ab, paddelten um die Insel, nach Wasserburg – doch zu längeren Touren fehlte vielen der Antrieb.

Das Wasser zwischen Aeschacher Ufer und Inselhalle lag still, und unbemerkt in all dieser Schläfrigkeit war während des Nachmittags über den schweizerischen Hügeln ein grüngelber Dunst aufgezogen. Von Minute zu Minute wuchs die giftige Wolke aus einem imaginären Zentrum heraus nach allen Seiten, blieb undurchlässig und massiv und verdeckte bald das schweizerische Ufer. Je näher sie kam, verschwanden auch die Gipfel der höchsten Berge.

Von der Gerberschanze aus, dem Römerbad und der Hinteren Insel war das Bedrängende des Naturschauspiels gut zu beobachten. Am Aeschacher Ufer, wo Schielins Gespräch inzwischen bei weniger dienstlichen Belangen angekommen war, blieben diese Vorgänge zunächst unbemerkt. Bis, wie aus dem Nichts und ohne leise Vorboten, ohne Säuseln und Rascheln, ein bösartiger Windstoß in das Blattwerk der Linden fuhr und ein aufgeschrecktes Rauschen die Luft erfüllte. Die Gespräche erstarben; wer gedöst hatte, richtete die Augen zum Himmel – Veränderung lag in der Luft.

Die Sonne stand hoch über der Schachener Bucht und warf immer noch gleißendes Licht und tiefe Schatten. Nur dieser Wind, der nach einer ersten Böe unablässig blies, war ein Fremder in dieser Sommeridylle und er klang gefährlich.

Schielin packte sein Rad und begab sich gleich auf den Nachhauseweg, denn auf der Dienststelle gab es für ihn nichts mehr zu tun. Er hatte das Aeschacher Ufer kaum verlassen und radelte über die Hundweilerstraße und dem Bleicheweg Reutin zu, als ein Schatten bedrohlich schnell über das Festland hinwegbrach und die lebensfrohen Farben bis hinüber zum Pfänder löschte. Er trat schneller in die Pedale und sah zurück: Ein giftiges Gelb, von hässlichgrauen Schleiern durchzogen, hing über der Insel und wurde von immer heftiger werdenden Böen der Stadt zugetrieben. Schielin legte noch einmal zu; wenigstens saß ihm der Wind im Rücken, der ihn auf den schweißnassen Schulterblättern eine grelle Kühle spüren ließ und den Anstieg nach Motzach hochtrieb. Von der Sonne und dem blauen Himmel hatte das wie ein Untier nahende Wetter nichts übrig gelassen und rabiat griffen die Windstöße in die lebenssatten Bäume, drehten, wanden und schlugen Äste und Zweige umher, als gäbe es Sühne zu üben für eine Schuld. Ein erster Donner war im bösen Rauschen und Sausen kaum zu hören. Das kalte Leuchten eines Blitzes, der über der Szene aufschien, hatte Schielin horchen und zählen lassen: einundzwanzig, zweiundzwanzig, dreiundzwa…

So schnell, und noch dazu von Süden? Er stellte das Rad in den Schuppen und lief unter den Bäumen hindurch nach vorne zum Abhang. Drunten lag die Stadt. Nichts glänzte und leuchtete mehr. Leuchtturm, Münster, Sankt Stephan und die Spitze des Diebsturms ragten über den roten Dächern auf. Nirgends blitzte die Sturmwarnung an den bekannten Stellen entlang des Ufers auf. Was war da los?

Er ging zurück zum Haus. Sein Nachbar Albin Derdes

kam auch schon daher, mit seinen krummen alten Beinen. Er zog das rechte Bein stark nach. Wieso ließ er sich nicht endlich eine neue Hüfte einsetzen, wie es inzwischen so üblich war?

»Eine böse Sache gibt das, sag ich dir«, meinte Derdes etwas außer Atem, als er bei Schielin anlangte, »heut Nacht schon hab ich es in allen Glieder und Gelenken gespürt und vom Süden her ist noch nie was Gscheits kommen … ganz hinterhältig. Ich hab ja grad zuschauen können, wie der Säntis verschwunden ist.«

Schielin legte ihm kurz die Hand auf die Schulter und schwieg ansonsten. Mit der kleinen Geste war alles gesagt, ausgedrückt, gedankt und gelobt. Wozu Worte.

Ronsards Mehlschnauze leuchtete ihnen entgegen und er stand an seinem Lieblingsplatz, den Körper eng an den Stamm des alten Birnbaums gedrückt. Eine Szene, die Ruhe vermittelt hätte, wären da nicht diese vier aufgeregten dünnen Beine gewesen; mit ihnen trippelte Ronsard aufgeregt auf der Stelle und der kurze Eselschwanz wedelte wild umher. Jetzt, als er Schielin und Derdes sah, sog er einige Male gurgelnd Luft ein, legte die Ohren nach hinten und stieß, mit gegen den Himmel gerichtetem Maul, einen alles Sturmtoben übertönenden Eselschrei aus.

»Ist ja gut. Sind ja schon da!«, beruhigte Schielin und öffnete die Weide.

Sein Blick suchte nach den Friesen.

Die standen hinten am Waldrand, wo sie Schutz unter den weit überhängenden Ästen einer Schwarzerle suchten. Bei jedem Blitz und darauffolgendem Donner stoben sie aufgeregt zur Seite, trabten ein paar Meter eng nebeneinander, um gleich danach wieder unter dem Blätterdach zu verschwinden.

Das kann ja lustig werden, dachte Schielin.

Marja kam Gott sei Dank im gleichen Moment vom Haus her und half, die Vierbeiner die kurze Wegstrecke bis in den Stall zu bringen.

Die Südseite der Insel stand inzwischen unter der ganzen Wucht des Sturms. Vor dem Hafen, der Römer- und Gerberschanze brodelte und kochte das Wasser. Entfesselt zeigte der See sein anderes Gesicht und warf weiße Gischt gegen das Ufer, rüttelte und riss mit jähem Zorn an allem, was sich in und auf ihm befand. Im Segelhafen tanzten die Boote einen enthemmten Tanz, wurden von den Wellen hin und her geworfen und die Masten schlugen aufeinander ein, als kämpften überdimensionale Ritter einen wilden Kampf. Ein gleißender Blitz fuhr mit kaltem Zischen in die alte Trauerweide unweit der Spielbank. Hingerichtet und zerfetzt sank sie zusammen – ein ganzes Jahrhundert war dahin. Als hätte das Wetter Freude an der Zerstörung gefunden, fuhr es in andere Bäume. Die Dächer hielten noch stand und über dem Tosen lag ein hoher pfeifender Ton.

Eine Stunde wütete das Gewitter über der Stadt und sandte als letzten seiner apokalyptischen Reiter den Hagel. Als das Wüten endlich nachließ, bedeckte ein Teppich aus frischen grünen Blättern die Wasseroberfläche. Zusehends ermattete die Gewalt des Unwetters und, wie zur Versöhnung, riss im Westen das schwarze Wolkenband auf. Die Sonne tauchte die alten Mauern und Dächer in ein unwirkliches, grelles Licht. Ein Regenbogen spannte sich über Sankt Stephan und dem Münster auf. Es war wieder Frieden.

Vereinzelte Böen stieben durch die Straßen und Gassen, brachen sich an Hausecken. In Aeschach trat eine Frau nahe an das Küchenfenster, lugte nach links und rechts, prüfte den Zustand des Gartens und sah durch die Lücke zwischen den Nachbarhäusern hinüber nach Osten, wo der Pfänderrücken hervorschien, noch immer eingehüllt in dunkle Wolken, doch von den Weiden an seinem Fuße stiegen hell leuchtende Dunstschwaden empor.

Sie hörte Schritte hinter sich. Ohne den Blick vom Naturschauspiel zu wenden, fragte sie: »Ist das Dach in Ordnung … haben die Ziegel gehalten?«

Ein schlichtes »Mhm« beantwortete ihre Frage.

Sie trat vom Fenster weg und setzte die Arbeit fort, die sie zuvor unterbrochen hatte. Exakt schnitt sie die Tomaten, Gurken und Paprika in besonders kleine Stücke. Sie vollzog diese Tätigkeit mit konzentrierter Hingabe und eifrig – doch ohne Hast. Sie trug ein leichtes Sommerkleid aus hellem Stoff mit großblütigen, pastellfarbenen Blüten. Ein zartes Rosa dominierte. Die Schultern lagen frei und zeigten eine braune, zarte Haut. Die dunkelblonden Haare wurden von einem einfachen Band im Nacken zusammengehalten.

Sie griff zu einer Zwiebel. Hinter ihr klapperte es. Ihr Mann nahm die Teller aus dem Schrank.

Sorgfältig häutete sie die Zwiebel. »Norbert … ich möchte nicht, dass du dich mit meinem Vater über diese Sache streitest. Es ist die Sache doch nicht wert. Es ist ja nicht so, dass wir zusammenleben würden wie in einer gemeinsamen Wohnung und uns nicht aus dem Weg gehen könnten. Das wollte ich doch auch nicht. Es ist ein herrliches, großes Haus, jeder hätte seine Freiheit und wir hätten die eine Hälfte … was sage ich … weit mehr als die Hälfte … und er lebte sein eigenes Leben im anderen Teil. Überleg doch mal. Es hätte wirklich nur Vorteile für uns. Ich verstehe deine Vorbehalte einfach nicht, wo ihr beiden euch doch so gut versteht und wir dann zusammen viel mehr unternehmen könnten. Anna täte es auch gut, einen intensiveren Kontakt zu ihrem Opa zu bekommen, als es bisher der Fall war. Nach den letzten Jahren, die zum Teil so furchtbar waren … für mich bedeutete es viel, diese Annäherung an ein normales Familienleben. Wieso bist du auf so grundsätzliche Weise dagegen?«

Sie schob das Schneidebrett weg, drehte sich um und lehnte sich mit der Hüfte an die Arbeitsplatte. Ihre braunen Augen blickten ruhig auf ihren Mann, der umständlich mit dem Geschirr hantierte und dem Gespräch, der Situation und vor allem ihrem Blick ausweichen wollte. Jede seiner Bewegungen machte sein Unbehagen deutlich. Mehrmals schob er Teller und Besteck von einem Platz auf den anderen. Es gab kein Entkommen und er musste etwas sagen, obwohl ihm gar nicht nach Reden zumute war. Gerade war er wieder drüben im Arbeitszimmer gewesen und hatte auf dem Handy und im Notebook nachgesehen, ob vielleicht eine Nachricht eingegangen war – ohne Erfolg. Nichts. So war das nicht abgemacht.

Er sagte: »Ich weiß gar nicht, wo auf einmal diese Idee herkommt. Seit zwei Wochen geht es nur noch um dieses Haus. Wir leben doch gut und glücklich hier. Weshalb sollten wir unsere Situation ändern? Dein Vater hat sein Zuhause – und wir unseres. Wenn wir uns sehen wollen, so geht das innerhalb von Minuten. Esseratsweiler ist schließlich nicht aus der Welt. Ich bin der Meinung, unsere Situation kann gar nicht besser werden, und deshalb bin ich so ablehnend. Und dann der ganze Aufwand. Das Haus ist alt und müsste gründlich renoviert werden … der Umzug … und außerdem hat dein Vater überhaupt keine Lust seine Wohnung aufzugeben. Ich weiß nicht, weshalb du so Druck machst in dieser Angelegenheit.«

Sie lächelte. »Ach … er ziert sich ein wenig, aber das Haus gefällt ihm schon sehr. Ich habe es ihm gezeigt. Besonders der Garten hat es ihm angetan und es liegt so wunderschön. Es ist eine einmalige Chance und finanziell doch auch kein Risiko. Wir sollten das nutzen. Anna würde sich so wohlfühlen dort und wir hatten ja auch an ein zweites Kind gedacht.«

Er klang sarkastisch: »Ja sicher … Anna … fühlt sie sich hier etwa nicht wohl … ist unser Garten zu klein für zwei Kinder?«

Sie beschwichtigte. »Nein, natürlich ist das auch schön hier. Es ist nur so … ich lebe gedanklich bereits in diesem Haus, das mir als Kind schon immer so gefallen hat und vor dem Umzug habe ich keine Furcht. Wenn es so wäre, dass ihr beiden euch nicht verstehen würdet … es in der Vergangenheit Probleme oder Streit gegeben hätte, dann könnte ich deine Vorbehalte ja nachvollziehen, aber …«

»Ich habe sie nun mal und ich möchte mich jetzt nicht so schnell entscheiden müssen. Ein wenig Zeit brauche ich noch. Derzeit sehe ich das nach wie vor kritisch und ich fühle mich auch von der Situation überfahren, so plötzlich, wie du damit angekommen bist.«

Sie nickte. Ihre Lippen waren schmal geworden. Sie drehte sich wieder um und stückelte die Zwiebel.

Er ging hinaus.

Sie rief laut: »Sieh doch mal nach Anna. Es ist so still da hinten in ihrem Zimmer!«

Sie legte das Messer zur Seite, drehte sich um und sah hinüber zum Türrahmen, in dem ihr Mann gerade verschwunden war. Ihre Lippen lösten sich voneinander und ein zartes Lächeln schien auf. Ganz zum Schluss, bevor sie zum Küchenregal langte, um nach der Flasche mit Olivenöl zu greifen, hob sich für einen kurzen Moment ihre linke Oberlippe und machte damit das Lächeln zu einem Grinsen.

Es ging ihr inzwischen viel besser. Diese innere Unruhe, deren Ursache sie nicht bestimmen konnte, war gewichen. Das Zittern in der Brust, das Brennen im Bauch, die schlaflosen Nächte, dieser Blick auf die Depression und die Angst vor der Realität – all das war in dem Augenblick von ihr abgefallen, als sie Gewissheit erlangt hatte. Seit sie wusste, was ihre Realität war, ging es ihr besser und sie stellte fest, wie sehr ihre Ausgeglichenheit, ihre neu gefundene Ruhe und Kraft so verunsichernd auf Norbert wirkten. Am Anfang war sie sich selbst fremd gewesen.

Jetzt war er es, dessen Augen flackerten, der Dinge mehrfach in die Hand nahm, weglegte, um sie anschließend zu suchen, und der nachts wach lag. Nun – so war es, das Leben. Sie lächelte ihrem trüben Schatten in der glänzenden Küchentür zu und hätte fast vergnügt vor sich hin gesummt, doch das wäre nicht angemessen gewesen.

Sie sah auf die Uhr. Der Abend begann.

Vom Gang her war Annas Stimme zu hören. Klar, hell, durchdringend und mit jenem Ernst, den Fünfjährige ihren Sätzen, so belanglos sie sein mögen, beizugeben fähig sind.

Sie ging hinüber ins Bad, wusch sich die Hände und fuhr ein paar Mal mit dem Kamm durch die Haare. Ihr Abbild im Spiegel zeigte ihr eine Fremde.

Eine Schönheit im klassischen Sinne war sie nicht – aber ihre Erscheinung war besonders, ohne dass sie etwas hätte dafür tun müssen. Sie wusste selbst nicht mehr, wann ihr das bewusst geworden war, aber Menschen ließen ihre Blicke gerne auf ihr ruhen.

Sie war nicht dünn, war nicht dick, hatte keinen besonders filigranen Hals, oder lange Beine. Ihr Körper war wohlgeordnet, hatte vernünftige Proportionen und vermittelte eine sportlich-elegante Anmutung. Die langen glatten Haare schimmerten ins Dunkelblonde und sie ließ sie in einer solchen Länge, dass die Spitzen sanft die Schultern berührten. Sie mochte dieses Gefühl, diese Sanftheit im Nacken. Dabei strebte sie es nicht an, aus der Masse hervorzustechen, Blicke auf sich zu ziehen, was keinen besonderen Aufwand bedeutet hätte. Sie wusste um ihre Aura und hätte sie aktiv zur Geltung bringen können, ging aber mit den Anlagen ihres Körpers um wie ein reicher Mensch, der sich für seinen Reichtum nicht interessierte und sein Leben unauffällig gestaltete – jedoch immer in der Gewissheit lebte, reich zu sein. Ihre Augen, grün und braun, mit ihnen konnte sie fesseln.

Abrupt legte sie den Kamm auf die Ablage, als hätte sie etwas Falsches getan, und ging mit schnellen Schritten zurück in die Küche. Die fremde Frau im Spiegel machte sie nervös.

Sie trug die Salatschüssel hinaus zum Terrassentisch ordnete das Besteck an den Servietten aus, hielt kurz inne und betrachtete den Tisch. Es gefiel ihr. Jetzt, nach dem Sturm, nach diesem schrecklichen Getöse, war die Ruhe umso tiefer zu empfinden. Der Rasen lag voller Äste und grüner Blätter, die im vollen Leben abgerissen worden waren. Sie lächelte und wartete auf Anna und Norbert. Als er am Tisch stand und sein Blick prüfte, was noch fehlen könnte, umarmte sie ihn von hinten und schmiegte sich eng an ihn. Ihre Handflächen streichelten über seine Brust. »Du wirst sehen, es wird schön werden.«

»Ja, es wird schön werden!«, echote Anna laut und sprang herum, ohne zu wissen, was ihre Mutter meinte.

Er wand sich aus der Umarmung, als wäre sie ihm peinlich und unangenehm zugleich. Sie verzog den Mund zu einem spöttischen Grinsen und setzte sich aufgeräumt an den Tisch. »Einen guten Appetit, meine Lieben.«

Spät am Abend, es war schon dunkel geworden und sie wollte gerade ins Bett gehen, klingelte es an der Tür. Norbert war im Keller und sie lugte aus dem Küchenfenster hinaus, wer das jetzt noch sein konnte. Ein Mann und eine junge Frau standen da. Ihr Herz pochte heftig und ein kleiner heftiger Schwindel erfasste sie, sodass sie sich abstützen musste.

Vorsichtig öffnete sie die Tür. Der Mann sah vornehm aus, war stattlich, hatte graue lockige Haare, einen gepflegten Schnurrbart und leuchtende Augen. Seine Stimme dröhnte in tiefem Bass: »Frau Sahm?«

Sie nickte und sah ihn fragend an.

»Robert Funk, von der Kripo in Lindau«, sein Körper deutete eine Drehung an, »und das ist meine Kollegin Jasmin Gangbacher … könnten wir vielleicht kurz hineinkommen?«

Gift

Die Sonne stieg am nächsten Morgen über der Schesaplana auf und richtete ihre Strahlen von keiner Wolke, keinem Nebel gehindert, auf den See. Bregenz lag noch im Schatten, das Badhaus des Kaiserbads in Lochau erstrahlte matt als Solitär im gleißenden Morgenlicht. Im Süden ruhte unaufgeregt der Säntis und auf der Lindauer Insel teilte sich das Pflaster der engen Gassen in einen Streifen grellen Lichts und einen schwärzesten Schattens.

Im Besprechungsraum der Lindauer Kripo wogten die vertrauten erdwürzigen Aromen. Lydia Naber hatte die schwarze Brühe frisch aufgegossen; eine Morgenbesprechung ohne Kaffee war völlig undenkbar. Erich Gommert fehlte noch, weil er mit Hundle einen Tierarzttermin wahrnehmen musste, und sie hatte seine Aufgabe übernommen.

Jetzt rief zwar der Kaffeeduft lautlos zur Besprechung, doch Gommi und Hundle fehlten, was die Situation ungewohnt erscheinen ließ. Insbesondere die Ungewissheit darüber, was Hundle fehlte, beschäftigte sie im Stillen. So saßen Kimmel, Wenzel, Funk, Schielin und Jasmin Gangbacher in ihren Büros und lasen die Berichte, die hauptsächlich die Sturmfolgen des Vorabends auflisteten und einen Überblick über die entstandenen Schäden gaben.

Alles was ein Blaulicht hatte, war die ganze Nacht über unterwegs gewesen, um die drängendsten Schäden zu beheben, Keller auszupumpen, Bäume und Äste von Straßen und Wegen zu räumen, Dächer zu flicken und Verletzte zu versorgen. Der überraschend heftige Sturm hatte Verwüstung in die Stadt getragen. Vor allem Bäume waren dem

Wind und den Blitzen zum Opfer gefallen. Im Lindenhofpark fielen zwei alte Linden der Allee, am Uferweg zwischen Pulverturm und Pumpstation erwischte es drei alte Bäume und die erhabene Trauerweide jenseits der Fischergasse hatte ein Blitz regelrecht zerfetzt. Beindicke Äste von Linden, Kastanien und Buchen lagen herum – noch voll mit lebenssattem, grünem Laub. Es war ein Jammer. Die Reste des vorabendlichen Wütens hinterließen ihre Spuren nicht nur auf Straßen, Plätzen, Wegen und Gärten – auch die Gemüter befanden sich noch in aufgewühltem Zustand.

Lydia Naber stöhnte und klickte die Schadensauflistung weg. »All die schönen Bäume, und ausgerechnet die alte Trauerweide unten am See, weißt du, die hinter der Maxkaserne.«

Schielin nickte und sah über den Rand seiner Lesebrille.

»Die war schon so erhaben und alt, als ich ein Mädele war. Ich erinnere mich an Teeniezeiten, als man im Schutz der herabhängenden Blätter herrlich rumknutschen konnte.«

»Ja, ein verdammt alter Baum«, lästerte Schielin zweideutig.

Lydia ging nicht darauf ein und wechselte das Thema. »Sturm hin, Sturm her – im Grunde ist es aber doch ein Traumsommer, nicht wahr? Blauer Himmel, weiches Wasser, Wärme um einen herum ... jetzt bräuchte ich nur noch Karten für die Festspiele und mein Glück wäre perfekt. Letztes Jahr hat es schon nicht geklappt wegen dieser blöden Ermittlung ... ah ... und dieses Jahr die Zauberflöte – das muss schon sein. Wer weiß, wann die wieder mal in Bregenz gespielt wird und ob man dann noch am Leben ist.« Sie lamentierte weiter: »Bei uns geht es aber nur am nächsten Wochenende ... der Sonntagabend wäre ideal ... du hast nicht zufällig ...?«

Schielin schüttelte ungnädig den Kopf.

»Ach es ist zum … alles ausverkauft, nirgends kriegt man noch ein Kärtchen und das nur, weil mein Holder sich mal wieder nicht entscheiden konnte, der Herr Künstler … ich habe schon im Winter rumgeredet, gedrängt, geschoben, angeregt … mehrfach und energisch … aber nein, der Herr! Das nächste Mal besorge ich für mich alleine Karten, dann soll er zu Hause hocken bleiben und sonst was tun!« Sie tat ihren Ärger mit einer Handbewegung ab und schwieg schlecht gelaunt.

Schielins Augen hafteten an den Notizen zu dem Toten, den man am Vorabend aufgefunden hatte. Viel war den Vermerken nicht zu entnehmen und es nahm ihn nicht so in Besitz, dass er nicht noch Reserven gehabt hätte, Lydias Mann zu verteidigen: »Schimpf doch nicht auf deinen Allerliebsten – das ist doch ein ganz ein Netter.«

Das entfachte Lydia Nabers Glut wieder. »Du sagst es, ganz genau – ein Netter. Genauso ist es – das sagt meine Schwester auch immer, diese Giftziege.«

Schielin sah auf. »Was ist denn mit dir heute los!?«

Sie reckte den Kopf nach vorne. »Ja, was ist mit mir los? Ist doch wahr, Mensch! Es ist ja nicht, dass sie es überhaupt sagt, sondern wie oft und mit welchem Ton es dann daherkommt, wenn sie denn schon mal zu Besuch kommt, und – Gott ist mein Zeuge – ich bin nicht scharf drauf.« Sie nahm eine gekünstelte Haltung ein und wippte affektiert mit dem Oberkörper. »Was hast du nur für einen netten Mann, ja so ein netter Mann … tetetetete … ist so zuvorkommend und immer so leger. Ganz ein Künstler.« Lydia Naber sackte zusammen. »Verstehst du? Leger! Das heißt bei ihr: schlampig. Zu den Ohren kommt es mir schon raus. Sie – mit ihrem vorzeitig senil gewordenen Provinzbankdirektor mit den vielen gesellschaftlichen Verpflichtungen, die sie, meine

Schwester, zwingen, auf eine entsprechende Garderobe zurückgreifen zu können, müssen, sollen. Das hat sie beim letzten Mal an mich hingeschmiert … entsprechende Garderobe … zurückgreifen können … und ich kam mir blöd vor in der alten Jeans und der beigen Bluse, die ich anhatte und mich wohl darin fühlte – und das hat mich dann noch mehr geärgert, dass ich mir blöd

vorkam in den Klamotten, die ich am liebsten trage. Verstehst du!? Natürlich nicht. Was frage ich überhaupt.«

Noch einmal ließ sie ein lautes »Giftziege!« hören. »Stell dir vor! Kommt sie an und hat nichts anderes zu tun, als unserem lieben Sohn – nebenbei bemerkt, er ist ein fünfzehnjähriger pubertärer Kotzbrocken – einen Golfkurs zu schenken. Golf! Mein Kleiner!? Was hältst du davon? Das ist doch krank, oder? Ich kenne Leute, deren Persönlichkeit keine andere Sportart zulässt als Golf. Meine Schwester aber und ihr kaulquappengleicher Direktor stolzieren einzig und allein aus gesellschaftlichen Gründen zwischen all den Löchern herum. Schon ihr hochgestochenes Geschwätz animiert mich zum Fremdschämen!«

Schielin murmelte etwas Unverständliches, ließ es aber versöhnlich klingen und konzentrierte sich ganz auf den Bildschirm.

»Brauchst gar nicht so zu tun, als ginge dich das alles nicht an, gell! Wie war denn das vor so etwa drei, vier Wochen am Montagmorgen? Was habe ich denn da vom Herrn Kollegen Schielin hören müssen, über das schöne Wochenende, an dem die Schwägerin aus Luzern zu Besuch war. Ja, aber hoppla. Wie war das noch mal, was hat er da von sich gegeben – das mit dem Sport und der Schönheit?«

Schielin sank nach hinten und zog eine Grimasse. »Nein, es ging nicht um Schönheit – von Ästhetik hat sie gesprochen.«

Lydia lachte laut auf und warf sich nach hinten in den Bürostuhl. »Genau! Ästhetik – das war es! Auch 'ne Giftziege, diese Dame.«

Schielin verzog den Mund, um seine reflexhafte Zustimmung zu unterbinden.

»Was hat sie da noch mal geäußert, was war das?«, fragte sie böse lachend.

Er richtete sich im Stuhl auf. »Es ging um sportliche Betätigung und sie sagte, sie würde drei Mal in der Woche zum Reiten gehen, worauf ich erwiderte, ich hielte nichts von zu heftigem Sport und würde meine Spaziergänge mit Ronsard aus vollem Herzen genießen.«

Lydia wieherte und ließ das Geräusch in Lachen übergehen. »Genau – das war es. Und dann hat sie …«

»… dann hat sie ihren irritierten Blick aufgesetzt und pikiert festgestellt, dass es ihr beim Reiten nicht allein um die körperliche Fitness gehe – mindestens ebenso bedeutsam sei für sie dabei der *ästhetische Aspekt*, der sich aus dem Zusammenwirken von Mensch und Tier ergäbe.«

»Ahh – so eine Giftziege, oder? Das war doch voll gegen dein allerliebstes Eselchen gerichtet – der *ästhetische Aspekt des Zusammenwirkens.*«

»Danke. Ich kann ja nicht gemeint gewesen sein. So ein stolzes, anmutiges Ross macht schon was her, das muss man zugeben«, er machte eine wegwerfende Handbewegung, »ist ja egal. Für dieses Jahr ist der Besuch wieder überstanden und ich fahre nicht mit in die Schweiz. Marja nimmt die Kleine mit und ich verbringe ein paar schöne Tage.«

Lydia Naber ging nicht darauf ein, stützte den Kopf auf die Hand und sah versonnen zur Decke. Ihre Stimme klang nun weich. »Ach weißt du, die Zauberflöte in Bregenz, eine warme Sommernacht, die Esplanade vor dem Festspielhaus entlangschlendern, ein Weinchen trinken, vielleicht noch eine Kleinigkeit essen – es ist mir einfach ein Herzenswunsch und nicht einfach so, dass ich halt da gewesen sein möchte, um da gewesen zu sein – verstehst du? Es ist mehr – es ist ein ernsthaft tiefer Wunsch und ich wäre bereit, dafür sogar auf Urlaub zu verzichten.« Sie richtete sich auf und senkte ihre Stimme. »Ich kenne eine Frau aus Amtzell … stell dir vor, Amtzell! Die ist mit ihrem Mann letztes Jahr ins Hotel Bad Schachen für ein Wochenende, von dort mit dem Schiff hinüber zu den Festspielen und dann noch ein weiterer Tag im Hotel zum Genießen … finde ich toll. Aus Amtzell! Die hätten auch locker heimfahren können – aber nein, sie gönnen sich das volle Lebenslustpaket.«

Schielin lächelte und sah sie an. »Du warst beim Friseur«, stellte er fest.

Sie drehte den Kopf. »Ich dachte schon, es merkt gar keiner mehr. Und, gefällt's dir?«

»Schaut gut aus, ja.«

»Siehst du, das ist auch so was. Du merkst das wenigstens. Mein *Netter,* bei dem könnte ich die blonden Haare grün färben, mit 'nem leuchtend roten Mittelscheitel – er käme daher mit seinem künstlerisch versonnenen Blick, würde sagen: ›Du Liebes, weißt du vielleicht, wo mein Hemd ist, das helle mit den kurzen Ärmeln?‹ Ich würde sagen: ›Meinst du das helle mit den kurzen Ärmeln, den eingerissenen Seiten und den braun-schwarzen Flecken vorne, die nicht mehr rausgehen?‹

Er würde mich ansehen, seine Augen leuchteten und er würde freudig sagen: ›Ja, genau das.‹

Ich würde antworten: ›Das habe ich letztes Jahr weggeschmissen, weil ich es als Kriminalhauptkommissarin nicht mehr verantworten konnte, dich mit diesem Fetzen rumlaufen zu lassen.‹

Und er? Er würde traurig schauen und sagen: ›Ach schade, Liebes. In dem Hemd hatte ich immer so gute Ideen‹; würde mir einen Kuss auf die Stirn geben, sich umdrehen und gehen. Und ich dumme Kuh käme mir schuldig vor, weil ich einen alten Fetzen von ihm weggeschmissen habe, in dem er immer so gute Ideen gehabt hat. So ist das! Ich frage mich, weshalb Ehen überhaupt funktionieren.«

»Na wegen der Liebe, hinter all dem Kram«, sagte Schielin.

Lydia Naber schnaubte und sah ihn skeptisch an. »Wird wohl so sein … wird wohl so sein.«

»Apropos Ideen. Wie läuft die Kunst denn so?«, fragte Schielin ehrlich interessiert.

Lydia Naber konnte das Lächeln nicht zurückhalten, das über ihrem Gesicht aufzog. »Als geborene und bekennende Schwäbin muss ich sagen, dass nach all der mühevollen Arbeit, den menschenverachtenden Steuern und Abgaben, den ständig steigenden Lebenshaltungskosten – und überhaupt –, kaum etwas zum Leben übrig bleibt, im Grunde ist es ein Draufzahlgeschäft.«

»So gut!?«, entfuhr es Schielin.

Sie wiegte den Kopf und senkte die Stimme: »Ich glaub es manchmal gar nicht. Da hat er diesen teuren Marmor gekauft, der uns fast einen frierenden Winter, kein neues Auto und hungrige Tage gebracht hat …«

»Na … na … na … na!«, rügte Schielin.

»… und aus dem Marmor hat er Stelen gemacht. Erst geschlagen, dann geglättet. Wunderschön. Ich frage mich immer, was bloß in seinem Kopf los ist? Und die Leute kaufen das Zeug … also die mit den entsprechenden Gärten, Häusern und Konten. Neulich war ich mal beim Aufstellen dabei und habe einen dieser Gartenwälder gesehen. Einfach herrlich! Der Typ, ein Steuerberater, hatte ihn sich nach

Plänen des Gartens von Max Liebermann anlegen lassen. Und mittendrin eine Marmorstele von meinem Allerbesten. Oh, war ich stolz! Es ist wirklich so, als sammle dieser schlichte, geradlinige Stein alle Energie. Man kann gar nicht anders als ihn anzusehen, und in der Tat, es macht einen ruhiger, auf diesen Punkt zu blicken, und aus einem mir nicht bekannten Grund gelingt es einem auch nicht den Blick vorbeizuführen. Seltsam. Psychologie.«

Schielin kommentierte boshaft: »Ich weiß schon, was dich an der Angelegenheit ruhig macht: der Zahlungseingang. Der macht dich ruhiger.«

»Ja, das auch …«, gab sie unumwunden zu, »… einer muss ja auf die administrativen Dinge des Lebens achten. Im Moment ist es sogar so, dass zu viele Leute sterben und ihn diese öden Grabsteine an der Kunst hindern. Du kannst dir nicht vorstellen, was die Leute heutzutage für Grabsteine wollen. Tutanchamun würde da blass.«

Schielin lachte: »Das habe ich mir auch schon gedacht, wenn man so über die Friedhöfe läuft. Und was die Zauberflöte angeht … ich höre mich da mal um. Vielleicht klappt es ja noch mit den Karten. Ich würde mich freuen für dich.«

»Bist ein Schatz. Wir müssen halt mit den Abgründen der Menschheit zurechtkommen und haben auch noch eine Giftziegenverwandtschaft. Es ist ungerecht verteilt.«

*

Alsbald war Gommis Stimme zu vernehmen und das helle Tapsen von Hundles Pfoten auf dem Holzboden. Die Ankunft der beiden lockte die anderen zum vertrauten Ritual in den Besprechungsraum. Kimmel hatte seinen düsteren Chefblick aufgelegt, Robert Funk grinste vergnügt in die

Runde und ließ ab und an seinen fröhlichen Bass hören. Wenzel hatte sich in die Ecke gezwängt und bedeutete Jasmin Gangbacher, ihm die Milch aus dem Kühlschrank zu holen. Lydia Naber balancierte die volle Kaffeekanne und Schielin hockte sich stumm neben Kimmel an die Kopfseite des Tisches. Ein Gespräch wollte zunächst nicht so recht aufkommen und es brauchte eine kurze Zeit, bis Kimmel die Runde offiziell eröffnete. »Was hat es denn, des Vieh, des teure?«, richtete er seine erste Frage an Erich Gommert.

Der machte eine beschwichtigende Handbewegung. »Nix Schlimmes, nur mit dem Magen halt.«

»Magen?!«, dröhnte Kimmel, »überfressen ist er!«

»Ah … überfressen doch net. Zu viel Stress! Er kriegt jetzt Tabletten und dann wird er wieder fixer und liegt net immer nur so in der Ecke rum.«

Wenzel giftete dazwischen: »Stress!? Tabletten?! Des Hundle? Nur weil er immer so lack umananderliegt? Das hat doch mit dem Magen nichts zu tun. Das treue Tier macht's einfach seinem Herrle nach.«

Gommi ließ sich nicht irritieren. »Ihr werdet schon sehen, des wird jetzt ein ganz ein fixer Hund mit denne Tabletten do, und billig sind die Dinger auch net.«

Wenzel, der allenthalben die Gelegenheit nutzte, Gommi zu trietzen, ließ nicht locker. »Nimm doch auch ein paar davon, dann wirst du vielleicht auch fixer!«

Robert Funk streute sarkastisch ein: »Na, ich weiß ja nicht so recht, ob das zu uns passt, so ein lebhaftes Hundle. Hoffentlich bringt er keine Unruhe rein. Mich hat das bislang überhaupt nicht gestört, wenn er so rumliegt. Ganz im Gegenteil.«

Gommi meinte, völlig aus dem Zusammenhang gerissen: »Ich finde, er hält seine Figur ganz gut, unser Hundle. Aber wir! – wir werden immer schwerer, immer schwerer, sag ich euch.«

Lydia Naber fühlte sich irgendwie angesprochen und sah an sich herunter. »Wie kommst du denn da drauf?! So viel, dass man es sehen könnte, habe ich nun wirklich nicht zugenommen«, mokierte sie sich.

»Aber nein. Das hat doch nichts mit dir zu tun. Schaut euch doch um – überall Matratzenläden. Früher, da war alle drei Meter eine Drogerie, dann ein Parfümladen. Heute kannst du keine drei Schritte gehen, ohne nicht vor einem Matratzenladen zu stehen. Das Zeug muss doch jemand kaufen, es muss sich doch rentieren, oder etwa nicht!? Also – wir werden schwerer, so als Gesellschaft halt, und liegen die Matratzen schneller durch. Ist doch logisch.«

Schielin verzog das Gesicht. Wenzel wusste nicht, was er zu Gommis Theorie sagen sollte, und Lydia Naber sah ihn konsterniert an. »Manchmal täte es mich schon interessieren, was dir so durch den Kopf geht, aber im Grunde will ich es auch gar nicht wissen … Matratzenläden! Wir werden alle schwerer! Du kommst vielleicht auf Zeug!«

Kimmel wusste nun über die Beschwerden von Hundle Bescheid und über die Bedeutung von Matratzenläden. Er brach die Diskussion ab und berichtete in nüchternen Worten von dem, was seit dem Vortag geschehen war. Der Sturm hatte die Kollegen von der Polizeiinspektion die ganze Nacht über beschäftigt. Verletzte hatte es keine gegeben und es war vorwiegend darum gegangen die vielen Gefahrenstellen zu sichern, die durch umgestürzte, entwurzelte Bäume oder herabgestürzte Äste entstanden waren. Die Feuerwehr war bis in die frühen Morgenstunden mit Sägen und Seilwinden unterwegs gewesen. Jetzt, am Morgen, liefen die Aufräumarbeiten weiter und aus allen Ecken war das fräsende Geräusch von Kettensägen zu hören.

»Ja, und die Kollegen von drüben bedanken sich für die Unterstützung in der Sache mit dem Toten. Das hat die stark entlastet.«

Schielin horchte auf.

Mit einer Handbewegung übergab Kimmel das Wort an Robert Funk. »Ja. Das war eine seltsame Sache. Jasmin und ich waren ja gestern Abend noch hiergeblieben, als sich das Unwetter ankündigte. Wir hätten es mit den Rädern auch beide gar nicht mehr nach Hause geschafft. Kurz nach acht, ich war schon am Gehen, kam der Anruf von drüben ... die hatten ja mitgekriegt, dass wir noch hier waren. Nun gut.«

Gommi jammerte: »Ja des macht mer doch auch net, oder? Bei so einem Sturm im Lindenhofpark unterwegs ... grad wo da lauter alte Bäum rumstehen und wo es sogar die alten Linden umlegt ... des ist doch selbstmörderisch ...«

Funk korrigierte ihn: »Er ist nicht erschlagen worden, Gommi. Einer der Stadtgärtner ist vor Ort gefahren, nachdem die Meldung von den zwei entwurzelten Linden an der Allee eingegangen war. So alte herrliche Bäume, einfach umgedrückt, mitsamt den Wurzelstöcken. Dabei standen die gar nicht seeseitig, sondern in der Reihe dahinter. Na ja ... egal jetzt. Er hat oben an der Friedensvilla geparkt und ist von dort quer durch den Park gelaufen, wo er auf halbem Weg auf den Toten gestoßen ist. Ein Stück unterhalb der Villa, etwas versteckt auf der Ostseite, da ist er gelegen. Der Notarzt war recht schnell vor Ort, konnte aber nichts mehr machen. Seltsame Sache. Keinerlei äußere Merkmale von Verletzungen festzustellen, insgesamt aber eine ungewöhnliche Auffindesituation. Sie haben dann ganz richtig die Streife verständigt, und die dann uns.«

»Mhm … gut, Robert … kann man denn schon was über die Todesursache sagen?«, wollte Schielin wissen.

Robert Funk zuckte mit den Schultern. »Wir haben die Leichenschau im Krankenhaus mit dem Notarzt zusammen durchgeführt. Auch da war nichts Ungewöhnliches zu erkennen und die Umstände wiesen auf plötzlichen Herztod hin, oder in Richtung Hirnblutung … was es halt so alles Normales gibt.«

Schielin bemerkte den Zweifel, der in Robert Funks Stimme mitschwang.

Er fragte: »Es scheint aber nicht alles so ganz schlüssig zu sein, oder?«

»Na ja! An einem konkreten Merkmal kann ich es nicht festmachen. Es sind eher die Umstände, die so außergewöhnlich sind, die gesamte Situation. Wir haben uns jedenfalls dazu entschlossen, eine Obduktion durchführen zu lassen, um etwaige Zweifel auszuräumen. Die Staatsanwaltschaft hat zugestimmt.«

»Habt ihr die Identität des Toten schon klären können?«, fragte Lydia Naber.

Jasmin Gangbacher, die bislang geschwiegen hatte, blätterte in ihrem Notizbuch. »Ja. Im Jackett hatte er eine Brieftasche: Personalausweis, Führerschein und Kreditkarten. In der Geldbörse haben wir einen Fahrschein der BSB gefunden: Bregenz – Bad Schachen. Es handelt sich bei dem Toten um einen gewissen Martin Banger, fünfundfünfzig Jahre alt, wohnt in Esseratsweiler … Tschuldigung … *wohnte* in Esseratsweiler, war von Beruf Modellbauer und er hat wohl ein Atelier, oder wie immer man das nennt, auf der Insel. Mhm … Modellbauer … darunter kann ich mir gar nichts vorstellen, aber es steht so auf seiner Visitenkarte. Wir haben einen Brief bei ihm gefunden, recht kurz, aber aus dem Inhalt ging hervor, dass seine Tochter die Absenderin war … sie hatte brav ihre Adresse auf dem Kuvert vermerkt und wir waren noch am Abend bei ihr zu Hause. Sie wohnt mit ihrer Familie gleich hier um die Ecke, in Aeschach. Eine junge Frau, verheiratet, ein kleines Mädchen, etwa fünf Jahre alt. Sie war völlig fertig, als wir ihr die Todesnachricht überbracht haben.«

»Ihr Mann auch«, ergänzte Robert Funk, »den hat das auch ganz schön mitgenommen. Wie es halt so ist. Wir sind mit den beiden raus zum Krankenhaus gefahren. Das war unkompliziert … sie hat gleich nach dem ersten Erschrecken gefragt, ob sie ihren Vater sehen könnte, und ihr Mann wollte auch dabei sein. Sonst ist das ja immer so ein Akt, bis man jemanden so weit hat. Jasmin hat sich in der Zeit um die Kleine gekümmert und ich bin mit den beiden rein. Seine Identität ist also zweifelsfrei geklärt.«

»Habt ihr dokumentiert?«, fragte Lydia Naber und erntete einen strafenden Blick von Jasmin Gangbacher. »Ja natürlich. Sogar gefilmt.«

»Wie heißt sie denn, die Tochter?«, fragte Schielin.

»Silvia Sahm, gerade vierunddreißig Jahre alt geworden, ihr Mann Norbert Sahm ist ein paar Jahre älter. Sie hat Archäologie studiert. Ist zu Hause und kümmert sich um die Tochter. Ihr Mann ist Vertriebsleiter bei *Frigoplan*, ein Maschinenbauer aus Ulm. Viel unterwegs … international.«

»Frigoplan?«, wiederholte Wenzel, »klingt eher nach fliegendem Kühlschrank als nach Maschinenbauer.«

Gommi lachte meckernd.

Kimmel war zufrieden. »Gut, dann warten wir die Ergebnisse der Obduktion ab. Robert hat ja ab nächster Woche Urlaub. Ich würde sagen, ihr übernehmt das.« Sein Blick traf auf Schielin und wanderte zu Lydia. Er brummte: »So wie es aussieht, wird da ja nichts nachkommen – Leichenfreigabe von der Staatsanwaltschaft und fertig.«

»Wo wird denn obduziert?«, wollte Schielin wissen, dessen Gedanken am Namen *Martin Banger* festhingen... Martin Banger – irgendwo hatte er diesen Namen schon einmal gehört, doch konnte er noch kein Gesicht, kein Geschehen damit verbinden.

Kimmel musste in den Unterlagen suchen. »Rechtsmedizin Ulm.«

Dann legte er die Sache mit dem Toten beiseite und sprach die anderen Themen an. Es gab genug davon, denn die Stadt war voll mit Gästen. Die Hotels waren ausgebucht, das Wasser hatte Badetemperatur erreicht und eine weitere Jahreszeit hatte begonnen: die Festspielzeit. Sie erfasste den gesamten Obersee; weit über das Epizentrum Bregenz hinaus strahlte der sommerliche Glanz der Festspiele. Auch Lindau war erfasst von diesem wohligen Rausch, diesem Erregungszustand, der von der Bregenzer Seebühne bis hierher wirkte und die Gassen und Straßen, die Plätze, Hotels, Cafés und Restaurants mit einem ganz besonderen Publikum füllte. Outdoorklamotten gerieten in der öffentlichen Wahrnehmung mit einem Mal in Unterzahl, und Kostüme, Anzüge, Kleider und dezenter Schmuck taten den wenig verwöhnten Augen gut. Das Mondäne gewann für kurze Zeit Oberhand – und eine andere Sprache, andere Blicke und Gesten erfüllten den öffentlichen Raum. Die Hutdichte nahm zu, das Geschrei ab.

Kimmel wedelte mit einem Papierstoß herum. »Unsere Freunde, die Taschendiebe, sind wieder unterwegs. In den letzten drei Tagen waren es vier ausgeräumte Handtaschen rund um den Hafen und drei Uhren in der Grub. Drei Uhren – direkt vom Handgelenk weggeklaut, ja wo sind wir denn! Immer die gleiche Tour. Eine junge Frau fragt in gebrochenem Deutsch nach dem Weg. Ein Mann kommt hinzu, mischt sich erklärend ein, man redet, diskutiert, es folgt die Verabschiedung: Uhr weg, Geldbeutel weg, Handy weg! Unglaublich, oder!? Und keiner von diesen Opfern ist in der Lage, eine vernünftige Personenbeschreibung abzugeben? Einmal ist die Frau blond, dann brünett, lang, dünn, klein, groß …«

Lydia lachte hämisch: »Profis eben.«

Schielin war zerknirscht. »Ich habe auch zwei Zeugen vernommen … ein Ehepaar. Die fast zum Streiten gekommen sind, als ich nach der Personenbeschreibung der Dame fragte. Die hatten völlig unterschiedliche Wahrnehmungen. Er bestand darauf, es hätte sich um einen korpulenten Mann mittleren Alters mit glatten Haaren gehandelt. Sie hat einen jungen mit dunkelblonden Haaren gesehen und die junge Frau hätte rote, glatte Haare gehabt. Was feststeht: Es ist ein Pärchen unterwegs. Die arbeiten zusammen.«

Wenzel ergänzte: »Mir ging es ähnlich. Mit den Zeugen kommen wir nicht weiter.«

»Lydia hat recht – Profis«, sagte Robert Funk.

»Wer hat einen Vorschlag, wie wir das angehen!?«, warf Kimmel in die Runde.

Wenzel meldete sich: »Präsenz, würde ich sagen. Ich habe schon eine Bildtafel mit bekannten Verdächtigen angefertigt. Eine Rothaarige ist da nicht dabei, aber das will nichts heißen. Ich werde mal die Hotels damit abklappern und auch gleich die Gästelisten durchgehen, wobei die Typen nicht so blöd sein werden unter ihrem Echtnamen einzuchecken. Spätestens wenn die Lumpen abreisen und der Zechbetrug auffliegt, erfahren wir, wo sie ihren Unterschlupf hatten.«

»Wenn es überhaupt angezeigt wird«, schränkte Funk ein, »manchen ist das peinlich und sie schreiben den Verlust einfach ab, oder … das habe ich auch schon erlebt … bekommen plötzlich Mitleid.«

Er lächelte versonnen. Das Wort *Taschendieb* ließ ihn fast wehmütig werden. Jahrelang hatte es das nicht mehr gegeben – diese feine, kunstvoll ausgeführte Verbrechensform. Handtaschenräuber und Einbrecher fand er persönlich widerwärtig, weil er dem rohen Eintreten, Einschlagen oder Aufbrechen von Fenstern und Türen nichts abgewinnen konnte und die sich daran anschließenden Ermittlungen langweilig verliefen, nach Schema F: Spuren sichern, Nachbarn befragen, Schaden feststellen, Bericht schreiben. Routine eben. Sein ästhetisches Gefühl wurde davon genauso wenig angeregt wie sein kriminalistischer Ehrgeiz.

Bei Taschendieben war das anders. Es erforderte Esprit, um ihnen nahe und gar auf die Schliche zu kommen. Es war eine Kunst, sie zu identifizieren, wenn sie in ihrem natürlichen Schutzraum – der Menschenmenge – unterwegs waren. Vor Jahren noch hatte diese kriminelle Kunst fast vor dem *Aus* gestanden und einer der Kriminalistikdozenten in Ainring hatte eine etwas spröde, wenn auch nachvollziehbare Erklärung für diese Erscheinung formuliert: Der Klettverschluss sei der natürliche Feind des Taschendiebs, lautete seine einfache Wahrheit. Zum Glück hatten die Hersteller diverser Accessoires wieder zu diebstahlfreundlichen Verschlüssen gewechselt. Magnetknöpfchen, Federklemmen und anderes Zeug ließen sich dekorativ gut in Szene setzen und vermittelten eine wertigere Anmutung.

Wenzel stimmte zu: »Das Pärchen kundschaftet gekonnt aus: In den Handtaschen befanden sich hohe Bargeldbeträge, in einer war sogar wertvoller Schmuck und die Opfer sind allesamt Gäste in Hotels auf der Insel. Ich vermute mal, unsere Zielpersonen hocken da mittendrin und kundschaften ihre Opfer vor Ort aus. Vier hatten kurz zuvor Geld am Bankautomaten abgehoben – Sparkasse, vis-à-vis dem Bahnhof –, und die Uhren, eine wie die andere hochwertig und echt, nicht so Thailand-Blechdinger. Die Typen kennen sich aus.«

Kimmel nickte zustimmend. Das war eine gute Idee, die Hotels abzuklappern und eine Fototafel von bekannten Verdächtigen mitzunehmen, die Augen aufzumachen, das passte. »Aber den Kaffee selber zahlen, es gibt keine Spesen!«, murrte er.

»Dann eben Cognac«, konterte Wenzel.

Silvia Sahm hielt sich im Kinderzimmer auf. Der Holzwürfel, auf dem sie saß, war viel zu klein, doch schon eine ganze Weile hockte sie gedankenversunken da. Anna war mit Norbert draußen im Garten.

Die Nacht war anstrengend gewesen; ohne Schlaf und voller verrückter Gedanken, die einen Anfang hatten und doch nie zu einem Ende, zu einem Ergebnis gelangten, stattdessen ihrerseits neue Einbildungen gebaren. Eine schreckliche Nacht. Norbert hätte heute wieder einen Termin gehabt, war aber zu Hause geblieben. Noch nie hatte er bislang einen Termin abgesagt.

Auch nicht nach der Geburt von Anna, als es ihr so schlecht gegangen war – körperlich und seelisch –, da war er trotzdem nach Singapur geflogen.

Sie lächelte. Was einem manchmal so alles einfiel, das über Jahre vergessen in einem toten Winkel der Erinnerung herumlag und unerwartet zum Leben erweckt wurde, und wie lebendig es dann vor einem stand: Situationen, Gespräche, Blicke, Menschen mit ihren Eigenarten, Räume mit Einrichtung, Gerüche und Geräusche. Schon seltsam, dieses Erinnerungsvermögen.

Sie reckte den Kopf und linste über die Fensterkante nach unten. Anna saß auf der Schaukel, Norbert am Terrassentisch. Den Kopf in die Hände gestützt. Oh, es ging ihm schlecht. Die kleine, penibel gepflegte Rasenfläche leuchtete in unverschämt grünem Grün. Die gelben Taglilien reckten ihre Stängel vom Rand her weit hinein über die Rasenfläche. Er mochte das nicht. Es störte sein symmetrisches Empfinden.

Der Abend gestern. Da hatte sie es wieder erleben müssen. Polizei an der Tür. Wie damals … bei Mutter.

Sie fasste mit ihren Händen an die Schultern, als gäbe ihr diese Selbstumarmung Schutz vor der Erinnerung.

Diese Entschlossenheit und Klarheit, mit welcher der Polizist formulierte und eine so schlichte wie furchtbare Wahrheit ausgesprochen hatte. Es ist ein großer Schrecken, ein solches Erleben.

Die Wahrheit, einmal ausgesprochen, lässt den Schrecken nicht größer und gewaltiger werden – ganz im Gegenteil. Wenn ausgesprochen ist, was Realität ist, dann wird das Schaudern weniger gewaltig, gewinnt aber größere Fläche. Ja – es ist gut, wenn die Wahrheit gesagt ist. Sie nickte in den Raum und stimmte ihren Gedanken zu. Wie ein Ballon, der kurz vor dem Platzen stand, hatte sich ihre Seele gefühlt, und die Nachricht ihres Vaters Tod hatte Entlastung verschafft.

In der Leichenhalle war es frisch gewesen. Das harmonierte mit Norberts Kühle und der Kälte, die sie wie einen Eisblock in sich fühlte.

Die Polizisten hatten genau beobachtet und hinter ihrer

Behutsamkeit, hinter ihren warmen, klaren Worten lauerten eiskalte Gedanken.

Sie hatte Anna nur ungern dieser jungen Polizistin überlassen, dieser gertenschlanken Schwarzhaarigen mit dem Mädchengesicht und dem lauernden Blick, der ihr Angst machte.

Wenigstens hatte sie Anna nicht ausgefragt, wie sie danach herausbekommen hatte. Wenigstens das.

Vater hatte tot auf dem blinkenden Stahltisch gelegen. Sein Anblick hatte sie ruhig werden lassen. Sie hatte ihm über die Haare gestreichelt.

Norbert hatte nur geheult. Schrecklich.

Sie sah jetzt wieder hinunter in den Garten. Die Sonne schien und warf harte Schatten. Anna schaukelte verträumt und traurig, ohne Schwung und Energie. Norbert hockte immer noch da. Sie blieb ein Stück vom Fenster zurück, um nicht gesehen zu werden.

Es überraschte sie, wie schnell der Verfall kam, wie deutlich die Isolation hervortrat. Anna konnte da nicht helfen.

Sie wollte aufstehen, doch fühlte sie keine Kraft dazu in den Beinen. Sie musste etwas essen, etwas trinken, brauchte Energie, für das, was kommen würde. Sie zwang sich an das Haus zu denken, an den großen Garten, die schönen Räume. Sie war verliebt in dieses Haus – vom ersten Tag an. Nächste Woche wollte sie den Vertrag unterschreiben. Eine solche Chance bekam man nicht so schnell wieder.

Der Polizist hatte gestern noch davon geredet, dass sie unter Umständen eine Obduktion durchführen wollten und sie Bescheid bekämen, wann sie sich um die Beerdigungsangelegenheiten kümmern könnten. Kümmern – jemand musste sich darum kümmern und sie würde das nicht sein. Norbert sollte das erledigen. Und er sollte noch heute bei der Polizei anrufen und fragen … fragen, was denn nun los sei.

Sie zog ihr Kleid zurecht, ging hinunter und sagte es ihm. Er sah sie entgeistert an.

Blauer Himmel spannte sich über der Weite des Sees auf. Bis zum Mittag war auch die letzte Wolke unter der Julisonne vergangen und nur selten strich eine Brise über die Insel, zupfte an den schlapp herunterhängenden Flaggen der Seebrücke, versetzte die Zweige der Trauerweiden am Ufer in schwache Wallung, oder ließ eine Serviette auf einem Kaffeetisch im Freien zu unpassenden Lebensregungen erwachen.

Von Stunde zu Stunde stieg die Wärme an, bis endlich jene Sommerhitze erreicht war, die den See und seine Ufer zu einem schwirrenden und funkelnden Stück Land machte. Flimmrig erschien das schweizerische Ufer und die Gipfel von Säntis und Altmann hingen in fahlem Dunst. Die leuchtenden Schneefelder an den felsigen Nordhängen verhießen Kühle, so wie eine Fata Morgana in der Wüste Durst löschte.

Das langsame, müßige Leben des Südens kehrte wieder ein, in die Gassen, auf die Plätze, in die Innenhöfe und auf die Altanen; ein südliches Leben, wie es der Region seit jeher anhaftete, da sie von Natur aus reich war an Licht, Wärme und Wasser. Ein Land, wie gemacht für geborene Erben, für bekennende Söhne und Töchter, die der Leichtigkeit des Daseins verfallen sind, und nur Unfähigkeit und beharrliche Beratungsresistenz es vollbrachten, ein über die Zeiten entstandenes Vermögen in ein flimmriges Nichts zu führen. Es gab diese dahindämmernden Leben; sie waren behaglich eingerichtet in ihrer süßen Zufriedenheit, die sedierend ins Umfeld ausstrahlen konnte.

Im Grunde – ein gefährlicher Flecken Land.

*

Lydia Naber trat ins Büro, einen Stoß Papiere in der Hand. »Die Vernehmungen von der Falschgeld-Tussi. Willst du noch mal durchsehen?«

Schielin schüttelte den Kopf.

»Dann lege ich es Wenzel auf den Tisch.«

»Wo ist die Dame eigentlich gelandet?«, fragte Schielin, ohne den Kopf vom Bildschirm zu nehmen, wo er im Fahndungssystem ergebnislos nach Martin Banger recherchiert hatte.

»In Aichach haben sie sie genommen. Das ist vielleicht jedes Mal ein Gegurke aber auch, und darüber hinaus eine klare Diskriminierung von uns Frauen. Nicht mal im Gefängnis ist genügend Platz da. Die paar Zellen in Memmingen … die sind doch immer ausgebucht, oder hast du da schon mal eine untergekriegt. Wahrscheinlich sind die von so 'nem Hans-Heiner-Geschenke-Ding ausgebucht: das etwas andere Geschenk – eine Nacht im Knast.«

Sie drehte sich um und ging in Wenzels verwaistes Büro. Der war schon auf der Insel unterwegs.

Robert Funk kam den Gang entlang, grinste sein breites, freundliches Grinsen, touchierte Lydia Naber leicht im Vorübergehen, dass sie kurz feixte, und klopfte anschließend am Türrahmen zu Schielins Büro.

»Komm nur rein. Schon in Urlaubslaune?«

Robert Funk setzte sich auf den Besucherstuhl. »So richtig noch nicht, aber ich freue mich schon.«

»Fahrt ihr weg?«

»In zehn Tagen erst. Nächste Woche mache ich mit meinen Enkeln eine Tour um den See.«

»Mit dem Rad?«

»Nein, um Gottes willen. Das wäre mir zu gefährlich, gerade heutzutage, wo neben den Rennrad-Rowdys auch noch die Bewegungsartisten mit ihren gemieteten E-Bikes unterwegs sind. Wirklich nicht.«

Schielin deutete auf seinen Bildschirm. »Ich habe gerade nach diesem *Martin Banger* recherchiert. Der Name kommt mir irgendwie bekannt vor, aber ich kriege das nicht mehr zusammen. Weißt du da Näheres?«

»Ja, so ging es mir auch – Banger, da war mal was … ist aber sicher schon einige Jahre her.«

»Mhm. Ich werde mal Wenzel fragen. Und dein Bauchgefühl?«

Funk knurrte unzufrieden: »Ja, wie gesagt – nicht der geringste Hinweis auf äußere Einwirkung. Nicht mal ein Einstich. Er kann da nicht lange gelegen haben. Als wir ihn umgedreht haben – übrigens alles dokumentiert –, da lagen dort keine frischen Blätter, wie sie der Sturm überall herumgefegt hat. Er hatte schon von dem Sturm dagelegen … einer der Badegäste, so blöde das klingt. Alle stürmen nach Hause, als dieses Unwetter kommt – nur einer bleibt liegen. Eine sehr gepflegte Erscheinung übrigens: schlank, Anzug, viele Unterlagen dabei. Wir haben sie im ED-Raum in einer Wanne. Lydia weiß schon Bescheid. Die Angehörigen werden sicher noch heute anrufen, um zu erfahren, wie es weitergeht. Ich habe die Obduktion zwar erwähnt, aber in so einer Situation, da hören die Angehörigen gar nicht richtig zu.«

»Er war zum Sonnenbaden im Park?«

»Ja. Definitiv. Im Friedensmuseum war an dem Tag mal keine Veranstaltung und alles deutet auf ein Sonnenbad hin.«

»Ja, habe ich gelesen, steht ja in eurem Bericht.«

»Na ja. Ich werde mal vor zu Kimmel gehen. Vielleicht fällt dem was ein. Interessiert mich persönlich.«

»Was interessiert dich persönlich?«, krähte Erich Gommert, der überraschend in der Tür aufgetaucht war.

Lydia Naber kam dazu, zwängte sich an ihm vorbei, nicht ohne ihn zu schubsen. »Neugieriger Kerl, neugieriger«, räsonierte sie.

»Sagt dir der Name Banger was, Gommi?«, fragte Schielin.

»Ja scho.«

»Und was?«

»Na, des ist schon einige Jahre her, sicher so fünf, sechs Jahre, wenn net mehr«, er machte eine Pause und hob den Kopf, »... na, der Suizid ... von der Frau ... in Reutenen draußen.«

»Ja klar«, kam es von Lydia Naber, »Wenzel hat das damals übernommen ... es war die Frau, seine Frau ... die hatte sich doch im Waschraum, also im Keller, den Hals durchgeschnitten, nicht wahr?«

Die Frage war an Gommi gerichtet, der nickte: »Ja, des war grausig damals ... ich hab ja nur die Fotos gesehen, aber des hat mir schon gereicht.« Er schüttelte sich.

»Ah, ich erinnere mich wieder«, ergänzte Funk, »das war keine komplexe Angelegenheit, aus kriminalistischer Sicht. Ein Fremdverschulden konnte ausgeschlossen werden.«

Zum Nachmittag wurde es immer ruhiger und stiller auf der Dienststelle. Das Wochenende wurde vorbereitet. Wenzel und Jasmin hatten Bereitschaft. Gommi füllte Statistikblätter aus.

Lydia Nabers Telefon dudelte seine eintönige Melodie. Sie nahm ab, meldete sich knapp. »Naber«, worauf nach kurzer Pause ein erregtes »Oha ... mhm ... mhm ...« folgte. Schielin unterbrach seine Arbeit und sah zu ihr hin.

Sie kritzelte Notizen. »Wie heißt das Zeug!? Wie!? Hab ich ja noch nie gehört.«

Er musste noch einige erstaunte *Ahas* und *Mhms* mit anhören, bis sie endlich auflegte und er fragen konnte, worum es gerade gegangen war.

»Dieser Martin Banger macht Zicken«, sagte sie mit ernster Stimme.

»Er ist tot«, stellte Schielin nüchtern fest.

»Ja, in der Tat. Und zwar so tot, dass es für drei gereicht hätte.«

»Jetzt sag schon, was los ist«, forderte Schielin ungeduldig.

»Das war die Rechtsmedizin. Sie nehmen sich den Leichnam erneut vor, nachdem vor einer halben Stunde das Ergebnis der chemisch-toxikologischen Untersuchung gekommen ist.«

»Und?! Mit welchem Ergebnis? Drogentod?«

»Nein. TTX.«

»TTX?! Was ist das?«

»Tetrodotoxin. Besser bekannt als das Gift vom Kugelfisch«, dozierte Lydia.

»Tetrodotoxin ... Kugelfisch? Wo gibt's denn bei uns Kugelfisch?«

»Ja eben nicht. Deswegen schauen die noch mal genau nach. Dem ersten Befund nach hat er nur Salat gegessen.«

»Kugelfisch«, sinnierte Schielin und versuchte sich vorzustellen, wie so ein Fisch wohl aussehen konnte; kugelig wohl. »Das hatten wir ja noch nie.«

»Und das Wochenende ist auch futsch. Da wird jetzt 'ne richtige Nummer draus.« Sie stöhnte laut und quälte sich aus dem Bürostuhl. »Ich sag vorne Bescheid.«

Schielin gefiel das überhaupt nicht. Er schob die Tastatur von sich weg und ließ sich in den Bürosessel sinken. Gift! – war eine üble Sache, denn es hatte mit Hinterhältigkeit, mit Tücke und Arglist zu tun.

Lydia Naber informierte Kimmel, der die Nachricht gelassen aufnahm. Erich Gommert, den sie gleich darauf aufsuchte und bat, die Akte vom Suizid der Ehefrau des Toten aus dem Archiv zu holen, versuchte den Auftrag abzuwehren. Es sei zu heiß dort oben unter dem Dach bei diesem Wetter, zu staubig und zu dunkel, weil nur eine Lampe in dem fensterlosen Speicher funktionieren würde. Lydia setzte ihren Kulleraugenblick auf und meinte, nur er, mit seinem schlangenhaften Körper und der ihm eigenen katzenhaften Geschmeidigkeit, könne sich dort oben schnell und sicher bewegen. Zudem sei das Archiv Teil seines Geschäftsbereichs und er kenne sich damit am allerbesten aus.

Seine Abwehrhaltung geriet ins Stocken und er zauderte einen Moment zu lange, um geeignete Argumente zu finden; das mit dem schlangenhaften Körper und der katzenhaften Geschmeidigkeit war nicht ohne die beabsichtigte, schmeichelnde Wirkung geblieben. In die lange Sekunde einer möglichen Reaktion sprach Lydia ein kurzes, kühles »Danke« und verschwand im Gang.

Jasmin Gangbacher, die gerade ihren Schreibtisch aufgeräumt hatte, um ins Wochenende zu starten, bot ihm an: »Soll ich hochgehen?«

»Nein, nein«, lehnte er das Angebot ab. Seine Fantasie malte ihm Katzen und Schlangen in einen imaginären Raum. »Ich mach das schon, ist doch kein Problem.«

Jasmin Gangbacher schob ihren Feierabend noch für eine Weile auf und ging betont vorsichtig die gewundenen, ausgetretenen Sandsteinstufen hinunter in den Keller. Die große Hitze ließ Wasser an den Wänden kondensieren, das stellenweise auf die Stufen lief und sie gefährlich glitschig machte. Es roch modrig, wie in einem alten, lange brachliegenden Obstkeller. Ein Wunder, wie der Erkennungsdienstraum da drunten so trocken bleiben konnte. Sie holte die Plastikkiste mit den Sachen von Martin Banger herauf. Kleidungsstücke, Geldbörse, Brieftasche. Jedes Teil war einzeln in Plastiktüten verpackt.

Sie trug die Kiste in das Büro von Schielin und Lydia Naber. Beide telefonierten und signalisierten ihr mit Gesten zwei Dinge: ihren Dank und dass sie jetzt nicht mehr gebraucht würde und gehen konnte.

Schielin telefonierte mit der Rechtsmedizin in Ulm, Lydia hatte jemanden von der Stadtgärtnerei an der Strippe und fragte nach dem Zeugen, der die Leiche aufgefunden hatte. Fast gleichzeitig legten sie auf.

Kurz danach gab es eine kurze Zusammenkunft mit Kimmel, der wissen wollte, was sie als Nächstes planten.

Gommi kam verschwitzt vom Dachboden, wo er in unerträglicher Hitze herumgekrochen war und die alte Akte gesucht hatte. Kaum im Büro angekommen, läutete das Telefon. Mit trockener Stimme meldete er sich, hörte den Anrufer an und ging dann hinüber in das Besprechungszimmer, wo er die Akte auf den Tisch legte. »Ein Herr Norbert Sahm hat angerufen und wartet gerade. Er sagt, er sei der Schwiegersohn des Toten … also von dem Banger … und er will wissen, wie das nun weitergeht, was sie machen sollen wegen der Beerdigung. Was soll ich ihm sagen?«

Schielin und Lydia sahen sich kurz an. »Ich rufe ihn in ein paar Minuten zurück«, sagte Schielin, »und ich fahre heute noch nach Ulm. Ich muss mir den Toten ansehen. So ganz ohne Bezug ist das schwierig für mich, die Ermittlungen aufzunehmen. Fotos und Filme reichen mir nicht – Gift ist ein bösartiges Zeug.«

»Was sagt ihr den Angehörigen?«, fragte Kimmel.

»Vorerst keine Freigabe der Leiche, da noch Fragen zu klären sind, und von dem Gift vorerst keinen Ton.«

Kimmel fragte: »Gibt es schon nähere Informationen zu diesem Gift … XT … TXT …«

»TTX«, ergänzte Lydia Naber, »Tetrodotoxin. Nein, dazu haben wir noch gar nichts Konkretes. Im Internet steht, es stamme vom lateinischen Tetraodontidae, was zu Deutsch *Vierzähner* bedeutet, und ist damit nach der Familie der Kugelfische benannt; die Viecher produzieren dieses Nervengift. Aber der Toxikologe wird uns schon etwas darüber erzählen können.«

*

Notar Doktor Wernberger blickte zu den großen Fenstern hinaus und ließ seine Gedanken los. Er sah hinüber, in Richtung Schönbühl. Warmes Licht lag auf den Kronen der Bäume. Aus der Ferne war die Würze der Gräser zu ahnen. Am Abend würde er mit seiner Tochter und dem Hund einen Spaziergang durch die Streuobstwiesen machen. Darauf freute er sich und es tat ihm gut an dieses Glück zu denken, denn vor seinem mächtigen Schreibtisch saßen drei Leute und schwiegen.

Auch er schwieg nun, nachdem er einige Seiten eines Vermächtnisses vorgelesen hatte, wie er es vor den Anwesenden schon mehrfach getan hatte. In der Wiederholung, fand er, lag eine gewisse Bedeutsamkeit; der gleiche Inhalt, die gleichen Worte – in ihrer Wirkung auf die Adressaten allerdings jedes Mal von anderer Ausprägung. Auch diesmal wieder. Mit zunehmendem Alter wurde er zu einem stillen Beobachter. Die Menschen, die vor ihm saßen, sie interessierten ihn plötzlich, besser gesagt: ihr Verhalten, ihre Reaktionen, ihr Benehmen, ihr Denken. Vor einigen Jahren noch war ihm das alles völlig gleichgültig gewesen.

Den Schreibtisch hatte er zu Beginn seiner Tätigkeit nur ungern vom Vorgänger übernommen und dessen Worte nicht verstanden: *Sie werden die Distanz noch zu schätzen wissen.*

Die Distanz, die der überbreite Schreibtisch gewährte: Heute war es wieder einmal so weit – da war ihm der Abstand noch zu gering.

Schon lange sinnierte er nicht mehr darüber, aus welchem Grund so wenige glückliche Menschen vor ihm saßen. Die einen waren gelangweilt, andere überfordert von dem, was er zu sagen hatte, wieder andere wollten ihn als Verbündeten in einem aussichtslosen Kampf, der sich um ein ihnen zustehendes, vermeintliches Recht drehte.

Im Moment herrschte Schweigen. Die drei Gestalten vor ihm schwiegen. Allesamt Doktoren. Etwas randlich, auf der linken Seite, saß ein Mann im verblassten Anzug, einem grauen Hemd und Fliege. Ein Musikwissenschaftler mit Namen Friedemann Hauser. Als Notar Wernberger diesem Friedemann Hauser zum ersten Mal begegnet war und diesen Namen gehört hatte, beschäftigte ihn die Frage, was einer wohl werden konnte, der von seinen Eltern mit dem Vornamen *Friedemann* ins Leben geschickt worden war? Was bewog Eltern dazu? Konnte man damit Schreiner, Landwirt, Jurist oder Apotheker werden –

vielleicht sogar ein Nichtsnutz? Undenkbar! Die *Friedemänner* dieser Welt waren entweder Organisten, Pfarrer, Missionare oder im Kulturleben tätig; jedenfalls war es so mit den Friedemännern, die Wernberger bekannt waren. Der Gedanke beschäftigte ihn. Er, der mit seiner Frau übereingekommen war, ihr Töchterchen schlicht *Nora* zu nennen, wollte einmal die Friedemänner genauer erforschen.

Er atmete etwas lauter aus als er es gewollt hatte, und sein Blick fiel auf das Ehepaar, das neben Friedemann Hauser saß – ein Arztehepaar. Hertha und Albert Koller-Brettenbach. Der Mann hatte einen strengen Blick auf ihn gerichtet und seine Frau presste die Lippen aufeinander. Die beiden waren nicht zufrieden mit dem, was er gerade zuvor hatte sagen müssen: dass es der ausdrückliche Wunsch ihrer verstorbenen Tante gewesen war, die Stiftung finanziell gut auszustatten, und diese daher den hohen Betrag aus dem Erbe erhalten hatte. Mit ruhigen Worten hatte er das Vermächtnis verlesen. Ja, die Tante. Sie hatte es ihm diktiert, und er selbst hatte geschrieben und darauf verzichtet, eine seiner Angestellten hinzuzuziehen. Es war einer jener Termine, die er als *besonders* empfunden hatte. Eine starke Persönlichkeit, diese alte Dame, deren modischer Geschmack nicht ein Jahrzehnt ihres langen Lebens stehen geblieben war. Sie hatte ihn beeindruckt.

Davon erzählte er den Leuten hier nichts. Dem Arztehepaar war schwer verständlich, dass sie den Wald, das Haus in Reutenen und die Wohnung im Tessin erhalten würden, die Barschaft jedoch vollständig in die *Stiftung zur Förderung ernsthafter Musik* einging. Er selbst hatte den ehemaligen Verein in eine Stiftung umgewandelt. Eine spannende Aufgabe und so grundsätzlich anders, als den ganzen Tag Kaufverträge für Immobilien aufsetzen, durchsehen und gelangweilten Leuten vorlesen zu müssen. Sicher – die gut zwei Millionen Euro waren nicht wenig, aber er verstand die Aufregung der Koller-Brettenbachs nicht.

Friedemann Hauser saß wie immer in seinem etwas ältlichen braungrau gemusterten Anzug vor ihm; viel zu dicker Stoff für die Jahreszeit. Das Hemd hatte lange Ärmel und die Fliege saß ordnungsgemäß schief. Er blickte betreten drein, ließ sich aber von den wüsten verbalen Ausfällen Hertha Koller-Brettenbachs gegen ihre verstorbene Tante und gegenüber der Stiftung, die er vertrat, nicht aus seiner Schutzhaltung bringen. Nur einmal – als das Wort *Erbschleicherei* durch den Raum geknallt war – hatte er den Kopf gedreht und einen vorwurfsvollen Blick riskiert. Wernberger hatte gar nicht darauf reagiert, hatten der gediegene Holzboden, die Teppiche und dicken Wände schließlich schon ganz andere Worte verschlucken müssen. Solange jeder sitzen blieb, ertrug Wernberger das Schimpfen, Geschrei und Gezeter, genauso wie man trübe, kalte Regentage im Sommer ertragen musste. Es gab sie eben und nichts war daran zu ändern. Dass einer der Beteiligten jedoch aufstand, ließ er nicht zu. Erkannte er Anzeichen dafür, wechselte er unverzüglich vom Duldungsmodus in den Aktivmodus und unterband es.

Bei den Leuten hier würde das nicht passieren. Sie hatten Bildung, waren wohlerzogen und entledigten sich daher ihrer Bösartigkeiten mit Stil – im Sitzen und mit korrekter Haltung.

Er richtete sich an Friedemann Hauser und ließ seine Stimme weich klingen: »Herr Banger? Was war es denn, was ihn heute verhindert hat? Es ist ja doch ein wichtiger Termin … ich meine, Sie haben die unterschriebene Vollmacht dabei, doch wundert es mich deshalb, weil er bisher alles ermöglicht hat, um derlei Termine wahrzunehmen. Etwas Familiäres …?«

Friedemann Hauser kniff die Augen zusammen und fuhr mit der Hand an die bordeauxfarbene Fliege mit den silbernen Punkten, drehte etwas daran, ohne letztlich ihre Position zu verändern. Ihm dauerte das hier zu lange. Er hatte noch ein Treffen mit Vertretern seines Vereins, der nun eine Stiftung war. Etwas nervös antwortete er: »Nein, nein. Heute ist einer seiner kreativen Reisetage … er wollte sich über das zukünftige Programm Gedanken machen. Das hat er mir gestern gesagt.«

»Ah ja. Gut.«

Silvia Sahm ging die Treppe nach oben, ins Arbeitszimmer ihres Mannes.

Er saß am Schreibtisch.

»Hast du angerufen?«, fragte sie leise, aber mit klarer Stimme.

Er fuhr erschrocken herum und sah sie an. »Ja … schon.«

»Ja und, was sagen sie?«

»Nichts …«

»Nichts? Wie … nichts? Sie müssen auf deine Frage hin doch etwas gesagt haben?«

»Ja, das schon. Aber nur, dass sie in ein paar Minuten zurückrufen werden. Ich hatte wohl den falschen Beamten am Telefon und die anderen sind in einer Besprechung. Ich warte gerade auf den Anruf.«

Sein letzter Satz hatte wie eine Rechtfertigung geklungen.

Ihre Worte klangen nachdenklich: »Mhm. In einer Besprechung sind sie … sie müssen sich also besprechen.« Schnell war sie wieder bei sich, ihre Stimme verlor den subtilen Klang von eben und war nun wieder fest; etwas Fröhliches und Versöhnliches schwang darin mit: »Komm doch mit runter. Du musst doch nicht hier oben warten … unten ist doch auch ein Telefon.«

Er stand auf. Das bleiche Gesicht fiel ihr auf. Wo war nur

seine sportliche Bräune geblieben, die er so liebevoll pflegte, jeden Sonnenstrahl sammelte und zeitweise sogar mit einem Solarium nachhalf?

»Macht dir das eigentlich nicht gar nichts aus ... das mit deinem Vater?«, fragte er stockend.

Sie ging einen Schritt auf ihn zu, trat so nahe an ihn heran, dass sich ihre Körper berührten, und legte ihre rechte Handfläche auf seine Brust. Sie spürte den Ansatz des Zurückweichens in ihm und lächelte. »Aber natürlich. Es ist nur so ... ich habe solche Erschütterungen schon erfahren müssen, damals ... meine Mutter. Diese Gefühlswelten sind mir vertraut, deshalb denke ich an andere Dinge als du. Weißt du – diese Dinge, sie wollen geregelt sein. Das hilft einem dabei, das Schreckliche zu verarbeiten, glaube mir.«

Er sah sie skeptisch an. Sie war ihm so fremd geworden.

Anna rief mit ihrer hellen Stimme von unten.

Sie drehte sich um, ließ ihn in seiner stummen Bestürzung zurück.

Er setzte sich wieder hin und wartete vor dem Telefon. Es gelang ihm einfach nicht, die Erschütterung abzustreifen. Er hätte sich mehr zugetraut. Vor allem stärkere Nerven hätte er sich zugeschrieben und die Fähigkeit, kraftvoller und geradliniger zu handeln. Und nun – ein Schwächling war er, der die Angst spürte, die ihm im Nacken saß, genau so, wie es die Redensart formulierte –, die Angst im Nacken, dieses unbestimmte Gefühl zwischen den Schulterblättern. Und wenn sie sich bis zum Unerträglichen gesteigert hatte, diese Angst, dann entlud sie sich mit einem trockenen, kalten Schauder, nach dem es einem unangenehm warm wurde.

Sie hatte seine Kraftlosigkeit gespürt und war sich gewiss, dass er nicht mit nach unten kommen würde. Ihr Weg führte die Treppe weiter hinab, bis in den Keller, wo sie im

Waschraum hantierte und endlich Tränen auf ihrer Wange spürte. Tränen, die von selbst entstanden. Sie räumte Eimer, Waschpulver und Wäsche ohne Sinn von einer Ecke in die andere und weinte dabei. Die Tür war geschlossen und oben war nichts zu hören. Trotzdem geschah es leise. Über dem Weinen wurde ihr noch kälter, als sie es bisher schon in ihrem Inneren fühlte, denn sie weinte nicht, weil sie die Trauer nicht anders aushalten konnte, sondern darüber, wie wenig Trauer sie empfinden konnte. In ihr weinte das wenige Lebendige über das viele, was tot und leblos in ihr war. Und selbst beim Anklang dieses ehrlichen Kummers, der ihre Unfähigkeit betraf ein Herzweh zu entdecken, erkannte sie dieses Nichts in sich, welches selbst das Weinen unberührt und kühl beobachtete.

Mit einem der Handtücher wischte sie ihr Gesicht ab. Dann ging sie nach oben.

Genug geweint.

Schielin kontrollierte die Einträge auf seinem Notizblock. Hatte er an alles gedacht? Überraschend schnell kam er an diesem Freitagnachmittag in Richtung Lindau hinaus. Auf seinem Weg nach Norden gab es kein Gedränge. Schönbühl, ein kurzes Stück B31, und anschließend freie Fahrt auf der A96 bis Memmingen und weiter auf der A7 bis Ulm. In Richtung Süden war mehr los. See und Berge wirkten an Sommerwochenenden wie ein Magnet.

Nur unbewusst nahm er die Orte entlang der Wegstrecke wahr: Amtzell, Wangen, Kißlegg, Leutkirch; und obwohl es die entspannte Verkehrssituation erlaubt hätte, intensiv über den Fall nachzudenken, gelang ihm dies nicht. Der rote Milan bei Wangen, die Flugzeuge und Paragleiter über dem prächtigen Schloss Zeil, sie nahmen seine Gedanken gefangen, ohne sie einem bestimmten Ziel zuzuführen; sie waren im eigentlichen Sinn lose – losgelöst von Faktischem und Stofflichem und eher metaphysischer Natur.

Wie von fern gesteuert kam er bei der Rechtsmedizin in Ulm an. Das warme Gelb der Fassade, die romantischen Gauben am Dach – täuschten über die Sachlichkeit der Dinge drinnen hinweg. Angenehme Kühle empfing ihn dort. Die meisten Büros waren verwaist, nur ein Rechtsmediziner und der Toxikologe warteten schon ungeduldig auf ihn.

Martin Banger lag nackt auf dem glänzenden Stahltisch. Obwohl schon einige Stunden tot, fiel Schielin seine makellose Bräune auf und die Unversehrtheit des Körpers, wenn man über ausreichend Abstraktionsvermögen verfügte und die Schnitte und Stiche abtun konnte, die von der Obduktion herrührten.

Der Rechtsmediziner lehnte an der Seite und schlürfte Pfefferminztee.

Der Toxikologe kreiste um den Sektionstisch und sah immer wieder skeptisch auf den Leichnam. Ohne eigens dazu aufgefordert worden zu sein, begann er: »Es handelt sich um ein zwitterionisches Alkaloid mit Guanidin-Teilstruktur. In Aceton ist es sehr gut löslich, in Wasser hingegen nur bedingt. Anhydro-TTX ist eine im molekularen Aufbau geringfügig abweichende Variante dieses Giftes.«

»Na, dann wissen wir ja schon recht viel«, meinte Schielin ungerührt, »Aceton – das ist doch Nagellackentferner.«

Der Toxikologe ging nicht darauf ein, so, als gäbe es Schielin gar nicht. »TTX und Anhydro-TTX wurden in der Natur bei einigen Tieren gefunden. Vor allem natürlich beim Kugelfisch – dem Fugu. Es gibt aber auch einen Kraken, den Octopus maculosus, und einen Vogel in Neuguinea; diese Arten entwickeln das Gift ebenfalls. Es ist schon sehr lange bekannt, aber erst im letzten Jahrhundert, in den Fünfzigerjahren, ist es gelungen es zu isolieren. Man geht davon aus, dass diese Tiere das Gift nicht … mitbringen, sondern dass es durch Nahrungsaufnahme produziert wird. Es ist noch unbekannt wie, man vermutet Bakterien.«

Schielin ließ nur ein »Mhm« hören.

»Das Zeug blockiert spannungsaktivierte Natriumkanäle, die auch in Neuronen vorkommen. Dadurch können keine Aktionspotenziale mehr ausgelöst werden, wodurch die Nerven- und Muskelerregung behindert oder unterbunden wird. In der Folge ergeben sich motorische und sensible Lähmungen. Tetrodotoxin zählt zu den stärksten Nicht-Protein-Giften und wird hinsichtlich seiner Toxizität nur von wenigen anderen Giften übertroffen. Die tödliche Dosis von Tetrodotoxin beträgt etwa zehn Mikrogramm pro Kilogramm Körpergewicht.«

»Was hat er gewogen?«, fragte Schielin.

»Neunundsiebzigeinhalb Kilo.«

»Also etwa achtzig Mikrogramm. Wie viel ist das, wenn man es sich in Mehl vorstellt?«

»Für 'nen Kuchen reicht's nicht«, lautete die launige Antwort.

Schielin fragte betont höflich: »Wie muss man sich den Ablauf einer solchen Vergiftung vorstellen?«

»Die Symptome der Vergiftung treten in recht kurzer Zeit auf. Es dauert etwa eine halbe Stunde. Der Patient zeigt dann diverse Lähmungserscheinungen, darunter die Lähmung der Skelettmuskulatur und somit auch der Atemmuskulatur; zudem fallen Koordinations- und Wahrnehmungsprobleme auf. Bei Konsum der letalen Dosis von null Komma fünf bis einem Milligramm auf oralem Weg besteht durchaus ein schmaler Zeitkorridor, in welchem eine Rettung möglich wäre. Es kommt darauf an, wie das Gift in den Körper gelangt. Mittels einer Spritze … da geht das ratzfatz … keine Chance. Hier tritt quasi sofort die Atemlähmung ein.«

»Und wie ist es bei Martin Banger verlaufen?«, fragte Schielin und trat näher an den Sektionstisch heran.

»Das komplette Programm einer Vergiftungserscheinung. Zuerst Fehlempfindungen, also zum Beispiel ein immer intensiver werdendes Kribbeln auf der Zunge als erstes Anzeichen; das breitet sich dann über die Lippen zum Gesicht und weiter bis in die Gliedmaßen aus. Es kommt weiter zu Koordinationsstörungen und gestörten Bewegungsabläufen. Eine fundamentale Schwäche ist fühlbar, Gangunsicherheit, Koordinationsschwierigkeiten, im weiteren Verlauf dann Muskelkrämpfe. Das ist dann schon bösartig. Die Lähmungserscheinungen erfassen die Skelettmuskulatur, erst distal, dann proximal. Es folgen Paralyse, erweiterte und letztlich starre Pupillen, Erbrechen, Durchfall, krampfartige Beschwerden des Gastrointestinaltraktes. Die letzte Phase betrifft die Atmung, die zuerst gestört ist, dann zunehmend erschwert wird, bis sie zum Erliegen kommt – deutlich sichtbare Cyanose –, also das berühmte Blauanlaufen. Parallel dazu dreht der Kreislauf durch – Bluthochdruck oder auch Blutdruckabfall, Herzrhythmusstörungen, Bradykardien, verlangsamter Herzschlag und Tachykardien, erhöhte Herzfrequenz. Der Todeseintritt erfolgt durch Atemlähmung oder Kreislaufversagen, meist nach Stunden, oder ganz schnell – in Abhängigkeit von der jeweiligen Dosis. Was ich da geschildert habe, erlebt das Opfer zwar in paralysiertem Zustand, aber doch bei vollem Bewusstsein mit! Aufgrund der fundamentalen Lähmungserscheinungen kann es sich nicht mehr artikulieren.«

»Sie sagten, es beginnt mit einem Kribbeln auf der Zunge.

Meine Kollegin sagte, er habe nur Salat gegessen. Wie muss ich das verstehen?«

Rechtsmediziner und Toxikologe sahen sich an. »Na ja – gemeinhin beginnt es mit einem Kribbeln auf der Zunge. Das weiß man von denjenigen, die Fugu gegessen haben und eine Fehlzubereitung überlebten. Doch, in der Tat, dieser Mann da hat definitiv keinen Fugu verzehrt. Im Moment rätseln wir noch, wie er das Gift aufgenommen hat. Eine Einstichstelle haben wir nicht finden können.«

»Das klingt nun nicht sonderlich beruhigend, was Sie da sagen. Was ist nach der Giftaufnahme – gibt es da wirksame Gegenmaßnahmen?«

Jetzt fühlte sich der Rechtsmediziner angesprochen. Er stellte die Tasse auf der Stahlplatte ab und kam an den Sektionstisch. »Durchaus. Künstliche Beatmung und die orale Gabe medizinischer Kohle kann helfen. Die ersten vierundzwanzig Stunden nach Aufnahme des Giftes sind die entscheidenden – wer die überlebt, hat ganz gute Chancen. Es existiert jedoch kein Gegenmittel im klassischen Sinn, so wie wir das von Schlangengiften kennen – ein Serum. Als Sofortmaßnahme wäre die Gabe von Aktivkohle in einer Dosierung von einem Gramm je Kilo Körpergewicht recht sinnvoll … das klingt nach wenig, ist aber eine ganze Menge. Die Behandlung richtet sich allein auf die Vergiftungssymptomatik. Ursächlich ist gegen die Vergiftung nichts zu machen. Man könnte intubieren, um die Gefahr der Atemlähmung zu bekämpfen. Was das Herz angeht, käme Atropin in Betracht gegen die Bradykardien, oder das Anlegen eines externen Schrittmachers. Wenn das nicht ausreicht, kommt unter Umständen auch Dopamin zum Einsatz.« Er zuckte mit den Schultern. »Dieses Zeug ist fatal.«

»Am gängigsten wäre eine Vergiftung also über den Verzehr von Kugelfisch. Ist das richtig so?«

»Ja, sicher. Das Gift ist im kompletten Körper der Tiere zu finden. Die höchsten Giftkonzentrationen befinden sich in der Haut, der Leber und den Geschlechtsorganen. Ein japanischer Koch mit Fugu-Lizenz wird daher als Erstes Haut und Eingeweide so komplett wie möglich entfernen, ehe er das Fleisch herauslöst, das allerdings auch Tetrodotoxin beinhaltet. Entsprechende Zubereitungsschritte führen zu einer Reduzierung der Giftkonzentration. Genau darin besteht die Kunst eines Fugu-Kochs. Bei diesem Fugu-Kult geht es nicht primär um ein kulinarisches Vergnügen. Vielmehr ist es der Reiz, sich einer so exotischen, schaurig-gefährlichen Angelegenheit auszusetzen. Es kribbelt leicht auf der Zunge und die Mundschleimhäute reagieren so, als würde man einen extrem sauren Apfel essen.«

»Schon mal probiert?«, fragte Schielin.

Der Toxikologe nickte: »Ich war eine Zeit lang in Japan unterwegs. Da haben die mich zu so einem Fugu-Restaurant hingeschleppt. Ich brauche es kein zweites Mal.«

»Wie könnte er es denn aufgenommen haben? Das ist doch die im Moment entscheidende Frage.«

Der Rechtsmediziner blieb schon mit den ersten Worten vage. »Grundsätzlich wäre es typisch, dass das Gift im Rahmen einer Fischmahlzeit verzehrt wurde. Dagegen sprechen aber zwei Dinge: einmal die Auffindesituation in diesem Park am Bodensee. Fugu gibt es nicht als Sushi zum Mitnehmen, und zweitens konnten wir im Magen keine Spuren von Kugelfisch feststellen. Null und nichts. Die klassische Variante der Giftzuführung scheidet also aus.«

»Gibt es dieses Fugu-Zeug denn bei uns überhaupt in Restaurants?«

»Nein. In Deutschland gilt ein Einfuhrverbot für Kugelfische, was aber nichts bedeuten muss. Solche Verbote bestehen bekanntlich für viele Dinge und man kann sie trotzdem erhalten – gegen Entrichtung eines entsprechenden Geldbetrags selbstverständlich.«

»Gibt es so einen Schwarzmarkt für die Viecher?«

»Keine Ahnung. Ist mir bisher noch nicht untergekommen, aber ich möchte es nicht ausschließen. Es wird Ihre Aufgabe sein, das rauszufinden.«

Schielin nahm es zur Kenntnis. »Sie sprachen vorhin von einer Injektion. Haben wir dazu Erkenntnisse?«

Beide Kollegen schüttelten den Kopf. »Nein. Wie schon gesagt, überhaupt nicht. Wir haben mehrfach den Körper abgesucht und keinen Einstich finden können – weder frisch noch älter. Insgesamt können wir feststellen, es mit einem sehr gesunden Toten tun zu haben.«

Schielin lachte zynisch auf.

»... ja, Sie finden das lustig, aber genau so ist es. Dieser Herr Martin Banger war ein Mensch, der sehr auf seine Gesundheit und Konstitution geachtet hat.« Die Hand des Rechtsmediziners wies mit einer sanften Bewegung zur Leiche. »Sehen Sie selbst, diese gleichmäßige Bräune, er besaß eine sportliche Muskulatur und was die Innenschau so hergegeben hat, lässt mich zu der Ansicht kommen: Er hätte noch viele Jahre vor sich gehabt ...«

»... wenn er nur nicht tot hier auf dem Tisch läge«, ergänzte der Toxikologe.

Schielin hob beschwichtigend die Hände. »Klingt trotzdem blöd, hier vor dem Tisch. Nun gut. Wenn nicht bei einer Mahlzeit und auch nicht mittels Injektion, wie ist denn bloß das Gift in seinen Körper gelangt, was bleibt dann noch? Und es muss ja recht viel gewesen sein.«

Der Toxikologe bestätigte dies: »Ja, es war eine erhebliche Menge. Das macht uns ja so zu schaffen. Denkbar wäre es, das TTX als isoliertes Pulver einzuatmen. Damit verbunden wäre ein sehr rascher Auftritt der Vergiftungssymptome. Was auch noch möglich ist, wäre die Aufnahme über Hautkontakt. Im Moment können wir dazu jedoch noch keine Aussage treffen. Wir müssen weiter untersuchen.«

»Es bleiben aber nur das Einatmen von Pulver oder die Aufnahme über die Haut«, stellte Schielin fest und fertigte Notizen.

»Genau.«

»Einatmen ... Pulver – wie kann man sich das vorstellen?«

»Denken Sie an das Mehl von vorhin – eine unglaublich kleine Menge ... so wie Schnupftabak einfach durch die Nase einsaugen.«

»Das müsste dann aber schon freiwillig geschehen.«

»Sie meinen in suizidaler Absicht?«

»Es war nur eine Frage – ohne Bezug zu einer Motivation.«

»Mhm. Na, das ist dennoch schwer vorstellbar, denn man müsste an eine solche Menge an TTX in isolierter Form erst einmal rankommen. Das kann man selbst nicht herstellen.«

»Ja, und wenn man so einen Fisch trocknet, oder seine Innereien, in denen sich das meiste Gift befindet?«

Jetzt waren sich die beiden schon gar nicht mehr so sicher.

»Vorstellbar wäre das schon, im Grunde aber eine sehr exotische Variante. Es gibt jedenfalls keinerlei Hinweise auf eine äußere Einwirkung, also auf eine Fremdeinwirkung. So viel können wir schon sagen.«

»Sie wiesen vorhin auf die gleichmäßige Bräune hin. Ich sehe hier über die Brust diese großen dunklen Flecken ... das sieht meiner Meinung nach gar nicht gesund aus.«

»Sonnenbrand«, lautete die Antwort, »er lag ja lange Zeit

im Park und war der Sonne ausgesetzt – bis zum Todeseintritt. Daher kommen diese Flecken. Da wären wir auch schon bei der Bestimmung der Todeszeit. Wir sind uns sicher, dass er zwischen sechzehn und achtzehn Uhr verstorben ist.«

Zwischen sechzehn und achtzehn Uhr; das war vor dem Sturm, dachte Schielin. Sie hatten es also mit einem gesunden, fünfundfünfzig Jahre alten Mann zu tun, der auf seinen Körper achtete, eine gepflegte Erscheinung darstellte, und am Donnerstagnachmittag beim Sonnenbad im Lindenhofpark an einer Kugelfischvergiftung gestorben war – und niemand hatte es mitbekommen. Eine bizarre Konstellation.

*

In der Nische, gleich rechts der Tür des Theatercafés, saßen vier Männer und zwei Frauen mit angestrengter Miene beisammen. Schon beim ersten Hinsehen wurde deutlich, dass es keine Urlaubsgäste waren. Ihre Haltung, die ernsten Gesichter, ihre förmliche Kleidung und besonders die Unterlagen, die auf den beiden runden Tischen verstreut lagen, vermittelten den Eindruck eines Arbeitstreffens. Von dieser heimeligen Ecke, die sich dem lang gestreckten Bogen des Caféraums entzog, ging ansonsten etwas Intimes und sogar Erotisches aus. Im Moment war davon keine Spur zu vernehmen.. Einer der Männer – der bunteste Vogel am Tisch, mit seiner tiefbraunen Glatze und dem leuchtend bunten Hawaiihemd – hatte einen Papierblock aufgeschlagen und notierte beflissen, was gesprochen wurde: ein Protokollführer. Er hockte locker auf dem Sofa. Hinter ihm schwang das Pendel der alten Uhr. An der Stirnseite saß ein vornehmer Herr. Seine dunklen Haare zeigten schon deutliche graue Strähnen, er trug – der sommerlichen Hitze zum Trotz – ein dunkles Sakko über dem grau melierten Hemd und eine lilafarbene Fliege mit silbernen Punkten: Friedemann Hauser. Der Platz an der Stirnseite, seine aufrechte Körperhaltung und die im Schoß gefalteten Hände – das alles ließ darauf schließen, dass er es war, der die Leitungsfunktion der Gruppe innehatte. Er strahlte eine natürliche Autorität aus. Die zwei Damen zu seiner Rechten konnten unterschiedlicher nicht sein. Die ihm nächstsitzende mit dem dürren Körper und dem ausgemergelten Gesicht hatte glatte, graue Haare und trug eine Kette aus falschen Perlen; ihre Nachbarin hatte ihre schwarze Lockenpracht hochgesteckt, war üppig gebaut und ließ eine Goldkette an ihrem Hals funkeln. Sie vertilgte einen Erdbeerkuchen mit Sahne und hörte dem Herrn, der ihr gegenübersaß, gebannt zu, während sie kaute.

Es war ein kantiger Kerl mit schütterem grauem Haar und tief liegenden, dunklen Augen, in denen etwas Unruhiges flackerte. Er wischte sich mit der Serviette den Schweiß von der Stirn. Der Disput mit dem Fliegenträger strengte ihn an.

»Ja, nun gut, lieber Herr Doktor Hauser, meine Herrschaften. Niemand wird doch Mozart aus seiner künstlerischen und menschlichen Einseitigkeit einen Vorwurf machen. Denken wir aber daran, dass der Europäer an seinen genialen Heroen Universalität über alles liebt und dass wir Deutschen einen solchen universellen großen Menschen in unserem vergötterten Goethe als dem höchsten Vorbilde verehren. Und daher enttäuscht uns die Erkenntnis, dass Mozart das volle Gegenstück zu Goethes Vielseitigkeit war. Wenn Wagner als reiner Musiker Mozart unterlegen ist und als Künstler ihm gleichsteht, so überragt er ihn zweifellos als Mensch. Und die Summe von beiden, vom Künstlerischen und Menschlichen, hebt den Meister von Bayreuth über Mozart hinaus. Die Kraft, mit der sich der Schöpfer von Tristan und Isolde durchgesetzt hat, ist phänomenal. Wer nicht fähig ist, sie zu bewundern, der hat überhaupt kein Verständnis für den Kampf des Genies mit der Welt.«

An Friedemann Hausers Miene regte sich nichts. Stoisch hatte er dem angestrengt vorgetragenen Monolog des zweiten Titelträgers am Tische, Doktor Beise, Zahnarzt und Kulturfanatiker, wie er sich selbst bezeichnete, zugehört.

Als Friedemann Hauser schließlich anhob zu sprechen, deutete er es mit einem kurzen Räuspern an. Die Blicke der Grauhaarigen und der Schwarzen wanderten ihm zu. Dieses Räuspern behielt er sich für kleinere Runden vor, um die Aufmerksamkeit auf sich zu konzentrieren. Vor größerem Publikum bevorzugte er Gesten, aber niemals begann er zu reden, ohne zuvor die ganze Aufmerksamkeit auf sich gezogen zu haben.

Er sprach zunächst begütigend: »Nun ja, nun ja, lieber Doktor Beise. Dem guten Mozart hat man ja vielerlei angedichtet im Laufe der Jahrhunderte – Mögliches und Unmögliches. Es gab welche, die behaupteten, er hätte zwar berückende Musik geschrieben, aber sie sei nicht im erforderlichen Maße erschütternd genug, vom *Griechentum in der Musik* war die Rede, was immer man denken mag, was damit genau gemeint sei«, er machte eine wegwerfende Handbewegung, »Wagner bezeichnete ihn als Licht- und Liebesgestalter – und genau das ist auch haften geblieben. Über all dem *De-her Vogelhähändler bin ich ja, stets lustig, heissa hopsassa* ist etwas vom tiefen Verständnis der Musik Mozarts verloren gegangen. Goethe hat es in einem Gespräch mit Eckermann auf den Punkt gebracht, als der ihm sagte, er hoffe, eines Tages würde der Faust eine adäquate Musik erhalten. Goethe antwortete Eckermann: »*Es ist ganz unmöglich. Das Abstoßende, Widerwärtige, Furchtbare, was sie stellenweise enthalten müsste, ist der Zeit zuwider. Die Musik müsste im Charakter des ›Don Juan‹ sein; Mozart hätte den Faust komponieren müssen!*«

Die zwei Damen hingen an Friedemann Hausers Lippen und er fügte nach kurzer Pause an: »Ja – das war Goethes Wunsch. Mozart hätte den Faust vertonen sollen – ausgerechnet! Doch dieser Mozart war zum Zeitpunkt des Gesprächs mit Eckermann schon siebenunddreißig Jahre tot und die Uraufführung des *Don Giovanni* fast ein halbes Jahrhundert vorüber. Goethe maß es also seinen gigantischen und vergötterten Zeitgenossen Beethoven und Berlioz nicht zu, jenes ihm für den Faust als erforderlich erscheinende Abstoßende, Widerwärtige und Furchtbare musikalisch geeignet umzusetzen. Spannend, wie ich finde. Goethe trauerte Mozart also nach – gerade dessen Neigung zum *Moll*. Insofern muss ich Ihre Aussage von eben gerade mit jenem Zeugen, den Sie gegen Mozarts vermeintliche Einseitigkeit ins Felde führen, kontern. Sie befinden sich auf einem irrigen Weg, der Ihnen von kruden Musikwissenschaftlern bereitet wurde, denen es wichtig war, das Trennende zu betonen. Der Ozean an wissenschaftsfreien Meinungen zu Mozart ist zudem in einem Menschenleben nicht zu überqueren.«

Doktor Beise spannte seine Lippen. Die ihm gegenübersitzenden beiden Damen hatte er mit seinem Ausflug ins Theoretische nicht gewinnen können. Vor allem die Schwarzhaarige, eine nicht unvermögende Witwe eines ehemaligen, früh an Stress mit den vielen Bankkonten verstorbenen Kollegen war es, die ihn ansprach. Trotz ihrer Naivität und ihrem gelegentlichen Hang zum Ordinären. Die Grauhaarige, eine vor der Zeit pensionierte Lehrerin. Er fühlte sich ihr intellektuell unterlegen und mied es, ihr zu nahe zu kommen – in jeglicher Hinsicht. Wie er vermutete, verbarg sich hinter ihrer spröden Intellektualität ein vereinnahmendes, unersättliches Wesen.

Früh hatte er sich der Musik zuwenden müssen. Im elterlichen Hause stand ein schwarzes Piano, dessen Lackflecken mit einem Spitzendeckchen kaschiert wurden, auf dem Fotografien platziert waren. Das Instrument war ein Stück aus dem Haushalt der Erbtante, welches seine Mutter, obwohl gänzlich unmusikalisch, ins Haus geholt hatte; im Wissen um den Herzschmerz, den die Erbtante Liselotte erlitten hätte, wäre es weggegeben worden. So musste er also Klavierunterricht nehmen, um alsbald, bei den Besuchen der Tante, seine magere Kunst zum Besten zu geben. Tante Liselotte hatte dabei meistens Tränen in den Augen und erst Jahre später realisierte er, dass es nicht allein Rührung gewesen sein konnte, die ihr das Wasser in die Augen getrieben hatte. Seine Mutter vernahm Töne, Akkorde, Läufe – so wie sie die Geräusche der Welt hörte und sie empfand bereits die bloße Benutzung des Pianos als Erfolg. Einige Jahre hatte er sich also an einer vertrockneten Klavierlehrerin und abgegriffenem Notenmaterial abgeplagt, bis Tante Liselotte endlich gestorben war, nur um dadurch die Enttäuschung seiner Mutter erleben zu müssen, deren taktisches Geschick hinsichtlich des Pianos im Testament nicht die Würdigung erfahren hatte, die erwartet worden war. Ab diesem Tag war der Klavierunterricht für ihn Vergangenheit und sein Unterbewusstsein ließ ihn sich schuldig daran fühlen, der Tante nicht mehr abgeklimpert zu haben. Besonders seinem Vater, der sich nie aktiv an der Erbung beteiligt hatte, war eine tiefgründige Enttäuschung anzumerken, und für viele Monate lag ein Schatten auf dem Familienleben, der nicht von der Trauer um den Verlust der Tante genährt war.

Diese wenigen freudlosen Jahre am Klavier indessen hatten ihm die Tür in eine Welt geöffnet, in welcher er nicht die Rolle eines Protagonisten einnehmen konnte – aber die eines Zuhörers, eines vorgebildeten Zuhörers und Kenner der Beschwerlichkeit, die nicht vorhandene Begabung der Kunst antun konnte. Er wurde ein profaner Kritiker des Kulturbetriebs, las viel und besuchte Konzerte, in welchen er die neben ihm Sitzenden dadurch nervte, angestrengt ernst in der Partitur des jeweiligen Stückes mitzulesen.

Die Schwarzhaarige lächelte beseelt, ob der so überzeugenden Argumentation von Doktor Hauser. Die Grauhaarige richtete sich spitz an Doktor Beise: »Und, was meinen Sie dazu? Sie werden doch heute nicht schon so früh aufgeben.«

Der Protokollführer drehte sich Beise zu und sang: »*Zu Hilfe! Zu Hilfe! Sonst bin ich verloren, Der listigen Schlange zum Opfer erkoren. Barmherzige Götter! Schon nahet sie sich! Ach rettet mich! Ach schützet mich!*«

Die Schwarzhaarige lachte ordinär und meinte: »Aber Fräulein Kersten, nun hetzen Sie doch unsere Männer nicht aufeinander. Denken Sie doch nur an das vorletzte Mal, als sich Martin und unser Doktor Hauser so in die Haare geraten sind wegen den Streichern.«

Die als *Fräulein* betitelte Frau Kersten nahm für einen Augenblick das Aussehen einer grauen Wand an. *Fräulein!* – das machte sie rasend und sie hasste nichts mehr, als derart tituliert zu werden. Für einen kurzen Moment nur war sie aus dem Gleichgewicht geraten, dann wendete sie sich zuckersüß an ihre Tischnachbarin: »Liebe Frau Schopp, wie könnte ich das vergessen haben. Das war doch ein einprägsamer Moment, in welchem wir Ihnen doch haben erklären können, dass bei einem Streichquartett zwar vier Streicher beteiligt sind, zu einem Klaviertrio jedoch nur ein Klavier erforderlich ist. Wissen Sie eigentlich inzwischen, welche zwei anderen Instrumente dazugehören? Oboe und Fagott waren es nicht, die hatten wir in unserer lustigen Raterunde mit Ihnen ja bereits ausschließen können … wenn ich mich recht erinnere.«

Doktor Friedemann Hauser lächelte begütigend in die Runde und zog die Diskussion ins Theoretische. Da kannte er sich bestens aus und sein Publikum war im Grunde wehrlos. »Meine Damen, meine Damen. Das Denken in Bildern ist nur ein sehr unvollkommenes Bewusstwerden, das wissen wir seit Freud. Es steht auch den unbewussten Vorgängen irgendwie näher als das Denken in Worten. Und zum Denken in Worten gibt uns Wittgenstein die Erkenntnis mit auf den Weg, dass es dort an seine Grenzen stößt, wo die Sprache nicht ausreicht, *wovon man nicht sprechen kann, darüber muss man schweigen.* Ein übrigens fundamental kluges Bonmot, ach was sage ich, kein Bonmot, weit mehr – eine Lebensweisheit. Wir leben ja in einem von philosophischen Erkenntnissen unberührten Vakuum, sollte man meinen. Man schalte nur das Radio ein – da wird beinahe überwiegend von Dingen gesprochen, über die man nicht sprechen kann, nicht wahr? Aber zurück zur Musik. Was das Denken als solches angeht, bleibt neben dem Denken in Bildern und Worten noch das Denken in Musik, welches sich ausschließlich auf seinem Material aufbaut, auf dem Bestand an Klangfarben und Tönen. *Das Denken in Tönen ist ein Vorausdenken ihrer Wirkung* – so hat es Hildesheimer beschrieben und ich fand bisher keine charakteristischere Formulierung.«

Die schmale Frau Kersten hatte ihn zwar angesehen, doch beschäftigte sie etwas anderes: Dieser Doktor Beise würde doch nicht an dieser ordinären Schopp interessiert sein? Dieser ungebildeten dummen Kuh, die Schostakowitsch für einen Wodka hielt und Crescendo für eine italienische Nachspeise. Noch zu Beginn des Jahres hatte sie ernsthaft versucht, Unterstützung im Verein für ihr Vorhaben zu gewinnen, André Rieu nach Lindau zu holen. In der Inselhalle hätte er spielen sollen. Und so jemand war Mitglied einer Gruppierung, in der es um den Ernst, die philosophische Bedeutung in der Musik ging. Eine Person wie die Schopp hörte Musik nur zu ihrer Unterhaltung. Geradezu widerwärtig. André Rieu. Hauser und Beise waren geradezu schockiert gewesen von dem Unterfangen. Martin Banger hatte nur gelacht. Sie hatte damals bissig kommentiert: »Wenn der Rieu kommt, muss der Clayderman auch kommen, die beiden können dann ein Klaviertrio spielen.«

So war man auf das Trio gekommen.

Die mit stummer Missgunst bedachte Schopp ergriff das Wort: »Wir hätten doch nicht drinnen sitzen sollen. Es ist so ein herrlicher Sommer, da muss man einfach draußen sitzen. Wie schön ist es jetzt drunten am Hafen, in der Wärme, und bald flackern auf den Tischen die Windlichter. So romantisch!«

Friedemann Hauser war irritiert. Was hatte es mit seinen Ausführungen über das *Denken* zu tun?

Doktor Beise schüttelte energisch den Kopf. »Später können wir noch draußen sitzen … die Nacht ist noch lang.«

Der Protokollführer, der neben Beise hockte, sah irritiert auf und der vierte Mann, der zu allen anderen in größerem Abstand saß und dem Gespräch ohne jegliche Regung gefolgt war, zuckte mit seinen kräftigen Schultern; so recht passte er mit seiner gedrungenen Statur und den tiefen Furchen im Gesicht nicht in diese Runde. Er polterte missgelaunt: »Mensch, des ist doch so. Do herin, bei der Hitz' ... Mensch ... ah je. Ein schönes Weizen im Hafen, Mensch. Was hat des denn für eine Bedeutung, wer wie denkt, ha? Bilder, Töne, Worte ... ich denk in Essen und Trinken und ...«

Hauser hob erneut die Hände, eine Geste, die sowohl Beschwichtigung wie Genervtsein dokumentierte. »Ich weiß, ich weiß, worin Sie noch denken, Herr Zumpfel, und die anderen wissen es auch. Aber verstehen Sie bitte: Wir haben doch Interna zu besprechen, was draußen nicht möglich wäre, wo eine derart große Anzahl Ohren unseren Gesprächen zuhören könnte. Außerdem ist es zu laut, man versteht sein eigenes Wort nicht mehr. Mopeds, Autos, Radler, die vielen Menschen, die Geräusche von sich geben. Wir sollten uns heute auch nicht mit grundsätzlichen Diskussionen aufhalten ...«, er ließ eine Pause entstehen und sah Doktor Beise an, der heute wieder einmal für Wagner-Festspiele geworben hatte. Allenthalben nutzte er derlei Gelegenheiten, um andere Komponisten als minderwertig darzustellen. Hauser wusste, dass er seine Monologe aus schlauen Büchern hatte und sie auswendig lernte.

Der Protokollführer fragte: »Sind wir eigentlich beschlussfähig, wo Martin nicht gekommen ist?«

»Natürlich sind wir beschlussfähig«, beruhigte Hauser und drehte nervös an seiner Fliege.

»Pöstchen verteilen macht dann besondere Freude, wenn es ungestört verläuft, nicht wahr, lieber Hauser?«, stichelte Beise.

Die Schwarzhaarige richtete ihren Oberkörper auf und stöhnte freudig in die Runde, so als hätte es den kleinen Disput gar nicht gegeben: »Ach, ich freue mich unglaublich auf die Zauberflöte in Bregenz und wünsche mir so sehr, dass kein Sturm oder Gewitter komme möge. Ein herrlicher

Sommerabend soll es werden. Sind wir denn eigentlich komplett? Einmal, da war ich mit meinem Mann selig ...«

Friedemann Hauser unterbrach ihre Rede. Aus Erfahrung wusste er, welche Elegien ihr möglich waren, die sie gewöhnlich mit der Floskel *Einmal war ich mit meinem Mann selig* einleitete. Zudem schien sie mit ihrem Mann vieles nur einmal erlebt zu haben.

Der Protokollführer nickte ihr zu. »Ja. Ich habe sieben Karten – wir und Martin.«

Sie sah ihn dankbar an. »Oh ja, das wäre schon schön, wenn Martin auch dabei wäre.«

Aus der Deckung grauer Haare fiel ihr von Frau Kersten ein missmutiger Blick zu. Zahnarzt Beise wackelte genervt mit dem Kopf. Was diese Frauen nur alle an diesem Banger fanden?

Doktor Hauser versteckte sein Missvergnügen hinter einer aufgesetzt freundlichen Miene. Womit man sich abgeben musste? Schrecklich.

*

Wenzel hockte frustriert auf der Dachterrasse des Bahnhofsgebäudes und sah hinunter auf den Hafen und auf die dahinterliegende Bregenzer Bucht. Der See hatte diese flattrige Unruhe angenommen, die nicht von den Winden herrührte, vielmehr durch die vielen Schiffsschrauben verursacht wurde.

Weit draußen glitten Segelboote langsam über die Wasserfläche, aufgeregt umkurvt von Motorbooten. Dazwischen zogen von Zeit zu Zeit mächtige Ausflugsdampfer bedächtig ihre Spur und warfen hohe Wellen auf, die einige Zeit später laut gegen die Hafenmauer schwappten.

Wenzel war den ganzen Tag auf der Insel unterwegs gewesen, hatte die Hotels mit seiner Lichtbildtafel abgeklappert und allerlei Geschäfte aufgesucht. Nirgends hatte er Erfolg gehabt. Um den Hafen herum war es jetzt etwas ruhiger geworden. Vor einer Stunde noch war es eng und laut zugegangen, als einige Busse ihre Fahrgäste direkt an den Zustiegen am Hafenbecken absetzten. Die *Stuttgart* und die *Baden* lagen hier, nahmen die Festspielgäste auf und brachten sie auf die andere Seite des Sees. Spannung, Erwartung, Aufregung und Vorfreude vibrierten in der Luft. Das Wummern der Schiffsdiesel steigerte die Erwartung und mit großem Hallo passierten die beiden Schiffe Leuchtturm und Löwen und zogen über die Wasserfläche, auf welcher der erste zarte Abglanz eines vergehenden Sommertags lag. Über den Blättern der Linden und Kastanien entlang des Uferwegs lastete schweres Abendlicht und darunter abgrundtiefe Schatten. Wie müde Fächer aus archaischem Grün hingen die grünen Baldachine über dem Wasser.

Wasser, Wasser, Wasser – über eine gewaltige Fläche hinweg nur Wasser und am Horizont schließlich grüne Hügel und schneebedeckte Berggipfel, die einem auch deswegen noch weiter entfernt schienen, da man wusste, dass sie einem anderen Land zugehörig waren.

Wenzel überlegte, was er tun sollte. Er hatte nichts vorgehabt an diesem Freitagabend. Von seinem Ausguck hier auf der Terrasse des *Nana* hatte er sich mehr versprochen. Es war ein guter Platz, denn kaum einer vermutete hier einen Beobachter. Wenzel war enttäuscht. Gerade das Gedränge vor den Zugängen zu den Schiffen hätte diejenigen anziehen müssen, auf die er es abgesehen hatte. Aufmerksam hatte er die Augen wandern lassen, auf der Suche nach einer Gestalt, die sich nicht dem Schiff widmete, die in der Menge mitschwamm, die mit niemand anderem redete, der nicht die Aufgeregtheit anzusehen war, sondern gezielt durch die Masse schlich und auf eine gute Gelegenheit spekulierte. Je dichter die Menge, je aufgeregter das Treiben, desto besser standen die Chancen. Die Aufmerksamkeit der Menschen hier, ihre Vorsicht, sie war an einem anderen Ort.

Wenzel bestellte noch einen Kaffee und ließ sich in den Stuhl zurücksinken. Ein Cognac wäre jetzt gar nicht so schlecht gewesen. Dazu eine Zigarre. Er sinnierte darüber, wie es wäre, die Wirkung des Alkohols zu spüren und zu kontrollieren, die Würze des Rauchs zu schmecken und den blauen Wolken nachzusehen, wie sie sich im Blätterdach der Platane auflösten. Das Sinnen darüber machte ihn müde.

Der Kaffee frischte ihn auf. Er sah wieder hinunter auf den Platz zwischen Bayerischem Hof, Bahnhof und Hafen. Es war weniger geworden, doch immer noch viel Auftrieb.

Ohne es ganz bewusst zu steuern, blieben seine Augen an einer männlichen Gestalt haften, die vom alten Postamt her in Richtung Hafen spazierte. Schwarzer Anzug, helles unifarbenes Hemd; ein Knopf zu viel stand offen, um den Kerl noch seriös hätte wirken zu lassen. Eine schmale Goldkette blinkte einmal glitzernd auf. Der Typ hatte seine dunklen Haare streng nach hinten gekämmt und behielt die rechte Hand in der Hosentasche. Sein Blick wanderte nicht umher, nicht zur Seite, nicht nach oben, nichts interessierte ihn mehr als die eine Gruppe von etwa sieben Personen, die ein Stück vor ihm gingen. Wenzels Augenspiel wurde laserhaft. Er legte das Geld für den Kaffee auf den Tisch und eilte nach unten, wo er im Schutz der Bahnhofsfassade stehen blieb und suchte. Die Truppe, vier Frauen, drei Männer, konnte er nun am eisernen Zaun des Hafenbeckens ausmachen. Einer der Männer erklärte etwas und zeigte hinüber nach Bregenz. Nicht weit davon entfernt entdeckte er den Kerl, der für ihn zur Zielperson geworden war. Gekonnt unauffällig stand er da herum. Ob er wirklich alleine arbeitete? Kaum vorstellbar. Wenzel griente gehässig und vermied die Möglichkeit eines direkten Blickkontakts; er war sicher, auf der richtigen Spur zu sein. Was war so interessant an dieser Gruppe? Ganz normale Gäste, keine exotische Erscheinung darunter, keine Exaltiertheiten, alle so Mitte fünfzig. Konnte gut sein, dass sie noch Geld am Automaten der Sparkasse abgehoben hatten. Von da vorne waren sie gekommen.

Sie schoben sich weiter vor in Richtung Mangturm, und tatsächlich, der Mann folgte ihnen.

Auch Wenzel setzte sich in Bewegung. Die Gruppe, der Typ und er – sie bildeten im Gewusel all der Menschen eine unsichtbare, zueinandergehörende Kette. Den Typen hatte er noch nie gesehen. Er war groß gewachsen, hatte zu viel auf den Rippen und wirkte daher nicht athletisch, sondern schwammig.

Wenzel verringerte den Abstand und versuchte zu erkennen, ob jemand in dessen Nähe mitschwamm, Blickkontakt suchte, Zeichen gab. Schwierige Umstände für eine Observation; er musste dranbleiben, denn wenn der Kerl erfolgreich sein wollte, dann musste er jetzt zuschlagen – bevor seine Opfer in eines der Restaurants gingen. Die Gruppe schlenderte weiter, begutachtete die Tischreihen vor dem Hotel Seegarten, ein Stück weiter vor dem Reutemann, und blieb eine Weile vor dem Hotel Helvetia stehen. Ein größerer Schwarm Menschen kam ihnen entgegen. Wenzel sah, wie der Typ beschleunigte, und er machte gleichfalls einige schnelle Sätze, um aufzuschließen. Was sollte er tun? Beobachten und danach zugreifen, oder den Griff in eine der

Taschen der Damen verhindern, denn das vermutete er als Angriffsziel des Kerls.

Im Menschenknäuel, das sich ein Stück weiter vorne gebildet hatte, kam es mit einem Mal zu einer Verknotung, einer Verflechtung. Wenzel war nun nur zwei, drei Schritte hinter dem Typen, der sich anschickte, zielstrebig in die Menschentraube hineinzudrängen.

Auf der Seite stürzte auf einmal eine Frau. Die Umstehenden gaben erschrockene Laute von sich. Wenzel kümmerte sich nicht darum. Er blieb an dem Typen dran. Der Sturz der Frau hatte auch dessen Fortkommen gehindert. Aus dem Knäuel kam eine Rothaarige hervor und eilte mit schnellen Schritten davon, fast wie auf der Flucht. Ein Mann setzte ihr kurz nach und schimpfte. So wie Wenzel die Situation erfasste, war sie an dem Sturz der Frau in einer unangenehmen Weise beteiligt. Der Typ schwenkte ab. Von der Seite nahm Wenzel sein Profil wahr. Er wirkte ärgerlich, drehte um und ging mit schnellen Schritten wieder in Richtung Bahnhof zurück. Die kurze Aufregung am Mangturm ebbte ab.

Was tun? Wenzel hatte nicht erkennen können, ob etwas geschehen war. Die Rothaarige trug ein sehr enges Sommerkleid mit Blumenmuster, hatte keine Tasche dabeigehabt und nichts in den Händen gehalten. Eine Übergabe war ausgeschlossen. Er blieb dran und der Typ führte ihn zurück zum Bahnhof, durch die Bahnhofshalle, hinaus auf den Platz vor den Gleisen, und wie selbstverständlich nahm er den Weg jenseits von Gleis acht über den Gleiskörper hinweg in Richtung der alten Bahnbaracken. Das war schlecht, denn es war hier unmöglich den beiden zu folgen. Dass es verboten war, interessierte ihn nicht sonderlich, aber er hatte da draußen auf den Gleisen keine Deckung und würde auffallen. Er wartete und verfolgte, wohin es den Typen zog. Es war unwahrscheinlich, dass er zu Wiedemann an Gleis 5 wollte, um eine schmiedeeiserne Figur für den Garten zu erwerben, einen Elefanten, eine Giraffe, einen Esel oder einen Brunnen. Zweimal drehte sich der Kerl um und kontrollierte, ob ihm jemand folgte.

Wenzel wartete, bis er im hohen Gestrüpp, das in frecher Wildheit die verfallenden Baracken umgab, verschwunden war, und setzte ihm erst dann mit schnellen Schritten nach. Jetzt spürte er den Schweiß auf der Stirn und über der Oberlippe. Ein Blechschild hing windschief an der Wand und wies mit einem Pfeil zur Kantine. Das war lange Vergangenheit. In diese Richtung, durch den schmalen Durchschlupf mussten die zwei verschwunden sein, denn vorne am Hof, der zum Kunstkrempel von Wiedemann führte, waren sie ganz sicher nicht gegangen. Wenzel hielt kurz inne und brachte sein hektisches Atmen zu Räson. Dann schlich er vorsichtig hinterher. Es roch muffig zwischen den Holzbaracken. Als er aus dem Durchgang in den Zwischenraum trat, begegnete er dem überraschten Blick des Kerls. Er stand an der Wand und fingerte an seinem Jackett herum. Seine Augen waren schmal und fixierten Wenzel. Der hielt seinen Dienstausweis hoch und ging auf den Typen zu. Die Rothaarige war nirgends zu sehen, und das gefiel ihm gar nicht. Er rief laut »Polizei!« und »Was machen Sie hier!? Es ist verboten die Gleise zu überqueren!«, dabei ging er bis auf zwei, drei Meter heran. Jetzt aus der Nähe sah er, wie verschwitzt der Kerl war und wie fett. Er lächelte Wenzel unschuldig an und zuckte mit den Schultern.

»Wo ist die Frau?«, fragte Wenzel und wies mit dem Kopf zur Seite.

Der Schwammige zuckte wieder mit den Schultern. Seine Lippen arbeiteten. Er überlegte noch, wie er mit der Situation umgehen wollte.

Wenzel streckte die Hand aus und ließ seine Finger aufdringlich wippen. »Den Ausweis … bitte!«

Es knirschte in der Ecke ein paar Meter entfernt und hinter einem rostigen Tank tauchte der Kopf der Rothaarigen auf. Sie hatte wohl nicht länger in der unbequemen Hocke abwarten können und sah Wenzel beleidigt an.

Der Typ sprach nun, mit tiefer Stimme und unaufgeregt, eher belustigt: »Frau … macht mir gute Gefühle.«

Er grinste breit.

Wenzel sah ihn böse an. »Ausweis habe ich gesagt … her damit … sonst mache ich auch Gefühle.«

Seine Augen klebten an jeder Bewegung, als der Kerl unter das Jackett griff. Er kramte einen Geldbeutel hervor und holte den Ausweis heraus. »Na also«, lobte Wenzel, und kurz zur Frau gewandt, »komm her, Lady!«

Die Lady näherte sich mit langsamen Schritten. Sie tat aufgebracht und mit jedem Wort wurde ihre Stimme hysterischer. »Das dürfen Sie nicht, einen duzen, das dürfen Sie nicht, wegen der Würde, das weiß ich, dass Sie das nicht dürfen …«

Wenzel dachte: Halt's Maul, Schlampe, und sagte beleidigt: »Sie müssen sich verhört haben, gnädige Frau. Niemals käme ich auf die Idee, Sie zu duzen.«

Er sah auf den Ausweis. »Soso, Herr Rigobert Neigert. Die Frau macht also gute Gefühle. Und was machen Sie hier?«

»Spazierengehen«, lautete die Antwort und so wie es klang, hatte sein Gegenüber seine Fassung und Kontrolle wiedergefunden. Seine Stimme barg sogar einen Schuss Aggressivität.

»Haben gnädige Frau vielleicht auch ein Ausweispapier bei sich?«

Ihr Gesichtsausdruck versprühte eine wilde Angriffslust.

Wenzel schätzte sie auf Ende zwanzig. Ihr Körperbau war üppig und schon jetzt war die Entwicklung zum Matronenhaften zu erkennen, die er in wenigen Jahren vollendet haben würde.

Der Typ griff wieder unters Jackett, fummelte dort herum und reichte Wenzel schließlich einen Führerschein. Das Foto passte. »Also Frau Jessica Notze – was geht hier ab? Herr Neigert berichtete mir, Sie würden ihm gute Gefühle machen … die Details interessieren mich nicht, aber Prostitution … läuft hier nicht.«

»Ach ne … kontrollieren Sie dann vielleicht auch die Hotels«, antwortete sie schnippisch, »da könnten manche ja gleich zusperren … «

»Na, na, na … nun mal langsam. Sie geben also zu, hier der Prostitution nachzugehen.«

»Ne!«, entgegnete sie angewidert, »wirklich nicht. Ich gebe gar nichts zu, klar!«

Der Mann breitete theatralisch seine Hände aus, zwinkerte Wenzel zu und sprach mit schleimiger Stimme: »Aber, aber … keine Prostitution … nur Spaß.«

Wenzel ging ein paar Schritte in Richtung Ecke, aus der die Rothaarige gekommen war. Abgelegt war da nichts. Mit dem Handy fotografierte er den Ausweis und den Führerschein und gab beides Neigert zurück. Im Moment konnte er nichts unternehmen. Blöde Sache, dumm gelaufen.

»Ihr Wohnort ist noch aktuell, Herr Neigert? Achberg?«

»Sicher. Ich wohne bei meiner Lebensgefährtin.«

»Das klingt gut«, kommentierte Wenzel, »was sagt sie denn zu dieser Frau hier und den Gefühlen, ihre Lebensgefährtin?«

Neigert grinste, hob abfällig den Kopf und lachte stumm, nur mit dem Laut des Ausatmens, sodass nicht klar war, ob er damit seine Lebensgefährtin oder Wenzel adressierte.

Wenzel entschied sich die Sache hier abzubrechen. »Schönen Abend noch ... und nicht über die Gleise zurückgehen, ja!«

Die beiden zogen ab.

Er verzichtete darauf ihnen zu folgen und inspizierte vielmehr die nähere Umgebung. Gab es hier ein Depot?

Er fand nichts dergleichen.

Die Sterne funkelten am Firmament, als er die Dienststelle erreichte, und doch war die Schwärze der Nacht noch weit entfernt. Auf der Insel summte und surrte der Sommerabend. Windlichter flackerten auf den Tischen und auf den blanken Schultern der schönen Frauen lag wohlig die Wärme des Tages. Bald würde ein kühler Hauch daherkommen und Feingewebtes würde die Haut bedecken.

Wenzel ging durch den dunklen Gang zu seinem Büro. Das wenige Licht des Scheinwerfers im Hof brachte genug Helligkeit herein. Er setzte sich an den Computer und gab die beiden Namen ein, zuerst Rigobert Neigert.

Hatte er es sich doch gedacht. Eine lange Liste erschien am Bildschirm. Dieser Neigert hatte die Polizei schon kräftig arbeiten lassen. Weihnachtsmärkte waren seine Spezialität. Nürnberg, München, Regensburg, Augsburg, Ulm, Stuttgart; die Delikte: Diebstahl, Unterschlagung, Betrug, Körperverletzung, Förderung der Prostitution. Wenzel lächelte in den Bildschirm. Genau so hatte er auch ausgesehen, der Kerl.

Jessica Notze war etwas konservativer. Ihre Kriminalakte erforderte es nicht zu scrollen, eine Bildschirmseite reichte aus: zwei Drogendelikte und ... Wenzel zuckte zusammen ... ein versuchter Totschlag. Er klickte weiter zu den Haftdaten. Sie war vor drei Monaten aus der Frauenjustizvollzugsanstalt Aichach entlassen worden – nach knapp zwei Jahren. Gute Führung. Was es nicht alles gab – Jessica Notze und gute Führung? Ein versuchtes Tötungsdelikt mit Verurteilung und Haft – das hätte er ihr nicht zugetraut.

Wie hing sie mit diesem Neigert zusammen? Eine Knastbekanntschaft war auszuschließen und seine weiteren Recherchen ergaben keine Schnittstelle – zusammen hatten die beiden bisher kein Ding gedreht. Zumindest war es nicht bekannt geworden. Er ärgerte sich, nichts Stichhaltiges gefunden zu haben. Irgendwo mussten sie ein Depot für das Diebesgut haben. Wo konnte das sein? Die Baracken am Bahnhof wären kein schlechter Ort. Aber soweit er es mitbekommen hatte, war ihre Tour misslungen. Was hätten sie ins Depot legen wollen?

Er würde sie im Blick behalten müssen.

Weltreisen

Norbert Sahm war an diesem Samstag noch vor der Morgendämmerung aus dem Haus gegangen. Seine Frau war aufgewacht und hatte gefragt, was los sei. »Ich geh laufen«, lautete seine Antwort, was an sich nichts Besonderes war. Er ging oft sehr früh zum Laufen, wenn diese angenehme Kühle noch spürbar war. Aber ausgerechnet heute, in dieser Situation? Er kam sich selbst komisch vor und seine Stimme hatte belegt geklungen.

Von ihr war keine Nachfrage gekommen.

Er zog im Bad die Joggingklamotten über, ging den Gang nach hinten zu Anna und öffnete vorsichtig die Tür. Das Kind schlief tief und fest. Eine Weile blieb er stehen, konnte sich dem anrührenden Anblick nicht entziehen. Danach betrat er sein Arbeitszimmer und schloss leise von innen zu. Sein Schreibtisch verfügte über eine Art Tresor; ein Stahlfach mit massivem Schloss. Den Schlüssel dazu trug er am Schlüsselbund. Einen zweiten hatte er in der Firma deponiert. Zwischen den Unterlagen mit Angeboten und Ausschreibungsunterlagen holte er einen schmalen Ordner hervor, steckte ihn in den Bund der Hose, zog die leichte Jacke drüber und schlich aus dem Haus.

Er war fast alleine unterwegs an diesem Samstagmorgen. Trotzdem wanderten seine Augen immer wieder zum Rückspiegel.

Was suchten sie darin? Ein Auto, das ihn verfolgte? Wer sollte ihn verfolgen und aus welchem Grund? Sah er schon Gespenster?

Er war aufgeregt. Ständig musste er sich selbst ermahnen, sich zur Ordnung rufen, die Tränen zurückhalten.

Am Berliner Platz fuhr er geradewegs weiter, die Bregenzer Straße hinaus. In der Glasfassade des Lindau-Parks reflektierte ein erster heller Morgenglanz.

Von der Bregenzer Straße bog er in die Eichwaldstraße ein und hielt sich ein kurzes Stück zurück in Richtung Lindau. Links leuchtete der See durch die Lücken der Bäume; es war eine umständliche Strecke, die er nahm. Ein wenig fühlte er sich wie in einem Film, einem Krimi, in dem der Protagonist wenig nachvollziehbare Wege fuhr, um ihm unbekannte, imaginäre Verfolger abzuschütteln.

Am Parkplatz, noch vor der Villa Leuchtenberg, die monolithisch am Ufer stand und auf das Morgenlicht wartete, fuhr er in den äußersten Winkel. Das Auto wackelte wegen der tiefen Löcher im Schotter. Die Mappe lag auf dem Beifahrersitz. Er entnahm ihr einige Papiere, zerriss sie, ohne noch einen Blick darauf zu werfen, ging nach draußen, warf sie in den Mülleimer und setzte seinen Weg fort. Sein nächstes Ziel war Hörbranz, wo er an der Post wieder einen Teil der Papiere entsorgte. Die letzten Fetzen wurde er am Europaplatz los, gleich vor der Seebrücke.

Er lief die paar Meter zur Brücke und ging einige Schritte hinunter zum kleinen See, kniete am Betonsockel nieder und schöpfte mit der Hand Wasser, das er sich in die Haare rieb und zwei, drei Hände voll im Gesicht und am Hals verteilte. Wenn er nach Hause kam, sollte es so aussehen, als wäre er wirklich beim Joggen gewesen.

Hatte er etwas vergessen?

Nein.

Jetzt noch *Wurzeln* bei Schönegg auf der Insel holen.

Anna war wie erwartet schon wach und spielte still im Wohnzimmer. Ein Glück – dieses Kind. Silvia war in der

Küche. Er ging hinein und legte die feste Bäckertüte auf die Arbeitsplatte.

Sie schenkte seiner Ankunft keine besondere Aufmerksamkeit, stellte Tassen und Untertassen bereit, holte Milch, Butter, Marmelade aus dem Kühlschrank und richtete es auf dem Tablett zurecht.

»Draußen?«, fragte sie, drehte sich dabei um und sah ihn nun an.

Er erschrak, ohne zu wissen warum. Das schlechte Gewissen?

»Ja, draußen.«

»Wie war dein Puls heute beim Laufen? Die Umstände … sie sind doch außergewöhnlich, nicht wahr … Das wirst du spüren.«

Er sah, wie ihr Blick zur Messuhr an seinem Arm fiel, auf der eine große Null zu sehen war, anstatt des Durchschnittspulses, der dort sonst blinkte, wenn er nach Hause kam.

Sie drehte sich um, als sei nichts los, und brachte das Tablett nach draußen. Er spürte den Herzschlag bis in die Ohren und schwieg. Ja, wie war sein Durchschnittspuls im Moment? Eine gute Frage.

*

»Hat das denn so früh sein müssen … auch noch am Samstag!?«, zankte einer der Waldarbeiter und schlug mit der Hand nach einer Bremse, die sich auf seiner linken Backe niedergelassen hatte. Sein Kumpan lachte böse.

Der Förster beschwichtigte: »Seid doch froh. Dann bleibt vom Tag noch was übrig … könnt ihr heute Mittag noch baden gehen. Sogar der vom Forstministerium aus München ist gekommen.«

Die zwei Arbeiter lachten fies.

Die drei marschierten einen Waldweg entlang, der noch in tiefem Schatten lag. Dort, wo die Sonne ihre Strahlen durch das Blätter- und Nadeldach bis auf den Waldboden brachte, kehrte Leben in das dösende Holz; es knackte und knisterte.

Der Holzerweg umging in weitem Bogen ein felsiges, von alten Fichten bestandenes Stück, um in einer langen Geraden aufwärts zu führen.

»Die sind nächstes Jahr dran, oder?«, fragte einer der Arbeiter und wies mit dem Kopf auf die alten Stämme.

Der Förster antwortete nicht. Sein Auge hatte vorne am Weg Gestalten erkannt. »Ah, die sind schon da.«

Bei denen, die schon da waren, handelte es sich um den Ministerialbeamten Täfermann und den Jagdpächter, Doktor Schröck. Die Begrüßung blieb knapp. Am Telefon hatte man schon genug miteinander gesprochen.

Schröck war ein kerniger Kerl, mit kurz gehaltenem grauem Bart, einer kräftigen Nase und einer Stimme, die, in freundschaftlichem Ton gehalten, sonor klang. »Na, wo sind sie denn, die Zwillinge«, sprach er spöttisch.

Ministerialrat Täfermann faltete die Hände und redete eindringlich auf Schröck ein: »Ich bitte Sie, Herr Doktor Schröck, provozieren Sie bitte nicht. Wir alle sind froh, wenn dieser Termin hier verbindlich verläuft und wir Einvernehmen herstellen können.«

Schröck nickte säuerlich und seine Stimme wurde eine Spur trockener: »Wegen mir wäre die Sache hier gar nicht nötig gewesen … hätte es gar nicht gebraucht, den Schmarrn. Ich habe am Samstag anderes zu tun!« Seine Zunge fuhr im Mund herum und sein Unterkiefer vollzog einige missmutige Bewegungen. Schröck holte einen silbrig glänzenden Flachmann aus der Innentasche seines Parkas und bot ihn der Runde an. Ministerialrat Täfermann und der Förster lehnten ab, die beiden Waldarbeiter bedienten sich, was Schröck sichtlich freute, der sich auch einen kräftigen Schluck gönnte und den anderen zuprostete: »Mein Schwager ... brennt selbst ... das schwarze Zeug ist immer noch das Beste, daran hat sich bis heute nichts geändert«, er lachte böse und sah Täfermann an, »und es bringt mich außerdem so richtig in Stimmung.«

Schröck steckte den Flachmann weg und stiefelte den Weg hinunter. »Ach du Scheiße!«, presste er unterdrückt hervor und endete mit einem dumpfen Lachen. Die anderen folgten seinem Blick und sahen nun auch die zwei Gestalten, die den Weg herankamen. Einen Mann und eine Frau. Beide waidmännisch gekleidet. Die Frau trug einen Lodenumhang und hatte ein spitzes Hütchen auf dem Kopf. Eine lange Feder wippte bei jedem Schritt.

Täfermann flehte Schröck an: »Ich bitte Sie nochmals sich zu beherrschen und jede Provokation zu unterlassen.«

Schröck lachte. Gerne hätte er noch einen Schluck aus dem Flachmann genommen. »Frisch aus der *Jagdboutique* die zwei ... was haben Sie gesagt, Täfermann ... was sind die – ein Arztehepaar?«

Der Förster bestätigte mit einem unterdrückten Laut.

»Beides Ärzte also?«

»Ja. Ich glaube Orthopäden«, ergänzte Täfermann, »mit einer Praxis in Göppingen, wenn ich recht gehört habe.«

Schröck verzog das Gesicht zu einer schmerzvollen Grimasse. Die Zwetschgen brannten in der Kehle. Es klang kratzig, als er sprach. »Und wieso sind sie nicht dort geblieben? Die hätten sich von der Kohle, die ihnen das Tantchen vererbt hat, doch schöne Mietwohnungen in Stuttgart kaufen und dann ihre Mieter drangsalieren können – wozu ausgerechnet Wald?«

Der Förster zuckte mit den Schultern. »Weil Wald die bessere Anlage ist im Moment. Die Immobilienpreise sind so hoch, da ist kaum noch *Performance* möglich, so hat sie es mir gesagt. Und bei uns waren die zehn Hektar vom Prickler eben zu haben.«

»Kann man sich kaum vorstellen … der Prickler … den ganzen Hof versoffen … kann man sich nicht vorstellen, so was, oder? Ein ganzes Anwesen, einen ganzen Besitz, das Erbe einer Familie über Generationen – einfach weggesoffen.«

»Na ja … die Bank schaut zu und solange Substanz vorhanden ist …«

»Also der Prickler, so versoffen der war, der wär mir trotz allem lieber gewesen. Jetzt kommen die daher, diese Lodenzwerge, und fangen gleich einen Händel an … die kommen mir schon gerade recht. Aber es hätte ja noch schlimmer werden können …«

Die Waldarbeiter sahen nun neugierig zu Schröck. Auch Täfermann und der Förster konnten sich nicht vorstellen, was hätte noch schlimmer werden können.

Schröck nahm die fragenden Blicke auf und erklärte triumphierend: »Lehrerehepaar! Es hätte ein Lehrerehepaar sein können!«

Alle lachten.

In der Tat. Es gab Schlimmeres.

Einer der Waldarbeiter traute sich auch etwas zu sagen: »Von meinem Schwager die Schwester, die arbeitet bei dem Notar und mit dem Erbe von denne zwei, also des von der Tante, da gibt es auch noch einen Prozess, weil die hat ja die Singhansel do auch bedacht.«

Schröck sah ihn fragend an. »Welche Singhansel?«

»Ja, der Verein do, wo für die Kultur ist und die Musik.«

Schröck sah Täfermann an, aber was sollte der schon wissen, wo er doch aus München war. Was wusste man in München, noch dazu in einem Ministerium, überhaupt von der Kultur – und der Musik und von Lindau am Bodensee.

Der Förster hingegen war eingeweiht. »Es ist der *Verein zur Förderung ernsthafter Musik*. Die Tante war da sehr engagiert und hat immer wieder Konzerte in ihrem Haus veranstaltet, oder Lesungen – es gibt einige, die ganz scharf darauf waren eine Einladung zu erhalten. Sie hat dem Verein wohl einen Haufen Geld vermacht. Man munkelt, es soll über eine Million sein …«

Einer der Waldarbeiter schaltete sich ein. »Und die Kirche hat auch was gekriegt. Das hab ich von meinem Schwager gehört …«, etwas entschuldigend fügte er an, »der ist da im Kirchenvorstand. Jetzt müssen sie das Lugeck nicht mehr verkaufen, wo sie doch so finanzielle Unordnung gehabt haben.«

»Wo hat die eigentlich ihr Haus gehabt, die Tante?«, wollte Schröck wissen.

»Haus ist gut gesagt. Eine Villa in Reutenen … zum See hin … stammte aus einer alten Ulmer Industriellenfamilie … Maschinenbau …«

Das Gespräch verstummte, je näher die beiden Jagd-Trachtler der Gruppe kamen.

Die dottores Hertha und Albert Koller-Brettenbach erreichten die Wartenden etwas außer Atem. Sie waren noch nicht an die Trabert-Stiefel gewöhnt und der Loden war viel zu warm für die Zeit.

»Geht ja schon recht lustig zu hier«, stellte Frau Doktor mit säuerlicher Miene fest.

Ein schlechter Einstieg, um gute Stimmung zu erzielen.

Täfermann wusste nicht so recht, ob er die Hand zum Gruß reichen sollte, denn sie behielt ihre Hände unter dem Umhang. Ihr Mann hatte noch kein Wort gesagt. Seine hellgrauen Augen schauten wässrig-ernst durch den Rahmen seiner Goldrandbrille. Er war ein wenig kleiner als seine Frau und das einzig Markante an seinem Gesicht war die Brille. Der graue Filzhut war zu groß für ihn und setzte fast auf der Stirn auf. So war das, wenn man Hüte vor dem Friseurbesuch kaufte.

Ein Arztehepaar also. Täfermann dachte über diesen Begriff nach. Es gab überhaupt nur wenige Berufsgruppen, die, waren die beiden Teile einer Ehe mit dem gleichen Beruf versehen, in umgangssprachlicher Wortfindung mit dem Zusatz Ehepaar bedacht waren: Ärzte, Lehrer und Pfarrer. Kein Mensch sprach von Anwaltsehepaaren oder Kaufmannsehepaaren, was ja einen Grund haben musste, – einen tieferen Grund. Er stolperte nochmals über den Begriff Pfarrerehepaar, der hier nicht zählte, denn in seiner Kirche gab es das nicht, konnte es das nicht geben und durfte es sowas nicht geben – niemals.

Lehrern und Ärzten scheint also etwas eigen zu sein, was insbesondere dann eine Wirkung entfaltete, wenn Ehepaare den Beruf ausübten.

Schröck behielt die Hände in bäurischer Unhöflichkeit in den weiten Taschen seiner moosgrünen Kordhose und entbot überlaut seinen Gruß: »Guten Tach, die gnädige Frau! Hübsches Hütchen und Gott zum Gruße, der Herr Doktor. Heute schon was geschossen?«

Die Waldarbeiter drehten sich weg und unterdrückten ein Lachen.

Täfermann ließ sein Nachsinnen und kam schnell zur Sache; er lief vom Weg aus einige Meter in die Fichtenschonung, um die räumliche Situation aufzulösen.

Dort bot sich ein jämmerliches Bild. An dürren Stämmchen hingen verlorene und sichtlich unterwüchsige Zweige herum.

»Am besten, wir schauen uns die Sache gleich einmal an. Frau Doktor Koller-Brettenbach … sehen Sie selbst …«

Sie unterbrach ihn: »Ich muss mir das nicht noch mal ansehen. Der Verbissschaden ist ja unübersehbar. Unser Anwalt hat die Bildtafel ja nicht umsonst erstellen lassen.«

Schröck bellte los: »Welche Verbissschäden … wo sehen Sie hier Verbissschäden!?«

Täfermann brachte ihn mit einer energischen Handbewegung zum Schweigen.

Der Förster nahm den Lodendoktor vorsichtig am Arm und führte ihn ein weites Stück in die Schonung hinein. »Man muss feststellen, dass die Schonung wirklich in einem bemitleidenswerten Zustand ist …«

Sie unterbrach ihn: »Was sie nicht wäre, wenn die Zuständigen ihrer Verantwortung nachkämen und die Beschusszahlen erfüllen würden …«

»Darauf kommen wir gleich noch … aber sehen Sie doch selbst. Diese Fichten hier sind regelrecht verkümmert, und es sind an ihnen keinerlei Verbissschäden festzustellen. Nur an einigen wenigen.«

Schröck bellte wieder los: »Da geht doch ein vernünftiges Rotwild nicht ran, an den Billigimport aus China! … mein Rotwild ist anderes gewöhnt! … von wegen Verbissschäden! … das ist mangelhafte Forstwirtschaft!«

Der Förster beschwichtigte sogleich. »Sehen Sie, Frau Doktor Koller-Brettenbach, in der Tat ist die Fläche hier wenig geeignet für Fichten, denn es ist so … vom Hang drückt das Wasser herunter, um die felsigen Stücke herum und sammelt sich im gesamten Bereich der Kehre. Erlen! Es wäre ein guter Platz für Erlen … und morgens steht hier natürlich das Wild wegen der Lichtung gleich da drüben … Sie müssten …«

»Na also … hier steht also morgens das Wild … da haben wir es doch schon. *Wir* müssen also gar nichts! Wieso schießen Sie es denn nicht, dieses Wild … kommen Sie etwa nicht aus dem Bett!?«

Schröck spürte, wie ihm das Blut siedend wurde, doch er beherrschte sich. »Sie haben von der Jagd noch weniger Ahnung als vom Waldbau, Frau Kreller-Bretzenbach!«

»Für Sie immer noch Frau Doktor Koller-Brettenbach!«

»Und für Sie immer noch Herr Doktor Schröck!«, schrie er nun zurück.

Sie stutzte kurz und fuhr mit dem Kopf nach hinten, sodass die lange Feder heftig ins Pendeln geriet.

Täfermann blieb sachlich. »Wir können nach Inaugenscheinnahme unmöglich Ihrem Ansinnen auf Entschädigung folgen, Frau Doktor Koller-Brettenbach. Der Ortstermin zeigt deutlich, dass die Fichtensetzlinge als solche nicht der besten Qualität waren. Ich vermute, sie wären für die trockeneren Böden Osteuropas besser geeignet. Als Gutachter muss ich Ihnen sagen: Es besteht wenig Hoffnung auf Erfolg.«

Schröck knatterte los: »Da drüben, hinter dem Hügel, in der Hütte … das sind doch Ihre Rumänen und Bulgaren, oder etwa nicht?«

»Es sind nicht *unsere*, bitte! Es sind Waldarbeiter aus Osteuropa, ja. Alle mit gültigen Papieren und …«, echauffierte sich Frau Doktor Koller-Brettenbach.

Schröck unterbrach mit einer unwirschen Handbewegung. »Ist ja gut, ist ja gut. Natürlich gültige Papiere … ich habe ja nichts anderes behauptet … und es sind tüchtige, fleißige Kerle. Aber Sie kennen den Wald hier nicht, seine Eigenheiten. Und ab und zu …«

Sie wendete sich mit einer wegwerfenden Handbewegung von ihm ab und sprach in Richtung Förster, der nahe bei Täfermann stand.

»Wenn die Herrschaften sich in ihrer ablehnenden Haltung einig sind, dann macht es ja keinen Sinn hier weiterzudiskutieren, schon gar nicht mit alkoholisierten Menschen. Wir werden das auf dem Rechtsweg weiterverfolgen ... auf Wiedersehen, die Herren. Komm, Albert!«

Täfermann warf Schröck einen strafenden Blick zu. Das mit dem Flachmann hätte es wirklich nicht gebraucht.

*

An diesem Samstagmorgen kam Schielin schon früh zur Dienststelle und wunderte sich darüber, nicht der Erste zu sein, so wie er es erwartet hatte. Am Abend zuvor war er spät aus Ulm zurückgekehrt, hatte Kimmel trotz der späten Stunde doch noch angerufen, um ihn in aller Kürze über die neuen Erkenntnisse zu informieren, und darüber, was er beabsichtigte zu tun – Befragung der Familienangehörigen, Aufklärung des sozialen Umfelds des Toten, Durchsuchung der Wohnung und der Büroräume; die klassischen kriminalistischen Maßnahmen eben.

Im Gang roch es bereits angenehm nach Kaffee, Lydias Stimme war von hinten zu hören – sie telefonierte –, und Kimmel hockte auch schon hinter seinem Schreibtisch.

Der frühe Vogel fängt den Wurm. Er nahm eine Tasse Kaffee mit ins Büro, wo es ein wenig wild aussah. Lydia hatte Martin Bangers Kleidungsstücke und die von ihm mitgeführten Gegenstände ausgebreitet, die in milchige Plastiktüten verpackt waren.

Sie begrüßte ihn beiläufig, ganz in Gedanken bei den

Sachen, die um sie herumlagen. Sie deutete auf die ausgelegte Plastiktütensammlung. »Also auf Klamotten hat er wirklich Wert gelegt – teures Zeug vom Biedermann. Und was der sonst noch alles dabeihatte!? Parfüm, Kamm, Bürste, Sonnencreme, After-Sun-Lotion, Smartphone, Personalausweis, drei Kreditkarten in einem Krokomäppchen, im Geldbeutel dreihundertvierzig Euro, im Jackett ein Montblanc-Füller – vergoldet! Wo die Dinger doch schon so recht teuer sind. Eine IWC Portugieser Automatik mit Lederarmband, drei Handtücher, klein, mittel und ein großes, dann eine Golfmütze, ein Schal … falsch – ein Seidenschal natürlich. Mein lieber Mann! Dazu noch normales Zeug – Fahrkarten nach Bregenz, Rechnungsbeleg vom Badehaus am Kaiserstrand, da war er zum Frühstücken, Eintrittskarte vom Landesmuseum in Bregenz, Schiffsfahrkarte Bregenz – Bad Schaden …«

»Na ja, er war halt zum Baden«, sagte Schielin und meldete sich am Computer an.

»Gehst du so ausgestattet zum Baden? Mit Seidenschal und drei Handtüchern? Tolle Qualität übrigens.«

Er brummte etwas Unverständliches.

»Finanziell scheint es ihm nicht schlecht gegangen zu sein, wenn man diese teuren Accessoires so ansieht. Allein die Uhr, der Füller, die Klamotten … da kaufen andere ein Auto für.« Sie rieb sich die Hände, als wollte sie etwas abrubbeln, und klang genervt: »Ah, was ist denn das? Komisch.«

Er erzählte von seinem Termin in Ulm, von der Wirkungsweise des Giftes und von der Meinung des Rechtsmediziners, wonach Martin Banger sehr auf sich geachtet habe. Gesund gelebt, gepflegte Erscheinung.

»Ach ja, dieses schreckliche Gift. Ich habe gestern Nacht auch noch ein wenig recherchiert. Diese Kugelfische gibt es übrigens auch im Roten Meer und in der Bibel stehen sogar Speisevorschriften, die vorschreiben, nur schuppentragende Fische zu essen – Kugelfische sind schuppenlos … verstehst du? Ein sehr altes Wissen um diese Teufelsdinger.«

Schielin starrte auf seinen Bildschirm und las die Berichte von Robert Funk und Jasmin Gangbacher noch mal durch.

Sie fischte ein Blatt Papier vom Schreibtisch und las in pathetischer Manier: »*Doch alles von allem Gewimmel und allen Lebewesen des Wassers, was in Meeren und Flüssen keine Flossen und Schuppen hat, gelte euch als Gräuel! Ein Gräuel seien sie für euch! Von ihrem Fleisch dürft ihr nicht essen und ihr Aas müsst ihr verabscheuen! Alles, was im Wasser lebt und keine Flossen und Schuppen hat, sei für euch ein Gräuel.*« Sie sah auf. »Das habe ich bei Leviticus elf gefunden. Klingt gut, oder? Und im Deuteronomium vierzehn heißt es: *Dies dürft ihr nicht essen von dem, was im Wasser lebt: Alles, was Flossen und Schuppen hat, könnt ihr essen. Was aber keine Flossen und Schuppen trägt, dürft ihr nicht essen. Als unrein hat es euch zu gelten.*«

Sie verzog ihr Gesicht und schimpfte: »Ja, was ist denn das, mir geht es ja wie meiner Oma – die hat auch immer über ihre tauben Hände gejammert. Gicht war das, glaube ich … oder Rheuma.«

Schielin sah auf. Sie rieb ihre Handflächen, so, als sollten sie warm werden. »Das bitzelt und kribbelt vielleicht … so was Blödes aber auch.«

Eine Sekunde lang fühlte Schielin, wie ihm sehr heiß wurde, dann wieder kalt. Sein Blick fiel auf die Asservaten. Langsam stand er auf und sprach betont langsam und mit ernster Stimme: »Bleib sitzen und von dem Zeug hier rührst du nichts mehr an, ja! Hast du mich verstanden!?«

Lydia Naber sah ihn verwundert an. Langsam dämmerte

ihr, was Schielin so erschrocken hatte. Mehr als ein leises, jammerndes Stöhnen war nicht zu hören. »Oh nein ...«

Da war Schielin schon aus dem Büro und vorne bei Kimmel, den er in knappen Worten von seiner Vermutung in Kenntnis setzte und von seinem Apparat aus die Rettungsleitstelle verständigte.

Anschließend waren beide nach hinten zum Büro geeilt. In seinem Erschrecken und der plötzlichen Aufregung entfuhr Kimmel ein Satz, den er gleich bereute: »Wieso hast du keine Handschuhe angezogen?!«

Lydia Naber saß am Schreibtisch und war kreidebleich. Sie sah ihn an und nickte schuldbewusst.

Doch – wozu hätte sie Handschuhe tragen sollen, wo das Zeug doch in Plastiktüten verpackt lag!

Kimmel hatte ernsthaft Sorge, weil sie ihm nicht Kontra gab, und eine innere Unruhe erfasste ihn und er hätte herumlaufen wollen, telefonieren, reden – gleich was. Trotzdem grabschte er nach dem Besucherstuhl, zog ihn heran und setzte sich schweigend neben sie.

Lydia Naber lächelte schal und hatte tatsächlich ein schlechtes Gewissen, denn Handschuhe zu tragen war Pflicht. Da war sie viel zu sorglos gewesen; dabei hatte der Tag so gut begonnen – und nun so was.

Schielin prüfte die Sachen, die vor ihnen verstreut lagen. Jasmin hatte sie wirklich sorgfältig verpackt. Nur der Geldbeutel lag offen herum. Wo konnte Lydia dann mit dem Zeug in Kontakt gekommen sein? Denn dieses Kribbeln, das sie beschrieben hatte – es war eines der ersten Symptome, die auch der Toxikologe aufgezählt hatte.

»Was spürst du jetzt?«, fragte er besorgt.

»Ja, dieses Kribbeln in den Fingern ... ganz komisch ... ich hab ja schon mal ein wenig verdünnte Säure auf die

Finger bekommen, das war ein ganz anderes Gefühl, eher äußerlich. Jetzt ist es so, als wären es die Finger selbst, so von innen heraus. Es geht inzwischen bis hoch zum Handgelenk.«

»Und sonst?«

»Ja nix sonst – Gott sei Dank.«

»Wann hast du das Zeug ausgepackt?«

»So etwa vor einer Stunde.«

»Und wann hat das Kribbeln angefangen?«

»… eine halbe Stunde später etwa, in den Fingerspitzen.« Sie war sich nicht ganz sicher.

Die Aussage beruhigte Schielin ein wenig, denn die Symptome hatten sich nicht bis in den Arm hin ausgeweitet.

Wenige Minuten später stand der Notarzt vor der Tür. Der Sanka kam gleich darauf. Schielin sah vom Fenster aus, wie Falko ausstieg und mit der Hand in einer prüfenden Bewegung über sein kahles Haupt fuhr. Das konnte was werden, wenn er auf Lydia traf. Er begrüßte sie beiläufig mit: »Na, Prinzessin, ist dir langweilig geworden, ha!?«

Sie lachte schal und unsicher und beschwerte sich beim Notarzt über das unfrisierte Personal, das er dabeihabe. Danach ging sie brav mit ihm zum Sanka und wehrte sich auch nicht gegen die Ankündigung, zur Beobachtung im Krankenhaus bleiben zu müssen. Ganz geheuer war ihr die Sache nicht.

Kimmel hatte Jasmin Gangbacher erreichen können, die sofort zur Dienststelle kam und als Erstes Schielin half, die Asservate ein zweites Mal zu sichern. Auf seine Fragen hin konnte sie bestätigen, dass sowohl sie wie auch Robert Funk und alle anderen Handschuhe getragen hatten – am Auffindeort im Lindenhofpark und später bei der Leichenschau im Krankenhaus.

»Wir packen das Zeug hier zusammen und du fährst die

Sachen noch heute nach Ulm. Der Toxikologe soll herausfinden, wo die Kontaminierungsquelle für dieses TTX zu finden ist. Offensichtlich wirkt es sogar durch das Plastik hindurch, dieses elende Zeug. Aber zuvor, Jasmin, zeige mir noch den exakten Auffindeort im Lindenhofpark. Ich befürchte, da entwickelt sich etwas Monströses.«

*

Jetzt, am frühen Vormittag, ging es noch gelassen zu. In der Schachener Straße waren kaum Radfahrer unterwegs. Jasmin Gangbacher fuhr über die Lindenallee an und parkte das Auto direkt neben der Friedensvilla im Schatten uralter Bäume. Der Ort hier markierte fast schon das westliche Ende jenes Villengürtels, der sich von der Villa Leuchtenberg im Osten Lindaus bis zur Villa Alwind im Westen entlang des Bodenseeufers hinzog.

Über die zum See hin abfallende Parkfläche öffneten sich durch die Baumlücken herrliche Blicke auf die Seefläche und die Berge. Rechts unten sah Schielin die zwei mächtigen Linden, die entwurzelt dalagen – regungslos, tot, wie zwei gestrandete Riesen.

Jasmin Gangbacher ging voran, zwischen Mammutbaum und Kastanie hindurch, ließ die Villa rechts liegen und querte die breite Wiesenfläche, die sich vor der Schauseite der Villa zum See hin erstreckte und steuerte einen Platz an, der zwischen dem chinesischen Wacholder, der Weihrauchzeder und der Lawson Scheinzypresse lag.

»Mitten im Park und trotzdem ein wenig versteckt«, kommentierte Schielin. Er sah sich um. Unten auf der Bank, direkt am Ufer saß ein Pärchen und sah hinüber zur Lindauer Insel. Eine Handvoll Segelboote waren auf der blauen Seefläche zu erkennen. Die *Schwaben* kam von Lindau und tuckerte in Richtung Wasserburg vorbei. Das Sonnendeck war prall gefüllt. Ein Schwarm Möwen kreiste aufgeregt schreiend an der Ufermauer, wo eine Frau Brotreste ins Wasser warf.

Jasmin Gangbacher wies auf eine Stelle am Boden. »Hier war es … hier hat er gelegen … im Grunde eine völlig unspektakuläre Situation.«

»Wie ist er noch mal hierhergekommen?«

Während Jasmin erzählte, musste Schielin die Gedanken an Lydia verdrängen. Wie mochte es ihr inzwischen gehen, und wäre es nicht besser gewesen, ins Krankenhaus zu fahren und sie zu besuchen, als hier im Park zu stehen, zwischen dem vormittäglichen Konzert der Amseln, Buchfinken und Kleiber?

Jasmin sprach emotionsfrei: »Er hat das Schiff von Bregenz genommen … die *Vorarlberg* ist gestern die Linie den See hoch gefahren, bis Meersburg und Konstanz. Wir haben die Tochter befragt, weil uns diese Fahrkarte gewundert hat. Für sie war das nichts Fremdes und sie meinte nur, er hätte das öfter so gemacht. Ist doch komisch, oder, dass jemand von Lindau nach Bregenz fährt, mit dem Linienschiff nach Bad Schachen, um dann im Lindenhofpark zum Baden und Sonnen zu gehen. Mir kam es jedenfalls eigenartig vor, auf eine gewisse Weise umständlich und zwanghaft … ich weiß auch nicht. Die Tochter hat uns erzählt, er hätte diese Touren *Meine kleine Weltreise* genannt und sie wären einem festen Ablauf gefolgt: mit dem Zug von Lindau nach Bregenz, dort in eine Ausstellung – Landesmuseum oder Kunsthaus, dann ein kleines Frühstück im Theatercafé, mit dem Schiff über Lindau bis zur Anlegestelle Hotel Bad Schachen, einen Kaffee auf der Terrasse, danach in den Park zum Sonnenbad. Weiter zum Abendessen in den Schachener Hof oder ins *il Vilino* – und zum Schluss mit dem Taxi nach Hause. Es ging ihm dabei weniger um Freizeitgestaltung oder Ablenkung, vielmehr brauchte er diese Tage, um kreativ zu sein. Er hat an diesen Tagen Projekte ausgedacht, Probleme gewälzt und meistens gelöst, also eher eine Art verlängertes Büro. Vielleicht war es für ihn so, wie es für dich ist, wenn du mit Ronsard unterwegs bist … das trifft es vielleicht am ehesten. Dann ist es auch weniger seltsam.«

Schielin grinste sie an. »Soso … weniger seltsam. Danke dir. Er war also ein echter Genießer.« Die letzten Worte sprach Schielin mehr zu sich selbst und verzichtete darauf, den Vergleich mit seinen Eselwanderungen weiter zu kommentieren. »Ich verstehe trotzdem nicht, weshalb er hierher in den Park kam und nicht in das Seebad von Bad Schachen ging, das ist doch gleich da vorne und das hätte ich eher von ihm erwartet. Finde ich jedenfalls, oder? Das wäre doch konsequent – was meinst du?«

Sie zuckte mit den Schultern. »Weiß nicht so recht. Für mich klingt es nach einem eher konstruiertem Verhalten, so mechanisch und strikt nach gewohnter Abfolge.«

»Ihr habt das Umfeld hier abgesucht?«

»Ja, weiträumig. Nichts gefunden. Robert ist sogar unter den Bäumen rumgekrochen, ohne Rücksicht auf sein weißes Hemd.«

Schielin lachte leise. »Na dann.« Er drehte sich einmal um die eigene Achse. Schön war es hier. Wenn Martin Banger an dieser geschützten Stelle gelegen hatte, konnte es schon sein, dass niemand etwas von dem Grausigen mitbekommen hatte, was hier geschehen war. Er sah hinüber in Richtung Rheintal und auf den wuchtigen Felsrücken der *Drei Schwestern*.

Sie gingen hinunter zu den entwurzelten Linden. Diese alten, großen Bäume gaben ein jämmerliches Bild ab, so tot und hilflos, wie sie dalagen. Ihr ganzer Stolz – das In-die-

Höhe-Streben – war ihnen genommen. Fliegenschwärme surrten über dem Stamm und auf der Rinde wanderten Insektenarmeen auf und ab. Noch war nach außen hin Leben in Zweigen und Blättern, doch die Zersetzung hatte bereits begonnen.

Schielin folgte dem Uferweg, vorbei am Pfisterhäusle in den Park von Bad Schachen. Blässhühner piepsten aufgeregt. Eine Elster schnarrte in der Zeder, zwei Raben antworteten schnarrend von irgendwoher, dazwischen das durchdringende Schreien von Möwen. Die Geräuschkulisse vermittelte mehr als nur einen großen See; wenn man die Augen schloss, dann fühlte man Meer. Das Wummern der Schiffsdiesel, das von Ferne an die Ohren drang, ließ Ozeandampfer vor den Augen erscheinen. Große weite Welt war zu spüren.

Schielin kam zur Uferterrasse des Hotels Bad Schachen. Bunte Wimpel baumelten müde, von einer leichten Brise gestupst, am Seil über dem Bootsverleih. Vielleicht war beim Friseur etwas zu erfahren.

Die Terrasse war mit Frühstücksgästen gefüllt. Geschirr klapperte. Einigen war die Müdigkeit noch anzusehen, weil sie spät mit dem Festspielschiff von Bregenz zurückgekommen waren und die Eindrücke des Klanges und der Kulisse sie nicht hatten einschlafen lassen. Das Erlebnis verlangte nicht überschlafen zu werden, sondern der Geist wollte noch ein Glas Wein, einen Cognac und den Blick hinaus auf das dunkle Wasser, über dem der Sternenhimmel stand.

Jasmin sah Schielin fragend an. Was wollte er hier?

Ganz sicher nicht frühstücken.

Er deutete auf den Treppenabsatz gleich an der Frontseite des Hotels – der Eingang zum Friseursalon. Die Herrenpackung keine zwanzig Euro. Hier liefen viele Informationsfäden zusammen. Schielin beschrieb dem Figaro das Aussehen Martin Bangers – die Kleidung, die gepflegte Erscheinung.

Nein. Ein solcher Mann war gestern nicht hier gewesen und war ihm auch als Kunde nicht bekannt. Von dem Toten im Lindenhofpark hatte man schon gehört und er dominierte die Gespräche.

Schielins Handy surrte. Kimmel war dran und erstattete Bericht.

Lydia ging es so weit gut. Er hatte die anderen telefonisch versucht zu erreichen. Wenzel hatte er auf den Anrufbeantworter gesprochen, Gommi war in Ravensburg beim Einkaufen – Robert Funk war auf der Insel unterwegs und hatte zugesagt, sich um das Büro von Martin Banger zu kümmern. Das entlastete.

Schielin sah auf die Uhr. Zwanzig vor elf.

Er wollte Lydia besuchen gehen. Das war ihm jetzt das Wichtigste. Danach war immer noch Zeit die Tochter zu befragen. Das konnte er gut alleine machen. Die Wohnung fiel ihm ein. Er musste vorher Martin Bangers Wohnung inspizieren.

*

Robert Funk war gerade auf der Insel unterwegs und schlenderte durch die Grub, als Kimmel ihn auf dem Handy erreichte. Er sah schon die ersten Marktstände und das quirlige Gedränge, wie es an Samstagvormittagen zwischen Cavazzen, Sankt Stephan und Münster dazugehörte und sich von dort in die Gassen, Passagen und Straßen der Inselstadt verbreitete. Die Straßencafés waren schon zu dieser Zeit gefüllt, nirgends war noch ein Platz zu bekommen, und über der Insel kreisten zwei Motorflugzeuge, die der geschäftigen Geräuschwolke noch ein hochtouriges Brummen dreingaben.

Das Stadtfest hatte zudem Menschen aus allen Richtungen auf die Insel gebracht und Musikfetzen hallten durch die Sträßchen.

Robert Funk ging noch einige Schritte weiter und blieb am Briefkasten zum Eingang der Cramergasse stehen, während er mit Kimmel telefonierte. Hier war er vor dem Gedränge etwas geschützt und stellte selbst kein Hindernis im Gewusel dar.

Es war ein geschenkter Tag, der gut begonnen hatte. Er war heiterer Stimmung und genoss es, inmitten des Trubels zu sein.

Er war zu Fuß von Aeschach zur Insel gelaufen. Wenn man am Tag nur einmal die Türme und Dächer der Insel gesehen hatte, durch den Hafen gelaufen war, die Seeluft um den Mund gespürt, die zerrissenen Klänge von Musik, Lachen, Tuten der Schiffe und Grollen der Diesel gehört hatte, wenn man nur einmal über den Bahndamm gelaufen war und nur einmal sanftes Wasser des Sees auf der Haut gespürt und nur einmal die Glocken von Münster und Sankt Stephan gehört hatte, deren Klang eine Quint voneinander entfernt lag und dadurch im gemeinsamen Schlag ein harmonisches Geläut über die Dächer breiteten – dann war das ein ganzer, kleiner Urlaub. Er konnte verstehen, was diese Silvia Sahm über die Eigenart ihres Vaters erzählt hatte – diese kleine Weltreise, die er ab und zu brauchte. Ja, es war eine kleine Weltreise, für denjenigen, der das Vertraute immer wieder als etwas Neues empfinden konnte.

Die ersten Worte Kimmels hatte seine Freude jäh unterbrochen und erschrocken war er vor der Hirschapotheke stehen geblieben. Gerade hier am Knick der Maximilianstraße strudelten die Menschenströme auf. Fremde suchten Orientierung, um sie herum wurde es eng, nur mühsam kam man voran, zwischen Binder- und Cramergasse. Das Zunftschild blinkte golden im Licht und im Schaufenster von Erath glitzerte und blitzte Hochpoliertes.

Funk lauschte ungläubig dem Stakkato von Kimmels Bericht. Konnte er aushelfen? Selbstverständlich konnte er aushelfen und es traf sich gut, dass er bereits auf der Insel war. Kimmel hatte Martin Bangers Mitarbeiter erreicht, einen gewissen Hubert Neisser, der Einlass in die Büroräume gewähren wollte. Eine reichliche Stunde würde es noch dauern, was nicht misslich war, denn Robert Funk hatte durchaus eine Idee, wie er diese Zeit gut investieren konnte.

Er lief die paar Schritte weiter bis zur Bindergasse. Die Fahne Tibets wehte wie ein überdimensionales buntes Betttuch in der engen, schattigen Gasse. Er stellte das Handy stumm und ging hinauf in den zweiten Stock.

Der Saal atmete Kunst und Geschichte und war nur zur Hälfte besetzt. Die Wartenden ließen die nötige Andacht nicht vermissen, obwohl der Altar, vorne im Raum, noch nicht besetzt war. Darum herum Damen in so schlichtes wie elegantes Schwarz gekleidet. Wer etwas zu sagen hat, der flüsterte. Funk nahm Platz und wartete. Endlich kam der Patron. Hinter ihm an der warm-roten Wand ein Gemälde – Madonna in Blau, daneben ein Stillleben mit Fisch –, sehr selten. Wenn es keine Inszenierung ist, führt ein genialer Zufall Regie. Stiche sind in der Auktion zunächst an der Reihe. Robert Funk hatte sich, wie er es gerne machte, in die hinterste Reihe gesetzt, von wo sich trefflich beobachten ließ. Zellers sonore Stimme betete die Auktionsnummern und Preise herunter, gab an, was am Tisch geboten war, und kontrollierte mit strengem Blick, ob im Saal ein Bieterkärtchen gehoben ward.

Den aufmerksamen Damen zu seinen Seiten entgeht kein Zucken im Raum. Eine stolze Schwarzhaarige mit goldenem Collier am Hals bediente den Beamer. Ein Ablauf wie in einer Messe.

Auktionsnummer nach Auktionsnummer geht dahin, begleitet von einer kurzen Beschreibung. Viel wird nicht angenommen und manche Stiche sind geradezu grotesk, wie Robert Funk findet. Doch dann, eine Ansicht Lindaus, und er kann der Versuchung nicht widerstehen; seine Hand hebt das Kärtchen. Eine der Damen weist auf ihn, spricht die Nummer: »Einhundertzweiunddreißig!«

Er schaut sich um – kein anderer bietet.

»Zum Ersten, Zweiten und Dritten.«

Geschafft. Ein solches Erlebnis kann kein Bildschirm bieten.

Die Schöne am Beamer lächelt ihm zu. Ein Sonnenstrahl reflektiert an ihrem Halsschmuck und blitzt auf. Er fühlt sich wohl in dieser Welt.

Nach den Stichen folgen die Bücher. Einige Bieter sind bereits gegangen. Wer interessiert sich schon für Bücher. Es wird ein müdes Geschäft heute, aber lustige Titel kommen zum Aufruf. Ein *humoristisches Hausbuch in fünfzehn Bildern* geht für fünfzehn Euro dahin, *Liebeszauber* ist einem grauhaarigen Mann mit Stock zehn Euro wert; die *Feinbäckerei in Beruf und Haus* bringt es auf dreißig Euro, *Harem – die Welt hinter dem Schleier* lockt nicht ein einziges Gebot hervor, dagegen steigert eine blasse Dame die *Apotheke Manitus,* für zwanzig Euro.

Seine Gedanken verlieren sich. Wie mochte es Lydia gehen? Kimmel hatte erzählt, sie sei stabil und würde gut versorgt. Was war unter *stabil* zu verstehen, wenn es um Lydia ging? Seine Welt, in der er sich gerade noch wohlig räkelte, sie zeigte Risse.

Genug gesehen.

Würdevoll stand er auf und verließ den Saal, in dem die Auktion ihren mantrahaften Fortgang nahm. Einen Stock tiefer hingen noch einige Gemälde im hinteren Raum, von dessen Fenstern aus man hinaus auf den Hof und in die Linggstraße sah; linker Seite ragte ein Fragment des Münsterturms in den Himmel. Die Außentische des Theatercafés waren allesamt besetzt. Schade.

Vor einem der Gemälde blieb er stehen; etwa fünfzig auf achtzig Zentimeter, Öl, mit schlichtem Rahmen, auf dem eine patinierte Goldschicht schimmerte.

Eingebettet in eine sanfte Hügellandschaft stand da ein Haus – ein Bauernhaus. Das Dach war alt und die Ziegel hatten ihre rötliche Farbe ins Bräunliche hin verloren. Fachwerk schmückte die Stirnseite des alten Hauses und davor breitete sich ein bunter Hausgarten aus, mit Gemüsebeeten, Stauden und Rosen. Die Rosenbüsche standen in heftiger Blüte – gelb und rot und weiß. Sie wuchsen buschig am Haus, als Bäumchen im Garten und wieder in wilden Büschen am Gartenzaun, hinter dem die freie Natur begann. Eine Frau saß auf einer Bank unter einem überbordenden Rosenbusch. Rote Blüten übertrafen das Grün des Blattwerks. Vor der Frau, im Gras, spielte ein Kind mit einem hölzernen Pferdchen. Am Horizont, auf einem der Hügel, waren Schafe zu erkennen und nahe am Haus die Gestalt eines Hundes. Robert Funk erinnerte das Tier mehr an einen Wolf. Ein blauer Fetzen Himmel war in einer Bildecke sichtbar, doch die Dramatik des Gemäldes lag in der Wahl der Stimmung, zu der sich der Künstler entschieden hatte. Dunkle Gewitterwolken hingen am Himmel, und aus einem matten Wolkenloch bestrahlte die Sonne ausgerechnet das Haus samt Garten. Die Hügel und Baumgruppen am Horizont lagen teilweise in tiefem Schatten.

Robert Funk fummelte sein iPhone aus der Tasche und richtete es auf das Gemälde. Er fixierte noch mal diesen Hund – nein, er war sich sicher –, das war ein Wolf.

Aus den Lautsprechern war der Fortgang der Auktion einen Stock höher zu vernehmen. Das Salbadern der Auktionsnummern, Preise, Beschreibungen.

Eine angenehme Stimme unterbrach seinen Versuch des Fotografierens. »Mir hat es auch sehr gut gefallen, und wenn ich das Geld dafür hätte, würde ich es mir kaufen. Verwenden Sie aber bitte keinen Blitz.«

Er drehte sich um und sah in zwei funkelnde, dunkle Augen. Eine Frau stand hinter ihm – es war die Schönheit, die zuvor noch den Beamer bedient hatte. Er lächelte und sagte: »Es ist ein faszinierendes Gemälde, wirklich.« Eine lange Sekunde sah er sie noch an, bevor er endlich das Foto machte, wozu er sich wieder von ihr abwenden musste.

Nur nicht aus der Ruhe bringen lassen, nur das nicht.

Sie war so groß wie er, trug eine schwarze Stoffhose und eine dunkle Bluse. Aus dem Fundament zarter Haut erhob sich ein stolzer Hals, von einer silbernen Kette geschmückt. Ihre dunklen, dichten Haare spielten um die fein gearbeiteten Kettenglieder und lieferten den passenden Kontrast.

Funks Herz hatte tatsächlich ein paar Mal schneller geschlagen.

Er drehte sich dem Bild zu. »Es ist ein hinterhältiges Bild.«

Sie hob das Kinn, legte den Kopf dabei etwas schräg und sah ihn fragend an. »Hinterhältig … aus welchem Grunde hinterhältig?«

»Man muss nur genau hinschauen«, antwortete er.

Sie kam einen Schritt näher. »Vielleicht ist es der Blick eines *Mannes*, der zu einem solchen Ergebnis kommt. Ich sehe eine romantische Szene: Eine Frau sitzt mit ihrem spielenden Kind im Garten, sie trägt ein leichtes Sommerkleid – dunkelblau mit hellblauen Mustern, florale Muster, sehen Sie nur, wie genau er es gemalt hat. So klein und so präzise. Es ist Sommer, und es ist warm … ein Gewitterregen hat soeben die Natur erfrischt. Es ist ein Idealbild. Ich wäre gern diese Frau auf diesem Bild.«

Robert Funk sah zur Seite. Ihre Offenheit überraschte ihn. »Ja? Wären Sie sie wirklich gerne?«

»Natürlich. Es ist eine herrliche Szene voller Glück. Die Schafe am Horizont – ein Symbol für den Frieden. Der Hund, der über der romantischen Szene wacht – sie assoziiert insgesamt Harmonie und Einkehr, Eins-Sein mit sich und der Umwelt … schon dieses Haus, in welchem es sicher gemütliche Räume gibt.«

Funk blieb sehr nüchtern, was seine Analyse betraf. »Das Gewitter kommt erst noch – es ist erst im Anzug, denn das Gras hat noch keinen Regen gesehen.«

»Wie bitte?«, fragte sie.

»Das Gewitter kommt erst noch«, wiederholte er, »denn diese Frau würde ihr Kind nicht im nassen Gras spielen lassen, und die Bank, auf der sie sitzt – ohne ein Kissen –, die Sitzfläche wäre viel zu nass dazu. Mit diesem schönen Kleid säße sie nicht auf einer nassen Bank – all das sagt uns: Das Gewitter steht noch bevor.«

Sie sah auf das Gemälde und klang überrascht. »In der Tat – Sie sind ein aufmerksamer Beobachter.«

Er spürte die Lust zur Provokation und sprach weiter: »Ich kann auch keine tiefgründig romantische Bildgestaltung entdecken – es ist in seinem Kern ein wirklich hinterhältiges Gemälde. Ich vermute, solcherlei Gemälde hängen in vielen Haushalten und ihr tieferer Sinn wird nicht wahrgenommen. *Romantisch* im umgangssprachlichen Sinne wäre es, gäbe es nicht dieses dräuende Gewitter und stünde da nicht dieser Wolf in den Wiesen, zwischen dem Gehöft und den Schafen platziert. Dann wäre es aber auch unerträglich kitschig.«

Er drehte sich zu ihr um und erhaschte für einen kurzen Augenblick ihr Halbprofil. Ihr Mund war ganz schmal geöffnet, ihre Lippen waren voll – sie erinnerten ihn an ein Portrait, an ein altes, berühmtes Portrait – Vermeer.

Sie sah ihn gnädig an. »Soso – kitschig wäre es dann. Erklären Sie mir den *Hinterhalt* des Gemäldes, oder den tieferen Sinn … bitte.«

»Ich will es versuchen. Im ersten Moment sieht der Betrachter eine sommerliche Gartenszene – Rosen, Frau mit Kind in einer bäuerlichen Kulturlandschaft. Ich denke, der Künstler hat sich aber einer ganz anderen Thematik gewidmet – der Vergänglichkeit und der Bedrohung. Diese Frau, die ihren blühenden Rosengarten genießt, eine erfüllte Zeit darin mit dem spielenden Kind vor ihr im Gras verbracht hat, sie wird dieses Glück verlieren. Das Gewitter wird sie vertreiben und die unbeschwerte Zeit, die sie hier gehabt hat, wird ein Ende haben. Sie und das Kind sind die einzigen Menschen auf dem Bild – beide so klein und unbedeutend. Sie sind der Natur und ihrer Gewalt untergeordnet, wenn schon nicht ausgeliefert.«

»Ach – eine unbeschwerte Stimmung … das sehen Sie also schon«, spöttelte sie ein wenig.

»Ja – so wie sie dasitzt, den Arm über der Banklehne, das Kinn fast auf dem Schlüsselbein –, sie sieht nicht ihrem Kind beim Spielen zu, vielmehr ist sie in Gedanken versunken und hat das herannahende Gewitter vielleicht noch gar nicht bemerkt.«

Ihr Kommentar klang ironisch: »Was Sie nicht sagen …«

»Ich sehe keinen Mann auf dem Gemälde, auch kein Werkzeug, das auf einen Mann hindeutet, nichts dergleichen. Und vor allem – das ist kein Hund da –, es ist ein Wolf.«

Diese Feststellung irritierte sie nun wirklich. Sie reckte ihren schönen Hals. Die Haare rutschten über die Schulter nach vorne und verdeckten ihr Profil. »Ein Wolf, wirklich ein Wolf? Nun ja, wenn man genau hinsieht, dann könnte das durchaus sein, tatsächlich.«

»Ja, es ist ein Wolf und er ist eine Bedrohung für die Schafe – und mehr noch –, auch für die Frau.«

Sie ließ ihren Blick auf dem Gemälde, während sie leise sprach: »Eine Bedrohung für die Frau? Meinen Sie wirklich? Ich sähe eher das Kind im Fokus der Bedrohung. Aber, nun ja… sie wird eben mit ihrem Kind ins Haus gehen und da sind sie dann sicher, oder etwa nicht?«

»Vorübergehend schon. Aber irgendwann muss sie wieder herauskommen, aus diesem Haus. Und wenn das der Fall sein wird, hat sich an dem, was und wer sie ist und wie sie fühlt, grundsätzlich nichts geändert. Das Gewitter mag sich verzogen haben – aber: Sie ist nach wie vor eine Frau, und der Wolf – er ist auch noch in der Welt, nicht wahr? Dieses Gemälde hat eine hintergründige Botschaft, will eine Aussage zu eher philosophischen Fragestellungen treffen, als nur einen rein ästhetischen Effekt erzeugen und heimelige Gefühle wecken. Tiefgang – es hat Tiefgang, zudem ist es meisterlich gemalt –, und aus allen diesen Gründen ist sein Preis sehr hoch angesetzt und für uns beide daher unerschwinglich. Ich bin gespannt, ob es weggeht und noch mehr verspüre ich Neugier darüber, zu erfahren, wer es denn ersteigert.«

Sie richtete sich auf und sah ihn skeptisch an. »Eine sehr

interessante Deutung, wirklich. Man muss jedoch verhindern, dass Sie hier öffentlichkeitswirksam in Erscheinung treten; wir bekommen sonst keines unserer herrlichen Landschaftsgemälde mehr verkauft – wenn Sie deren tiefgründige Bedeutung so formulieren. Ich habe Pause und wollte einen Kaffee trinken …«

»Darf ich Sie einladen?«, fragte Funk.

»Das dürfen Sie gerne, aber es kostet hier nichts. Was möchten Sie? Espresso oder richtigen Kaffee?«

»Richtigen Kaffee natürlich.«

*

Hubert Neisser erwartete Robert Funk bereits vor dem Eingang zum Haus. Funk war verwundert, denn hier an der Kalkhütte hätte er keinen Gewerbebetrieb vermutet. Der Ostteil des Bienenhauses, wie er den modernen Neubau am Jachthafen nannte, zeigte keine elliptischen Rundungen wie zur Seeseite hin, sondern eine klare, moderne Linienführung. Hinter den weiten Glasscheiben der Kunstgalerie standen Objekte aus verbogenen Metallstäben vor großflächigen Gemälden. Auf der Wand darüber präsentierte sich stolz die Figur des Bauchschneiders und Zahnarztes. Zahnarzt im sechzehnten Jahrhundert. Robert Funk sog Luft ein und spürte das Nahen des Schmerzes. Er ging die paar Meter weiter in Richtung See und war gespannt, welches Büro ihn erwarten würde. Vom Segelhafen her war das Konzert der Boote zu hören, ein verhaltenes, metallisches Klappern und Klirren.

Schon bei der Begrüßung wich Neisser dem Blick von Robert Funk aus und verbarg seine Unsicherheit fortan hinter einer gezwungenen Geschäftigkeit. Robert Funk mochte solche verdruckten Typen nicht.

Etwas umständlich öffnete Neisser den Zugang zum Büro. Robert Funk trat ein. Ein breiter Gang führte auf einen großen Raum zu, dessen Doppeltür offen stand und den Blick auf einen ausladenden Schreibtisch freigab. Vom Gang aus zweigten Türen zu anderen Räumen ab, alles war sehr zweckmäßig eingerichtet, nichts auffällig oder exotisch. Helle Wände, Regale, Stühle, Computerbildschirme, eine Teeküche.

»Worin besteht Ihre Funktion hier?«, fragte Robert Funk und sah gelangweilt aus dem Fenster. Der Blick war so herrlich – er hätte sich nicht vorstellen können, hier auch nur eine Minute sinnvolle Arbeit verrichten zu können. Die Segelboote, die wogende Fläche des Obersees und weit hinten die Gipfel der *Drei Schwestern* – darüber der Himmel. Unvorstellbar schön. Seine Augen suchten die Uferlinie von Bregenz bis Altenrhein ab.

Neisser ließ sich Zeit für seine Antwort. »Ich arbeite hier.«

Robert Funk sah ihn ernst an. Es verunsicherte Neisser und er rechtfertigte sich: »Na ja ... Bürojob, Verwaltungsarbeiten, Terminorganisation.«

»Assistent«, stellte Funk trocken und ein wenig abwertend fest.

»Nein«, kam es schnell, »kein Assistent, ich war Partner ...«

»Ah ... Partner also. Gut.«

Funk registrierte die Vergangenheitsform, in der Neisser sprach. Das war schnell gegangen, dass er das Ableben seines Partners in seiner Konsequenz verinnerlicht hatte. Er *war* Partner. Und was *war* er jetzt? Neisser sprach weiter und es klang entschuldigend.

»Ich hatte den Verwaltungspart übernommen und ... Martin ... das Operative, das *doing*. Wir haben unsere Stärken gekannt.«

»Das ist gut, wenn man seine Stärken kennt«, resümierte Funk und drehte sich wieder dem Fenster zu, »dann sind einem die eigenen Schwächen ja auch deutlich. Was waren die Ihren?«

Er fuhr mit den Fingern über die Fensterscheibe; es war altes, welliges Glas. Er spürte die Beklommenheit Neissers. Der Kerl war ihm unsympathisch.

»Tja … meine Schwächen … seltsame Frage, finde ich.«

Funk sprach wieder: »Ich hatte die Stärken gemeint … weiß nicht, weshalb Sie sich die Schwächen ausgesucht haben. Sie sind nicht sonderlich ergriffen vom Tod Ihres Kollegen, wie ich meine.«

Neisser regte die herablassende Art auf, mit der dieser Polizist ihn behandelte. Etwas zu hitzig fragte er: »Sollte ich?«

Funks Replik klang boshaft verständnisvoll. »Jaja – jeder trauert eben anders, ich weiß. Gab es Unstimmigkeiten zwischen Ihnen beiden?«

»Wie kommen Sie denn darauf?«

»Sie müssen sich keine Gedanken darüber machen, wie ich auf meine Fragen komme. Beantworten Sie sie einfach.«

»Ich weiß nicht, wie Sie das meinen?«

Funk drehte sich ihm wieder zu. Er konnte diese junge Frau mit den langen schwarzen Haaren und dem Silbercollier nicht aus dem Kopf bringen; sie verschwamm mit der Frau auf dem Ölgemälde zu einer Person. Seine Fantasie war zu lebhaft und er musste sich zusammenreißen. Die Gedanken an diese schwingenden Haare, diese leuchtenden Augen – sie hatten ihn sogar von der Sorge um Lydia abgelenkt, und das erzeugte ein schlechtes Gewissen in ihm. Vielleicht war er deshalb so vordergründig unfreundlich. Er ließ die nächste Frage gelangweilt klingen: »Es war also alles in Ordnung so weit?«

»Ja, es war alles in Ordnung so weit«, echote Neisser.

»Dann ist es ja gut. Wann haben Sie ihn zuletzt gesehen – Ihren Kollegen, oder Geschäftspartner, oder wie Sie ihn sonst bezeichnen würden?«

»Gestern … hier im Büro.«

»Gab es etwas Besonderes?«

»Besonderes? Nein, alles war wie immer.«

Neissers Stimme hatte zuletzt etwas geflattert.

»Wie immer. Mhm. Und was bedeutet das? Wie muss ich mir *wie immer* vorstellen?«

Neisser musste schlucken und er stellte Dinge in einem Regal zurecht. »Wir bauen Modelle … für die Industrie … und sind da sehr arriviert. Die Dinge gehen ihren Gang, verstehen Sie? Routine. Nichts Besonderes eben.«

»Modelle, aha! Klingt interessant. Ich sehe hier aber keine Modelle herumstehen. Welcher Art sind Ihre Modelle?«

Neisser gewann wieder etwas Sicherheit. »Bei Modellen denken viele Leute an Spielzeug und so. Wir fertigen aber keine Spielzeugmodelle … Was wir konstruieren, das ist für Maschinenbauer, für Fahrzeughersteller und in letzter Zeit häufiger auch für den Flugzeugbau. Hier in diesen Räumen befindet sich die Konstruktion – mehr als ein paar leistungsfähige Rechner braucht man heutzutage nicht mehr dafür.«

»Und Sie haben die Verwaltung Ihres kleinen Unternehmens übernommen?«

»Genau … und die Akquise … ich habe sozusagen die Aufträge rangeschafft und den Kundenkontakt gehalten … Martin hat umgesetzt. Wir waren ein gutes Team.«

Waren – dachte Funk wieder.

»Und hier im Büro gibt es nichts Auffälliges, nichts, was die Normalität stören würde?«

Neisser sah zuerst ihn mit großen Augen an, danach blickte er hilflos in den Raum. »Nein … nein … hier ist alles in Ordnung … was sollte sein?«

»Das müssen Sie wissen, Herr Neisser. Also gut so weit, alles in Ordnung und normal«, wiederholte Funk und klang in der Folgte verdrießlich, »was sollte auch sein, außer dass Ihr Geschäftspartner tot und mit aufgeschnittenem Leib in der Rechtsmedizin liegt. Na ja, nur gut, dass wenigstens hier alles in Ordnung ist und die Dinge ihren Gang gehen. Gab es denn in letzter Zeit etwas, was Ihnen aufgefallen wäre – gab es Ärger, auffällige Telefonate, hatten Sie den Eindruck, Martin Banger hatte Geheimnisse? Sie verstehen doch – Tuscheln am Telefon, oder impulsive Gespräche, war er vielleicht nicht mehr so konzentriert beim Umsetzen, oder öfter mal weg, oder länger da als sonst … verstehen Sie, was ich meine … worauf sich meine Fragen konzentrieren!?«

Neisser überlegte sichtlich und zog dabei seine Lippen nach innen; es sah wenig souverän aus.

Robert Funk wartete.

»Nein. Es gibt da wirklich nichts, was mir aufgefallen wäre. Er war ein sehr ausgeglichener, sehr ordentlicher Mensch, und es gab nichts Außergewöhnliches, glauben Sie mir!«

»Mhm. Ausgeglichen war er also. Was hat er privat so gemacht?«

»Wie … gemacht?«

»Freunde, Hobbys, Reisen, Vereine … kochte er zum Beispiel gerne und hat Sie und Ihre Frau öfter mal eingeladen … am Abend, oder so.«

»Nein … also ich bin nicht verheiratet und er hat auch nicht gekocht. Im Grunde weiß ich gar nicht so genau, was er privat gemacht hat. Wir haben uns privat auch nicht getroffen und er war eher ein zurückgezogener Typ. Seine Frau … sie ist vor einigen Jahren gestorben … sie hat sich umgebracht. Er ist seither kaum noch unter die Leute gegangen. Musik mochte er sehr und da war er in so einer Vereinigung aktiv, und am See war er viel unterwegs, das schon. Ist oft mal rüber in die Schweiz gefahren, nach Romanshorn zum Essen und Spazierengehen im Park am Hafen, oder nach Arbon – mit der Fähre von Friedrichshafen aus, manchmal hat er auch den Katamaran nach Konstanz genommen. Er hat sich eben am See wohlgefühlt.«

Robert Funk nickte, während Neisser sprach, und fuhr mit den Fingern über die Papierstapel auf den Schreibtischen, blätterte grob durch die Dokumente. Ein handgeschriebener Brief fiel ihm dabei auf, der zwischen dem ganzen Geschäftskram lag. Er fand es außergewöhnlich und interessant. Neisser musste davon nichts mitbekommen und beiläufig stellte er seine Frage: »Das ist sein Schreibtisch, nicht wahr?«

»Ja.«

»Na gut.« Er packte die Dokumentenstapel zusammen und suchte den Raum ab. Am Holzfußboden in der Ecke wurde er fündig. Eine leere Papiertasche stand herum, in die er die Stapel gab. »Wir werden uns die Apple-Dinger genauer ansehen, eine Kollegin wird vorbeikommen und das erledigen, also nichts daran verändern, ja. Vielen Dank für die Zeit, die Sie sich genommen haben.«

»Dürfen Sie die Sachen denn einfach so mitnehmen?«, fragte Hubert Neisser, »es sind schließlich Geschäftsunterlagen dabei … ich meine …«

»Haben Sie etwas dagegen? Wenn ja, dann nehme ich sie eben kompliziert statt *einfach* mit; ich rufe die Staatsanwaltschaft an, lasse einen Beschluss erwirken, ihn hierherfaxen, nehme Sie gleich mit zur Dienststelle und befrage Sie dort weiter.«

Neisser schwieg und wusste mit dem selbstsicheren Auftreten Funks nichts anzufangen, schon gar nicht, ihm etwas entgegenzusetzen.

Robert Funk spürte die Unsicherheit und Befangenheit Neissers und atmete mit einem gequält klingenden Laut aus. »Wie geht es jetzt weiter mit der Firma?«

»Ja, es geht eben weiter«, lautete Neissers aufsässige Antwort, der er schnell einen Satz in versöhnlichem Ton folgen ließ: »Ich werde eben wieder in die Modellarbeit gehen, denn wir … also Herr Banger und ich … wir haben das früher zusammen gemacht, bis ich mich dann auf die Verwaltung zurückgezogen habe, nachdem es so viel geworden ist. Ich werde jemanden brauchen, der meinen Part übernimmt.«

»Da sind Sie ja schon ganz schön weit in Ihren Plänen«, antwortete Robert Funk.

»Wie meinen Sie das?« Neissers Stimme geriet außer Balance.

»Nur so.« Robert Funk ging weiter und ließ ihn mit seinem Zwiespalt stehen.

»Ich habe ein Alibi«, rief er Funk aufgeregt in den Rücken.

Robert Funk drehte sich um und fragte: »Ein Alibi? Gut. Das ist gut. Wenngleich ich Sie gar nicht nach einem Alibi gefragt habe. Sind Sie denn der Meinung, Sie bräuchten ein Alibi?«

Neisser zappelte herum. »Ja was!?«

»Ihr Alibi bitte. Sie sagten doch, Sie hätten eins.«

»Ja, wann denn? Ich meine … für welche Zeit brauchen Sie mein Alibi?«

Ein dröhnender, böse anschwellender Bass fuhr Neisser

an: »Sie haben doch vom Alibi angefangen, dann müssen Sie doch wissen, wann Sie eines hatten. Also raus damit!«

»Das habe ich falsch formuliert. Ich habe das ja auch nur aus dem Fernsehen, verstehen Sie, das mit dem Alibi. Ich meinte das anders … ich wollte damit sagen, dass ich mit dem Tod von Martin Banger nichts zu tun habe und von daher … deshalb habe ich ein Alibi. So meinte ich das.«

»Ach!«

»Ja.«

»Wie standen Sie denn zu Ihrem Geschäftspartner? Einmal ist er Herr Banger, dann wieder Martin? War Ihr Verhältnis zueinander eher distanziert, oder eher freundschaftlich, oder geschäftlich-kollegial, hatten Sie über die Arbeit hinaus private Kontakte miteinander? Wie muss ich mir das vorstellen?«

»Wir waren selbstverständlich per Du.«

»Selbstverständlich?«, unkte Robert Funk, wendete sich kopfschüttelnd ab und schickte sich an zu gehen. »Wir werden uns noch einmal treffen müssen, Herr Neisser, ja. Ich komme auf Sie zu.«

Harald Neisser blieb im Büro und ging verstört von Zimmer zu Zimmer. Allein die Anwesenheit dieses Polizisten hatte ihn in größte Aufregung versetzt und sein innerer Zustand war weitaus aufgewühlter und erregter, als es sein ungeschicktes Verhalten gezeigt hatte.

Lange überlegte er. Er ging in sein Büro und griff zum Telefon, drückte eine Kurzwahltaste. Seine Stimme klang weinerlich, als er sagte: »Ein Polizist war hier. Es war schrecklich. Ich weiß nicht, wie ich das aushalten soll.«

Er hörte der Stimme zu, nickte mehrfach und legte dann auf. Nicht vollständig beruhigt, doch fühlte er sich wieder sicherer. Er saß auf der Schreibtischkante und seine Finger fuhren ängstlich über seine Lippen. Hatte er etwas vergessen?

*

Schielin war beeindruckt davon, welch gefasste Person ihm mit Silvia Sahm gegenübertrat. Trotz der tiefen Traurigkeit, die ihr anzusehen war, hatte sie ihn mit direktem Blick begrüßt. Nichts an ihren Bewegungen wies auf eine Schwäche, eine Irritation hin. Ihre Körpersprache war sicher, fast ein wenig dominant. Sie war ungeschminkt, hatte keine verweinten Augen und ihre Stimme klang fest, mit einem warmen Timbre. Er fand sie sympathisch.

Sie bot ihm den Ledersessel an und setzte sich selbst auf das Sofa gegenüber. Der gläserne Tisch trennte sie. An der Wand hinter ihr hing ein Gemälde, ohne Rahmen – expressiv mit knalligen Farben. Im Zentrum ein grüner Strudel, der von zuckenden roten Blitzen erschüttert wurde.

»Sie malen?«, begann Schielin und deutete auf das Bild.

Sie deutete an sich umzudrehen und schüttelte den Kopf. Ihre Haare schwangen sanft mit. »Nein. Ich bin völlig unbegabt. Mein Vater hat es gemalt. Ich habe wenig von seinem kreativen Talent geerbt.«

Ihr Oberkörper war leicht nach vorne gebeugt und sie hielt ihre Hände über den Knien gefaltet. Es vermittelte Angespanntheit und Aufmerksamkeit zugleich.

»Wir gehen von einem nicht natürlichen Tod aus«, sagte Schielin bewusst abrupt und fixierte sie dabei.

Keine Reaktion.

Sie erwiderte seinen Blick und sagte schlicht: »Ja … ja, ich habe mir schon so etwas gedacht. Was ist denn geschehen, können Sie mir das sagen?« Keine Nervosität, kein

Zucken der Lippen, kein Flackern in den Augen und schon gar keine hysterische Reaktion. Auch ihre Hände blieben ruhig und spielten nicht miteinander. Schielin war fasziniert von dieser Beherrschung. Selbst die Füße bewegte sie nicht. Ihre gesamte Körperhaltung blieb, wie sie war.

Schielin hielt sich auf ihre Frage hin bedeckt. »Wir wissen es noch nicht genau und im Moment kann ich nicht mehr darüber sagen, als dass wir Anhaltspunkte für einen nicht natürlichen Tod Ihres Vaters haben. Ich kann mir vorstellen, wie unbefriedigend die Unbestimmtheit dieser Nachricht für Sie ist, zumal ich Ihnen einige Fragen stellen muss. Geht das?«

Sie nickte, ohne ihren Blick von Schielin zu lassen, und er fragte sich, wer hier wen fixierte.

Er wollte nicht mit Details beginnen, sondern sie erzählen lassen. Daher begann er: »Was können Sie mir über das Leben Ihres Vaters erzählen?«

Sie schnaufte nun laut aus, richtete sich auf und lehnte sich zurück. »Möchten Sie vielleicht einen Kaffee?«

»Nein, danke.«

Ihr Blick ging an Schielin vorbei, hinaus in den Garten, wo ihr Mann mit dem Kind spielte.

»Ich habe ihn ja da liegen sehen … auf dieser Stahlplatte im Krankenhaus … Ihre Kollegen hatten mich mitgenommen … es war wegen der Identifizierung … er sah nicht so aus, als hätte ihm jemand wehgetan.«

Schielin ging nicht darauf ein und unterließ es ihre Feststellung zu bestätigen.

Sie wartete zwei, drei Sekunden, und als klar war, dass von ihm keine Reaktion zu erwarten war, wischte sie ihren letzten Satz mit einer gelassenen Handbewegung weg, als hätte sie ihn nur aus Versehen gesagt. »Nun ja, was soll ich Ihnen über meinen Vater erzählen – er hatte diese kleine gut gehende Firma. Modellbau für die Industrie – Neuentwicklungen. Klingt zunächst nach Hobby, ist aber eine so ernsthafte wie aufwendige Angelegenheit. Also wirtschaftlich ging es ihm blendend, so viel kann ich sagen. Wir haben uns in letzter Zeit sehr oft gesehen und gerade in den letzten Wochen viel Kontakt miteinander gehabt. Sie müssen wissen – es ging um ein Haus, das wir kaufen wollen … wir hatten vor es zusammen zu beziehen.«

»Wer ist wir?«, fragte Schielin.

»Na ja, mein Vater und wir … mein Mann, mein Kind … ich. Ein Haus in Reutin.«

»Wessen Idee war das?«

Sie klang forsch und etwas stolz, als sie antwortete: »Meine Idee war das, es war meine Idee.« Sie richtete sich nun auf und lehnte sich entspannt nach hinten, schlug die Beine übereinander.

»Ihr Mann war einverstanden?«, fragte Schielin.

Sie lachte leise und bitter, sah dabei auf ihre Knie, strich den Rock etwas nach vorne. »Aus dieser Frage spricht die Erfahrung eines Polizisten, nun ja, Norbert … mein Mann … er hatte damit wirklich so seine Probleme. Es ist aber ein geräumiges Haus und wir wären einander nicht im Weg gewesen – also mein Vater und wir.«

»Und Ihr Vater? Was hielt er von Ihrer Idee?«

»Oh … er fand sie gut. Er wollte das auch … unsere Nähe.«

»Kein Problem. Sie wollten also mit Ihrem Vater zusammen ein Haus kaufen und zusammenziehen.«

»Ja.«

»Gab es denn einen besonderen Anlass dafür?«

Sie sah ihn verständnislos an und fragte: »Braucht es denn einen besonderen Anlass?«

Schielin legte den Kopf etwas schräg und hob kurz die

Hände. Natürlich brauchte es dafür keinen besonderen Anlass, aber sie hatte das Thema eröffnet und er fragte nach. Seine Geste musste genügen.

Sie holte tief Luft und atmete energisch aus. »Das ist eine etwas komplizierte Angelegenheit, müssen Sie wissen. Also … meine Mutter hat sich vor einigen Jahren das Leben genommen. Es war eine schwere Zeit für meinen Vater und für mich. Ich war damals gerade mit meinem Mann zusammengezogen, das Kind war unterwegs. Die Schuldvorwürfe, die wir uns machten – also mein Vater und ich – sie haben uns für lange Zeit voneinander distanziert. Es braucht eben seine Zeit, manchmal Jahre. Dann kam da dieses wunderbare Haus daher, mit dem großen Garten in Reutin … hinter dem Steig. Man kann hinüber auf die Rheinmündung sehen und in die Bregenzer Bucht. Ich wollte, dass wir alle dort einziehen.«

Schielin überlegte, welches Haus es sein konnte, und fragte: »Auf der Bäuerlinshalde?«

»Nein, davor.«

»Mhm.«

Er überlegte immer noch. Ihm war nichts bekannt, dass da ein Haus verkauft würde, aber sein Nachbar, Albin Derdes, würde ihm sicher Auskunft geben können.

»Hatte Ihr Vater einen großen Freundeskreis? Gab es Ärger in der Firma … mit Geschäftspartnern, Angestellten? Womit hat er sich außerhalb seiner Arbeit befasst?«

Sie lachte leise. Ihre Augen funkelten dabei. »Nein, es gab keinen Ärger in der Firma. Er arbeitet mit Hubert zusammen … Hubert Neisser. Der kümmert sich um die Verwaltung, um die Auftragsabwicklung und die Firmenkontakte. Er ist Teilhaber und es gab keine Probleme zwischen den beiden. Hubert ist ein sehr umgänglicher harmoniebedürftiger Mensch. Und außerhalb der Firma gab es nur eines für ihn: Musik und Theater. Mehr noch Musik. Er war da in einem Kulturverein sehr engagiert … Oje … wie hieß der noch mal … *Verein zur Förderung ernsthafter Musik*. Ja. Es fanden viele Veranstaltungen statt – Konzerte, Gespräche über Komponisten, Diskussionen … all so ein Zeug eben.«

Schielin nickte.

»In letzter Zeit tauchten da ein paar Irritationen auf. Ich weiß nichts Konkretes, aber er hatte in diesem Zusammenhang einige Anwaltstermine wahrzunehmen, weil der Verein in eine Stiftung umgewidmet werden sollte … es gab da eine Erbschaft und er hatte viele Termine und Gespräche deswegen.«

Schielin wurde hellhörig. Von dem Verein hatte er schon einmal gehört. Wenn er sich recht erinnerte, dann hatte ihm Marja davon erzählt. Von einem Klavierkonzert, zu dem er hätte mitgehen sollen, aber nicht konnte – oder wollte. »Kennen Sie einen Ansprechpartner dieses Vereins?«

»Ja. Ein gewisser Friedemann Hauser. Ich habe ihn nur einmal gesehen. So eine typische Kulturerscheinung: Anzug, fürchterlich karierte Hemden, gepunktete Fliege und Kordhosen – winters wie sommers.«

Schielin lächelte.

Wie konnte sie wissen, dass Hauser immer karierte Hemden und gepunktete Fliegen trug, wenn sie ihn nur einmal gesehen hatte?

»Hat dieser Verein ein Büro hier in Lindau?«

Sie zuckte mit den Schultern. »Keine Ahnung.«

Er behielt seine nächste Frage für sich, denn er sah, wie ihr unvermittelt die Tränen über die Wangen liefen, verfolgte, wie sie vom Kinn auf den dunklen Rock fielen. Es war ganz plötzlich gekommen. Gerade hatte er sich noch gewundert, wie distanziert sie ihm erschien – und dann diese unerwartete Emotionalität.

Ihre Stimme klang brüchig: »Entschuldigung.«

Schielin hob beide Hände und signalisierte Verständnis.

Sie stand wortlos auf und ging hinaus.

Er wartete.

Sein Handy klingelte. Kimmel.

Er nahm das Gespräch an.

»Bin gerade bei der Tochter.«

Kimmel flüsterte: »Kann ich reden?«

Schielin lachte kurz auf: »Ja. Aber du musst nicht flüstern – ich müsste es tun … bin aber gerade allein.«

»Also, hör her! Die Rechtsmediziner haben die Quelle identifiziert. Es ist die Sonnencreme!«

Schielin brauchte eine Weile, um zu realisieren, was Kimmel da gesagt hatte. Er sah zur Tür und sprach unterdrückt: »Was!? Die Sonnencreme!? Du meinst, jemand hat die Sonnencreme mit diesem Tetrodotoxin versetzt!?«

»Ja. Und zwar richtig viel von dem Zeug. Er hatte wirklich keine Chance. Ein Suizid scheidet damit aus.«

»Wie geht es Lydia?«

»Sie wird wieder entlassen. Hat nur ganz wenig von dem Zeug an die Finger bekommen. Der eine Rechtsmediziner ist im Krankenhaus und spricht mit den Ärzten dort. Sie beraten noch, aber sie hat es überstanden.«

»Mhm. Sonst noch eine Info?«

»Nein, vielen Dank.«

Schielin lauschte kurz zur offenen Tür hinaus. Nichts war zu hören. Er gab Kimmel den Namen Friedemann Hauser durch und bat ihn, alles über diese Person und den *Verein zur Förderung ernsthafter Musik* herauszufinden.

Kurz darauf kam Silvia Sahm wieder zurück und setzte sich. »Entschuldigen Sie bitte, Herr Schielin.«

»Schon in Ordnung«, er wechselte das Thema. War es möglich auf unauffällige Weise in Richtung Sonnencreme zu gelangen? »Ihr Vater legte Wert auf seine äußere Erscheinung.«

Sie lachte jetzt leise. »Oh ja. Er war unvorstellbar eitel. Alles musste exakt passen.«

»Immer braun gebrannt ...«

»Ja«, bestätigte sie traurig, »das war das Wichtigste überhaupt. Er war ein rechter Sonnenanbeter – so sagt man doch, nicht wahr? Wenn es nur irgend ging, lag er unter dem Planeten und oft draußen im Lindenhofpark. Im Sommer war der Park fast seine zweite Heimat und er hat sich nicht einschüchtern lassen von den Warnungen wegen Hautkrebs und so. Es hat ihn überhaupt nicht interessiert.«

»Mhm. Er hat diese kleinen *Weltreisen* unternommen ... eine schöne Beschreibung, wie ich finde ...«

»Ja ... eine schöne Beschreibung ... mit dem Zug nach Bregenz, mit Schiff nach Bad Schachen, Sonnenbad, danach Kaffee im Hotel oder Essen im Schachener Hof. Alle paar Wochen hat er das gemacht, ja.«

»War das vielen Leuten bekannt?«

Sie stutzte. »Ich denke schon. Wer mit ihm länger zu tun hatte, wusste bestimmt davon.«

»Auch das Sonnenbaden?«

»Ja ... natürlich ... es gehörte zu ihm. Ein Sonnenfreak – sagte ich ja schon.«

»Welchen Leuten war es denn bekannt – Freunden, Kollegen ... konkret?«

Sie sah ihn konsterniert an. »Welchen Leuten? Na ja ... seinen Freunden eben.«

»Ich bräuchte Namen und Adressen. «

Sie hob den Kopf. »Mhm. Namen und Adressen. Ich bin mir nicht sicher, ob ich die Adressen habe, aber ich will sehen, was ich zusammenbekomme. Gleich? Sofort?«

»Es wäre schön, wenn Sie sie mir heute noch zuschicken könnten. Das geht auch per Mail.«

Schielin kramte eine seiner Visitenkarten hervor und schob sie ihr über den Glastisch zu.

Sie griff nicht danach, äugte nur aus der Distanz und fixierte den blauen Polizeistern.

»Wann haben Sie sich das letzte Mal gesehen – Ihr Vater und Sie?«

Sie antwortete schnell: »Am Mittwoch. Da war ich auf der Insel und habe ihn in seinem Büro aufgesucht. Ja, am Mittwoch … nachmittags. Ich war einkaufen und habe ihm einen Tee vorbeigebracht … Lindauer Powerkräuter. Eine knappe Stunde war ich dort. Wir haben uns unterhalten, über das Haus natürlich, über seine Firma – er hatte viel Arbeit mit einem Auftrag aus Donauwörth, irgendwas mit Hubschraubern.«

Schielin fragte: »Inwieweit haben Sie Kenntnis über die finanziellen Verhältnisse Ihres Vaters?«

»Oh, detailliert gar nicht. Aber es konnte ihm gar nicht schlecht gehen, so viele Aufträge, wie er hatte. Jedenfalls habe ich den Eindruck, dass es da keine Schwierigkeiten gab. Wir haben über die Finanzierung des Hauses gesprochen und da gab es keine Diskussion.«

»Sie sprachen vorhin den Suizid Ihrer Mutter an … war da eine neue Partnerin im Leben Ihres Vaters?«

Sie schüttelte den Kopf. Langsam – als müsste sie, während sie verneinte, noch überlegen. Schließlich kam ein gedehntes Nein. Sie fügte hinzu: »Jedenfalls weiß ich nichts davon.«

Sie nutzte keine Gelegenheit, über den Tod der Mutter

zu reden. »Nun ja. Ihr Vater war ein attraktiver, gepflegter Mann, finanziell und beruflich arriviert … keine Frau?«

Silvia Sahm strich mit ihrer rechten Hand über den linken Unterarm, so als fröre es sie. Ihre Schultern waren ein wenig nach vorne gesunken. Sie lächelte Schielin an. »Ich habe mich für die Liebschaften meines Vaters wirklich nicht interessiert.«

Schielin lächelte zurück. Das Thema war ihr spürbar unangenehm und auch ihr Lächeln konnte darüber nicht hinwegtäuschen.

Er winkte ab, als wäre es bedeutungslos gewesen, und meinte: »Na ja. Ich muss solche Fragen stellen. Ich hoffe, Sie verstehen das.«

Sie lehnte sich entspannt zurück und nickte erleichtert.

Er packte noch einmal zu: »Es ist für uns eine durchaus wichtige Frage, Frau Sahm. Ich meine – wie Sie mir anfangs erzählten, hatten Sie ja geplant, gemeinsam ein Haus zu beziehen und da ist es doch naheliegend, dass Sie sich über dieses Thema unterhalten haben. Es wäre doch nicht ausgeschlossen gewesen, dass Ihr Vater wieder eine Partnerschaft einginge, nicht wahr? Darüber müssen Sie doch geredet haben, angesichts einer für die Zukunft so wichtigen Entscheidung gemeinsam ein Haus zu beziehen, nicht wahr?« Er lächelte sie an.

Sie blickte starr durch ihn hindurch. Diese Frage hatte sie nicht erwartet. Ihre Antwort klang unsicher: »Jetzt, wo Sie das äußern, und im Zusammenhang mit den Geschehnissen muss ich sagen … es stimmt. Aber es ist so – das war wirklich kein Thema, und für mich schien es völlig normal und verständlich, dass mein Vater alleine einziehen würde. Es ist auch von ihm nicht thematisiert worden. Wobei – das Haus ist wirklich groß genug. Ein Zweifamilienhaus.«

»Tja – schade«, sagte Schielin.

»Wieso schade?«

»Dass nun nichts daraus wird.«

»Oh nein. Es wird etwas daraus. Ich will dieses Haus unbedingt haben. Der Tod meines Vaters ändert nichts an meinem Vorhaben. Ende nächster Woche wird der Kauf abgewickelt.«

Ihm entfuhr ein zurückhaltendes. »Ah ... so.«

Mehr fiel Schielin dazu im Moment nicht ein. Er hatte diese Silvia Sahm unterschätzt.

»Haben Sie einen Schlüssel für die Wohnung Ihres Vaters?«

Sie schüttelte den Kopf. »Nein. Aber er hat eine Putzfrau. Die hat einen Schlüssel.« Sie gab ihm Namen, Adresse und Telefonnummer.

Er wies sie noch darauf hin, dass einer seiner Kollegen vorbeikommen würde, um ihre Fingerabdrücke zu nehmen, und erklärte, dass das erforderlich war, um die Spuren von bekannten und berechtigten Personen von anderen abgrenzen zu können. Sie nahm es gleichmütig auf.

*

Bei der Putzfrau handelte sich um eine kleine, zähe Frau mit kurzen schwarzen Haaren; so pechschwarz und glänzend sie waren, konnten sie nur gefärbt sein. Sie war erst wenige Monate für Banger tätig und konnte nichts über sein Leben berichten, weil sie sich auch nicht dafür interessierte.

Sie blieb schmallippig, war von der Todesnachricht wenig erschüttert und Schielin investierte keine weitere Mühe in ihre Befragung. Vielleicht würde man sie einmal vorladen, wenn es erforderlich erschien. Wenigstens wusste sie etwas über ihre Vorgängerin zu berichten: eine Polin, die im Frühjahr wieder zurück in ihre Heimat gegangen war.

Zweimal in der Woche putzte sie im Haus. Martin Banger hatte sie nur die ersten beiden Male gesehen, danach nicht mehr. »Vertrauenssache«, hatte sie gesagt, »putzen ist Vertrauenssache.«

Er steckte den Wohnungsschlüssel weg und verabschiedete sich.

*

Martin Banger hatte eine Doppelhaushälfte in Esseratsweiler bewohnt. Die benachbarte Haushälfte gehörte Leuten aus Heilbronn, die sie für Ferienaufenthalte und längere Wochenenden nutzten – also selten da waren und bei dem geführten Telefonat zwar betroffen klangen, deren Beziehung zu Banger aber über freundliche Begrüßungsfloskeln nicht hinausgelangt war. Von seinem Leben wussten sie nichts.

Schielin suchte nach nichts Bestimmten im Haus. Es ging ihm nur darum sich einen Eindruck zu verschaffen, um zu einem runden Bild von Martin Banger zu kommen. Andererseits wollte er auch Gewissheit darüber erlangen, dass in der Wohnung weder eingebrochen worden war noch sonst etwas geschehen sein konnte, was in Bezug zum Geschehen um Martin Banger stand.

Schielin ging langsam durch die Räume. Er steckte die Hände in die Hosentaschen, was es vereinfachte, nicht unbewusst nach etwas zu greifen, etwas zu berühren. Außerdem – wer wusste schon, wo sonst noch ein Gegenstand mit Gift präpariert worden war? Nur einige Male hob er die Hand und fotografierte mit der kleinen Digitalkamera Übersichten der Räume, einige Details, nur zur Dokumentation, wie das heute so praktisch war mit diesen digitalen Dingern. Was man später nicht mehr brauchte, wurde einfach gelöscht.

Martin Banger mochte keine vollgestellten Wohnungen – das war auf den ersten Blick zu erkennen. Die Einrichtung war übersichtlich, schlicht und edel. Viel Design, wenig Dekoration, klare Farben – cremefarbene Wände, schwarzes Ledersofa. Gemälde, Stiche, ein großes Regal. Das Notwendige war vorhanden, Überflüssiges weggelassen. Inmitten dieses kühlen und funktionellen Designs wirkte die große, violett blühende Orchidee auf dem Glastisch im Wohnzimmer unnatürlich lebhaft.

Im oberen Stockwerk waren zwei Räume nur den industriellen Modellen vorbehalten: Motoren, Aggregate, seltsame Bauteile – vielleicht von Turbinen oder riesigen Werkanlagen.

Schielin hatte fürs Erste genug gesehen. Er versiegelte die Wohnung und verließ das Haus.

*

Kimmel saß im Besprechungsraum und erläuterte nochmals die Ergebnisse der Rechtsmedizin. Die Sonnencreme Martin Bangers war mit einer enorm hohen Konzentration TTX durchsetzt. Lydia hatte die Creme über die Fingerspitzen aufgenommen. Wer konnte denn auch an so etwas denken. Kimmel hatte ihr verboten vom Krankenhaus zurück zur Dienststelle zu kommen, wie sie es angekündigt hatte. Er hatte ihren Mann angewiesen, sie unter allen Umständen direkt nach Hause zu bringen. Sollte der sich doch ihr Gezanke anhören und ihre schlechte Laune aushalten. Dazu war er schließlich mit ihr verheiratet.

Schielin berichtete von der Befragung Silvia Sahms und erkundigte sich, ob über die Stiftung und diesen Friedemann Hauser schon etwas bekannt sei. Kimmel verneinte. Robert Funk war an der Reihe.

Schielin fragte: »Was war mit dem Büro?«

»Mhm. Der Kompagnon hat mir aufgemacht, ein Hubert Neisser. Hat noch nicht bei uns arbeiten lassen. Ist ein komischer Kauz … war mehr ängstlich als verstört oder trauernd, konnte mir nicht in die Augen sehen und war insgesamt unsicher. Konkrete Ansätze habe ich aber nicht. Nur eines vielleicht, Conrad. Du hast vorhin gesagt, die Tochter wisse nichts von einer neuen Frau im Leben ihres Vaters.«

»Ja.«

»Es gibt aber eine.«

»Oh. Das ist aber interessant.«

»Am Schreibtisch von Banger ist mir ein handschriftlicher Brief aufgefallen. Deswegen habe ich den ganzen Dokumentenstapel mitgenommen. Nach kursorischem Lesen kann ich feststellen – es ist eine Art Liebesbrief … na ja, das ist wahrscheinlich auch übertrieben, aber es ist ein auf eigenwillige Weise persönlicher Brief.«

Kimmel knurrte: »Geht uns nichts an, das Zeug muss der Staatsanwalt lesen.«

Funk knurrte zurück: »Ich habe ja gesagt … *nur mal drüber geschaut*. Ganz grob. Aber eines scheint mir deutlich zu sein – es ist eine heiße Kiste, sozusagen.«

»Wer hat den Brief geschrieben – Martin Banger, oder diese Unbekannte?«, wollte Schielin wissen.

»Es gibt keine Unterschrift. Wir müssen noch einen Handschriftenvergleich machen. Aber es ist ganz weiches Briefpapier – handgeschöpft, und mit Tinte beschrieben, hellroter Tinte. Sehr außergewöhnlich, sehr individuell.«

»Gut«, brach Kimmel ab, »wir werden also diese Frau suchen, die es wohl gab, dann noch diese Stiftung … haben wir sonst noch was? Ermittlungsansätze?«

Es sah trübe aus.

»Du vielleicht?«, fragte Schielin in Richtung Jasmin

Gangbacher, die ganz zurückgezogen auf der Eckbank saß.

Sie schüttelte den Kopf und erwiderte: »Ich werde mir sein Smartphone genauer ansehen. Wird aber ein wenig dauern.«

So recht wollte keine befruchtende Diskussion aufkommen. Das Umfeld war nicht danach: Lydia fehlte, Gommi hockte nicht dabei, Hundle schleppte sich nicht von Büro zu Büro, es roch nicht nach Kaffee, Wenzels sarkastische Bemerkungen gingen ab.

Wie sollte man da vernünftig arbeiten können.

Bevor Schielin das Büro verließ, telefonierte er noch mit dem Vermieter von Bangers Büro. Es ging um die Durchsuchung und welche Neben- und Kellerräume zum Mietumfang gehörten. Im Lauf des Gesprächs erfuhr Schielin eine interessante Neuigkeit. Robert Funk war leider schon gegangen. Er hätte sich gewundert.

*

Schielin beeilte sich nach Hause zu kommen. Eine späte Nachmittagssonne tauchte den Pfänderrücken in warmes Licht. Die verschiedenen Grüntöne leuchteten verführerisch. Eine Kuh müsste man jetzt sein, dachte er – oder ein Esel.

Heute würde es lange hell bleiben. Zeit genug, um eine ausgiebige Runde mit Ronsard zu gehen. Danach, wenn der Tag in die Nacht überging, einen Salat, ein Glas Wein und draußen sitzen, die Sommernacht genießen und den Geräuschen nachlauschen, die von der Stadt heraufdrangen.

Ronsard war hibbelig, tänzelte hin und her und nutzte den gesamten Radius der Laufleine. Der kurze Schwanz wedelte aufgeregt, die Ohren drehten sich beständig und legten sich manchmal bedrohlich auf den Schädel. Der Grund für sein Getue war eine Pferdebremse, die wild um ihn herumsurrte, und auch Schielin mühte sich vergebens, sie zu vertreiben. Trotz seiner aggressiven Bewegungen sprach er beruhigend auf Ronsard ein. Der schwenkte ausladend mit seinem Hinterteil herum und versuchte sowohl Schielin als auch die umherschwirrende Nervensäge im Blick zu behalten.

Endlich war das Viech weg und nach einer Weile kehrte ein wohltuendes Gleichmaß in ihrer beider Bewegungen. Innere und äußere Ruhe wurden gegenwärtig. So ganz war Schielin noch nicht klar, welchen Weg er wählen würde. Er wechselte durch die Obsthaine querbeet hinüber nach Streitelsfingen.

Der Blick nach Süden zeigte den See als glitzernde Scheibe, eingerahmt von dunklem Grün. Auf den Appenzeller Bergen lagen schwere Schatten und darüber glänzte der Säntis. Die Türme und Türmchen der Lindauer Insel hoben sich als Silhouette. Die Mole des Segelhafens war zu erkennen und das alte Clubhaus. Die Boote da unten erschienen als kleine Punkte; einer der Dampfer war auf dem Weg nach Bregenz und zog breite Furchen in die spiegelnde Seefläche. Selbst aus der Ferne war zu bemerken, wie voll das Schiff war – Festspielgäste. Sie würden einen warmen, unvergesslichen Sommerabend haben, ohne Sturm, ohne Regen und Gewitter.

Schielin setzte seinen Weg fort. Es war noch heiß, die Sonne würde noch lange brauchen, um im See zu versinken. Ein Weg im Schatten wäre geeignet, die Gedanken auf den Fall auszurichten.

Über Bösenreutin zur Hangnach und dann im kühlen Schatten des Tobels wieder nach oben. Das sollte eine gute Wahl sein.

Das linde Tosen, welches vom Ufer bis hier heraufdrang, verlor zunehmend seine Kraft und das Klappern von Ronsards Hufen trat in den Vordergrund. Nur einmal noch, als es unter der Autobahn hindurchging, war man für ein kurzes Stück einer nervenden Geräuschkulisse ausgesetzt.

In der Hangnach wurde es wieder ruhig. Eine leichte Brise zog manchmal vom See her über die Lichtungen und versetzte die Bäume an den Waldrändern in sanftes Schwingen.

Ronsards massiger Körper pendelte gelassen, der Kopf hing halb zu Boden und glich das Schwingen des Körpers durch gegenläufiges Baumeln aus. Nur manchmal schnappte er seitlich des Weges nach einem ganz besonders verführerischen Grasbüschel. Vielleicht brauchte sein Esel diese Touren ja auch, um sich über das ein oder andere klar zu werden.

Schielin hielt die Leine ganz locker und wischte einen dünnen Schweißfilm von der Stirn. Und worüber wollte er sich auf dieser Spazierrunde klar werden? Über diesen Martin Banger, dessen Leichnam in der Rechtsmedizin lag und der vergiftet worden war. Vergiftet. Das Wort *Gift* erzeugte einen bitteren Geschmack bei ihm und er nahm einen kleinen Schluck aus der Wasserflasche.

Womit hatten sie es zu tun? Mit einem gepflegten Mann Mitte fünfzig, der ab und an eine etwas unorthodoxe Freizeitgestaltung für sich in Anspruch nahm – mit dem Zug nach Bregenz fuhr, von dort mit dem Schiff zurückschipperte, ein Sonnenbad nahm und den Tag mit einem guten Abendessen ausklingen ließ. Das war eine ganz wunderbare Idee, wie Schielin fand. Was war das für ein Mensch, der solche Gewohnheiten pflegte? Kultiviert, verschroben? Von Letzterem nur eine kleine Dosis. Ein Connaisseur? Gewiss. Einer, der in sehr kompakter Weise die Annehmlichkeiten des Sees in einen Tag packt – in *einen* Reisetag. Zugfahrt, Schifffahrt, Kaffee, Sonnenbad, Schwimmen, Abendessen. Und dann legt er sich in das duftende Gras des Lindenhofparks, umgeben von einer Aura des Friedens – lässt die Sonnencreme auf seine Haut tropfen wie gewohnt. Um ihn herum Sommerhungrige, Hunde, Kinder, Slackliner, Ballspiele, Gekreische, Lachen, das Rauschen des Sees, ab und an das Dröhnen eines Flugzeugmotors oder das Surren eines Zeppelins – die blanke Lebensfreude. Und mitten darin – er muss es schnell gemerkt haben, dass etwas nicht stimmt – stirbt er langsam, bleibt dabei bei vollem Bewusstsein und ist dennoch völlig unfähig seiner Umwelt mitzuteilen, was seinen Zustand angeht. Perfide.

Schielin blieb stehen und begann laut zu denken. Ronsard sah ihn verwundert an. »Könnte es sein, dass derjenige, der das Gift präpariert hat, zugegen war? Dass er sich unter die Masse jener fröhlichen Menschen gemischt hatte? Dass er aus sicherer Distanz, nein – aus sicherer Nähe verfolgen wollte, wie Martin Banger starb?« Ein Gedanke, der Furcht einflößte.

Ronsard musterte ihn mit stoischer Ruhe. Schielin ging weiter, schneller nun. Der Gedanke an einen Täter, der den Tod seines Opfers verfolgte, passiv und nicht in ein Handeln involviert – dieser Gedanke hatte ihn aufgewühlt.

Wieso Gift, und aus welchem Grund ausgerechnet dieses Gift? Wenn jemand Interesse daran hatte Banger zu töten, mit Gift, dann hätte es doch andere, weniger exotische Möglichkeiten gegeben. Möglichkeiten, die auch nicht weniger Aufwand bedeutet hätten, als dieses TTX in die Sonnencreme zu verbringen. Stillere, weniger auffällige Gifte. Ja, da war schon was dran – bei der Wahl des Giftes hatte seine Wirkungsweise eine bestimmende Rolle. Banger sollte nicht einfach so sterben – um für den Täter den Zweck zu erfüllen tot zu sein; es ging um das *Wie*. Martin Banger sollte realisieren, was ihm geschah. Ob er selbst einmal Fugu gegessen hatte? Das mussten sie versuchen herauszubekommen.

»Angenommen, ich wollte dich vergiften…«, sagte Schielin zu Ronsard, der weitertrabte und nur einmal kurz mit den Ohren schlackerte, »reg dich ab, ich sagte angenommen… hypothetisch… nur so theoretisch… also angenommen: Es fiel mir deshalb leicht, weil ich deine Gewohnheiten kenne, mein Lieber, ich weiß, was du am liebsten hast – also reg dich nicht auf, aber ich würde natürlich die Möhren vergiften, die kurzen dünnen, die du zuerst rausfummelst.«

Ronsards Unterlippe verlor jeden Halt. »Ist ja gut, mein Lieber. Ich rede Unsinn und muss abstrakter formulieren. Also – der Täter wusste sozusagen, was Martin Bangers *Möhren* waren und er hatte die erforderliche Nähe zu ihm, um sein Wissen für eine Umsetzung zu gebrauchen.«

Schielin marschierte gedankenverloren weiter. Alles deutete auf eine Beziehungstat hin, wirklich alles. Die Ausführung – die Planung und Willen erkennen ließ. Der durch die Tat erzeugte Effekt beim Opfer. Die Tatausführung, sie war, das musste man zugeben, intelligent vorbereitet worden, mit großer krimineller Energie. Es dauerte seine Zeit, dieses Vorgehen erst zu planen und dann umzusetzen, und während dieser gesamten Phase war der Täter von keiner Reue ergriffen worden, hatte von seinem Plan nicht abgelassen. Es steckte also eine enorme Motivation dahinter. Gift, Intelligenz, Hinterhältigkeit – das deutete auf zwei Dinge hin: auf eine Beziehungstat und auf eine Frau als Täterin.

Schielin blieb wieder stehen. »Und dann dieses Elend mit der Tatzeit! Was glaubst du, mein Lieber, was die Tatzeit ist – als Martin Banger sich das Zeug auf die Haut geschmiert hat? Damit könnten wir wenig anfangen … als ihm der Täter die Sonnencreme untergeschoben hat, oder als er sie mit dem Gift präpariert hat? Was war die Tatzeit, he? Vielleicht hilft uns der toxikologische Befund etwas weiter. Die entscheidende Frage hinsichtlich der Zeit ist für mich die, wann die Sonnencreme in Martin Bangers Verfügungsgewalt übergegangen ist. Es wird eine leidige Arbeit, weil es schwer werden wird, Verdächtige auf Zeitpunkte festzulegen … das wird jetzt schon deutlich. Insgesamt eine unbefriedigende Situation. Wir werden uns also von den Möhren aus kreisförmig nach außen bewegen und diejenigen befragen, die von ihnen wussten.«

Ronsard war ebenfalls stehen geblieben und starrte den Weg entlang.

»Was bist du so brav im Moment!? Ist etwas im Busch, he!?«

Ronsard tat gelangweilt.

Doch Schielin bemerkte, wie er mit kleinen Trippelschritten den Hintern bewegte und fast unbemerkt den Kopf in Richtung Pfänder drehte. Beide Ohren waren hoch aufgestellt und fokussierten nur wenig. Irgendwo da drüben, aus Richtung Hörbranz, Lochau war eine Geräuschquelle, die Ronsard elektrisierte, denn so angespannt, wie er stand und lauschte, gab es das selten. Schielin überlegte. Über die Jahre kannte er die Esel und vor allem die Eselinnen im näheren Umkreis. Es galt zu verhindern, dass Ronsard Sperenzien machte. Mit sanfter Gewalt zog er die Laufleine straff und zog ihn mit sich.

*

Die Dämmerung hatte eingesetzt, als er zu Hause ankam.

Die Koffer standen schon gepackt im Gang. Lena hing Albin Derdes am Arm, der noch eine Steige mit Obst vorbeigebracht hatte – Kirschen und Johannisbeeren. Die Sommerferien hatten begonnen und Marja würde gleich morgen für einige Tage nach Luzern zu ihrer Schwester fahren und Lena mitnehmen. Schielin war nicht sonderlich traurig, an dem Ausflug nicht teilnehmen zu müssen. Es war zwar nicht so, dass er sich darüber freute, die beiden in die Sommerfrische verabschieden zu müssen, doch hatte er schon vor Tagen für sich ein Programm zurechtgelegt, das aus Ronsard-Touren, Montaigne-Lesen und Musikhören bestanden hatte; die ganze Zeit würde Musik das Haus erfüllen, und zwar die Musik, die er sonst nie oder nur oben im Dach hören konnte: Rachmaninoffs Cellosonate richtig laut von Kanka und Klepac gespielt, Prokofjews siebte Klaviersonate von Martha Argerich live aus dem Concertgebouw, die Beethoven-Streichquartette, bei denen Lena schon nach wenigen Takten Kopfschmerzen bekam, Bachs Goldbergvariationen von Fischer, deren protestantische Strenge Marja missfiel. Er hatte sich schon so gefreut und ein, zwei dienstfreie Tage eingeplant; die Überstunden dafür wären reichlich vorhanden. Und nun war dieser Vergiftete dazwischengekommen.

Nur bruchstückhaft hatte er bisher von der Leiche aus dem Lindenhofpark erzählt und dabei den Eindruck gewonnen, Marja und Lena trauerten mehr um die zwei alten Linden als um den unbekannten Toten, der in der Nähe gefunden worden war. Er brachte das Thema wieder auf den Lindenhofpark, die Sturmschäden und seine Ermittlungen. Dieser Verein mit der ernsthaften Musik – es war ihm, als hätte Marja schon einmal davon erzählt.

Wie beiläufig, während er die Spülmaschine ausräumte, fragte er, ob sie schon einmal etwas von diesem Verein gehört hatte, der von sich behauptete, die ernsthafte Musik zu fördern, oder es tatsächlich auch tat. Er erwähnte dabei auch den Namen Friedemann Hauser.

Zuerst traf ihn ein vorwurfsvoller Blick und Marja klang auch so. »Typisch. Da sieht man mal, wie du mir zuhörst, wie dich das interessiert, wovon ich rede.«

Er verzog den Mund. »Wie? Was meinst du?«

»Ja – *wie, was meine ich?* Du fragst mich, ob ich den *Verein zur Förderung ernsthafter Musik* kenne?«

»Ja, und?«

»Ja, und … ja, und … ja, und. Von was rede ich denn die ganze Zeit. Schon einige Male war ich bei Veranstaltungen und Konzerten – allein natürlich! Wie oft habe ich dich schon gebeten mitzukommen. Vor vierzehn Tagen erst, da hatte Anna Kandras ein Klavierkonzert gegeben, du erinnerst dich? Natürlich erinnerst du dich nicht. Es ist die Tochter … von diesem Kandras – dem Immobilienmakler, der vor einigen Jahren an der Insel angeschwemmt ist – gefesselt.«

Daran konnte sich Schielin tatsächlich erinnern. An seine Leichen hatte er sich noch immer erinnern können. Er versuchte belanglos zu wirken.

»Du gehst da also hin?«, entfuhr es ihm eher unfreiwillig.

»Ja. Es ist weder verboten noch unzüchtig oder sonst wie verwerflich – es sind Konzerte. Musik. Man kann das so richtig live erleben und muss nicht im Dachboden mit sündteuren Lautsprechern von … von …«

»Sonus Faber … FLAC-Files von einem NAS-Server streamen«, half Schielin weiter.

Sie winkte ab und sah ihn streng an.

So hatte er sich den Verlauf des Gesprächs nicht vorgestellt.

»Und was ist das für eine ernsthafte Musikvereinstruppe?«

»Es ist keine Truppe.«

»Ja, ist eine dumme Formulierung, aber du weißt schon, was ich meine. Kennst du diesen Friedemann Hauser … und du kennst Martin Banger?«, Schielin sprach den letzten Namen vorsichtig aus. Bisher hatte er nur von einem namenlosen Toten gesprochen.

»Natürlich. Friedemann Hauser moderiert die Konzerte, er hält einführende Referate zu Komponisten, Interpreten, Solisten – hochspannend; ein sehr gebildeter und ausgesprochen höflicher Mensch, ein Musikwissenschaftler.«

»Und Martin Banger?«

»Auch ein sehr netter Mann, unglaublich gut aussehend, sehr gepflegt und mit perfekten Umgangsformen. Er würde nicht mit einem Esel wandern gehen.«

Schielin parierte die Spitze, die in giftigem Ton durch den Raum gepfiffen war. »Dieses Vergnügen wird ihm auch nicht mehr geboten werden.«

»Wie meinst du das?«

»Martin Banger ist mein Toter aus dem Lindenhofpark«, und gereizt fügte er hinzu, »wär er mal lieber mit 'nem Esel wandern gegangen.«

*

Sonntagvormittag rief Lydia Naber bei Schielin an.

»Oh, Conrad, ich habe die ganze Nacht nicht schlafen können.«

»Schmerzen?«, fragte er besorgt.

»Ach was … Schmerzen … null Schmerzen, überhaupt nicht. Es ist dieser Fall, der mir keine Ruhe gelassen hat. Mensch – Gift! Das hatten wir noch nie – Gift! – und noch dazu so perfide. Das Zeug ist pervers, sage ich dir. Ich habe ja nur ein ganz klein wenig Creme an die Finger bekommen, halt was außen an der Sonnencremetube war. Ganz eigentümliches Gefühl, keine Schmerzen in dem Sinn, nur ein inneres Brennen und Zittern … nein, nicht Zittern – Flattern, weil die Amplituden sich weiter anfühlten. Irre. Brutales Zeug, dieses TTX.«

»Allerdings.«

Ihr nächster Satz klang lauernd: »Du weißt schon, was das kriminologisch bedeutet … Gift.«

»Es kann vieles bedeuten«, blieb er vage.

»Gift ist Frauensache«, stellte sie nüchtern fest.

Er schwieg.

Sie wiederholte: »Es *muss* eine Frau im Spiel sein … habt ihr da schon was?«

»Lydia, lass uns morgen darüber reden …«

»Ohh … du glaubst doch nicht, dass ich das bis morgen aushalte, oder? Also, habt ihr da schon was?«

»Wir haben noch gar nichts, Lydia. Die einzige Frau, die derzeit kriminalistisch konkret ist, das ist seine Tochter – Silvia Sahm. Aber da ist im Moment weit und breit kein Motiv zu erkennen. Sie wollten sogar zusammen ein Haus beziehen, Martin Banger mit der Familie seiner Tochter, es gibt auch keine finanziellen Streitereien … alles recht harmonisch und natürlich ist Gift die Mordwaffe der Frauen, allerdings im häuslichen Bereich, wo sie Kontrolle haben. Unser Fall ist ganz anders gestrickt.«

»Harmonisch …«, hörte Schielin sie abschätzig sagen und auf seine Ausführung ging sie gar nicht ein, »na ja, wenn sie zusammengezogen wären, hätte es ein Ende gehabt mit der Harmonie. Aber gut … dann muss es eben eine andere Frau gewesen sein. Das war doch ein attraktiver Mann, er hatte Kohle, war gebildet … gibt's doch nicht. Da muss doch irgendwo eine Frau aufzutreiben sein … mindestens eine. Und ihr habt da wirklich nichts?«

Schielin stöhnte. »Noch nicht. Wir stehen doch gerade erst am Anfang. Robert war im Büro auf der Insel und hat da Unterlagen mitgenommen …«

Sie ließ ihn nicht weiterreden. »Und?«

»Was bist du denn gar so gierig, Lydia!?«

»Das Gift … Conrad … das Gift, es wirkt eben noch, also – erzähl weiter … entschuldige …«

»Also, es gibt da einen Brief, handgeschrieben, Büttenpapier, hellrote Tinte – so eine Art Liebesbrief.«

Sie feixte: »Ah, jetzt wird's rund, die Sache. Hab ich's doch gewusst. Und was steht drinnen?«

»Wir haben ihn nicht gelesen«, antwortete Schielin lakonisch.

Eine Pause entstand.

»Das kann nicht sein! Wie soll ich das verstehen – *ihr habt ihn nicht gelesen*?«

»Robert hat nur so einen Blick drauf geworfen. Kimmel wollte es nicht … Staatsanwaltschaft und so.«

»Ich glaub' es ja nicht!«, sie schnaubte, »wird Zeit, dass ich wieder auftauche … Kimmel und Staatsanwaltschaft hin oder her – so einen Brief, ein Liebesbrief noch dazu … in diesem Zusammenhang auch noch – Mensch, den muss man doch lesen! Gibt's doch nicht … und wenn schon nicht aus kriminaltaktischer Sicht und weil es verboten ist, dann doch aus purer Neugier!«

Schielin lachte.

»Ja, lach nur. Ihr wisst gar nicht, was das ist – Neugier. Ich könnte ja gar nicht schlafen, wenn da so ein Brief herumläge und ich wüsste seinen Inhalt nicht. Ihr Männchen habt vielleicht Interesse, manchmal großes oder sehr großes Interesse – aber Neugier!? Doch egal jetzt – es ist sonnenklar: das Gift, das Perfide in der Vorgehensweise – geplant, hinterhältig, mit hoher krimineller Energie und Intelligenz durchgeführt und perfekt umgesetzt. Das spricht im Grunde für eine Frau!«

Schielin verdrehte die Augen und war froh, dass sie es nicht sehen konnte. »Ja. Morgen. Das Gift wirkt wirklich noch immer in dir, so wenig du davon auch abbekommen haben magst. Und nun lass dich von deinen zwei Männern pflegen und verwöhnen. Wir reden morgen in der Runde drüber. Es gibt auch noch andere Spuren.«

»Welche?«

»*Verein zur Förderung ernsthafter Musik*«, sagte Schielin.

»*Ah – ein Britney*-Spears-Fanclub also.« Sie lachte kirrend.

Er schielte hinüber zu Marja. Ob sie es gehört hatte?

Schielin fiel etwas ein: »Ach Mensch. Bevor ich es vergesse. Über der ganzen Aufregung über dich ist es eh schon fast untergegangen. Wusstest du, dass der Kompagnon, dieser Neisser, sich von Martin Banger geschäftlich trennen wollte? Er wollte seine Anteile an der Firma ausgezahlt bekommen.«

»Nein. Das ist eine völlig neue Information. Wo hast du sie her?«

»Ich habe mit dem Vermieter der Geschäftsräume auf der Insel telefoniert, weil ich mir von ihm ein paar Informationen über Banger erhofft habe. Da gab es nicht viel Neues, außer dass Neisser ihn gebeten hatte, den Vertrag abzuändern. Es ging um zwei, drei Passagen, die ein Anwalt formuliert hatte. Davon hat der Kerl uns nichts erzählt. Ist doch eigenartig, nicht wahr? Ich werde ihn mir vorknöpfen.«

»Mhm. Mach das. Es wird eine anstrengende Woche werden, und nach wie vor keine Karten für die Seebühne in

Sicht. Was muss das Wetter aber auch so elend gut sein. Und bei dir … was machst du heute noch?«, fragte Lydia.

»Frau und Kind wegschicken, Ronsard, Musik, unterm Birnbaum liegen und nachdenken.«

*

Friedemann Hauser lief aufgeregt in seiner Wohnung umher. Zeitweise verspürte er Hunger, dann Durst, dann wieder befiel ihn eine starke Müdigkeit, die ihn veranlasste sich auf dem Sofa niederzusetzen, nur um kaum, dass er saß, ein Kribbeln an allen Extremitäten zu verspüren, das in fiebriger Weise von seinem gesamten Leib Besitz ergriff und ihn zwang, das Nervöse in ihm durch Bewegung abzubauen.

Das Fernsehprogramm verschaffte keine Abwechslung, er war außerstande Musik zu hören oder etwas zu lesen, sei es noch so banal oder oberflächlich. Er war schrecklich aufgewühlt und die Tatsache, dass es niemanden gab, den er hätte anrufen können, mit dem er sich hätte austauschen können – sie wurde ihm auf niederschmetternde Weise bewusst. Diese prickelnde Unrast, die ihn befallen hatte, war also weniger Folge der schrecklichen Ereignisse der letzten Tage, als vielmehr Reaktion auf das Erkennen darüber, ein einsamer Mensch zu sein. All die Musik, all sein Wissen darüber und über die Menschen, die sie erdachten und umsetzten – seine Fähigkeiten waren wertlos, denn es gab keinen Menschen, der sich darüber hinaus für ihn selbst interessierte; für den Menschen Friedemann Hauser, für seine Empfindungen, Gefühle und Befindlichkeiten. Und das machte ihm zu schaffen.

Er ging zum Wohnzimmerregal, räumte einen Stapel Zeitschriften, Bücher und Papiere zur Seite und griff in das durch dieses Umschichten erreichbare Fach. Glas klirrte hell, als er die Flasche *Napoléon Grand Champagne* hervorholte. Die Gläser standen im Fach darüber. Er goss einen kräftigen Strahl in den Cognacschwenker, bewegte die Hand in elliptischen Bahnen, schnupperte das Bukett, das sich hinter dem ersten beißenden Stich auftat, und füllte anschließend den Mund mit einem zupackenden Schluck. Seine Sensorik war noch intakt. Die Aromen von gedörrten Pflaumen, Tabak und Gewürzen erreichten ihn schlagartig und noch bevor er den Cognac nach und nach den Gaumen hinabrieseln ließ, fühlte er einen diffusen Dunst über seinen Sinnen aufziehen. Er schloss die Augen. Welch eine Wohltat! Er setzte sich und atmete lange aus, folgte dem Atem, der ihn verließ, so, wie er es gelernt hatte. Oh, wie viel Luft hatte er nur gepresst in der Brust behalten. Die Zunge löste sich nun vom Gaumen, an den sie mit großem Druck geklebt hatte.

Der Alkohol tat seine Wirkung schnell, auch deshalb, weil er in einen nüchternen Magen gelangt war. Dasitzen, atmen und sich selbst fühlen. Er wurde ruhiger und war nun fähig klar zu denken. Die Erbschaft war in trockenen Tüchern, der Verein eine Stiftung, er Vorsitzender des Stiftungsrates – und Martin stand nicht mehr im Wege. Die Polizei würde früher oder später zu ihm kommen.

Musikverein

Wolken waren am Sonntagabend aufgezogen und ließen im Laufe der Nacht einen feinen Regen niedergehen, dessen sanfter Schleier die Fläche des Sees glättete. Nun lag er in der Morgendämmerung unberührt und blank wie ein Spiegel. Die Farben des Morgens spielten darauf wie auf einer Bühne und die kräftig werdende Sonne verdampfte derweil die verbliebenen Wolkenreste. Als das Leben am See erwachte, wartete ein frischer Sommertag mit dunstigen Straßen und einem schnell vergessenen Regen.

Im Besprechungsraum hatten sich alle zusammengefunden. Hundle lag in der Ecke und Lydia verbat sich jede weitere Frage nach ihrem Befinden. Gommi bejammerte ihr Malheur so heftig, dass ihn Kimmel zur Ordnung rief und meinte, er klänge ja so, als hätte er selbst einen Kugelfisch verschluckt. Etwas beleidigt stellte Gommi sein Klagen ein.

Es ging zäh voran und Kimmel stellte die rhetorische Frage, wie man denn überhaupt weitermachen solle, wo sich rein kriminalistisch nichts Stichhaltiges vorweisen ließ – keine heiße Spur, kaum Erkenntnisse über das Opfer. Ein fundamental dünnes Ermittlungsergebnis bisher.

Lydia spürte den Keim der Resignation und Frustration, steckte aber voller boshafter Energie. Zuerst sagte sie in die Runde, wobei ihr Blick auf Kimmel länger haften blieb: »Schon traurig, dass so ein gepflegter, eleganter Mann sterben musste.«

Keiner kommentierte ihre Worte und sie wechselte in allgemeine Betrachtungen: »Wir könnten ja so eine Art Gebetskreis machen. Ach, wie habe ich das früher schon immer so gemocht. Im Kreis hocken und labern; wir sagen's nicht dem lieben Gott, sondern den andern Typen, die im Kreis herumhocken. Ganze Beziehungsdramen haben sich da abgespielt und manche haben bis heute nicht mehr davon lassen können. Ist ja eine zielführende Ausbildung, um Gehässigkeiten, Neid und Missgunst in opfergerechten Betroffenheitssülz zu packen. Danach fühlen wir uns vielleicht als Gruppe besser.«

Kimmel sah sie abschätzig an. »Heut darfst du mehr als sonst.«

Schielin fragte Jasmin Gangbacher, ob sie etwas mit dem Smartphone hatte anfangen können und riss sie aus ihren Gedanken. »Oh. Dieser Banger war ein sehr vorsichtiger Mensch. Er hat es doch tatsächlich verschlüsselt und mit einer PIN gesichert.«

Schielin war enttäuscht. »Ahh ... verschlüsselt – schade, schade, schade.«

Sie grinste ihn an. »Sieben Stunden und dreiundzwanzig Minuten – dann war es offen.«

»Wie?«

»Ja, geknackt halt. So 'ne PIN ist nichts wert. Nur ein richtiges Passwort, wie zum Beispiel *igfu Komma widgu Fragezeichen*.«

»Ah ja ... interessant ... und man kann sich das ja auch so gut merken.«

»Sehr gut sogar. Es sind die Anfangsbuchstaben meines Firmspruchs: *Ist Gott für uns, wer ist dann gegen uns?* Römer, Kapitel acht, Vers einunddreißig bis zweiunddreißig – *igfu Komma widgu Fragezeichen.*

Aus solchen Sachen macht man Passworte und nicht *Hundle123*, wie du, Gommi!«

Kimmel winkte energisch ab. Sie sollte zur Sache kommen. Außerdem befürchtete er, sie könne auch sein Passwort preisgeben – *Lindau123*. »Jasmin, das führt jetzt vom Thema weg.«

Jasmin Gangbacher grinste ihn an, geradeso, als hätte sie seine Gedanken erraten können. »Banger war nicht nur vorsichtig, sondern auch sehr ordentlich und hat Gruppen gebildet für Geschäftliches, Privates und für diesen Musikverein. Sehr angenehm bei der Analyse. Er hat an seinem Todestag zuletzt am Vormittag telefoniert. Insgesamt waren es drei Gespräche. Angerufen hat er eine Festnetznummer in Österreich; das hat knapp zwei Minuten gedauert. Dann eineHandynummer, die auf sein Geschäft läuft. Ich vermute, es handelt sich dabei um das Handy seines Compagnons, diesem Hubert Neisser. Es war ein längeres Gespräch: Zwölf Minuten hat es gedauert. Dann kam noch ein Anruf rein. Ein Geschäftspartner aus der Kontaktliste. Mehr habe ich nicht, was die Telefonate angeht. Es gibt dann noch den Facebook-Account, den Zugriff auf WhatsApp, seine Fotos und Mails. Es dauert noch eine Weile, bis ich das Zeug ausgewertet habe, man muss es ja lesen und sortieren, aber mit den Infos, die wir dadurch haben, wissen wir schon recht viel über ihn. Mehr braucht es nicht. Beim ersten Drübersehen ist mir nichts Verdächtiges aufgefallen.«

Das mit Facebook überraschte Schielin. »Wozu benutzte er Facebook – weißt du das schon?«

»Es gibt kein *wozu* bei Facebook. Da ist man einfach dabei.«

»Also ich nicht«, antwortete Schielin und sah fragend in die Runde.

Kimmel schüttelte den Kopf, Wenzel und Lydia ebenfalls. Sie meinte: »Mein Junior ist da unterwegs. Das reicht. Ab und an schau ich mal nach, was da so läuft.«

Gommi war still geblieben. Sie drehte sich ihm zu und sah ihn streng an. Er wich ihrem Blick aus.

»Du?«, sie lachte hell auf, »Gommi!? … kann doch nicht sein … du bist bei Facebook?«

»Na jo … so halt, gell …«

Sie grinste in die Runde: »Wozu?«

Gommi sah Jasmin Gangbacher an und schwieg.

»Da muss ich mir gleich mal dein Profilbild anschauen. Das interessiert mich schon.«

Jetzt wurde er lebendig und widersprach engagiert. »Ah wa! Ich hab doch koi Profilbild net. Ich lass mich doch immer nur von vorne fotografieren.«

Wenzel bedeckte sein Gesicht mit beiden Handflächen und schluchzte theatralisch.

Lydia ließ nicht locker. Sie lächelte böse und schnurrte: »Wie viele Facebookfreunde hast du denn, Gommi?«

»Drei. Den Erich, den Hubert und den Gierer Josef.«

»Aber die siehst du doch eh jeden Tag … oder fast jeden Tag. Ihr seid Nachbarn!«

Gommi verstand nicht. »Ja, schon.«

Lydia hatte noch nicht genug. »Ja und was macht ihr da so – auf Facebook? Seid ihr eine eigene Gruppe, oder was?«

»Ja noi. Nix machen wir da. Was soll man auch machen auf Facebook. Wir sind halt da – gell, Jasmin, so wie du grad g'sagt hast.«

Die schnaufte gequält. »Ja, genau. Dieser Banger war für sein Alter recht technikaffin. Der hatte darüber jede Menge Kontakte und Kommunikation. Ich finde das schon beachtlich.«

Schielin sagte nichts und beließ es dabei. Ein Blick zu Robert Funk, der trotz seines Urlaubs an der Besprechung teilnahm, und zu Wenzel hatte deutlich gemacht, dass sie auf die gleiche Wendung reagiert hatten: *für sein Alter …*

»Den Schwiegersohn möchte ich befragen. Der ist bisher außen vor geblieben«, meinte Schielin, um auf ein anderes Thema zu kommen.

»Er war recht vermögend«, warf Kimmel in den Raum, »gab es jemanden, der da profitiert?«

»Vermutlich die Tochter, aber über ein Testament ist noch nichts bekannt«, antwortete Schielin.

Lydia Naber seufzte laut. »So außergewöhnlich der Fall auch ist, beantwortet die Tatausführung doch viele Fragen, nicht wahr. Wer es auch getan hat, musste ihn gut kennen, sehr gut sogar. Die Sache mit der Sonnencreme … darauf kommt kein Fremder, kein entfernt Bekannter. Es war jemand, der um die genauen Umstände kannte und Zugang zu den privaten, ja intimen Dingen Martin Bangers hatte, um das Zeug zu präparieren und zu positionieren. Und was das Motiv angeht – eine sehr persönliche Angelegenheit, wie ich meine. Da geht es nicht um Geld. Wer mit diesem TTX rummacht, weiß was er tut, kennt die Wirkung – schlimmer noch –, er wollte genau diese Wirkung erzeugen. Und meiner Meinung nach muss es sich bei diesem *er* um eine Frau handeln … intelligent, hinterhältig, Gift.«

»Geld ist für so manchen und für so manche aber auch eine Herzensangelegenheit, wie uns die Erfahrung gelehrt hat«, konstatierte Robert Funk.

»Das schon. Aber nicht so. Das sagt mir mein Gefühl – hier geht es um Gefühle, tiefe, verletzte Gefühle – um Rache.«

»Wollte der Täter, dass seine Art der Ausführung unentdeckt bleibt, oder war es ihm egal und kam es ihm nur auf den Effekt und die Wirkung des Giftes an?«, fragte Wenzel, der wieder aus dem Büro zurück war.

Schielin war sich nicht schlüssig. »Das Obduktionsergebnis hat keine Hinweise erbracht, die auf den Versuch einer anderen Vergiftung hinweisen. Es hätte ja sein können, dass jemand es zuerst mit einem anderen Gift probiert hat und dann zu so einem exotischen Zeug wie TTX gegriffen hat, weil der erste Anlauf schiefging. Das ist aber auszuschließen und der Hausarzt von Banger hat keinerlei Auffälligkeiten festgestellt. Jasmin hat ihn am Samstag noch erreicht und befragt. Trotzdem – ich bin mir nicht ganz sicher, was ich von der Sache halten soll. Einerseits ist alles so perfide geplant, dass man meinen könnte, der Mörder hätte beabsichtigt, dass eine natürliche Todesursache hätte festgestellt werden sollen. Andererseits ist alles derart exotisch … ich könnte mir vorstellen, auch die Lust der Entdeckung hat keinen geringen Anteil bei der Sache. Eine Freude an der Offenlegung dessen, wie es geschehen ist. Denn – wie Lydia schon gesagt hat, der Täter kommt mit Sicherheit aus dem nächsten Umfeld von Martin Banger. Er hätte also die Möglichkeit gehabt, ein Vorgehen zu wählen, das weit weniger außergewöhnlich gewesen wäre, und damit eine weitaus größere Chance unentdeckt zu bleiben.«

»Ist es nicht möglich, dass Banger diese Sonnencreme am Todestag selbst untergeschoben worden ist … vielleicht sogar im Park?«, fragte Wenzel.

»Mhm. Also wenn, dann hätte es nur funktionieren können, wenn sich jemand mit ihm getroffen und einen unbeobachteten Augenblick genutzt hätte. Im Park …? Das kann ich mir nicht vorstellen. Er ist an der Anlegestelle von Bad Schachen ausgestiegen, die paar Meter in den Lindenhofpark gelaufen, hat die Handtücher ausgebreitet, sich ausgezogen, die Sonnencremetube aufgemacht … das ging ganz schnell.«

»Das ist schon krass«, meinte Lydia, »da läuft's mir ja eiskalt den Rücken runter. Der Täter wollte es so – ich meine: genau so! Und was den Kugelfisch angeht. Selbst das Internet gibt da wenig her, was die Beschaffung betrifft. Da muss man persönlich auftauchen und die Kontakte machen. Chinesische Restaurants und Asia-Läden – das habe ich schon rausbekommen. Die fungieren als Importeure für verbotenes Zeugs aus Asien.«

»So viele Menschen gibt es nicht, die ihm nahe waren – persönlich und räumlich«, stellte Schielin fest, »die Tochter, der Schwiegersohn … mehr haben wir da nicht«, er hielt kurz inne, »na ja, die Putzfrau hatte schon Zugang und war unbeaufsichtigt und sie hat mir gesagt, er habe niemanden einen Wohnungsschlüssel gegeben außer ihr. Nicht mal seine Tochter hatte einen und bei ihr und ihrem Mann … das Gegenteil eines Mordmotivs. Sie wollten gerade zusammen ein Haus beziehen. Wie sie mir erzählte, waren sie sich nach Jahren der Distanz wieder nähergekommen. Das hing mit dem Suizid der Mutter zusammen. Für mich klingt das wirklich nachvollziehbar und glaubhaft. Ihr Mann war von der Idee zwar nicht so ganz begeistert – das ist aber auch verständlich. Eine Motivlage aber, die für einen solchen Mord spricht … nein. Es gibt dann noch diesen Friedemann Hauser von dieser Stiftung. Ob der aber so nahe an ihm dran war? Ich hoffe sehr, Jasmin findet über die Kontakte im Smartphone etwas heraus … es klingt ja vielversprechend. Wir werden diesen Arbeitskollegen, den Hubert Neisser, nochmals befragen und die Nachbarschaft in Esseratsweiler. Da bleibt doch nichts verborgen, da draußen. Totale Sozialkontrolle.«

Lydia Naber äußerte sich sehr vorsichtig: »Es gibt ja schon Hinweise, dass er nicht so ganz allein gewesen sein ist, dieser smarte Typ, oder? Ich hörte da von einem Brief …«

Kimmel presste die Lippen aufeinander. »Robert hat in den Unterlagen einen persönlichen Brief gefunden, ja. Es ist …«

Sie unterbrach ihn und sprach schnell: »Na, das ist doch eine Spur, wie ich finde. Dieser Brief sollte dringend zur Staatsanwaltschaft … damit die abklären können, ob das für uns eine Spur und somit ein verwertbares Beweismittel ist …«

Schielin wunderte sich. Noch gestern hätte Lydia nicht schlafen können, ohne den Inhalt dieses Briefs gelesen zu haben.

»Ich kümmere mich darum«, sagte sie ernst und schwieg in der Folge. Das Thema war für sie erledigt.

Nachdem einige organisatorische Dinge geklärt waren, löste sich die Runde auf.

*

Schielin schaute auf dem Weg in sein Büro noch bei Wenzel vorbei. In der Aufregung von Samstag hatte er ganz vergessen, Informationen über den Suizid von Bangers Frau einzuholen.

Wenzel konnte sich gut an die Sache erinnern. Es war an einem Sonntag gewesen, als er Bereitschaft gehabt hatte. Die Kollegen hatten ihn gerufen. Er schwieg eine Weile und ließ die Bilder in seiner Erinnerung vorüberziehen.

»War starker Tobak«, sagte er, »sie war mit einem Fleischermesser in den Keller gegangen und hat sich den Hals aufgeschnitten. Brutal. Ihr Mann hatte sie am nächsten Tag erst gefunden. Soweit ich mich erinnere, war er auf Geschäftsreise. Für uns war es eine klare Sache – definitiv kein Fremdverschulden, und die Umstände, die lagen wirklich im Dunkeln. Ich habe die Tochter und ihn ja angehört. Die waren völlig schockiert und auch im Umfeld, bei Freunden und Bekannten, da war das ein ganz und gar überraschendes, furchtbares Ereignis. Keinerlei Vorgeschichte, weder depressiv noch krank, es gab keinen Streit, keine Sorgen –

aus heiterem Himmel«, er schnippte mit den Fingern, »… geht in den Keller und – zack!«

»Also er hat sie gefunden«, stellte Schielin fest.

»Ja. Es war ein rechtes Gezerre, denn die Tochter, die war damals schwanger … wenn ich mich recht erinnere, waren Lydia und du damals im Urlaub …«

»Kann gut sein. Ich erinnere mich nämlich überhaupt nicht daran.«

*

Schielin und Lydia Naber saßen bald darauf im Büro und bereiteten Unterlagen vor. Gommi war schon mit einem Aktenordner zur Staatsanwaltschaft unterwegs.

»Was ist mit deiner Neugier? Hat sie das Gift letztendlich doch zersetzt?«, fragte Schielin.

»Natürlich nicht«, lautete die sparsame Antwort.

Schielin sah auf.

»Das Gift – es hat mich giftig und hinterhältig gemacht.« Sie wedelte mit einem Blatt Papier herum. »Eine kleine Kopie tut es doch auch. Sobald ich mit dem anderen Zeug fertig bin, und ihr emotionalen Krücken endlich aus dem Haus seid, werde ich es in aller Ruhe lesen; sozusagen mein *Goldenes Blatt*, oder *Herz der Frau*, wie auch immer diese gelben Dinger heißen mögen. Danach kümmere ich mich um die Nachbarschaft von Banger in Esseratsweiler. Und du vernimmst diesen Musikhansel. Wo wohnt der überhaupt, weißt du das schon?«

»Ja, du bist ja wirklich giftig drauf. Der *Musikhansel* ist ein ernsthafter Musikwissenschaftler und lebt in Hohenems. Ich muss Walter anrufen, wegen der Erlaubnis in Österreich ermitteln zu dürfen.«

»Soso – ich darf also keine Liebesbriefe lesen, aber Herr Walter Lurzer, Major des Landeskriminalamtes Bregenz, der darf die Erlaubnis zu Ermittlungen in Österreich geben. Interessante Umstände. Grüß ihn von mir … soll sich wieder mal blicken lassen, wo er doch jetzt auch die Aufgaben eines Staatsanwaltes übernommen hat – ist er denn schon Hofrat?«

»Oberstleutnant ist er.«

»Major klingt aber irgendwie besser – und Hofrat eh! Hofrat – das klingt nach Wiener Café, Powidltascherln, Paradeiser, Schmäh, Marillenbrand und *Bist du deppert?* und so.«

Als Lydia Naber kurze Zeit später wirklich alleine im Büro war, schloss sie die Türe und holte die Kopie mit dem Text hervor, den sie bisher nur überflogen hatte und auf den sie sich so recht keinen Reim darauf machen konnte. Wieder nahm sie das Blatt in die Hand und las nun mit Ruhe. Martin Banger hatte eine sehr schöne Handschrift.

Deine stirne verborgen halb durch die beiden wölkchen
von haaren (sie sind blond und seiden)
Deine stirne spricht mir von jugendlichem leide

Deine lippen (sie sind stumm) erzählen die geschichte
Der seelen verurteilt in gottes gerichte.
Erregender spiegel (dein auge) spiel damit nicht!

Wenn du lächelst (endlich flog über dir der Schlummer her)
Dein lächeln gleicht dem weinen sehr
Und du neigst ein wenig dein haupt von kummer schwer

Sie setzte ab, sah zum Fenster hinaus und dachte über die Zeilen nach. Dann las sie sie noch einmal, und wieder und wieder, bis sie sie fast auswendig konnte.

Mit jedem Mal wurde ihr der Text noch fremder und es blieb aus, was sie erhofft hatte – dadurch einen Bezug zu Martin Banger zu erlangen.

Er mochte Musik, Literatur, Lyrik – doch wo waren die Menschen, mit denen er das alles teilte. Oder gab es niemanden, und er war einer jener einsamen Genießer. Diese Zeilen, über denen ein solcher Schleier der Traurigkeit lag, sie blieben ihr fremd und kamen ihr nicht nahe – genauso wenig, wie sie diesem Martin Banger nahekam.

»Nein!«, rief Norbert Sahm ärgerlich. Er war genervt und ging nervös in seinem Zimmer auf und ab. »Nein, vermutlich dauert es noch einige Tage, es ist eine schwierige Situation … ja … nein, dann muss eben Sven fahren, oder die Schuster, ich kann jedenfalls nicht. Es muss nun eben auch mal ohne mich gehen, bin eh die ganze Zeit über die Maßen verfügbar, verdammt! Schaut, dass ihr das hinkriegt!« Während der letzten Worte war zu spüren, wie er die Selbstbeherrschung verlor und eine bislang zurückgehaltene Aggressivität hörbar wurde. Ohne Abschiedsgruß hatte er das Gespräch weggedrückt und das Handy zornig in die Kissen der Couch geworfen. Er legte den Kopf in den Nacken und stöhnte.

Von unten waren Geräusche aus der Küche zu hören. Töpfe klapperten. Er verstand das alles nicht. Anna war am Morgen ganz normal in den Kindergarten gegangen. Sie waren darüber in Streit geraten – er und seine Frau. Sie bewegte sich vorsichtig und sprach leise, war ihm gegenüber besonders behutsam, und – zärtlich. Es tat ihm weh und er fühlte Enge in der Brust und am Hals. Ihre Nähe erdrückte ihn. Er setzte sich aufs Sofa, nahm das Handy und kontrollierte Kontakte, Mails und SMS. Was er gelöscht hatte, war wirklich verschwunden.

In seinem Kopf summte es. In der Nacht war er aufgewacht und sein Ohr hatte laut gebrummt. Nach einer Weile war das Brummen zwar wieder verschwunden, doch er hatte nicht mehr weiterschlafen können. Eine furchtbare Nacht. Nicht daran zu denken, nach München zu fahren und mit dem Flieger um die halbe Welt zu düsen. Nicht jetzt; auch wenn sie in der Firma kein Verständnis dafür hatten. Was sollte er auch sagen: Tut mir leid, mein Schwiegervater ist ermordet worden!?

Er saß da und wartete. Worauf?

Nach einer Weile schreckte ihn Silvias Ruf hoch. »Was ist!?«

Er öffnete die Tür und fragte zurück: »Was soll sein?«

»Wir wollten doch zum Bestattungsinstitut.«

»Du wolltest«, lautete seine Antwort, aus der nicht deutlich wurde, ob er mitkommen wollte oder nicht.

Sie antwortete verständnisvoll: »Ist ja gut. Ich fahre allein.«

Alsbald hörte er die Haustür zufallen. Er ging zurück in das Zimmer, blieb ein Stück vom Vorhang entfernt stehen und verfolgte, wie sie mit dem Auto davonfuhr. Als das Auto aus seinem Blick verschwand, ließ er sich wieder aufs Sofa fallen.

Jetzt war er für sich. Endlich.

Das lauernde Schweigen am Wochenende hatte ihm besonders zugesetzt. Sie war so geradlinig und klar in ihren Gedanken. Zwar hatte er nicht den Eindruck, die Ereignisse berührten sie nicht, doch bewältigte sie diese in einer Weise, die ihm an ihr zutiefst fremd war. Konnte es wirklich daran liegen, dass er nicht über die Erfahrungen verfügte, die sie in ihrem Leben bereits hatte machen müssen?

Gestern Abend waren sie dann in Streit geraten. Er hatte im Sessel gesessen und geschwiegen. Sie saß auf dem Sofa, ihm gegenüber, aufrecht, unter dem hässlichen Bild, das Martin gemalt hatte; auch sie hatte geschwiegen. Anna lag bereits im Bett. Dieses wunderbare Kind.

Silvia hatte das Schweigen abrupt beendet. Schon die Bewegung, mit der sie sich in Position brachte, signalisierte Entschlossenheit. »So kann das nicht weitergehen, du musst etwas unternehmen. Besorge einen Anwalt und kümmere dich darum. Ich will keine Polizeifragen mehr beantworten und wieder zu einem halbwegs normalen Leben zurückfinden.«

»Was? Was soll ich unternehmen, bitte!? Wie stellst du dir das vor?«

Sie ging nicht darauf ein. »Gleich morgen kümmerst du dich darum. Keinen Tag länger will ich in diesem Zustand leben. Du hast die Erfahrungen nicht gemacht, die ich habe machen müssen. Als das mit meiner Mutter geschehen war, da sind sie gekommen und haben mir und meinem Vater Fragen gestellt … es war grausam. Ich will das nicht noch einmal und du wirst dich darum kümmern. Du musst das lernen.«

Er hatte etwas sagen wollen und entrüstet Luft geholt. Ganz langsam, er sah die Bewegung noch vor sich, hatte sie ihren Oberkörper aufgerichtet, mit den Händen über die Oberschenkel gestrichen, als lägen dort Krümel, und hatte dann die Hand gehoben, wie eine alte, weise Indianerin, die dem versammelten Stamm aufgab zu schweigen, weil sie, die Weise, etwas Wichtiges sagen wollte. »Du wirst das tun.«

Schielin klärte telefonisch ab, ob Walter Lurzer in seiner Dienststelle erreichbar war. Mehr wollte er am Telefon nicht mitteilen, denn die Dinge, die es zu klären galt, bedurften des persönlichen Gesprächs. Die Nuancen, das Nonverbale, die Schwingungen in der Stimme – das alles war nicht mehr existent, wenn es den Filter eines Telefons durchlaufen hatte.

Ausnahmsweise ging es recht flott voran, auf dem Weg von Lindau nach Bregenz. Seit die zweite Röhre des Pfändertunnels offen war, trauten sich auch die Hasenherzen auf der Autobahn zu bleiben. Nur die außerordentlich Geizigen wählten die Strecke auf der Landstraße. An Montagen wie diesen waren wenige Angsthasen und Geizhälse unterwegs. Schielin passierte die enge Links-Rechts-Kombination an der Brücke des alten Zollamtes Ziegelhaus, fuhr die Gerade weiter, vorbei an den ehemaligen Tanktourismusplätzen, und kam zum Lochauer Kaiserstrand, wo endlich der Blick auf die weite Bucht frei war. Wie Streichhölzer wirkten die dunklen hölzernen Pfähle, auf denen das Rhombergsche Badehaus stand. Er war noch ein weites Stück davon entfernt. Die Sonne hatte noch lange nicht ihren höchsten Stand erreicht und die blau leuchtende Spiegelfläche des Sees war von einem gleißenden Lichterband durchschnitten.

Im Schutz des Pfänderhanges lag Bregenz. Gleich, ob man sich der Stadt vom Wasser oder von Land aus näherte – sie blieb lange eine Geheimnisvolle, eine Rätselhafte, und gab dem suchenden Auge keine Vorstellung von sich –, keine Skyline, kein von Weitem sichtbares Zentrum, aus welchem sich ein Bild, ein Bild von Stadt bauen ließe.

Am Ufer schafften mehrreihige Baumreihen einen dunkelgrünen Sichtschutz, über den sich Kirchturmspitzen, blitzende Glasfassaden und ein paar helle Blockbauten erhoben; am markantesten war noch die lang gestreckte Fassade der Technischen Hochschule, die im Westen in gelblichem Braun leuchtete und besonders im Abendlicht wie ein Prachtbau in der Ferne erschien. Im Rücken der erahnten Stadt recht unspektakulär der Pfänder. Kein Leuchtturm, weder im wirklichen wie im übertragenen Sinne zog den Blick auf sich. Auch im Näherkommen verbarg sich die Stadt, die Häuser drückten sich eng an die Hügel, und hinter dem ersten urbanen Ring wurde die Gemeinsamkeit von Tradition und Modernität augenfällig – gelber Stein, dunkles Glas, weite Plätze vor dem See –, alle Positionen auf die Wasserfläche ausgerichtet.

Das Landeskriminalamt in Bregenz war einfach zu erreichen. Er ging geradewegs durch die Stadt bis zum ausufernden Bahnhof, gegenüber dessen grün verblasster Aura es bescheiden lag.

Walter Lurzer empfing ihn mit Kaffee und ernstem Gesicht. Eine Kollegin verließ gerade mit angesäuerter Miene das Büro, als Schielin es betrat.

Er zog die Brauen fragend hoch und Walter Lurzer rollte mit den Augen. »Ärger.«

»Oh. Das gibt's bei uns Gott sei Dank nicht, so was … Ärger.«

»Sie ist sauer …«, erklärte Walter Lurzer.

»Auf dich?«

»Nein. Auf einen Kollegen. Ich weiß allerdings nicht, was ich machen soll – blöde Sache. Hängt mit dieser unseligen Reform zusammen, wo man so superperfekt sein soll. Der Kollege … er spricht sie beständig mit ihrem Dienstrang an.«

»Und das stört sie?«, fragte Schielin verwundert.

»Na ja … das nun im Grunde genommen nicht. Es kommt eben drauf an, *wie* man etwas sagt.«

Schielin verstand nicht und hob die Hände in einer unwissenden Geste. Walter Lurzer erklärte: »Sie ist eine Frau Hauptmann …«

»Ja und …?«

»Der Titel wurde gendermäßig angepasst …«

Schielin überlegte. »Gender … ahh … Hauptfrau …« Einige Sekunden später grinste er. »Verstehe. Oh, das kann aber wirklich übel sein.«

»Eben. Ist es auch, aber rein dienstrechtlich eine klare Nummer. Er darf sie mit diesem Titel anreden, aber du kannst dir sicher vorstellen, auf welche Art und Weise man das vollführen kann, um es peinlich werden zu lassen.«

»Aber es ist doch auch peinlich für ihn, oder etwa nicht?«

»Ein Beratungsresistenter. Und was soll ich tun? Ich kann es ihm nicht verbieten.«

»Na ja, du wirst ihn etwas quälen müssen, ohne dass er es Quälen nennen darf, weil das, was du tust, völlig korrekt ist.«

»Genauso wird es werden.«

»Ich bin ja überhaupt froh, noch jemanden im hiesigen Landeskriminalamt angetroffen zu haben. Was man so hört, seid ihr ja starken Abwanderungsbewegungen ausgesetzt – die Kollegen bewerben sich reihenweise in Liechtenstein …«

Walter Lurzer machte eine wegwerfende Handbewegung. »Sieben sind schon drüben. Fertig ausgebildete Beamte. Aber ist doch klar. Wer aus Feldkirch oder Rankweil kommt, für den ist Liechtenstein die erste Adresse – Bregenz ist da viel weiter entfernt.«

»Aber genug davon – was führt dich her?«

Schielin berichtete ausführlich von dem Toten im Lindenhofpark, von seinen eigentümlichen Gewohnheiten und schließlich vom Verein und Friedemann Hauser, dessentwegen er hier war, um ihn zu befragen.

»Ist er denn zu Hause?«, fragte Walter Lurzer, und Schielin fuhr zusammen. An so ziemlich alles hatte er gedacht, doch daran, dass Friedemann Hauser gar nicht zu Hause sein könnte – dieser Gedanke war ihm wirklich nicht gekommen. Konnte ein Musikwissenschaftler woanders als zu Hause sein?

»Na zuerst muss ich dich ja fragen.«

Walter Lurzer lachte. »Na dann viel Spaß. Von diesem Verein da habe ich übrigens schon gehört. Sind recht aktiv geworden in den letzten ein, zwei Jahren. Viele Konzerte.«

»Warst du bei einem?«

»Ja. Im Frühjahr erst. Klavierabend – Liszt, Schubert und was ganz Modernes … na ja.«

»Euer EKIs – was sagt es denn, diesen Friedemann Hauser betreffend?«

Walter Lurzer hockte sich vor den Bildschirm und tippte. Nach einer Weile meinte er: »Nichts. Ein anständiger Mensch, der sein Leben der Kunst gewidmet hat.«

Schielin hatte den ironischen Unterton wahrgenommen. »Ja, wenn er dadurch die Kunst nach vorne bringt.«

*

Lydia Naber fuhr die Friedrichshafener Straße entlang, bog nach Schönau ab und rollte gemächlich in Richtung Oberreitnau. Es war warm und sie hatte in dem alten Passat das Fenster heruntergedreht. Die Luft flatterte laut an ihrem Ohr und ihre blonden Haare wehten im Wind.

Es ging ihr trotzdem nicht gut, denn der Schreck vom Samstag steckte ihr noch in den Gliedern und allenthalben überkam sie ein Gefühl von Unsicherheit und Furcht. Eine Furcht, die sich an nichts Konkretem festmachte, vielmehr unbestimmt blieb und sie trotz der Wärme frösteln ließ. So unbestimmt und plötzlich diese Empfindung daherkam, verschwand sie auch wieder.

Wie schnell es doch gehen könnte, dass man nicht mehr durch diesen Garten Eden fahren konnte, dachte sie – schnell und unerwartet konnte es geschehen.

Sie fuhr durch Oberreitnau, nahm die Fachwerkexplosionen am Gasthof Adler beiläufig wahr, rollte bald darauf durch Doberatsweiler, ohne dem roten Ziegelbau einen Blick zu gönnen, und stoppte nicht, wie zuvor beabsichtigt, in Esseratsweiler, sondern fuhr bis zum Parkplatz außerhalb und lief von da den Schotterweg hinunter zum Schloss Achberg. Genau das Richtige im Moment. Die Liebermann-Ausstellung war nur von Freitag bis Sonntag geöffnet, was schade war, denn gerne hätte sie sich die Gemälde noch einmal angesehen – gerade heute, in ihrer besonderen Stimmung, hätten ihr die Gemälde gutgetan. Ablenkung und andere Gedanken und Sichtweisen eben.

Andererseits hatte sie nun das Glück, ganz alleine unterwegs zu sein und die Frische des Waldes völlig ungestört zu genießen. Sie ging am Schloss vorbei hinunter zur Argen, wo wilde Wiesen den Bach begleiteten. Kühe weideten in der ihr eigenen Ruhe, ein Bussard kreiste hoch droben und manchmal löste sein hoher kehliger Schrei die Stille auf. Sie atmete ein paar Mal tief durch und schlenderte wieder zurück zum Auto.

Es war Zeit für Martin Bangers Wohnung.

Ein zittriger Schauder lief über ihren Rücken, als sie das Siegel zerschnitt, den Wohnungsschlüssel umdrehte und in den Gang trat. Obwohl Conrad bereits hier gewesen war, spürte sie trotzdem ihr Herz pochen und fühlte diese Unruhe in sich. So war es eben, wenn man persönlich betroffen war – und allein unterwegs. Eine neue Erfahrung für sie – es war gruselig für sie hier zu sein und das durfte niemand erfahren.

Sie schüttelte sich und strich mit ihrer Hand über den Nacken. Danach erst zog sie die Handschuhe an.

Es roch nach Sauberkeit; kein Küchengeruch, keine muffige Ausdünstung, nichts, was einen beeinträchtigte. Und es passte zur Wohnung an sich. Großzügige Räume, klare Linien. Martin Banger war niemand für Schnörkeliges. Vor der Küche hing ein Schlüsselbrett. Sie nahm den Autoschlüssel gleich an sich.

Langsam ging sie von Raum zu Raum. Das Wohnzimmer hätte gut für eine dieser Livestyle-Zeitschriften fotografiert werden können. Langsam stieg sie die Treppe nach oben, wo sich das Wohnkonzept fortsetzte – kühle Klarheit. Am nüchternsten war das Schlafzimmer. Das Bett war von einem glänzenden Edelstahlrahmen umgeben. Kein Fingerabdruck war darauf zu erkennen. Lydia Naber war enttäuscht, und kam vom Gang aus zum Bad, wo sie erschrak, als sie die Tür öffnete und ihre eigene Gestalt in der großen Spiegelfront auftauchte.

Durchatmen.

Gab es vielleicht einen versteckten Raum hier, wo er die dunkle Seite seiner Seele auslebte – wo Dinge einfach so herumlagen, es ein wenig Unordnung und Durcheinander gab? Im Keller vielleicht? Sie lächelte. Eher nicht, dachte sie, und anerkennend ließ sie ihre Blicke in die Ecken und Winkel, zu den Kanten der Möbel gleiten: Die Putzfrau war gut! Ein Name fürs Notizbuch, zum Weiterempfehlen an Interessenten, die so jemanden brauchten: Arztpraxen, Labore.

Was machte diese Wohnung so eigentümlich? Vom Gang aus führte eine offene Wendeltreppe hinunter in den Keller. Auch dort herrschte Ordnung: Regale, darin Kisten, nichts lag herum. Nachdenklich stieg sie die Stufen wieder nach oben und setzte sich vorsichtig auf die Kante des Ledersofas. Sie wunderte sich selbst, wie rücksichtsvoll sie war. Nicht aus Pietät, vielmehr forderte die Sterilität der Räume diese Rücksichtnahme. Ihre Blicke glitten über die Glasfläche des Tisches – blank! Kein Stäubchen, keine Schliere. Einfach unglaublich. Wie konnte man so leben, das war doch völlig unmöglich.

Dies hier war eine Wohnung, aus der alles Unnütze verbannt war. Schick, funktionell – wie aus dem Prospekt? Keine Fotos, nichts Persönliches, oder was sich als persönlich hätte deuten lassen. Vielleicht eine Jacke, die über einer Stuhllehne hing, eine Arbeitstasche, die offen herumstand, ein paar Musik-CDs im Regal, eine letzte geöffnete auf dem Sideboard, an der man erkennen konnte, welche Klänge er zuletzt gehört hatte. Sie musterte die Regalfront nochmals genauer und öffnete dann die Schubladen. Nichts von Bedeutung.

Sie ging in die Küche und sah in den Kühlschrank. Diätmargarine. Lydia Naber lachte. Was auch sonst. Martin Banger war kein Butter-Typ. Es gab Frischkäse, eine Packung Camembert, Milch, im Gemüsefach lagen zwei Gurken und vier Tomaten. Ein typischer Singlehaushalt.

Sie suchte den Abfalleimer. Eine leere Milchtüte und zerknitterte Alufolie, Küchenpapier. Wenigstens das.

Oben im Bad untersuchte sie Packungen, Tuben und Dosen nach Sonnencreme. Sie fand dabei jede Menge Cremes teurer Hersteller. Sonnencreme hatte er wohl nur eine verwendet. Wie war ihm dann die präparierte Creme untergeschoben worden. Hier? Wie und wo war die Packung gegen die präparierte ausgetauscht worden, oder hatte der Täter hier in der Wohnung das Gift eingebracht?

Gleich wie es sich darstellte – die Rechtsmediziner mussten hier nochmals genauer nachsehen.

Sie ging hinaus in den Hof und holte die Mülltonne heraus. Sie war nur zu einem Viertel gefüllt. Energisch legte sie die Tonne um und verteilte den Müll auf dem Stellplatz.

Ein Traktor fuhr vorbei und der Bauer verlangsamte das Tempo. Sie winkte ihm zu. Irritiert gab er wieder Gas.

Frustrierend. Keine Sonnencreme im Müll, keine Fischabfälle. Nichts. In der Garage stand der Audi.

Etwas verloren stand sie herum und bugsierte den Müll wieder in die Tonne zurück, gab ihre Handschuhe dazu und ging ins Haus zurück, um sich die Hände zu waschen.

Martin Banger hatte hier vielleicht geschlafen und gegessen, getrunken und Fernsehen geschaut – aber gewohnt? Es kam ihr vor wie gehobener Ferienhausstil für wechselnde Besucher. Entweder fehlte die individuelle Note, oder er hatte ein Lebensmuster, das für sie nicht erkennbar war.

Als Nächstes war das Auto dran. Wie erwartet peinlich sauber. Fast leer. Auf dem Beifahrersitz lag tatsächlich ein Blatt Papier einfach so rum und passte ganz und gar nicht in die geradezu gespenstische Ordnung. Es erschien gleichsam als Ausdruck der Unordentlichkeit. Würde Martin Banger so etwas übersehen haben? Das passte nicht zu ihm. Sie zog das Papier vorsichtig hervor und las. Eine Rechnung, zwei Wochen alt: Sheraton Panoramahaus, Dornbirn. Eine Übernachtung. Doppelzimmer. Abendessen. Es gab als Hauptgang einmal Rind und einmal Poulet à la Maison, zum Dessert einmal Mousse au Chocolat und Apfelkuchen. Zwei Gläser Champagner. Zwei Personen, eindeutig. Sie legte die Rechnung zwischen die Seiten ihres Notizbuchs.

Champagner hatte es auch noch gegeben – oho! Zwei Gläser. Das war eine geradezu elektrisierende Information, die von dieser Rechnung ausging: Martin Banger nahm ein Zimmer im Sheraton Dornbirn, die Rechnung wies es als

Einzelzimmer aus; es gab ein Abendessen für zwei Personen. Lydia Nabers Fantasie wurde angeregt. Ein Abendessen zu zweit im Hotel. Mhm.

Und die Wohnung hier? Würde eine Frau hierherkommen … öfter? Lydia Naber schüttelte den Kopf. Nein – nur gegen Bezahlung. Nun, das konnte auch sein, aber dann schrieb man sich keine so tiefschürfenden Briefe – *Deine lippen (sie sind stumm) erzählen die geschichte.*

Dieser Martin Banger war eine schwierige Persönlichkeit. Nicht einfach zuzuordnen.

*

Sie trat aus dem Hof hinaus auf die Straße. Die Sonne brannte auf den Teer, von wo ihr ein Schwall heißer Luft entgegenkam und ihr fast den Atem nahm.

Mit Bangers direkter Nachbarschaft war das so eine Sache. Die andere Doppelhaushälfte war *de facto* unbewohnt und das nächstgelegene Gehöft war ein Stück entfernt. Ein verkommenes Haus, wie sie vorhin beim Vorbeifahren gesehen hatte. Es fiel auf in dieser Puppenstubenumgebung. Sie ging das Stück dorthin zu Fuß.

Ein morscher, schadhafter Jägerzaun grenzte das Grundstück von der Straße ab. Dürre Grashalme hingen durch die Zaunlücken zur Straße hin. Der Garten hinter den Holzlatten war verwildert. Helle Rahmen der Kunststofffenster leuchteten grell und hoben sich von der dunklen Hauswand ab. Unter einem alten, überbordenden Holunder verrottete ein Autowrack. Der Kofferraumdeckel stand offen. Laute Musik war vom Haus her zu hören, an dem die Eingangstüre offen stand. Kaum hatte Lydia Naber das Grundstück betreten, trat eine mächtige Frau mit lockigen blonden Haaren aus der Haustür und ging ihr entschlossen entgegen. Sie war groß gewachsen und erst aus der Nähe fiel ihr gewaltiges Volumen auf. Über der grauen, weiten Sporthose hing ein gewaltiges T-Shirt, das sich stramm über die Brüste spannte. Ihre Haare hingen bis über die Schulter und beim Gehen mussten die dicken Arme als Stabilisatoren dienen. Sie sah zornig aus.

Lydia Naber kannte diese Frau.

Die behielt ihren Konfrontationskurs so lange bei, bis auch sie das gegenseitige Erkennen kurz innehalten ließ. Die Haltung wurde weniger bedrohlich, der Kopf hob sich.

»Frau Notze!?«, rief Lydia übertrieben freundlich, »so sieht man sich wieder.«

»Was hat die Jessica denn wieder gemacht, he!?«, lautete die Antwort, »des Ludermensch!« Die letzten Worte überschlugen sich ins Hysterische hinein.

Lydia Naber lächelte. »Nein, nein. Ich bin nicht wegen der Jessica hier, Frau Notze.«

Die drehte sich mit einer Behändigkeit um, die man ihr nicht zugetraut hätte, und machte ein paar wütende Schritte aufs Haus zu. Ihre Stimme überschlug sich, als sie schrie: »Tschaastn! Tschaastn!! Mach die Musik leiser! Tschaastn!«

Lydia Naber entdeckte einen Hund, der im Hof herumschnürte. Frau Notze schrie: »Maso! Ab! … ab! Maso … ab!«

Lydia Naber grinste. »Nettes Hundle, Frau Notze. Sie haben sicher zwei, oder – Sado und Maso, gell?«

Frau Notze brummte etwas Unverständliches.

»Wie sind Sie denn auf den Namen gekommen?«

Die Notze blieb abrupt stehen. Alles wackelte an ihr. »Der hat schon von klein weg itt gehorcht … braucht ab und zu die Peitsche.«

»Mhm. Da hat er ja ein erfahrenes Frauchen«, lautete die ernste Antwort. Lydia Naber setzte ihren Weg in Richtung

Haus fort und passierte Frau Notze: »Ach, der Justin. Ist er auch wieder draußen? Wie die Zeit vergeht. Gute Führung, gell!? Ist schon ein guter Junge auch.«

Frau Notze drehte sich um und fuhr in einer wenig ansprechenden Geste mit ihren oberen Zähnen über die Unterlippe. »Ja, der iss ja anständig nu. Hat Arbeit.«

»Na, das ist doch eine gute Nachricht. Ich bin aber nicht wegen der Jessica und dem Justin hier, sondern wegen was ganz anderem.«

Frau Notze blieb skeptisch und distanziert. »So.«

Die Musik tobte immer noch. Sie drehte sich wieder um und stampfte zurück zum Haus. An der Tür angekommen, schrie sie fürchterlich. Etwas krachte. Die Musik verstummte. Es war, als wäre ein bleierner Mantel von einem abgefallen; so empfand es jedenfalls Lydia, als der Lärm endete. Frau Notze füllte den Türrahmen aus. Das war Lydia nicht unangenehm.

Bloß nicht reingehen, dachte sie und schlug vor, sich auf die Bank hinter dem Autowrack zu setzen.

Missmutig trottete Frau Notze ihr nach.

»Schön haben Sie es hier«, begann Lydia Naber und sah sich um.

Zwischen herumliegenden Autoteilen, Plastikspielzeug und Coladosen entdeckte sie ein paar wilde Erdbeeren. »Und überall wilde Erdbeeren!«

»Die schmecket itta!«, trieb ihr Frau Notze jegliche Schmeicheleien aus.

»Es geht um Ihren Nachbarn, den Herrn Martin Banger.«

»Ah. Kenn ich nicht. Mir liegt nix am Kontakt mit der Nachbarschaft. Da wird man nur enttäuscht.«

Lydia wies aus dem Grundstück, die Straße hinunter zum Doppelhaus. »Da drüben …«

»Ah … der feine Herr.«

»Genau. Der feine Herr.«

»Na, das ist auch mal an der Zeit, dass sich die Polizei auf die wirklichen Verbrecher stürzt und nicht immer nur auf so Leute wie uns, wo die Sozialarbeiterin neulich erst gesagt hat, dass wir eben nur einen erhöhten … erhöhten …«

»Betreuungsbedarf«, half Lydia Naber aus.

»Ja, genau … hätten.«

Gerne hätte sie gesagt, dass sie von der Polizei die Familie Notze schon immer besonders intensiv betreut hätten und es daher keinen Grund für Beschwerden gäbe, unterließ es aber.

»Hatten Sie denn mit dem Herrn Banger Kontakt?« Lydia Naber schüttelte sich heftig bei dem Gedanken. Banger und die Notze – im Grunde unvorstellbar.

»Ah … noi … ja gar net! Es Jessica war wohl mal drüben …«

»Ah, es Jessica? Drüben bei Martin Banger?« Lydia Naber konnte es nicht glauben.

»Net was Sie jetzt glaubet …«

»Na ja, sie ist ja eine erwachsene Frau inzwischen …«

Frau Notze sah sie misstrauisch von der Seite an und schwieg.

Lydia Naber fragte: »Was wollte die Jessica denn drüben bei Banger?«

»Er hat doch eine Putzfrau braucht … da hat sie gfroget, aber der Säckl, der hat sie it emole ins Haus neiglosse.«

»Mhm. Na ja, er wird schon jemanden gehabt haben. Was wissen Sie denn sonst so von ihm. Bekommt er öfter mal Besuch?«

»Noi. Der is ja kaum dehoim, der Kerle, der. Und was der für an Besuch khabt hot, wois i it!?«

Lydia Naber notierte etwas, sah sich im romantisch verkommenen Hof um und verabschiedete sich dann.

Auf dem Rückweg zum Auto kam ihr ein Mann entgegen, der einen Hund an der Leine führte.

Sie grüßte freundlich.

Er erwiderte mit einem »Guten Tag« und da sie stehen geblieben war, stoppte auch er.

»Wohnen Sie hier?«, fragte Lydia Naber.

Er sah sie verdutzt an. Der Hund schnuffelte an ihren Schuhen herum.

»Rudi Rusche! Lass das!«

Da Rudi Rusche nicht reagierte, zog Herrchen ihn mit der Leine zurück und fragte: »Aus welchem Grund ist das von Interesse, ob ich hier wohne?«

Hübsche Hundenamen heute, dachte sie derweil: Sado, Maso, Rudi Rusche. Was wird wohl noch daherkommen?

»Ich bin von der Polizei. Es geht um das Haus da vorne. Kennen Sie da vielleicht jemanden?«

Der Mann drehte sich um und sah zum Haus. »Nein. Ich bin hier nur für einige Zeit zu Besuch und kenne hier gar niemanden.«

»Urlaub«, stellte Lydia Naber fest.

Der Mann reichte ihr die Hand. »Hugo Gerhardt ist mein Name, ich bin kein Urlauber, sondern Psychologe. Wir machen hier astrologische Psychologie.«

»Oh. Und Rudi Rusche macht auch mit?«

Er lachte. »Komischer Name für ’nen Hund, nicht wahr. Aber er hat eine so prägnante Persönlichkeit, das geht nur mit einem vollständigen Namen. Ein Bello, Asta, Fiffi würde da niemals ausreichen.«

*

Ernüchtert stieg sie in den Passat. Hatte sie etwas entdecken können? Eine sterile Wohnung, ein Hotelaufenthalt in Dornbirn, ein Abendessen für zwei, berufskriminelle Nachbarn und Hunde, die nicht mehr auf Fiffi und Bello hörten.

Etwas ziellos nahm sie den Weg nach Weißensberg, weil sie den Blick vom Schönbühl auf die Stadt und den See wieder einmal brauchte. Ein Krankenwagen mit Blaulicht kam ihr entgegen und sie fuhr noch langsamer. Noch vor dem Gitzenweiler Hof, auf einem geraden Stück, blitzte wieder Blaulicht. Ein Streifenwagen stand auf ihrer Seite der Fahrbahn, mitten in gleißendem Sonnenlicht. Sie parkte dicht davor, nahm die Warnweste aus der Seitenablage und stieg aus.

Eine Kollegin saß auf der Beifahrerseite und funkte gerade mit der Einsatzzentrale. Sie nickten sich zur Begrüßung zu.

Ein Stück weiter vorne lag ein Pkw im Graben; das Dach nach unten und völlig eingedrückt. Ein Uniformierter stand nachdenklich vor dem Wrack, aus dem noch heller Rauch aufstieg. Lydia Naber ging langsam auf ihn zu und grüßte: »Schon lange nicht mehr gesehen … bist grau geworden.«

Er wendete sich ihr nur kurz zu.

»Schlimme Sache?«, fragte sie.

Er ging nicht auf ihre Frage ein. »Und du? Schon wieder auf den Beinen … man hört man ja schlimme Sachen von dir … ist das jetzt eine Kriposache hier?«

»Bin zufällig vorbeigekommen. Was macht dich so nachdenklich?«

»Komm mit.«

Während sie in Richtung Gitzenweiler Hof gingen, erklärte er: »Er ist aus Richtung Weißensberg gekommen und war allein im Fahrzeug.«

Nach etwas dreißig Metern blieb er stehen. »Hier siehst

du im Graben den ersten Kontakt. Mit der vorderen rechten Fahrzeugseite in den Dreck.«

»Mhm. Deutliche Spur.«

Er ging weiter in Richtung Weißensberg. »Und was sagt das geschulte Kriminalistenauge?«

»Es sagt nichts, weil das hier Sache der Trachtengruppe ist.«

»Gute Antwort. Dir geht's also schon wieder besser. Also – es gibt keine Spuren. Er fährt die Straße entlang und hier haut er plötzlich in den Graben. Keine Bremsspur, im Übergang von Teer zu Rabatte keine Spur, die darauf deuten würde, er wäre langsam nach rechts von der Fahrbahn abgekommen. Es ging abrupt. Zack … peng! In die Erde, das Auto kommt sofort quer, überschlägt sich ein erstes Mal …. und ein zweites Mal … kommt dann auf dem Dach zu liegen. Er hat trotzdem noch Glück gehabt, dass er in den Raum zwischen Sitz und Lenkrad zu liegen kam … wir haben ihn rausgezerrt.«

»Eingeschlafen … scheidet also aus?«, fragte Lydia.

»Dann wäre im Gras eine Gegenbewegung zu sehen … aufwachen, erschrecken, nach links ziehen. Da findet sich nichts.«

»Alkohol?«

»Hat nicht gerochen. Aber wir lassen ihm Blut nehmen im Krankenhaus.« Er wartete und sah auf die über zwei Meter aufgerissenen Graben. »Ich kenne ihn außerdem … Alkohol scheidet wirklich aus.«

»Überhöhte Geschwindigkeit … ein Wildwechsel?«, fragte Lydia.

Der Kollege überhörte es. »Zu schnell war er auch nicht … ich tippe auf siebzig bis neunzig.«

»Abrupt nach rechts«, sagte Lydia, »es muss ja einen Grund dafür gegeben haben …«

»Eben. Aber auf der anderen Fahrbahnseite gibt es auch keine Spuren.«

»Du kennst ihn, hast du gesagt. Verwandtschaft?«

Er lachte. »Nein. Wir haben früher Fußball gegeneinander gespielt ... ist lange her ...«

»Mhm.«

»Ein Kämpfer ... richtig borstiger Kerl. Er hat jetzt ein Baugeschäft in Kressbronn und eine Menge Baustellen hier rundherum.. Weißt du ... meine Älteste, die war mal mit seinem Mittleren zusammen ... wie das halt so ist«, er lachte ohne Herz.

»Ja, wie das halt so ist«, wiederholte Lydia, ohne damit etwas sagen zu wollen, mehr als Aufforderung an ihr Gegenüber weiterzureden.

»Hätte es gern gesehen, wenn da was draus geworden wäre, aber ... die Liebe war nicht groß genug ...«, er lachte wieder. Diesmal herzhafter. »Patenter Kerl gewesen, ein wenig verrückt, aber ... guter Stall eben.«

Lydia sah ihn an. »Wie schlimm sieht es aus?«

Hans-Peter schnaufte aus. Die Sorge war zu hören. »Kopfverletzungen halt.«

»Wer verständigt die Familie? Soll ich ...«

»Nein, nein ... das mache ich schon. Ich gehe das Gelände noch mal ab hier. Will nichts übersehen haben.«

Die Kollegin kam vom Fahrzeug her und rief: »Der Abschlepper ist unterwegs und vom Krankenhaus kam gerade die Info, der Zustand sei stabil!«

Zu dritt suchten sie die Gräben und den weiteren Bereich jenseits davon ab, ohne zu wissen, worauf man achten sollte. Ab und an fuhr ein Auto langsam vorbei, der Blick der Insassen auf das dampfende Wrack und die drei Gestalten gerichtet.

Etwa vierzig Meter vom Unfallfahrzeug entfernt fanden

sie etwas in der Wiese. Ein flaches, oranges Stück Kunststoffband leuchtete in der Sonne. Etwa fünfzehn Zentimeter lang und an ihm hing ein breiter Eisenhaken. Das Band war gerissen, wie deutlich zu erkennen war. »Ein Spanngurt … ein gerissener Spanngurt.« Hans-Peter holte eine Plastiktüte hervor. Die Kollegin fotografierte das Teil und markierte anschließend die Fundstelle. Das Fundstück kam in die Plastiktüte und Hans-Peter grinste, ohne dass seine Augen leuchteten. »Ich würde wetten, wir finden Lack von unserem Unfallauto auf dem Eisenteil, mindestens passende, eingebrannte Glassplitter.«

»Jetzt wird die Story rund, oder?«

»Ja, jetzt lässt sie sich konstruieren. Gegenverkehr durch Lkw oder Transporter, der Spanngurt reißt, schlägt auf das Fahrzeug, Ausweichbewegung nach rechts – erledigt. Geht in Bruchteilen von Sekunden – und das war's dann, da haste keine Chance.«

»Und der Säckel fährt weiter«, kommentierte die Kollegin.

»Genau – und der Säckel fährt weiter.«

»Was macht ihr jetzt?«

»Ich tippe auf einen Kleintransporter. Der Spanngurt war schon in schlechtem Zustand … einer von der Schlampertruppe halt. Werden mal die einschlägigen Firmen abfahren und rumschauen. Habe schon die eine oder andere Adresse im Kopf … Klinkenputzen, gell. Die alten Methoden eben.« Er lachte.

*

Conrad Schielin sah ab und zu hinüber auf die Berghänge, passierte Dornbirn und verließ die Autobahn bei Hohenems. Am Kreisverkehr herrschte Gedränge. Mathis – so musste man wohl heißen, wenn man in Dornbirn etwas gelten wollte. Überall begegnete einem dieser Name.

Friedemann Hauser wohnte in der Nähe des Schlossplatzes. Es war schon lange her, dass Schielin zuletzt hier gewesen war. Er erinnerte sich an den *Palast* und an ein Bier dort, aus dem es der Größe des Glases wegen kaum möglich gewesen war zu trinken.

Hinter dem Pfarramt fand er einen Parkplatz und ging den Rest zu Fuß. Das kurze Telefonat vom LKA Bregenz aus hatte sich gelohnt. Friedemann Hauser erwartete ihn.

Er hatte eine Dachwohnung in einem modernen Gebäude. Viel Glas, klare Linien, helle Wände. Von der Wohnungstüre aus führte ein schmaler Gang durch Bücherstapel, Schallplatten, Zeitschriften, Akten, Unterlagen und Dokumente ins Wohnzimmer, wo sich das Hauptlager befand. Die gesamte Wand gegenüber der Fensterfront füllte ein Regal aus, dessen Inhalt, wie in einer Zeichnung von Escher, in den Raum fortführte und auf verworrenen Wegen wieder dort anlangte. Endlosigkeit. Zwischen all dem Papier und Schellack standen ein Sofa, ein Tisch und drei gemütliche Sessel, von denen einer benutzbar war. Friedemann Hauser wies auf ihn und nahm selbst auf dem Sofa Platz. Die einzelnen Themenblöcke einer FAZ am Sonntag lagen verteilt herum. Er fasste sie grob zusammen und entschuldigte sich. »Ich bin gestern nicht damit fertig geworden ... es gibt ja immens viel zu lesen und was ich nicht schaffe, das schneide ich aus und hebe es auf. So mache ich es mit allem. Sehen Sie sich nur um!« Sein Blick ging durch den Raum und war dabei halb resigniert, halb freudig.

Schielin setzte sich und maß die Person, die ihm gegenüber saß. Friedmann Hauser war um Mitte fünfzig, hatte graues, lockiges Haar. Er trug eine Kordhose, ein kariertes

Hemd, dunkle Fliege und ein braunes Samtjackett. Viel zu warm für die Zeit, dachte Schielin, konnte aber keine einzige Schweißperle auf seiner Stirn ausmachen. Hauser war mit dem Platzschaffen noch beschäftigt und räumte einige großformatige Kopien einer Partitur beiseite. Schielin las derweil die Titel alter Magazine und Zeitungen, die einigen Stapeln obenauf lagen: eine *Musikalische Eilpost* aus Wien, daneben das *Musikalische Wochenblatt* aus Berlin, gefolgt von einer *Allgemeine musikalische Zeitung* aus Leipzig.

»*Rolling Stones* des neunzehnten Jahrhunderts«, bemerkte er.

Hauser ächzte und sank erschöpft in das Sofa zurück. »So in etwa. Nur beißender und bissiger.«

Schielin holte sein Notizbuch hervor und las laut: »Doktor Friedemann Hauser ... Musikwissenschaftler ... Hohenems ... *Verein zur Förderung ernsthafter Musik.*«

Friedemann Hausers grauen Augen leuchteten. »Sitzt vor Ihnen.« Dann sprach er sehr bedächtig, jedoch eindringlich: »Conrad Schielin ... Kriminalhauptkommissar ... Lindau ... Verein zur Förderung französischer Esel.«

Schielin fixierte ihn aus zusammengekniffenen Augen und ließ ein knappes, anerkennendes Lächeln um seine Lippen spielen. Wie kam es, dass dieser Friedemann Hauser, von dem er zum ersten Mal gehört hatte, derartige Details mit seinem Namen verband? Gegenobservation vielleicht?

Hauser gab die Antwort im nächsten Augenblick selbst.

»Seien Sie ohne Sorge, Herr Schielin. Es war mir vergönnt, Sie und Ihren Esel einmal bei einer Weihnachtsveranstaltung in Lindau zu erleben – eine lebende Weihnachtskrippe auf der Insel. Ich habe das Gespräch Umstehender unabsichtlich mitverfolgt und so von Ihnen erfahren. Seither sind Sie mir unvergessen und ich habe mir Gedanken darüber gemacht – über Sie, Ihren Beruf und den Esel. Sie müssen wissen: Gedanken machen, das ist die Hauptaufgabe von Wissenschaftlern … doch zurück zu meinem Nachdenken – es war vor allem dieser Esel, der meine Betrachtungen immer von Neuem angeregt an. Ich dachte mir, so ein Tier könnte ein guter Grund sein, den Wunsch seines Besitzers nach Einsamkeit und Alleinsein zu verbergen und ihm gleichzeitig die Möglichkeit bieten, eine Herausforderung zu bestehen; wer will schon mit einem derart als störrisch verschrienen Tier auf Wanderschaft gehen?«

Schielin blieb unbeeindruckt. »Psychologe sind Sie auch noch … soso.«

Friedemann Hauser lächelte.

Schielin überlegte, wie er das Gespräch führen sollte. Sein Gegenüber schien auf die Tatsache, die Kriminalpolizei zu Besuch zu haben, mit keiner Frage eingehen zu wollen, fragte nicht nach dem Grund, nach Sinn und Zweck der Anwesenheit. Es war gerade so, als sei Schielin zu einem Gespräch aus ganz banalem Anlass gekommen.

Er wollte versuchen, diesen Hauser in ein Gespräch zu verwickeln und begann weit entfernt von der Angelegenheit, wegen der er gekommen war: »Musik als Wissenschaft – eine spannende Berufswahl.«

»Ihre Berufswahl ist viel spannender, glauben Sie es mir«, antwortete Hauser. »Das grundlegende Zitat die Musik betreffend stammt von einem zwar bekannten deutschen Künstler, der jedoch als Philosoph zu selten genannt wird:

Musik wird störend oft empfunden,
zumal sie mit Geräusch verbunden.«

Schielin lag daran, ihn ins Reden zu bringen. »Ah … Wilhelm Busch. Das hätte ich nun doch nicht erwartet.«

»Genau … Wilhelm Busch … und präzise beschrieben, wie ich meine. Wir Wissenschaftler äußern uns oft sehr trocken und fachbezogen, zumal wenn wir uns so Lebhaftem wie der Musik selbst nähern – eine fast mathematische Herangehensweise und weniger daran orientiert, was sie mit den Menschen tut, in ihnen anrichtet, entzündet und entfesselt. *Musik ist ein arithmetisches Exerzitium der Seele, wobei diese sich nicht bewußt ist, dass sie zählt.* Dieser Satz ist leider nicht von mir, sondern von Leibniz.«

Schielin wiederholte den Satz: »*Musik ist ein arithmetisches Exerzitium der Seele, wobei diese sich nicht bewußt ist, dass sie zählt*. Oje … ein wirklich schwieriges Thema für einen, der Musik hört und konsumiert, um in sich etwas anrichten zu lassen.«

Hauser lachte.

Schielin fand, es klang zu hintergründig; kein offenes, befreiendes Lachen, vielmehr wohldosiert und kontrolliert. Er entschied, nun den Fall Banger anzusprechen. Wie er festgestellt hatte, konnte dieser Hauser stundenlang reden und Phrasen, Zitate, Kluges, Neunmalkluges und Feingesponnenes von sich geben, völlig aus dem Stand; warmreden musste man ihn nicht.

Ohne weitere Einleitung, Erklärung oder die Formulierung einer Frage sprach er mit ernsthafter Stimmlage den Namen *Martin Banger* aus.

Weshalb sollte er auch Fragen stellen? Aufschlussreicher war es doch zu sehen, was der psychologisierende Musikwissenschaftler von sich aus bereit war zu erzählen. Ein bisschen ärgerte es ihn aber schon, dass dieser Grauhaarige mit Fliege mehr über ihn als Person wusste, als es umgekehrt der Fall war – schließlich war er der Kommissar.

Was ein Esel so bewirkte.

Friedemann Hausers Miene wurde ernst, sein Oberkörper sank ein wenig ein, die rechte Hand fuhr über die dunkle Fliege, als ob sie damit auf seine Trauer hinweisen wollte.

»Schrecklich. Eine schreckliche Sache.«

Schielin schwieg.

»Furchtbar«, unterstrich Hauser sein Entsetzen.

Schielin blieb stumm und wartete.

»Wir kannten uns gut und haben sehr eng miteinander zusammengearbeitet an einem Musikprojekt. Ein Verein, den wir gegründet haben. Es geht um die Förderung klassischer Musik, vorwiegend um die Unterstützung junger Künstlerinnen und Künstler«, er seufzte und schüttelte den Kopf voller Verständnislosigkeit, »ist es nicht schrecklich?«

Schielin dachte, na, wann kommt die Frage?

Hauser verlor den Faden, da Schielin so gar nicht auf seine Floskeln einging. Er sah aufgeregt zur Seite, um dem beharrlichen Blick des Polizisten auszuweichen. Als es nicht mehr ging, fragte er: »Aus welchem Grund sucht mich in diesem Zusammenhang ein Kriminalbeamter auf? Ich weiß gar nicht, wie ich das einordnen soll.«

Na endlich, dachte Schielin. »Wir untersuchen den Tod von Martin Banger.«

»Von seinem Tod habe ich ja erfahren, aber Ihr Besuch, ein Kriminalkommissar, nun – das bedeutet nichts Gutes. Aber so sind sie, die Menschen, man könnte verzweifeln an ihren Defiziten, wenn es nicht Franz Werfel auf den Punkt gebracht hätte: *Einer Menschheit, die einen Beethoven hervorgebracht hat, kann man alles verzeihen.*

Schielin bemühte sich, nicht genervt zu klingen. »Mhm … Franz Werfel … soso. Wenn er es so gesagt hat, wird es wohl stimmen, und was Banger angeht – man wird sehen. Dass ich hier bei Ihnen bin und Fragen stelle, ist Teil unserer Ermittlungsroutine. Auf welche Weise haben Sie denn vom Tod Martin Bangers erfahren?«

»Eine Krankenschwester aus dem Krankenhaus hat mich angerufen. Sie ist in unserem Verein engagiert, kennt uns natürlich ... sie war sehr aufgelöst, die Arme.«

Und mitteilungsbedürftig war sie auch, ging es Schielin durch den Kopf.

»Wann hatten Sie den letzten Kontakt mit Martin Banger?«

»Meinen Sie persönlich, oder auch telefonisch?«

Ein Fuchs, dieser Kerl, fuhr es Schielin durch den Kopf, und er sagte tonlos: »Ich meine jeglichen Kontakt – telefonisch, per Mail, persönlich.«

»Am letzten Mittwoch haben wir uns getroffen. Am späten Nachmittag. Es stand ein Notartermin an, den wir vorbereiten mussten. Es ging um den Verein, der inzwischen keiner mehr ist, sondern in eine Stiftung umgewandelt wurde. Eine unserer Mitgründerinnen hat uns mit einer erheblichen Erbschaft bedacht, unter der Voraussetzung, den Verein in eine Stiftung zu wandeln. Viele Termine, viel Arbeit, viel Formularkram und langwierige Notartermine, kann ich Ihnen sagen. Es ist ja so – ich sitze da in diesen beeindruckenden Büros vor riesigen Schreibtischen und mir werden Sachen vorgelesen, die ich überhaupt nicht verstehe. Anfangs habe ich nachgefragt, wenn mir das ein oder andere unklar war, doch mit der Antwort wusste ich dann meistens noch weniger anzufangen. Und Ärger ... Ärger, Ärger, Ärger.«

Schielin ließ das Gejammer links liegen. »Am letzten Mittwoch haben Sie sich also gesehen. Seine Tochter hat mir gar nichts davon erzählt. Sie hat ihn am gleichen Tag, nachmittags, in seinem Büro aufgesucht, wo die beiden ein längeres Gespräch hatten.«

Friedemann Hauser zuckte mit den Schultern. »Ah so. Ja, das mag sein. Von diesem Treffen hat er nichts erzählt.

Wir haben uns in Bregenz getroffen, im Kloster Mehrerau. Ein fast geheimnisvoller Ort und auch einer, der Kraft gibt – mir jedenfalls. Ich liebe den Garten gleich hinter dem alten Tor so sehr. Er strahlt diese fundamentale mönchische Haltung der Bescheidenheit aus, ohne ärmlich zu wirken, verstehen Sie, was ich meine? Es ist die Anordnung der Beete, die Wahl der Schmuckpflanzen – Stauden, Rosen, Einjährige … eine gelungene Komposition. Martin mochte diesen Ort auch sehr gerne und wir waren öfters dort, um uns zu besprechen.«

»Am letzten Mittwoch war das, also einen Tag vor seinem Tod, da hatten Sie das letzte Mal Kontakt zueinander?«

»Ja. Er hat mich angerufen und um den Termin gebeten. Ich bin ja einigermaßen flexibel und habe zugesagt. Sie können gerne nachfragen. Wir waren noch beim Essen im Klosterkeller. Die Mönche scheinen hungrig zu sein und über einen mittelalterlichen Humor zu verfügen, denn auf der Karte gibt es Kässpätzle mit Kartoffelsalat und eine *Mistfuhre* – das ist eine Art Grillteller. Man kann aber auch ganz normal essen – wenn die Musik es zulässt, die bedauerlicherweise wenig klösterlich ist …«

Schielin notierte einige Stichpunkte und lächelte Hauser an. Was er sagte, klang schlüssig. Dennoch schien er etwas vergessen zu haben.

»Sie sagen also, Sie hätten den letzten Kontakt am Mittwoch gehabt.«

Hauser bestätigte nochmals.

»Am Tag darauf, am Donnerstag, gab es ein Telefonat, das gute zwei Minuten gedauert hat, zu einer Festnetznummer in Österreich. Wir haben den Anschluss prüfen lassen – es handelt sich um Ihre Telefonnummer.«

Hauser tat erschrocken. Es war Schielin eine Spur zu theatralisch, wie er die Hände hob. »Jaja, mein Gott. Sie haben ja recht. Es war jedoch kein Kontakt im eigentlichen Sinn. Er hat auf den Anrufbeantworter gesprochen … ich war nicht zu Hause.«

»Ach so. Da hat er aber lange gesprochen. Worum ging es denn?«

»Ich habe es schon gelöscht. Es ging um einen bevorstehenden Notartermin in der Erbschaftsangelegenheit. Ein Ehepaar war mit dem Vermächtnis ihrer Tante, der Erblasserin, nicht einverstanden.« Er hob entschuldigend die Hände, wie ein italienischer Mafiosi.

»Es ging um diesen *Verein für ernsthafte Musik*«, formulierte Schielin absichtlich falsch.

Friedemann Hauser nickte nur, nahm aber Schielins Vorlage, mehr über diesen Verein zu erzählen, nicht an.

Er ist auf der Hut, dachte Schielin, und wurde direkt: »Dieser Verein, der zur Stiftung wurde … der Erbschaft wegen … wer verwaltet diese Stiftung? War Martin Banger da für eine führende Position vorgesehen?«

Friedemann Hauser erhob sich. »Oh – ich bin so ein miserabler Gastgeber, Herr Schielin. Möchten Sie vielleicht etwas trinken?«

Schielin lehnte ab und dachte, gar nicht ungeschickt, der Kerl; die Frage passt ihm nicht in den Kram und er braucht Zeit zum Überlegen. Wobei – er musste sie erwarten, nachdem mein Besuch angekündigt war.

Friedemann Hauser kam mit einem Glas Wasser aus der Küche zurück. »Ich muss etwas trinken. Es ist so heiß … wo waren wir noch mal? … ach ja, die Stiftung. Wir befinden uns gerade im formellen Gründungsprozess, da laufen die Dinge noch etwas holprig und wir waren gerade dabei die Funktionen aufzuteilen. Unser Gespräch am Mittwoch drehte sich zum Teil auch um dieses Thema.«

»Und was haben Sie vereinbart – und konnten Sie beide sich bei der Vergabe der Jobs überhaupt frei bewegen?«

»Notar Wernberger betreut den Fortgang der Umwandlung in eine Stiftung. Wir haben alles mit ihm abgesprochen, so wie es im Vermächtnis festgelegt war. Die Satzung schützt das Stiftungsvermögen vor Selbstausbeutung durch Stiftungshandeln. Für ihre Tätigkeit im Kuratorium bekommen die Mitglieder kein Gehalt, auch kein Sitzungsgeld oder ähnliche Vergünstigungen. Die Satzung sieht aber vor, dass eines der Vorstandsmitglieder als Geschäftsführer tätig ist, was im Rahmen einer Halbtagsstelle stattfinden wird und eine Vergütung mit sich bringt. Der Geschäftsführer erhält ein Tarifgehalt ohne irgendwelche Zuschläge.«

»War Martin Banger ein Kandidat für die Geschäftsführung?«

Friedemann Hauser hatte die Fingerspitzen der Hände aufeinandergelegt, so, als wollte er Fingerübungen machen. Die Finger bewegten sich in langsamen Takt, während er sprach. »Nein. Er war mit seiner Firma ja wirklich sehr ausgelastet. Ich werde diese Funktion übernehmen, da sie ja eng mit dem inhaltlichen Auftrag einhergeht.«

»Und darüber bestand zwischen Ihnen beiden Einvernehmen?«

»Natürlich.«

Schielin wollte etwas Entspannung ins Gespräch bringen. Der Dottore war ihm zu konzentriert. Außerdem hätte er gerne erfahren, wovon ein Musikwissenschaftler so lebt. Er fragte indirekt: »Was arbeitet man denn so, als Musikwissenschaftler?«

»Man forscht.«

Schielin verbarg seine Gedanken hinter einer professionell freundlichen Miene und dachte: Oh, er traut mir nun gar nicht mehr. Trotzdem hakte er nach: »Ich nehme an, die

Forschung hat mit allem Möglichen und Unmöglichen rund um die Musik zu tun.«

»Ja. Ganz normal, wie auf anderen Wissenschaftsgebieten auch. Man forscht und publiziert die Ergebnisse.«

»Und worüber forschen Sie aktuell?«

»Mein großes Thema lautet: *Musik im Kontext des Konstanzer Konzils.*«

Schielin ließ ein beeindrucktes »Mhm« hören. Er hatte gefragt – jetzt wusste er es. »Sind Sie irgendwo fest…«

Friedemann Hauser hatte einen Schluck Wasser genommen und kam ihm mit der Antwort zuvor, bevor sie gestellt war. Er war wirklich aufs Höchste konzentriert und ahnte Fragen voraus. Das tat niemand um der Fragen willen – es ging darum, Antworten parat zu haben.

Hauser winkte ab. »Nein, nein… ich habe nirgendwo eine feste Anstellung. Als Musikwissenschaftler findet man gemeinhin Tätigkeiten im universitären Betrieb, was ich lange genug mir habe widerfahren lassen… genug ist genug… manche Kolleginnen und Kollegen sind an Musikhochschulen tätig, an Theatern, in Festspielhäusern, in den Kulturämtern großer Kommunen, sie unterstützen Intendanzen… alles nicht mein Ziel. Ich bin hierher an den See gekommen, um mich ganz meiner Forschungsarbeit zu widmen…«

»An den See? Hohenems liegt nun wahrhaftig nicht am See«, stellte Schielin fest.

»Eine Frage, welche Sicht man auf die Dinge hat. Für mich ist der See hier so nah, man kann ihn sogar riechen, wenn man will; er liegt in der Luft und in den Charakteren und es ist ein Katzensprung bis ans Ufer.«

»Für eine sehr große Katze, wie ich finde. Wie kommt man als Musikwissenschaftler gerade auf Hohenems, wenn ich fragen darf?«

»Was heißt gerade?«, fragte Hauser etwas echauffiert zurück, »in der hiesigen Schlossbibliothek wurde im achtzehnten Jahrhundert die *Nibelungenhandschrift C* gefunden, von dem in Arbon geborenen Jacob Herman Obereit, der in Lindau als Arzt und Philosoph tätig war. Arzt und Philosoph ... in unserer Zeit völlig aus der Mode geraten, wo die korrekte Kombination Arzt und Immobilienmakler lautet. Mich als Wagnerianer begeistert so ein historischer Boden jedenfalls und es gibt überdies ein Elisabeth-Schwarzkopf-Museum. Ich kam zum ersten Mal nach Hohenems, als hier ein Konzert zu Ehren ihres neunzigsten Geburtstages stattfand. Es hat mir gefallen – das Konzert, der Ort, die Leut, die Umgebung. Da bin ich hängen geblieben.«

Von der Schwarzkopf besaß Schielin einige fantastische Aufnahmen, doch von der Nibelungenhandschrift C hörte er heute das erste Mal. Wenn es eine C-Schrift gab, musste es auch eine A- und B-Schrift geben. Er wollte sich mit dem Thema einmal eingehend befassen, kam aber zurück zu Hauser. »Nun gut, zurück zu Ihrer Forschung, der Sie sich nur noch mit halber Kraft widmen, oder etwa nicht? Die andere Zeit gehört ja sicher – inzwischen sogar etatisiert – dieser Stiftung zur Förderung der ernsthaften Musik.«

Friedemann Hauser nickte.

»Und wenn ich Sie so reden höre, dann muss ich sagen, Sie sind weit entfernt von Ihrer Heimat ...«

Friedemann Hauser ließ sich nach hinten in die Polster fallen und machte mit beiden Händen eine wegwerfende Bewegung. »... unzweifelhaft Berlin. Ich gebe mir auch nicht sonderlich Mühe, zumal ich recht oft dort bin. Vor einigen Wochen erst wieder. Hatte mir Karten für Elektra gegönnt. Waltraud Meier als Klytämnestra und Catherine Foster als Elektra. Erschrecken Sie bitte nicht, Herr Schielin, aber diese Elektra ist schon eine faszinierende Figur, wie sie alles daransetzt, ihre Mutter und deren Gefährten zu töten, um ihren Vater Agamemnon zu rächen. Jedes Mal wieder bin ich fix und fertig danach.«

So eine lockere Geste hatte Schielin bisher noch überhaupt nicht von ihm gesehen. Ein guter Augenblick, ihn wieder enger zu nehmen. »Haben Sie sich oft mit Martin Banger getroffen?«

Sofort wanderte der Oberkörper nach vorne und straffte sich. »Was ist Ihrer Ansicht nach oft?«

»Sie haben einen Terminkalender dort liegen«, Schielin deutete auf den Terminplaner, auf dessen Titel in großen Ziffern die aktuelle Jahreszahl prangte.

Hauser warf nicht einmal einen Blick in die Richtung. »Ja nun. Wir haben uns sicherlich einmal in der Woche getroffen und anlässlich von Veranstaltungen eben. Bis auf die Urlaubszeiten.«

Schielin nickte freundlich und nahm die Antwort schweigend zur Kenntnis. Wieso fragt er mich nicht, was genau passiert ist? Wieso interessiert er sich so gar nicht für die Umstände? Schielin entschied sich zu einer kleinen Attacke. »Man kann also sagen, Sie beide hatten ein gutes, ja fast kollegiales Verhältnis miteinander, haben sich regelmäßig getroffen.«

»Genau das – regelmäßig«, bestätigte Hauser.

»War es auch ein freundschaftliches Verhältnis?«

»Durchaus, ja, es war ein freundschaftliches, kollegiales Verhältnis.«

»Weshalb interessiert es Sie dann überhaupt nicht, was genau mit Martin Banger geschehen ist, wie es seiner Familie geht, wann die Beerdigung sein wird? Das verstehe ich nicht.«

Hauser sah ihn teilnahmslos an. »Ich gehe davon aus,

dass Sie mir das dann sagen werden, wenn ich es erfahren kann. So ist das doch. Man stellt Polizisten keine Fragen; das mögen die nicht.«

Trotz der Wärme wurde es mit einem Mal frostig. Das Allgemeingültige an Hausers Antwort, das *die*, mit dem er Polizisten als solche ansprach, hatte seine Gereiztheit erkennen lassen.

»Sind Sie zufrieden mit Ihrer Arbeit?«, wechselte Schielin das Thema. Andere wären durch die Kaltschnäuzigkeit, mit der er auf die atmosphärische Veränderung reagierte, unsicher geworden – Friedemann Hauser kam nicht in diese Verlegenheit; er konnte auf einen reichen Schatz an Mustern zurückgreifen: Verhaltensmuster, die auf Anekdoten, fertigen Betrachtungen, Sprüchen, Gedichten und intelligent klingenden Phrasen beruhten. Er sagte: »Nun – ich strebe danach, einmal sagen zu können: *Meine Versuche sind nach Maßgabe dessen vollendet, was mir zu erreichen möglich war.*«

Schielin nickte. »Oh, noch ein hübsches Zitat. Sie beanspruchen große Vorbilder – ich glaube, es ist von Chopin.«

Friedemann Hauser tat freudig. »Hab ich mir es doch gedacht. Wer mit einem Esel spazieren geht, kann selbst keiner sein. Ja, Sie haben recht. Es sind die letzten Worte Chopins, jedenfalls spricht man sie ihm zu. Sie interessieren sich also weit über das gewöhnliche Maß hinaus für Musik?«

Schielin wusste nicht so recht, wie er auf die Frage reagieren sollte. Dieser Kerl war geschickt darin abzulenken, und die Frage soeben, die hatte er für sich schon mit Ja beantwortet.

Er fragte: »Können Sie von Ihrer Forschungsarbeit leben, oder verfügen Sie über so viel Substanz?«

Hauser musste das erste Mal schlucken und sah für einen Augenblick verwirrt drein. »Schon, schon ... sicher ... kann ich von meinen Forschungen leben. Ich publiziere viel in Fachzeitschriften und erhalte Honorar für meine Vorträge … sicher.«

Schielin beließ es dabei und wechselte wieder zur Musik. »Ja sicher. Musik ist in aller Ohren; kaum vorstellbar, jemand interessierte sich nicht für Musik.«

Hauser schränkte ein. Er wirkte immer noch ein wenig unsicher. Die Frage nach Quelle und Qualität seines Einkommens hatte ihn getroffen. »Wenn ich von Musik spreche, dann meine ich ernsthafte Musik. Nicht dieses Gedudel, das einen allerorten umfängt, wie dieser Blümchenduft, mit dem neuerdings um sich gesprüht wird. Um uns herum entsteht eine Zuckerwattewelt, gebaut aus Beschallung und Blümchenduft – eine Art von Hölle, so empfinde ich es jedenfalls. Aber gut – was hören Sie denn so für Musik?«

Im ersten Augenblick lag Schielin *Rondo Veneziano* auf der Zunge, doch das verkniff er sich. Stattdessen entschied er sich richtigerweise für Neil Young. Dieser Hauser sollte vorerst nicht zu viel von ihm erfahren und es war ja nicht gelogen.

Hauser stutzte. »Mhm … ich denke doch, es handelt sich dabei vorwiegend um laute Musik … vielleicht sogar so laut, wie die Musik von Wagner. Oscar Wild lässt im Dorian Gray ja sagen: *Ich liebe Wagners Musik mehr als irgendeine andere. Sie ist so laut, dass man sich die ganze Zeit unterhalten kann, ohne dass andere Menschen hören, was man sagt.*«

Schielin lächelte freundlich über das Bonmot und nickte. »Neil Young hat seine Zeit, und Wagner hat auch seine Zeit. Wagner kann man nicht zu Hause hören, finde ich. Für mich geht das nur im Konzert. Wenn ich es richtig deute, dann sind Sie das, was man als einen *Wagnerianer* bezeichnet?«

»So weit würde ich nicht gehen. Nun ja ... im Moment erfüllen den See ja wieder die zarten Töne der Zauberflöte. Auf die Freiflächen am Ufer rund um die Seebühne strömen Mozartliebhaber, darunter nicht wenige, die sich als solche gebärden, sie überfüllen die Cafés und Restaurants, tragen ihre Garderoben zur Schau – manche haben gar keine und tun es trotzdem –, wobei, ich möchte nun nicht ungerecht werden, denn das mit der Garderobe ist wahrhaftig besser geworden in den letzten Jahren. Und sie lauschen in lauen Sommernächten den hinlänglich bekannten Melodien, sind glücklich dabei, und wenn das Spektakel zu Ende ist, dann schwappt der See über von all den *Ahhs* und *Ohhs* und *Mhmms*.«

Schielin verzog den Mund. »Also hatte ich doch recht – Sie sind ein Wagnerianer. Ich selbst habe nichts gegen gute Unterhaltung und werde am kommenden Wochenende auch zu denjenigen gehören, die den süßen Klängen lauschen und danach das eine oder andere *Ahh* von sich geben werden. Es ist ein herrliches, ein wunderbares Erlebnis ...«

»Ja – besonders dann, wenn es stürmt, gewittert und regnet. Ich saß dort einmal im *Rigoletto* gefangen und sie haben ihre halbe Stunde Festspielzeit, die eine Kartenrückgabe unmöglich macht, gnadenlos über den Plastikhaufen von Zuschauern gegossen – bei strömendem Regen! Na ja, man hat es überlebt, das Wetter und die Aufführung. Aber zurück zu unserem eigentlichen Thema – nicht dass Sie der Meinung sein könnten, ich hätte etwas gegen Mozart, wie käme ich dazu. Der Erfinder der auf musikalischem Gebiet reinen, ehrlichen Liebe – nein, gar nicht. Es geht mir mit der Zauberflöte inzwischen nur so wie mit Beethovens Fünfter – es ist kaum noch zu ertragen, so oft wird sie gedudelt. Ja, ich sage gedudelt. Lange wird es nicht mehr dauern und beim Edeka und Hofer kommt aus dem Lautsprecher über dem Putzmittelregal zuerst: Pa... Pa... Pa... Pa, Papageno! und über der Käsetheke dann: Tatatatahh! Allein der Gedanke schaudert mich! Was dem armen Mozart posthum widerfährt, passt auf keine Kuhhaut – und wo wir gerade bei Kühen sind; es gab tatsächlich die Behauptung, Kühe würden mehr Milch geben, wenn sie mit Mozartmusik beschallt werden, und wir mussten uns vor Jahren als Musikwissenschaftler mit einem sogenannten Mozart-Effekt auseinandersetzen. Einige Wissenschaftler, ein nicht geschützter Begriff übrigens, wollten entdeckt haben, das Hören Mozartscher Musik verbessere die intellektuelle Leistungsfähigkeit. Glauben Sie mir, ich bin wirklich nicht weltfremd, doch der einzig messbare Mozart-Effekt, den ich jenseits der direkten Wirkung seiner Musik habe feststellen können, hat sich in der Gastronomie vollzogen – deutlich, sehr deutlich messbar: Wenn Festspiele sind, dann werden Mozartkugeln in alle Welt versendet und geflogen und die Umsätze schnellen hoch. Ich wage die Behauptung, die Musik von Mozart wirkt sich signifikant positiv auf den Konsum von Wein, anderen Alkoholika und gesundheitsbedenklichen Speisen aus. Auf keinen Fall möchte ich Ihnen das Wochenende vergällen – gehen Sie hin und genießen Sie es! Ich war bei einigen Proben dabei. Es wird eine Aufführung mit fantastischen Solisten und das Bühnenbild, wie immer: Das Auge hört mit. Mozart, Mozart, nun ja – die Zeiten sind eben lange vorbei, als eine Kaiserin Maria Theresia ihren erzherzöglichen Sohn mittels Brief gemahnte, sich mit fahrendem Gesindel wie Mozart und Konsorten keinen Scherereien auszusetzen, und sie daher an seinem Mailänder Hof nicht anzustellen, und es ist auch weit und breit kein Graf Arco zu sehen, der den Hofmusiker Mozart mit einem Fußtritt aus dem Audienzsaale beförderte, als er um Entlassung aus den Diensten des Erzbischofs Colloredo bat. Die Musik hat sich aus der Herrschaft der Küche befreit, der sie damals unterstand – ja! Da schauen Sie, Herr Schielin! Aber so war das organisatorisch geregelt. Der Küchenmeister war verantwortlich für die Musik. Bleibt die Fragestellung: Wo sind die Mozarts unserer Zeit, wo die Maria Theresias und Arcos, denn eines ist sicher – es gibt sie auch zu unserer Zeit? Und wem untersteht die Musik heute? Wer ist heute der Küchenmeister? Weit entfernt ist es manchmal nicht.«

Schielin hatte interessiert zugehört und es gar nicht glauben können. Hauser konnte sich tatsächlich noch warmreden. Er hörte sich gerne selbst referieren und Schielin wollte das Terrain nicht verlassen, auf welchem sich der Dottore so heimisch fühlte. »Was den Supermarkt angeht – Jimi Hendrix ist da bereits gelandet. Es ist noch gar nicht lange her, da hörte ich bei den Haushaltswaren *All along the watchtower*. Man kann sich darüber aufregen, aber sehen Sie, wo ist der Unterschied zur U-Bahn-Haltestelle München-Ostbahnhof, wo sich der dritte Satz der Pastorale über die Lautsprecher verströmt, gefolgt von Adagios der Beethovenschen Klavierkonzerte und so weiter und so fort. Die Klassiker sind Teil der Beschallungsindustrie geworden, ob es einem nun gefällt oder nicht und genauso werden sie inzwischen auch interpretiert, ein rechtes Rondo Classico. Was die Konsumwelt angeht, so hat es ja auch etwas Tröstliches; denn wenn einem die Musik nichts mehr sagt, wenn man die Werbespots im Fernsehen nicht mehr versteht – dann gehört man nicht zur Zielgruppe, und wenn man keine Zielgruppe mehr ist, dann gibt es einen quasi nicht mehr.«

Hauser hatte aufmerksam zugehört und der Begriff *Zielgruppe* fügte seinem Körper ein kurzes Zucken zu. »Ach ja, die Zielgruppen. Sie werden mit Reizen überflutet und reagieren wie Automaten darauf. Es sterben die Leidenschaften in diesem Dauerfeuer der Reize. Und was erwächst daraus? Eine perfide Lust am Untergang – und diese Lust wird auch noch öffentlich ausgelebt, womit sich die Möglichkeit ausschließt, Teil dessen zu sein, was …«, er hob den Kopf und stöhnte kurz auf, »… ich muss mich beherrschen, sonst gerade ich zu leicht ins Räsonieren. Aber dafür gibt es keinen Grund. Ich bin sehr zufrieden mit meiner Situation.«

Hat er gerade noch die Kurve gekriegt, dachte Schielin, der sich durch die ausschweifende Art nicht hatte ablenken lassen. »Kennen Sie die Tochter von Martin Banger, Silvia Sahm? Sie wohnt mit ihrer Familie in Lindau.«

Hauser war leicht angekratzt, schon wieder mit einer Frage konfrontiert zu sein, die Martin Banger betraf. Das war deutlich zu spüren, an Nuancen – wie sich sein Gesichtsausdruck veränderte, die Körperhaltung variierte. Seine Monologe hatten ihr Ziel nicht erreicht.

»Ja. Wir kennen uns, haben uns einige Male getroffen. Sie hat das ein oder andere Konzert besucht. Wieso fragen Sie?«

»Wie war das Verhältnis zwischen Vater und Tochter?«

Er antwortete schnell: »So wie es sein sollte. Mir jedenfalls ist nichts bekannt, was auf ein kompliziertes oder getrübtes Verhältnis der beiden hinweisen würde.«

»Hatten Sie mit ihr nach dem Tod ihres Vater Kontakt?«

»Nein«, kam es wieder schnell und bestimmt.

»Was für ein Musiktyp war Martin Banger?«

»Ein sehr komplexer, oder verrückter – könnte man auch sagen –, Bach und Oper. Nun ja – *wer Galle nicht probiert hat, weiß nicht, wie Honig schmeckt*.«

Ein wenig war er schon überrascht. Wenn er darüber nachdachte, dann wäre ihm Kammermusik als naheliegender erschienen. So klar strukturiert, wie auch Bangers Leben verlief. Bach also, und Oper.

Hauser sprach weiter: »Oper, ja. Und es konnte gar nicht schwülstig genug sein«, er machte eine wegwerfende Bewegung mit der Hand, »Zeug hat der sich angesehen … ist sonst wo hingefahren, um sich eine provinzielle Tosca anzutun! Mit Kammermusik oder der Sinfonik hatte er weniger am Hut. Es war mir unverständlich, zumal er ja hier die Festspiele … ich muss es anders erklären … Sie müssen wissen … es gab kein Jahr, in welchem er nicht hier auf der Seebühne war … kein Jahr. Das war sozusagen sein musikalisches Wohnzimmer.«

»Martin Banger hat öfters Ausflüge unternommen, die er kleine Weltreisen nannte …«

»Ja, ich weiß. Seine berühmten Runden … mit dem Zug nach Bregenz, mit dem Schiff zurück, Kaffee, essen, baden und so …«

»Genau … Sie wissen davon?«

»Natürlich weiß ich davon. Jeder, der ihn näher kannte, wusste davon. Niemand durfte ihn da stören und er hat an diesen Tagen anderes sein lassen. Das waren keine schnurrigen Rundreisen, sondern Tage, an denen er sich intensiv mit einem Thema auseinandersetzte. Zum Beispiel wenn es galt, ein technisches Problem zu lösen, das seinen Modellbau betraf. Darin war er ein Meister und hat für die renommiertesten Firmen gearbeitet. Auf seiner kleinen Weltreise hat er gedanklich an Konstruktionen gearbeitet. So war das.«

Schielin nahm es ohne Reaktion zur Kenntnis. »Wenn Sie sich regelmäßig getroffen haben … es ist doch ein ganzes Stück zu fahren bis nach Lindau …«

Hauser winkte ab. »Ich lasse fahren und leiste mir den Luxus auf ein Auto zu verzichten. Die Bahn … zumindest in Österreich … ist recht zuverlässig und ich kann das ein oder andere Viertele bedenkenlos trinken. Ich bevorzuge die S-Bahn – schon allein der Haltestellen wegen: *Haselstrauch* zum Beispiel. Wenn Sie da aus dem Fenster sehen, haben Sie so ziemlich alles vor den Augen: ein Umschaltwerk der Vorarlberger Kraftwerke, Abraumflächen und Architekturunglücke – nur keinen Haselstrauch. Irgendwann gehe ich dahin und pflanze einen. Für meine Person – ich genieße es mit dem Zug das Rheintal auf und ab zu fahren, zwischen Bregenz und Lochau am See entlang, an den Badehäusern vorbei, in Lindau über den Bahndamm auf die Insel hinüberzurollen. Es ist für mich jedes Mal wieder ein Erlebnis und ich empfinde es als Geschenk. Ganz abgesehen davon, spare ich wahnsinnig viel Geld und Nerven.«

»Wo wir bei Nerven sind. Wissen Sie von einer Frau in Bangers Leben? Er war doch ein attraktiver Mann in jeder Hinsicht und nach dem Tod seiner Frau, der nun schon Jahre zurückliegt, ungebunden.«

Hauser verzog das Gesicht zu einer unwissenden Miene. »Ha, das ist eine gute Frage. Ich meine, umschwirrt ist er ja worden … in unserem Verein, da hat schon die eine oder andere Dame ein Auge auf ihn geworfen, aber ich kann da nichts bestätigen. Jetzt wo Sie mich fragen … komisch … ist mir selbst nie aufgefallen. Also ich weiß von keiner Frau.«

»Mhm. Na ja, dann.« Schielin bedankte sich. Diesen Friedemann Hauser würde er nochmals befragen; aber sicher nicht in seinen eigenen vier Wänden. »Vielen Dank für das Gespräch, Herr Doktor Hauser. Wir werden uns vielleicht noch einmal treffen müssen.«

Hauser war vom Ende des Gesprächs überrascht und fragte hastig: »Wie ist er denn gestorben?«

Schielin sah ihn ernst an und wartete einen Augenblick mit der Antwort. »Es ist schwer zu beschreiben.«

»So schlimm?«

Schielin stand auf und zuckte mit den Schultern. »Er ist zu Tode gebracht worden.«

Friedemann Hauser, der eben im Begriff war sich aufzustützen, um sich ebenfalls zu erheben, sank wieder zurück und sah Schielin fassungslos an. Entrüstung schwang in seinen Worten mit: »Nein! Das kann nicht sein!«

»Aber Herr Doktor Hauser, aus welchem Grund wäre ich sonst hier gewesen?«

Friedemann Hauser war noch lange nach Schielins Weggang überreizt. Er war hin- und hergerissen von einer Fragestellung. Was war günstiger für den Verlauf der Dinge? Hätte er dem Kommissar etwas sagen sollen, vom letzten Treffen zwischen Martin Banger und ihm? Er ging zum Regal und holte die Flasche, goss einen kräftigen Schluck in das Glas und trank. Diesmal besänftigte es sein aufgebrachtes Gemüt nicht. Im Gegenteil. Er spürte Schweiß auf der Stirn. Er hätte es sagen sollen, er hätte es sagen sollen.

*

Das alte Gebäude der Kripo in Lindau lag am späten Nachmittag im tiefen Schatten. Kimmel telefonierte so laut in seinem Büro, dass Hundle im Raum gegenüber ab und an den Kopf hob und lauschte, bevor er wieder für einige Zeit scheinbar teilnahmslos dalag.

Gommi arbeitete unbeeindruckt am Bildschirm. Jasmin Gangbacher saß ihm gegenüber, ebenfalls versunken in die Arbeit, jene Dokumente und Dateien zu sortieren, die sie von Martin Bangers Smartphone kopiert hatte.

Lydia Naber kam in das Zimmer, kniete sich bei Hundle

nieder, streichelte es und äußerte, es hätte etwas Therapeutisches, so ein Tier zu streicheln.

Keiner reagierte darauf.

Sie stellte sich hinter Gommi auf und sah mit strengem Blick auf den Bildschirm.

Gommi blieb ruhig und ließ sich nicht nervös machen.

»Was machst du da? Was soll das?«, fragte sie.

»Das ist FMS.«

»Ah – Fibromyalgiesyndrom? Seit meinem Krankenhausaufenthalt kenne ich mich mit allen Krankheiten aus.«

»Nein! Des hab ich ja noch nie gehört, so eine Krankheit!«

»Geh mal hoch zum Gesundheitsamt und frage die Esther, was FMS heißt. Die sagt dir sofort *Fibromyalgiesyndrom*.«

»Ah, lass mich doch …«

Ließ sie natürlich nicht.

»Worum geht's jetzt da, Gommi, bei deinem FMS?«

»Des heißt Facility-Management-System.«

»Ahhh, Hausmeisterei. Na sag's doch gleich.«

»Nein … nicht einfach Hausmeisterei …«, er suchte nach Worten, es zu erklären, »… anders halt, es ist anders.«

»Ja sicher ist das FMS anders als Hausmeisterei … teurer halt, sonst würde es Hausmeisterei heißen und nicht FMS.«

»Neiin! Des ist ganz neu, also richtig neu.«

Lydia stöhnte: »Was war eigentlich in den letzten vierzig Jahren los? Ist unsere Hütte hier vielleicht nicht verwaltet worden, hat niemand Fenster gestrichen, zweimal den falschen Teppich in die völlig verkehrten Räume gelegt, wurde nicht das Dach erneuert? Hat man nicht die Wand rausgerissen, um sie vier Jahre später wiedereinzuziehen? Und das alles ohne FMS. Man kann es sich heute gar nicht mehr vorstellen, wie das früher funktioniert hat, so mit Telefon und persönlich reden und so.«

»Ohh … Lydia … jetzt lass mich doch meine Arbeit machen. Ich war für des FMS extra drei Tage auf Kurs und muss die Tabelle do«, er deutete auf die Wand, »bis heut Abend in Kempten haben.«

»Kempten … die Trommler da droben, die … aber ist schon recht, Gommi. Man kann ja auch davon lernen. Einfach dahocken, sich nicht vom Fleck bewegen und die Karriere fällt vom Himmel, so wie der Segen des Heiligen Geistes sich über allen Menschen ausbreitet, auch über jene, die es nicht verdient haben.«

»Ist Conrad noch unterwegs?«, fragte Jasmin Gangbacher.

»Ja. Aber er müsste gleich da sein. Ich warte auf ihn. Er war bei diesem Musikforscher. Mir ist langweilig …«

»Merkt man gar nicht«, warf Gommi schnell ein.

»… habe die Berichte schon geschrieben und im Moment keine rechte Idee mehr. Kimmel streitet am Telefon rum, Wenzel ist unterwegs, Robert hat Urlaub und ihr habt FMS.«

Sie wendete sich wieder Hundle zu und streichelte ihn. Das tat gut – beiden.

*

Die Besprechung später war schnell zu Ende. Wenzel wollte von seinen Ermittlungen die Taschendiebe betreffend berichten, doch niemand interessierte sich wirklich dafür. Und Kimmel hatte ihm auch noch die Sache mit den zwei Heilerinnen aufs Auge gedrückt. Die zogen durch die Gegend und befreiten die Leute von Flüchen – gegen ein geringes Entgelt. Eine Geschäftsfrau hatte dafür fünfzehntausend Euro entrichtet. Ein einträgliches Metier.

Schielin und Lydia Naber berichteten von den mageren Ergebnissen ihres Tages.

Kimmel befand sich in einem gereizten Zustand und drängte auf ein schnelles Ende der Besprechung. Er hatte lange telefoniert, laut dazu.

Jasmin Gangbacher hatte etwas Interessantes herausgefunden. Martin Banger hatte sich auf Facebook sehr oft mit einer *De Siree* und *Hil Degard* ausgetauscht. Auf den ersten Blick blieben die Inhalte der Mails vage. Doch wenn man die Korrespondenz durchlas, so musste man zu dem Schluss kommen, dass Martin Banger sich mit den beiden – *Desiree* und *Hildegard* – zu Treffen verabredet hatte.

»Desiree und Hildegard – klingt irgendwie nach Rüschenkleid und Domina«, meinte Wenzel.

»Passt zur Wohnung«, sagte Lydia Naber, »wie ich schon gesagt habe – keine persönliche Note. Habe so etwas noch nie gesehen. Der wohnt ja schließlich schon einige Jahre dort. Eine Frau kann ich mir da nicht vorstellen – eine *De Siree* und *Hil Degard* schon eher.«

»Gab es eine Präferenz für eine von beiden?«, fragte Lydia Naber. »Domina, oder Rüschen?«, fragte Wenzel.

Jasmin Gangbacher verneinte. Sie war noch dran herauszubekommen, welche Personen hinter den Namen steckten.

Kurz darauf saßen sie wieder in ihren Büros. Jasmin Gangbacher brachte Schielin einen dicken Packen mit Ausdrucken der Mails von Martin Banger und meinte, sie hätte es noch nicht geschafft, alles zu sichten. Schielin ächzte und bedankte sich.

Lydia Naber bekam Frau Notze nicht mehr aus dem Sinn, seit Wenzel den Begriff Domina ins Spiel gebracht hatte. Sie konnte es sich jedoch in gar keiner Weise vorstellen – diese Notze und Martin Banger. Dieser penible und so zurückgezogen lebende Mann mit dem Faible für die schönen Künste. Und dann die Notze mit ihrem Sado, ihrem Maso und der anderen Bagage. »So eine Wohnung habe ich wirklich noch nie gesehen. So sauber. Man vermutet ja immer auf ein dunkles Geheimnis zu stoßen, wenn man in solche Häuser geht. Aber bei Martin Banger – da gibt es nur ein sauberes, ordentliches Geheimnis.«

Schielin pflichtete ihr bei. »Ja. Das einzig Lebende in diesem Haus war diese große Orchidee im Wohnzimmer. Aber die war schön.«

Lydia Naber zuckte zusammen. Eine Orchidee im Wohnzimmer? Das wäre ihr schon aufgefallen. Sie ging nochmals in sich, bevor sie fragte: »Welche Orchidee, Conrad?«

Er sah sie an. »Na, die violette mit den vielen herrlichen Blüten, auf dem Glastisch im Wohnzimmer.«

»Mhm«, kam es überrascht und nachdenklich, bevor sie sagte: »Da war keine Orchidee. Ich schwöre es.«

»Natürlich war da diese Orchidee.«

Er sah zu ihr hinüber. Sie schüttelte energisch den Kopf.

»Das Siegel, war das Siegel in Ordnung?«

Lydia sah ihn streng und strafend an. »Bitte! Conrad! Natürlich war das Siegel in Ordnung, und ich habe auch wieder neu gesiegelt, als ich gegangen bin. Morgen sollen die Spurensicherer der Rechtsmedizin ja kommen. Kann es die Putzfrau gewesen sein, hat sie die Orchidee vielleicht geholt?«

Er schüttelte den Kopf. »Die hat keinen Schlüssel mehr.«

»Und die Tochter?«

»Die hat auch keinen Schlüssel.«

»Wann warst du draußen bei Banger in der Wohnung?«

»Am Samstag. Nachdem ich mit der Tochter geredet hatte. Routine eben – nur einen Überblick verschaffen, schauen, ob vielleicht eingebrochen worden ist, jemand etwas gesucht hat, ganz normale Angelegenheit.«

Sie zuckte mit den Schultern. »Okay – Desiree? Hildegard? Wer von den beiden steht wohl auf Orchideen, he? Die Rüschentussi oder die Domina? Und wozu eine Orchidee aus der Wohnung holen?«

Schielin war aufgestanden. »Egal – wir fahren da jetzt hin.«

Er blieb stehen, denn ihm war etwas eingefallen: »Ahh – da lag ein Kuvert dabei, bei der Orchidee. Verdammt. Eine Karte und ein Kuvert.«

Lydia Naber beschwichtigte: »Wie soll man auch darauf kommen, Conrad.«

Er drehte sich abrupt um und deutete auf Lydia Naber. »Aber ich habe die Fotos! Ich hab die Fotos. Das gibt's doch nicht, Mensch, ist die Orchidee weg!« Im Regal kramte er nach der Kamera, fingerte den Chip heraus und schob ihn in den Slot des PC. Es dauerte nicht lange. »Da! Schau!«

Lydia Naber stand gleich hinter ihm und bewunderte die Orchidee auf dem Glastisch. »Das ist in der Tat ein herrliches Exemplar.«

Wenzel und Jasmin Gangbacher waren inzwischen dazugekommen.

»Es ist mir egal, wie spät es ist, Leute – ich muss da jetzt rausfahren. Kann ja sein, dass ich durch das Gift ein paar Zellen in meiner Birne gelöscht habe, aber ich schwöre – da stand keine Orchidee mehr.«

Schielin sah auf das Foto und dachte laut: »Geburtstag hatte er nicht, Namenstag auch nicht … von einem anderen Fest ist mir nichts bekannt. Am Untertopf ist noch das Zellophan vorhanden und diese Karte daneben, es wirkt wie ein Geburtstagsgeschenk … oder so. Hätte ich mir das nur näher angesehen, aber wer kommt schon auf so was.«

Mit zwei Autos fuhren sie in Richtung Achberg. Diesmal viel schneller als Lydia am Vormittag. Es knirschte laut auf dem sandigen Untergrund, als die beiden Autos vor dem Haus bremsten.

Frau Notze werkelte gerade in der Nähe des Hoftors und sah neugierig über die Straße. Lydia Naber sah sie und schimpfte leise: »Möchte nicht wissen, was hier so los war, mit euch netten Nachbarn.« Sie winkte hinüber und rief mit falscher Freundlichkeit: »Ich komme dann gleich noch mal vorbei, Frau Notze!«

Frau Notze verstand und zog ab.

Wenzel war einmal ums Haus gegangen, hatte Fenster und Türen inspiziert. Dann folgte er seiner Intuition und öffnete das Garagentor. Von hier führte eine Tür zum Keller. Es gab weder Beschädigungen am Schloss noch waren Stemmspuren an der Tür erkennbar – diese Zugangstür zum Haus hatte jedoch kein Siegel. »Über die Garage«, stellte Wenzel sofort fest, »über die Garage in den Keller und in die Wohnung. Gar keine großartige Sache. So kommt man in die Wohnung, und wer immer da rein ist, hatte einen Schlüssel. Die Fenster und Türen sind unbeschädigt.«

Schielin stand zerknirscht vor dem offenen Garagentor und sah den cremefarbenen Audi an. »So ein Mist.«

»Sollen wir rein?«, fragte Jasmin Gangbacher.

Schielin sah Lydia Naber fragend an. »Na klar, gehen wir rein … will den leeren Glastisch noch mal sehen und ich fress doch ’nen Besen, wenn da auf einmal eine Orchidee herumsteht. Und nichts anfassen, ja! Wer weiß, wo sonst noch dieses Giftzeug präpariert worden ist.«

Schielin bat Jasmin Gangbacher mit ihrem Smartphone zu filmen.

Der Glastisch stand blank und glänzend. Schielin hatte die Hände in den Hosentaschen und lief gedankenverloren herum. Etwas ärgerlich wandte er sich an Wenzel. »Das macht doch keinen Sinn, oder … die Orchidee mitzunehmen. Er hätte doch nur das Kuvert nehmen brauchen. Weshalb das ganze Ding? Das verstehe ich nicht.«

Wenzel knurrte Zustimmung, sah sich um und meinte mit zynischem Ton: »Gemütlich hat er es ja gehabt, der Herr Banger. Vielleicht wollte *De Siree* nicht, dass ihre Orchidee vertrocknet, kann ja sein, nicht wahr? Oder *Hil Degard*. Wer weiß, wer weiß.«

»Und schaut euch um. Nirgends etwas von Musik.«

Schielin deutete auf einen schwarzen Kasten. »Ich würde vermuten, er hat ein gewaltiges, digitales Musikarchiv. Das sieht man nichts mehr von Musik – keine Schallplatten, keine CDs mehr.«

Jasmin Gangbacher filmte und fragte: »Was machen wir jetzt?«

Schielin klang resigniert: »Wir gehen heim. Und diesmal versiegeln wir auch die Kellertür.«

Auf dem Display des Smartphones betrachteten sie noch mal den Glastisch mit der Orchidee. Jasmin Gangbacher zoomte so weit es ging. »Da lehnen am Übertopf ein Kuvert und eine Klappkarte mit einem Text – handgeschrieben, also eine persönliche Angelegenheit. Schade, dass die Aufnahme so schräg von der Seite gemacht wurde, denn für ein handschriftliches Gutachten wird es nicht taugen; aber vielleicht kriege ich es hin, zu entziffern, was da geschrieben steht. Ist ja nicht viel Text und schaut wie ein Reim aus, ein Gedicht – so kurze Zeilen.«

»Willst dich bei Kimmel einschmeicheln, oder was?«, moserte Wenzel.

Lydia nahm ihn mit hinüber zur Nachbarin. Sie wollte nicht alleine mit Frau Notze zusammentreffen.

Im Hof stand nach wie vor das Autowrack herum. Davor parkte heute ein Peugeot mit verblasster roter Lackierung mit Lindauer Kennzeichen und gültiger Zulassung. Der würzige Duft von Rauch hing in der Luft und unter einem der alten Bäume stand ein Grill. Einige Leute saßen auf Kisten herum. Frau Notze hatte das Geschehen am Nachbargrundstück fest im Blick und passte den Besuch schon an der Hofeinfahrt ab.

Wenzel marschierte schnurstracks an ihr vorbei in Richtung Grill. »Ja, das ist doch mal eine Überraschung, Herr Neigert, hallo, ich grüße Sie! Was machen denn die Gefühle so? Und Frau Jessica ist auch dabei. Wie geht's denn so beisammen?«

Jessica Notze spuckte auf den Boden.

Neigert langte zu ihr hin und zerrte zwei-, dreimal kräftig am Haaransatz über den Ohren. »Alte Sau!«

Sie schrie auf und schlug nach ihm.

So schnell und heftig die Szene entfacht war, erstickte sie gleich darauf wieder in sommerlicher Hitze und teilnahmslosen Gesichtern.

»Und, alles klar?«, sprach Wenzel.

Es saßen noch zwei junge Kerle dabei, die ihm den Rücken zugewandt hatten. Keiner von ihnen reagierte auf ihn und Neigert tat auch so, als gäbe es ihn nicht. Von hinten war die Stimme von Lydia zu hören, die mit der Notze redete.

Von den Typen hier würde er heute zu hören bekommen. »Na ja, dann noch einen schönen Abend allerseits«, verkündete er, blieb aber weiterhin stehen und sah schamlos auf die Gestalten, die stumm dahockten. Ihr Unbehagen war greifbar.

Wenzel war solche Situationen betreffend erfahren. »Herr Neigert – wenn ich mich recht entsinne, stand in Ihrem Ausweis ein anderer Wohnort. Sind Sie hier zu Besuch, oder wohnen Sie hier?«

»Besuch«, knurrte Neigert.

»Mhm. Besuch also.«

Das Ganze gefiel Wenzel nun gar nicht. Die Nähe dieser Typen zur Wohnung Martin Bangers.

Auf dem Rückweg zum Auto erzählte er Lydia Naber von den beiden, wie er sie am Freitagabend an den Bahnhofsbaracken angetroffen hatte.

Lydia Naber blieb stehen. »Diese kleine, bösartige Schlampe. Gibt's das auch … und überhaupt, dass die schon wieder draußen rumläuft.«

»Was war mit ihr?«

Lydia Naber schüttelte die Hand. »Puh. Die hat's faustdick hinter den Ohren. Hat ihrem Typen ein Messer in die Seite gerammt. Nur knapp am Herzen vorbei.«

»Und ich hab davon gar nichts mitbekommen?«

»Ich glaub', du warst auf Lehrgang oder im Urlaub, weiß nicht mehr genau. Ich kenne die Kleine von früher her. Sexueller Missbrauch und so … die Notze ist anschaffen gegangen, erst in Stuttgart, dann kam der Abstieg … Ulm … und zuletzt Friedrichshafen.«

Sie standen auf der Straße und sahen sich ein paar Sekunden lang an.

»Hat die früher schon mal mit Trickdiebstählen zu tun gehabt?«, fragte Wenzel.

»Ist mir nicht bekannt und du sagst ja, in der Akte gibt's nichts darüber.«

»Nein, gar nichts. Ich bin der Meinung, die räumen die Leute aus und haben für das Zeug ein Depot auf der Insel eingerichtet, irgendwo da hinten bei den Baracken am Bahnhof, in der Nähe vom Wiedemann. Ich habe den Neigert und sein Liebchen komplett durch die Fahndung laufen lassen – auf keinen von beiden ist ein Auto zugelassen. Aber die alte Kiste da drüben ist ja noch fahrbereit. Da wird einer von den zwei Gepiercten wohl den Fahrer machen. Ein richtig flottes Familienunternehmen. Gefällt mir nicht, dass die so nah am Banger waren.«

Schielin wartete zusammen mit Jasmin Gangbacher am Auto vor Bangers Haus und konnte sich nicht erklären, was die beiden da so lange zu bereden hatten.

»Du denkst das Gleiche wie ich, nicht wahr«, stellte Lydia Naber fest.

Wenzel nickte. »Dieses Luder würde eine perfekte *De Siree* abgeben, oder eine *Hil Degard*. Der Neigert als staatlich geprüfter Zuhälter passt auch dazu … überhaupt die ganze Bagage. Aber wir haben keine Handhabe und können deren Hütte nicht so einfach nach einer Orchidee durchsuchen. Ich glaube auch nicht, dass wir sie finden würden.«

Wenzel marschierte, gleich nachdem sie zurück auf der Dienststelle waren, hinüber zu den Kollegen der Polizeiinspektion und hinterließ die Nummer des roten Peugeot, mit der Bitte ihn zu verständigen, wenn die Kiste irgendwo auf der Insel gesichtet würde.

»Zu jeder Tages- und Nachtzeit, oder nur zu Bürostunden?«, fragte der Kollege bissig.

Wenzel ließ es unbeantwortet.

Vater war ihr nicht aus dem Sinn gegangen. So viele Erinnerungen. So viele. Die Art und Weise, wie er die Tage lebte, in denen das Regelmäßige, die Abfolge von Gewohntem eine so große Rolle einnahm. Im Laufe ihres erwachsenen Lebens war ihr bewusst geworden, dass diese Rituale seinen Alltag unproblematischer machten. In ähnlicher Form begegneten sie ihr im Umgang mit Anna – Kinder sprachen auf Rituale an und akzeptierten sie. In manchen Dingen hatte ihr Vater ein kindliches Verhalten bewahrt.

Als es still geworden war am Abend und der Himmel und Anna im Bett lagen, hatte sie sich auf die Liege im Garten begeben. Im Gras daneben stand ein Glas Rosé, mit einem feinen Film Wasserperlen, der an der Außenwand ansetzte. Sie nahm einen Schluck, schloss die Augen und atmete tief aus.

Es war gut so, wie es war.

Sie dachte an das neue Haus, den großen Garten, von dem sie schon wusste, wie sie ihn einteilen wollte. Der alte Apfelbaum sollte stehen bleiben, die Staudenbeete würden von Buchsreihen gefasst sein und nach Süden hin musste der Blick auf den See und die Berge frei bleiben. Es war die richtige Entscheidung gewesen und ab dem Augenblick, da sie so entschieden hatte, war sie emotional noch ein weiteres Stück freier geworden. Norbert würde die Sache jetzt in die Hand nehmen. Er hatte mit einem Anwalt gesprochen. Das war gut so, dass er endlich aktiv wurde.

Sie lächelte. Es entsprach so gar nicht seiner Natur, sich zu positionieren. Wie konnte er nur seinen Beruf so erfolgreich bewältigen, so konfliktscheu, wie er war. Sie nahm noch einen Schluck und spürte der sommerlichen Wärme auf ihrer Haut nach.

Diese Sommer. Diese Sommer am See. Vergangenheit. Eine Sommerfamilie waren sie, die ihre Geburtstage im

Sommer feiern konnten – Mutter, Vater, sie selbst. Es war warm, wenn gefeiert wurde. Diese Wärme war fühlbar, wenn sie diese Feste erinnerte. Bilder tauchten vor ihr auf, Geschichten, Dinge, die passiert waren – Skurriles, Lustiges, Trauriges, wie es eben geschieht und in einer Familie forterzählt wird, bis alle gestorben waren, die daran Teil oder Erinnerung hatten. Was konnte sie weitertragen, und an wen? Es gab nur Anna. Es gab nur noch Anna, der sie sich mitteilen konnte, über das, was gewesen war. Ihr Herz war so warm wie die Luft im Garten, als sie an ihr kleines Glück dachte.

Wenn sie im neuen Haus wären, sie und Anna, dann würde sie ihr erzählen. Sie würde ihr von der Vergangenheit erzählen. Sie nahm einen Schluck vom Rosé und schüttelte den Kopf. All diese Vergangenheit. Sie war noch gar nicht so alt und hatte schon so viel Vergangenheit. Wie sollte man damit nur zurechtkommen? Alles von dieser Vergangenheit würde sie Anna nicht erzählen können.

Fluchtweg

Schielin fühlte während der Nacht das Alleinsein im Haus. Anders als geplant, hatte er keine Musik gehört, sondern war bis in die Dunkelheit hinein mit anderen Dingen beschäftigt gewesen. Der Zaun an der Weide musste ausgebessert werden, Ronsard erhielt einen neuen grünen Leckstein, der nun an der Seite der neuen Quaderraufe hing; Ronsard mochte die grünen, die eigentlich für Kühe bestimmt waren. Die zwei Handvoll Leinsamen mit Sonnenblumenkernen hatte er gierig aus der Handhöhle geschleckt. Die zwei Friesen hatten noch genug vom hellen Siedestein. Albin Derdes hatte nicht lange auf sich warten lassen und es gab später noch ein Bier vor dem Haus. Derdes blies genüsslich den Zigarettenrauch in den Abendhimmel und Schielin schnupperte nicht weniger sinnenfreudig den Rauchwolken nach. Mit der Dunkelheit war der würzige Geruch von sattem Gras vom Boden her aufgestiegen. Nur allmählich war die Hitze gewichen und die Luft füllte sich mit dem hell sägenden Zirpen der Feldgrillen.

Ein unruhiger Schlaf hatte ihn dann durch die Nacht begleitet. Noch vor der Morgendämmerung war er aufgestanden, um Kaffee aufzubrühen und dem Klacken des Sekundenzeigers in der Küche zuzuhören. Seine Gedanken waren bei Marja und der Verwandtschaft in der Schweiz. Jetzt bereute er es doch ein wenig, nicht mitgefahren zu sein.

Ein erstes, noch mattes Hell ließ die Konturen der Bäume hervortreten und er machte sich auf den Weg zur Weide. Ganz hinten, im Dunkeln des Waldrandes waren die zwei Gestalten der Friesen auszumachen, die nah beisammen und mit gesenkten Häuptern dastanden. Er suchte die Weide nach der hellen Mehlschnauze Ronsards ab, die dem Vieh in jeder dunklen Umgebung die Deckung missraten ließ.

Nichts.

Schielin rieb sich die Augen, fokussierte den alten Birnbaum und machte das Gatter auf. Die Friesen schnaubten und kamen mit müden Schritten auf ihn zu. Er tätschelte sie und rieb ihre Nasenrücken. Ihre Körper strahlten Wärme ab und es tat gut sich anzulehnen.

Ronsard aber blieb verschwunden.

Schielin atmete zwei-, dreimal durch und ging mit schnellen Schritten den Zaun ab. Da war keine Schwachstelle zu erkennen. Wie auch. Schließlich hatte er am Abend zuvor alles kontrolliert – gerade weil er so ein komisches Gefühl gehabt hatte. Er rief ein paar Mal laut in die Morgendämmerung, klapperte mit dem Holzstock an der Raufe – ohne Erfolg.

Er stand auf der Weide und starrte den Zaun an. Wie war Ronsard da nur drübergekommen? Unvorstellbar. Dieser massige Körper auf den dünnen Füßen. Herrje! Er suchte die weitere Umgebung ab und war schnell vollständig durchgeschwitzt.

Drüben bei Albin brannte schon Licht in der Küche.

Wo sollte er suchen? Er legte die Wege fest, die er abfahren wollte – Motzach, Weißensberg, Streitelsfingen, von dort in Richtung Hangnach und dann ins Ländle rüber. Dahin hatten sich Ronsards Ohren bei ihrer Wanderung in verdächtiger Weise ausgerichtet. Aus der Umgebung von Hörbranz oder Lochau war es gekommen – das Etwas, das Irgendwas, das Verdächtige! Er ahnte schon, worum es sich handelte.

Albin Derdes hatte mitbekommen, dass etwas nicht

stimmte, als er Schielin draußen herumspringen sah, und ließ sich nicht davon abbringen mit ins Auto zu steigen, um nach Ronsard zu suchen.

»Und der Zaun ist wirklich in Ordnung?«, fragte Derdes, nur dass etwas gesagt war. Es war das dritte Mal.

»Jaa! Wie oft willst du noch fragen!«, antwortete Schielin genervt.

Er war sich nicht sicher, ob es nicht besser wäre, die Kollegen der Polizeiinspektion zu verständigen. Schließlich war ein ausgewachsener Esel eine Gefahr, wenn er auf der Straße herumtrollte. Und wenn er über den Weidezaun gekommen war, dann würden ihn fahrende Autos nicht schrecken. Er steuerte das Auto in Richtung Autobahn. Das bereitete ihm die meisten Sorgen – die Autobahn.

Er nahm das Handy zur Hand und zögerte noch. Was würde nicht für ein Gewieher und Gemecker über den Funk laufen, wenn erst die Meldung raus war, die Lindauer Polizei suchte einen Esel. Jesus – er konnte es sich gut vorstellen. Er telefonierte trotzdem. Das war nun auch egal.

Derdes zeterte herum und suchte die Flecken jenseits der Straße mit seinen Blicken ab. »Ja so ein Kerle, so ein Kerle, der … aber na gut, die Weiber halt … die Weiber.«.

»Bist du dir da so sicher?«, fragte Schielin, »mit den Weibern?«

»Ja, und wie sicher ich mir da bin, ha!«

Sie fuhren die Hangnach ab. Derdes richtete sich im Sitz auf und deutete auf ein Waldstück. Schielin bremste und sah hinüber. »Ich seh da nix! Was ist da?«

»Nein, da ist ja auch nix … nicht mehr … mir ist nur eingefallen, dass da hinten drin das Pusztalo war … ja mei, o mei, o mei … war'n des Zeiten. Ja verreck. Des ging ja heut gar net mer.«

Schielin gab wieder Gas. »Mensch! Auf Zeug kommst

du.« Nach einer Weile fragte er: »Du warst im Pusztalo unterwegs, du!? In dieser wilden Spelunke!?«

»Ah, nur so halt ein paar Mal. Au weh, au weh ...«

Über Rickenbach fuhr Schielin hinüber ins Vorarlbergische. Die Sonne war inzwischen über die Berge gekommen und nur Bregenz lag wie jeden Morgen lange im Schatten. Weit und breit war nichts von Ronsard zu entdecken.

*

Lydia Naber hatte wider ihre Erwartung gut geschlafen und war früh auf der Dienststelle erschienen. Zu ihrer Überraschung sah sie in Kimmels Büro schon Licht. Was wollte denn der schon da?

Sie ging hinein, wünschte einen guten Morgen und fragte, wann das neue Dienstauto geliefert würde. Sie wollte ihm mit etwas Unverfänglichem und Freudigem in den Tag leiten. Der neue Wagen – mit Lendenwirbelstütze und allem Pipapo – schien ihr dafür geeignet zu sein.

Kimmel hatte mürrisch über Papieren gehockt, kurz aufgesehen und sie giftig angefahren: »Ja, was weiß denn ich!? Für so was hab ich nun grad wirklich keine Zeit!«

Sie zog die Tür vorsichtig zu, wünschte nicht minder vergiftet »einen schönen, sonnigen Tag noch, auch im Herzen«, und ging hinaus, um aus dem Auto die Tasche mit den Geschirr- und Handtüchern für den Sozialraum zu holen, die sie zuvor vergessen hatte. Zwei Uniformierte kamen ihr mit dem Streifenwagen entgegen. Der Fahrer ließ die Seitenscheibe herunter und grinste sie an: »Guten Morgen, Lydia. Wir suchen einen Esel.«

»Ja super, da brauchst gar net weit fahr'n«, sie deutete auf ihr Dienstgebäude, »da gehst rein, im Gang gleich die erste Tür links, da hast ihn, deinen Esel.«

Zornig ging sie weiter. Der Fahrer rief ihr nach: »Was bist denn so schlecht gelaunt an so einem herrlichen Sommermorgen … es ist übrigens dem Conrad sein Esel, gell! Des interessiert dich doch, oder?«

»Ronsard?!«, rief sie erschrocken und drehte sich um.

»Keine Ahnung, wie der heißt. Für uns ist ja die Personenbeschreibung auch wichtiger. Schwarz, fast so groß wie ein Pferd, und weiße Schnauze! So beginnen die Frühschichten doch angenehm!« Er lachte zum Seitenfenster hinaus und fuhr davon.

Lydia ging zurück ins Büro. Ronsard war also verschwunden. Was sollte sie tun? Vielleicht auch ein Auto schnappen und auf der Suche nach diesem schwarzen Teufel herumfahren? Nein. Sie würden ihn schon irgendwo auftreiben. Sie hockte sich an ihren Bürotisch und nutzte die Stille, um einige Berichte fertig zu schreiben und nachzudenken. Der Gedanke an Kimmel kam ihr wieder dazwischen. Was war nur los mit ihm? So fundamental schlecht gelaunt war er selten gewesen.

*

Johann Moder hatte miserabel geschlafen. Es war spät geworden am gestrigen Montagabend, der ihn zu einem Besuch nach Andelsbuch zur Verwandtschaft gebracht hatte. Auf dem Nachhauseweg dann der Halt in der Krone in Eichenberg, weil das Auto von Alfons, seinem Nachbarn, dort geparkt war. Daran konnte er sich noch genau erinnern. Alles andere erschien ihm verschwommen und ungenau.

Das Geklapper, das aus der Küche zu hören war, hatte ihn geweckt. So störend und unangenehm waren die Geräusche selten vom Erdgeschoss bis herauf ins Schlafzimmer gekommen. Seltsam. An manchem anderen Tag hätte er es doch auch hören müssen.

Seine Frau hatte ihn liegen lassen und bereitete das Frühstück. Er stieg nicht wie gewohnt in einem Schwung aus dem Bett, sondern richtete sich erst einmal an der Bettkante auf und fühlte in sich hinein, ob alles in Ordnung war. Die pochenden Kopfschmerzen stellten sich sofort ein und quälten ihn. Er stand langsam auf, ging hinüber ins Bad und machte sich fertig. Ärger machte sich in ihm breit, als er danach langsam die Treppe hinunterstieg. Wie alt musste man nur werden, um klug zu werden.

Seine Frau stellte ihm wortlos die Kanne mit Kaffee hin. Er trank eine Tasse, ließ das Brot unberührt stehen und ging dann hinaus, wo er langsam den Handwagen mit Futter belud und sich dann wie jeden Morgen auf den Weg hinüber zur Weide machte. Es war noch nicht so heiß. Am Holzzaun angekommen, lud er die Eimer mit dem Schrot ab, lehnte sich an den Zaun und sah zufrieden auf die Weide. Die Pferde gingen neben den Kühen so nebenbei mit. Er selbst konnte dem Reiten nichts abgewinnen, doch für seine Frau und die Töchter war es unverzichtbar.

Aber er hatte sich etwas anderes gegönnt, was auch so nebenbei mitging – seit zwei Monaten stand eine Eselin auf seiner Weide. Eine graue, mit einem schwarzen Kreuz auf dem Rücken, so wie er sich das immer gewünscht hatte. Er sah aus engen Augen hinauf, vorbei an den Obstbaumreihen und suchte seinen neuen Schatz … etwas stimmte da nicht. Er atmete mehrmals tief ein und aus, sah zur Seite auf den dunklen Waldrand, drehte sich um und schaute auf den See, der da vor ihm lag – silbern und still. Ein Dampfer schnitt eine Spur in die blanke Fläche. Die Wellen hinter ihm breiteten sich wie ein überdimensionaler Fächer aus. Die Ufer lagen dunkel.

Die Augen waren nun ausreichend beruhigt. Er drehte sich um und sah wieder die Weide hinauf. Ja – so viel konnte er gestern doch nun wirklich nicht getrunken haben! Da standen zwei Esel! Er blinzelte. Es waren zwei Esel. Nein, er sah auch nicht doppelt. Neben seiner schönen grauen *Sina* stand ein großer schwarzer Esel, ein rechter Prackl. Viel größer als die seine. Die beiden grasten friedlich und ließen sich durch seine Anwesenheit nicht stören. Er sah hinüber zum Hof, wo die Sonne noch nicht angekommen war und das alte Anwesen im Schatten lag. Er strich sich über die Augen, fühlte einen leichten Schwindel, sah wieder hinauf – zwei Esel.

Seine Frau weigerte sich das Telefonat zu führen. Mehrfach hatte sie ihn gefragt: »Bist du sicher? Bist du wirklich sicher – zwei Esel?« Aber in ihrer Stimme war nichts wirklich Forschendes, eher etwas unterdrückt Belustigtes. Sie hatte es einfach so dahingesagt und der Klang ihrer Stimme verriet, wie wenig sie es im Grunde interessierte, ob nun ein Esel auf der Weide stand, oder zwei, oder drei. Sie empfand Schadenfreude über seinen Zustand, wie er am Küchentisch hockte, wie ein Frierender. Wie hieß es richtig: *Den Säufer und den Hurenbock, den friert es auch im dicksten Rock!* Recht so. Sollte er nur den Tag über frieren, mitten im Sommer.

Johann Moder war zu müde zum Streiten. Vorgestern erst war es schier zum Streit gekommen, weil er die Gardinenstangen in der Küche umsetzen sollte. Nach über zwanzig Jahren wollte sie mit einem Mal andere Gardinen in der Küche. Ihm hätten die alten noch gut getaugt. Aber was sollte es – er setzte die Gardinenstangen neu an und war gespannt auf das, was da kommen wollte.

Dieser schreckliche Laden auf der Lindauer Insel mit den

vielen bunten Stoffen war schuld. Wie ein Honigtopf die Bienen, zog er die Frauen an und machte sie verrückt. Stundenlang – gefühlt stundenlang konnten sie in diesen engen Gängen stehen und Stoffballen herumwälzen. Furchtbar. Man konnte sich kaum rühren vor Stoffrollen und in Trauben hingen sie in den Ecken und um die Nähmaschine gleich links vom Eingang und führten Fachgespräche.

Nun gut. Gleich daneben war eine passable Wirtschaft, wo man gut aß und trank – Sünfzen hieß sie. Und die vielen Menschen in den schmalen Gassen auf der Lindauer Insel. Er erinnerte sich noch, dass er unter all diesen vielen Menschen der Einzige gewesen war, dem der Brunnen aufgefallen war, der, wie er inzwischen wusste, Sünfzenbrunnen hieß. Er hatte sich das runde Mauerwerk genau angesehen. Ein Gitter sicherte das Brunnenloch. Aus der inneren Mauer wuchsen Farne in hellem Grün, und sein eigenes Spiegelbild wackelte auf der Wasserfläche, etwa zwei Meter tief. Der schlichte runde Sockel hatte ihn fasziniert, wie ihn überhaupt Brunnen faszinierten, und wenn er über die Lindauer Insel lief, dann mochten andere mittelalterliche Häuser, Gassen und Winkel bestaunen – er suchte nach Brunnen. Und es gab viele, viele und schöne Brunnen, fast an jeder Ecke.

Na ja – dieses Wissen nutzte ihm im Moment nicht viel. Er schnaufte erschöpft aus. Sollte er die Polizei wirklich anrufen? Welche Fragen würden sie ihm stellen? Und – er war gestern mit dem Auto nach Hause gekommen. Das hatte er inzwischen überprüft; war dazu um den alten Peugeot herumgegangen und hatte – Gott sei Dank – keine Spuren finden können, die auf eine Karambolage hindeuteten.

Er atmete tief durch und wählte die Nummer der Bregenzer Polizeiinspektion. Nachdem ein Beamter abgenommen hatte, berichtete er möglichst sachlich, dass auf seiner

Weide zwei Esel stünden, wobei das Problem darin lag, dass er nur einen Esel besaß, genauer gesagt eine Eselin, seit zwei Monaten war sie da und sie dürfte bei der Polizei auch deshalb bekannt sein, weil die eine Nachbarschaft mit der Ferienwohnung sich polizeilich beschwert hatte, wegen des Geschreis, dass das graue Tier ab und zu von sich gab, worin Einbußen den Fremdenverkehr betreffend zu erwarten waren, und es deswegen schon einmal einen Ortstermin gegeben hatte, wobei sie aber nicht geschrien hatte.

Der Polizist lauschte der umständlichen Sachverhaltsschilderung ohne zu unterbrechen und auch als Johann Moder geendet hatte und sich den Schweiß von der Stirne wischte, gab es keinen Kommentar des Beamten.

»Hallo?«, fragte Johann Moder in den Hörer.

»Ja, bin schon noch da«, kam ruhig die Antwort.

»Ja, und nun?«

»Ja was, und nun? Sie haben zwei Esel statt einem auf der Weide stehen. Was soll da die Polizei bitte machen, oder? Wenn Sie zwei Esel gehabt hätten und nun stünde nur noch einer da ... daraus wäre was zu machen, eh klar, oder? Aber so ... was sollen wir tun?«

»Ja, aber irgendwo muss der fremde Esel doch herkommen.«

»Ja, schon. Aber Esel müssen sich nicht polizeilich melden und wenn ihn jemand vermisst, dann wird er sich schon rühren.«

»Sie! Das ist kein Spaß von mir, es ist ernst. Ich habe Ihnen meinen Namen und Adresse gegeben. Sie können das gerne überprüfen.«

Der Polizist blieb ruhig. »Ich mache ja auch keinen Spaß und habe mitnotiert und jetzt warten wir erst mal ab. Seit wann ist der zweite Esel da?«

Johann Moder war die Pause peinlich, die entstand, weil

er wirklich überlegen musste. »Gestern … ich meine seit heute Morgen.«

»Gestern war es also noch ein Esel?«

»Ja.«

»Nun gut. Dann kann der zweite noch nicht so lange verschwunden sein. Also wie ausgemacht. Wir melden uns.«

Moder blieb noch eine Weile sitzen und ging dann wieder hinaus zur Weide. Der große schwarze Kerl, dessen weiße Mehlschnauze so signalisierend leuchtete, machte sich gar nicht so schlecht und er vertrug sich gut mit den Pferden. Vielleicht war er es gewöhnt. Nun gut – dann würde er eben warten, bis sich jemand meldete.

Ein seltsamer Tag. Die Kopfschmerzen vergingen nicht. Sie wurden sogar ein wenig stärker, je höher die Sonne stieg. Zwei Motorflugzeuge kreisten fortwährend in elliptischen Bahnen über der Bregenzer Bucht. Das auf- und abschwellende Dröhnen wirkte zu seiner Verwunderung nicht störend, vielmehr beruhigend auf sein Gemüt.

*

Schielin rollte langsam die Straße in Richtung Norden. Die Kapelle Giggelstein lag schon weit hinter ihnen, rechts der Straße breitete sich das Lindenholz am Bergrücken aus und vorbei an Gwiggen und Leuttenhofen waren sie kurz vor Hohenweiler. Einige Zeit zuvor, am Ortsrand von Hörbranz, war ihnen ein Mann zu Fuß entgegengekommen. Schielin hatte angehalten, die Seitenscheibe heruntergekurbelt und höflich gefragt, ob er denn einen Esel gesehen hätte. Ihm selbst war die Frage so selbstverständlich gewesen, dass ihm nie der Gedanken gekommen wäre, man hätte sie falsch verstehen können. Vielleicht war es auch die Geste von Albin Derdes, der sich weit zur Fahrerseite herübergelehnt hatte, um freundlich und unterstützend aus dem Seitenfenster zu lächeln. Der Fremde ließ die Frage einen Augenblick wirken und Schielin sah, wie sich schnell sein zunächst offener Gesichtsausdruck zu einer ärgerlichen Miene wandelte, zu einer sehr ärgerlichen. »Ja seid's ihr zwei denn noch besoffen! Ich geb euch gleich einen Esel …!«, plärrte er los und machte ein paar Schritte nach links und nach rechts, so als wusste er selbst nicht mehr, wohin er eigentlich wollte. Wild gestikulierte er mit den Händen.

Schielin unterließ Erklärungsversuche, denn wenn er einen Esel gesehen hätte, wäre er sich nicht genarrt vorgekommen und hätte den Bezug herstellen können. Er nuschelte ein verlegenes »Tschuldigung« und fuhr langsam weiter. Albin Derdes machte ein unglückliches Gesicht und ließ nicht mehr als ein »Heidenei … Heidenei … Ah …« hören. So waren sie stumm dahingefahren.

Über die Begegnung mit dem Mann war Schielins Sorge um Ronsard weniger geworden und jählings wurde ihm der Fall Martin Banger wieder präsent. Während er die Weiden und Hänge absuchte, fing er mit Albin Derdes ein Gespräch an, erzählte von dem Toten und auch auf welche Weise er ums Leben gekommen war. Erst dabei war ihm bewusst geworden, wie sehr sein Nachbar auf die Suche nach Ronsard konzentriert war, denn er hatte von sich aus noch nicht eine Frage nach dem Toten gestellt. Das war ungewöhnlich.

»Na ja, was heißt kennen«, kam es von Albin Derdes, »wie es halt so ist, wenn man in Reutin wohnt. Da haben die ja lange gewohnt und da kann man sich nicht aus dem Weg gehen, gell. Aber kennen … nein, des net.«

»Auch nichts gehört … so?«, hakte Schielin nach.

»Mhm … die waren ja net so präsent, also ich meine in

die Vereine und so. Nicht im Liederkranz, bei den Narren auch net, in der Kirch' hab ich die auch nie gesehen, na ja, vielleicht waren sie evangelisch, oder gar überhaupt nichts, mhm … die Seine, die hat sich ja vor etliche Jahr umbracht …«

Das anschließende Schweigen veränderte die Stimmung. Albin Derdes war völlig abgewandt von dem, was ihn in der letzten Stunde bewegt hatte. Hohenweiler lag vor ihnen. Schielin wartete. »Was ist? Was beschäftigt dich so?«

»Na ja, die Seine, die hab ich gekannt, von früher her. Des war eine Lustige, viel leutseliger als er … ist schon seltsam, an was man alles nicht mehr denkt, gell. Aber jetzt, wo du mich fragst, da sind mir schon so die ein oder anderen Sachen wieder gekommen – hauptsächlich von ihr. Sie hat ja zur Verwandtschaft von meiner Erna ihrer Schulfreundin gehört und wenn dann so Geburtstage waren, runde, gell, da ist man sich schon auch begegnet. Es hat halt niemand so recht verstehen können, dass sie sich umbringe tut …«

»Mhm … das versteht man ja in den wenigstens Fällen …«

»Na ja, es ist halt gredet worre, danach …«

»Und was?«

Albin Derdes druckste herum. »Ja, wie des halt ist, wenn so was passiert. Do wird dann auch emol ein rechtes Zeug dahergredet … ein Schmarrn halt auch und viel Fantasie … du weißt schon.«

»Weiß ich eben nicht. Erzähl schon!«, forderte Schielin ihn auf.

»Ja, über ihn halt, und dass da nicht alles so war, wie es ausgschaut hat.«

»Also jetzt werd doch mal ein wenig genauer.«

»Also der Kuster Johann, der wo im Eishockey ist, den kennst du doch …«

Schielin rollte die Augen. »Eishockey!? Du, der Kuster Johann ist seit Jahren im Reutiner Altenheim.«

Derdes winkte ärgerlich ab. »Ha jooo! Aber als er des noch net war, ist schon etliche Johr her, da war der mit der Nonnenhorner in München. Über Nacht. Und da waren die unterwegs und so …«

Schielin schnaufte. Sollte er vielleicht wieder umkehren, oder die B308 nach Lindau fahren? »Ja und was war in München?«, fragte er nebenzu.

»Der Johann, der hat do den Kerle gsehn, den Banger …«

Albin Derdes wurde unterbrochen, denn Schielins Handy klingelte. Schon die ersten Worte brachten wieder Aufregung. »Wo!?«, fragte Schielin drei Mal in das Handy und schüttelte ungläubig den Kopf. »Ah, des gibt's doch net. Wie war die Anschrift?« Er wiederholte sie laut und Albin Derdes merkte sie sich. Schielin legte das Handy weg.

»Wo ist der Kerle, der!? Backenreute!? Da sind wir doch unterhalb vorbeigefahren.«

»Ja. Bei einem Bauer Moder. Der hat heut Morgen plötzlich zwei Esel auf der Weide stehen gehabt.«

Albin Derdes lachte. »No, der wird auch denkt ham, er hätt noch en rechte Aff im Gsicht.«

»Da fahren wir jetzt hin. Der Moder hat bei der Bregenzer Polizei angerufen und die dann bei den unsern … so geht's.«

»So geht's«, echote Albin Derdes vergnügt und lachte, »soso, die Liebe also.«

Schielin wendete und fuhr schnell in Richtung Süden. Eines durfte er nicht vergessen: Albin zu fragen, was der Kuster Johann denn so Außergewöhnliches bemerkt hatte, als er Martin Banger vor vielen Jahren in München gesehen hatte.

*

Jasmin Gangbacher saß mit müden Augen in der Morgenbesprechung. Drunten im Keller, am breiten Waschbecken des ED-Raumes hatte sie sich ein wenig frisch gemacht. Die alte Blechmatratze, wie das Ding in der Zelle genannt wurde, hatte ihren Bandscheiben nicht gutgetan, und die kratzige Decke hatte auch noch fürchterlich gestunken.

Die halbe Nacht hatte sie am Computer gesessen und vergrößert, gedreht, gedehnt, extrahiert und vektorisiert. Mit dem Ergebnis war sie leidlich zufrieden, aber es musste fürs Erste genügen. Endlich, mit einiger Verspätung, war die übliche Morgenrunde zusammengekommen, nachdem Conrads Esel wiederaufgetaucht war. Sie wäre gerne nach Hause gegangen, um sich endlich in ein bequemes Bett zu legen, aber daran war überhaupt nicht zu denken. Schon gar nicht bei der Stimmung, die Kimmel zurzeit hatte.

Die Sache mit der Orchidee wurde eingehend diskutiert und als sie an der Reihe war, nahm sie ihr Blatt Papier auf. »Bevor ich auf die nette Familie Notze-Neigert eingehe, erst einige Infos zu dieser Postkarte, die bei der Orchidee stand. Ich habe aus dem Foto tatsächlich etwas herausholen können. Nichts Besonderes, wie ich meine, aber immerhin. Auf der rechten Seite hatte folgender Text gestanden.«

Ihre Stimme senkte sich, als sie vorlas:

»Ich lasse meine grosse traurigkeit
Dich falsch erraten um dich zu verschonen
Ich fühle hat die zeit uns kaum entzweit
So wirst du meinen Traum nicht mehr bewohnen.«

Beim letzten Satz hatte sie Kimmel angesehen und erntete einen verständnislosen Blick, der zeitweise ins Strafende abglitt. Er knurrte etwas Unverständliches und formte mit seinen Lippen seltsame Mienen. Was war nur mit ihm los?

Er war zwar genauso knurrig wie sonst auch, aber viel introvertierter und zurückgezogener.

Sie traute sich ihm gegenüber etwas grätzig zu sein: »Ja, ich lese das ja nur vor, es ist doch nicht von mir!«

Schielin machte mit einer Handbewegung deutlich, dass er das Papier haben wollte. Er las den Text und murmelte die Sätze vor sich hin. Die andern schwiegen und hörten zu.

»Ein Gedicht, würde ich sagen. Es kommt mir aber überhaupt nicht bekannt vor.«

»Traurige Angelegenheit«, meinte Lydia Naber, »... *so wirst du meinen Traum nicht mehr bewohnen* ... das war aber kein freundlicher Blumengruß, das ganz sicher nicht. Wenn ich das so höre, dann kommt es mir eher ablehnend, zurückweisend vor. Ich könnte mir wirklich Herzerweichenderes vorstellen. Wenn ich so etwas bekommen würde, bräuchte ich erst mal einen Schnaps.«

Gommi meldete sich: »Na, do hot doch eine Schluss gmacht, oder? Die Domina Hildegard vielleicht ... denn – so traurig wie des klingt, kann des doch die mit den Rüschen net gwäse sei, oder? Wobei eine Domina ist ja nun auch net so richtig traurig, gell!« Er lachte kurz und erntete strafende Blicke dafür. Niemand ging auf seinen Beitrag ein.

Wenzel richtete sich an Jasmin Gangbacher: »Wo wir gerade bei den Damen sind – wie schaut es denn mit De Siree und Hil Degard aus, gibt es schon Neuigkeiten?«

»Nein. Immer noch nicht. Das läuft über die im LKA.«

»Diese Orchidee ...«, lenkte Schielin das Gespräch wieder zurück, »die hat sich der Banger nicht selbst gekauft, so viel steht fest. Es war ein Geschenk, samt der Postkarte mit diesem Text. Und es war für einen Unbekannten von solcher Bedeutung, dass er beides aus der Wohnung geholt hat – und dieser Unbekannte hatte einen Schlüssel zur Wohnung –, nichts war aufgebrochen. Es gibt also jemanden, der uns noch nicht bekannt ist und der einen Schlüssel zur Wohnung besitzt. Die Tochter sagt, sie hätte keinen, die Putzfrau hat ihren abgegeben, Bangers Schlüssel haben wir ... die Nachbarschaft? Familie Notze – bisher haben wir keinen Anhaltspunkt, die sie mit Banger in Verbindung bringt.«

Er blickte fragend in die Runde und fand ratlose Blicke vor.

*

Nach der Besprechung telefonierten sie die Kontaktdaten ab, die Jasmin Gangbacher aufbereitet hatte. Wenzel übernahm die Geschäftskontakte, Schielin und Lydia Naber diejenigen aus der Gruppe *Privat*.

Danach durchforstete Schielin die Mails. Er überflog die Inhalte und stieß bei den letzten Blättern auf einen interessanten Schriftwechsel zwischen Banger und Friedemann Hauser. Aus den Mails, die im Ton durchaus höflich gehalten waren, ging hervor, dass Martin Banger gar nicht mit der Funktion Hausers in der Stiftung einverstanden war. Zu Schielins Überraschung schlug Banger seine Tochter als Geschäftsführerin der Stiftung vor. Das war nun wirklich neu. Weshalb hatte Hauser davon nichts erwähnt? Und Silvia Sahm war darauf auch nicht zu sprechen gekommen.

Lydia Naber nahm die Information zur Kenntnis, wusste aber auch nicht sie einzuordnen.

»Frauen, Frauen, Frauen«, murmelte Lydia Naber, »bis auf Hauser, Wernberger und einen Doktor Schröck nur Frauen.

Das war ein *Womanizer*, dieser Banger, wusste ich es doch«, sagte Lydia Naber nach dem letzten Telefonat.

Schielin kniff die Augen zusammen. Er wirkte skeptisch.

Lydia Naber setzte grinsend nach: »Jaja – der wäre nie mit einem Esel auf Wanderschaft gegangen.«

Er lachte auf. »Ha! Ja darauf … genau darauf habe ich jetzt gewartet! Genau das … genau das hat meine Frau nämlich auch gesagt. Das finde ich nun wirklich interessant! Ihr folgt beide dem gleichen Gedankenstrang und er verleitet euch zur gleichen Aussage – der gleichen Einschätzung über Martin Banger. Das finde ich gelungen.«

»Ist doch so – von wegen verleitet …«, sagte sie selbstsicher.

Er hob den Zeigefinger und wackelte damit – ganz im Wissen, wie sehr sie diese Geste hasste. »Nein, nein, nein, nein, nein! Eben nicht! Es geht hier nicht um mich, und um die Tatsache meines Faibles für einen bockigen französischen Esel. Es geht darum, wie perfekt Banger ein Bild von sich selbst produziert hat. Du selbst sagst, nachdem du seine Wohnung gesehen hast: ohne Individualität, keine persönliche Note, et cetera … et cetera. Wie kommst du zu deinem Urteil – noch dazu nach einem Vergleich mit mir!? Ich will es dir sagen: weil Martin Banger seine Außenwirkung perfekt inszeniert hat. Alle Frauen, mit denen ich telefoniert habe … durchweg Fans von ihm. Von seinem Ableben zutiefst ge- und betroffen natürlich. Aber nirgends taucht eine echte, wirkliche Frau auf. Ich will es mal brutal ausdrücken: Seine hat sich umgebracht … das ist die Wirklichkeit. Worauf ich also hinauswill – am Bild von Martin Banger, so wie er es von sich selbst erzeugt hat, daran stimmt etwas nicht!«

Sie sah ihn schelmisch an. »Deine Sinne fangen ganz schön das Hüpfen an, wenn man deinem Eselchen zu nahetritt. Es war gut, was du da gesagt hast – das Bild, das Martin Banger von sich selbst erzeugt hat. Da ist was dran.«

Schielin sprach weiter: »Das passt doch hinten und vorne nicht zusammen. Diese heile, feine Welt mit dem Kulturengagement, die gut gehende kleine Firma. Es wird nur das Beste geredet, man gibt sich erschüttert …«

»… und dann liegt er mit einem Mal vergiftet im Park«, ergänzte Lydia Naber.

»Eben. Ich komme von diesem Suizid nicht los. Da findet man seine Frau plötzlich mit durchschnittener Kehle im Keller … im Waschraum.« Schielin wedelte mit der Akte.

»Ich habe reingesehen«, sagte Lydia Naber und hielt die Hand vor den Mund, »ekliger Tatort. Passt auch nicht zur kriminalistischen Erfahrung. Klassischerweise wären Tabletten die erste Wahl gewesen, danach kommt bei Frauen Erhängen … das Ertränken ist nicht mehr sonderlich in Mode.«

»Was kann passiert sein, dass eine Frau in den Keller geht und sich auf diese Art und Weise umbringt. Keine Vorbereitungshandlung im weitesten Sinne, so wie es mit Strick und Tabletten durchaus erforderlich ist. Schnell, radikal, brutal. Ohne Abschiedsbrief.«

»Mhm. Stimmt. Meinst du, wir sollen da noch mal ansetzen? Das wird aber eine heftige Sache, denn es gibt ja nur noch die Tochter.«

»Ja – es gibt nur noch die Tochter. Das hast du schön formuliert. Vorher noch die Pflichttermine beim Notar. Es würde mich nicht wundern, wenn ich da hinkomme und treffe wieder auf das runde Bild von Martin Banger – sauber, ordentlich, geschäftlich erfolgreich, kulturell engagiert. Perfekt, wirklich perfekt. Der Einzige, der bisher ein wenig spröde war, ist doch dieser Neisser, der Kompagnon von Banger. So ist es jedenfalls rübergekommen, was

Robert erzählt hat. Den müssen wir uns auch wieder vornehmen.«

Lydias Augen wurden schmal und ihre Stimme leise: »Du meinst also, hinter diesem Perfekten, da hat er was versteckt?«

»Das muss doch so sein! Vor sechs Jahren schneidet sich aus heiterem Himmel seine Frau den Hals durch, jetzt liegt er vergiftet im Lindenhofpark ... es geht nicht um Geld. Das Ganze sieht mir nach einer Art Rache aus – es geht bei diesem Fall um große Gefühle. Die Wirkungsweise dieses Giftes! Er hat mitbekommen, was mit ihm geschieht, ist dabei umgeben von Menschen – kann sich aber nicht mehr mitteilen. Mir ist ganz anders geworden, als ich mir vorgestellt habe, wie der Täter da mitten im sommerlichen Glück des Lindenhofparks steht, ganz in der Nähe seines Opfers, und ihn beobachtet, sich ihm vielleicht noch zu erkennen gegeben hat. Ich bin überzeugt, es muss da was sein, was wir bisher entweder übersehen oder noch nicht gesehen haben! Und dann dieses eigenwillige Gedicht von der Traurigkeit und dem Traum. Das hat doch eine Bedeutung. Es geht um ein vergangenes Glück.«

Lydia wiegte den Kopf. »Okay – Gefühle hin oder her –, zuerst erledigen wir die Pflichttermine, dann fangen wir mit Banger noch mal von vorne an.« Sie kramte in den Papieren auf ihrem Schreibtisch und zog eine Plastikfolie hervor. »Das hier lag in seinem Auto, einfach so auf dem Beifahrersitz, was gar nicht zum akkuraten Abhefte- und Ordnertyp Martin Banger passt: eine Hotelrechnung, eine Übernachtung – und eine Quittung für ein Abendessen für zwei Personen im Restaurant. Ich ruf da mal an, Sheraton Dornbirn, auch wenn es am Telefon nicht viel Informationen geben wird. Unter Umständen wird es eine kleine illegale Dienstreise.«

Schielin schnaufte resigniert aus. Was sollte nun das wieder? Sheraton Panoramahaus in Dornbirn. Aus welchem Grund sollte Martin Banger, der nur eine gute halbe Stunde entfernt wohnte, dort übernachten? So nah – und doch so weit, weit weg.

Er fragte: »Aus welchem Grund sollte Martin Banger eine Beziehung so geheim halten, dass er sich in Dornbirn mit ihr trifft – und nicht bei sich zu Hause in Achberg? Ich verstehe das nicht! Diese Geheimnistuerei mit *De Siree* und *Hil Degard* – die hatte er doch gar nicht nötig?«

»Wir werden's bald wissen«, nuschelte Lydia Naber und tippte weiter auf der Tastatur.

»Hast du schon die Fingerabdrücke von dieser Rechnung genommen?«, fragte Schielin.

Sie sah überrascht auf. »Meinst du, das bringt was? Das Ding wird von Tatschern nur so übersät sein.«

»Wir haben so wenige objektive Spuren – ich würde es machen.«

»Kein Problem, wird erledigt. Ach ja, und noch was – dieser seltsame Text, ich habe ihn vorhin gegoogelt … *ich lasse meine große Traurigkeit* und so … es handelt sich um ein Gedicht von Stefan George. Schon mal was von dem gehört? War ein seltsamer Kerl, was ich so über ihn lese.«

Schielin war beschäftigt und sprach ohne Engagement: »Mhm. George … sagt mir schon was.«

Sie ließ ihn in Ruhe.

Das Gedicht von Stefan George beschäftigte sie und sie recherchierte weiter. George war ganz besonderer Zeitgenosse gewesen. Einer, der aus seiner Verachtung für das Alltagsleben der Durchschnittsbürger keinen Hehl machte, und es fertigbrachte, einen Kreis von Verehrern und Gleichgesinnten um sich zu scharen. Eine Gruppe, die sich als elitär empfand und die in beinahe kultischer Weise der

Schönheit des Geistes und der Sprache huldigte. George selbst entwickelte seine Sprache zu einer Kunstform und versteckte hinter dem ganzen Brimborium eines selbst ernannten Geistesadels auch sein Faible für die besondere Ästhetik, die junge, männliche Körper auf ihn ausübten. Diese Aura des Mysteriösen und Isolierten – sie passte zu diesem Fall und zu Martin Banger, fand sie, je länger sie darüber nachdachte. Diese Zurückgezogenheit, das ausgesucht Edle, mit dem sich Martin Banger umgab, die Zugewandtheit zu den schönen Künsten. Kein Wunder, dass ausgerechnet er ein Gedicht von Stefan George erhalten hatte. Nur – von wem stammte es und weshalb war es wieder verschwunden, samt der Orchidee?

*

Wie erwartet, erhielt er auch von Notar Wernberger das gleiche Bild von Martin Banger vermittelt und ließ es schnell sein, Fragen in diese Richtung zu stellen. Er wollte wenigstens etwas über die Stiftung erfahren: »Wie transparent ist denn so eine Stiftung?«

Wernberger lächelte hintergründig. »Na ja. Wenn man sich das Stiftungswesen so ansieht, dann erstaunt es schon, wie hermetisch, fragmentiert und intransparent die Branche ist. Stiftungen und Transparen – die zwei Begriffe harmonieren nicht so recht.«

»Wie funktioniert das denn generell mit einer Stiftung?«

»Nun ja, eine Stiftung professionell zu führen, ist eine teure Angelegenheit. Es braucht eine Geschäftsstelle, Stiftungsräte und Berater. Sollte eine Stiftung gemäß ihrer Satzung nur jenen Kapitalertrag, den das Stiftungsvermögen generiert, antasten – bei fünf Millionen Euro sind das zurzeit vielleicht hunderttausend Euro pro Jahr – bleibt nach

Abzug der Stiftungskosten oft nicht mehr viel für die Förderung übrig. Ich habe mich schon früh mit dieser etwas exotischen Thematik befasst und die Szene etwas irritiert, indem ich dafür plädierte, keine kleinen Stiftungen zu gründen, sondern Zustiftungen zu machen oder einer Dachstiftung beizutreten. Aber vielen Stiftern geht es um das Fortleben ihres Namens, ihrer Person in der Aura einer Stiftung.«

»Das erscheint mir nachvollziehbar. Woher kommt eigentlich diese Stiftungsidee?«

»Aus dem Mittelalter, genauer gesagt: aus dem christlichen Mittelalter. Persönlichkeiten beschlossen, schlechtes Gewissen mag nicht selten ein Antrieb gewesen sein, einen Ablass vor Gottes Gnaden zu erwirken, indem sie Armen und Kranken von ihrem Vermögen gaben. Und so gründeten sie eine Stiftung, die auf Ewigkeit angelegt sein musste. Dieser Ewigkeitsgedanke hat sich bis in unsere säkulare Zeit hinübergerettet, woraus sich die strategische Formulierung ergibt, dass die Stiftung die Erträge des Vermögens verwenden soll. Das Vermögen selbst ist damit unantastbar. Und schon sitzt die Stifterperson in der Falle.«

»Was meinen Sie damit, in der Falle sitzen?«

»Ja nun. Wem nützt denn die Ewigkeitskonstruktion? In erster Linie nützt sie Vermögensverwaltern und Beratern, die mindestens zu Marktpreisen bezahlt sein wollen. Wenn diese auch noch in den Stiftungsräten Einsitz haben, graben sie einen Teil der Erträge regelrecht ab. Und das ist doch genau nicht der Sinn der Stiftungsidee, oder? Der Wille des Stifters ist es doch, eine gesellschaftlich relevante Lücke zu füllen und für ausgewiesene soziale und kulturelle Bedürfnisse aufzukommen. Im Grunde genommen hielte ich es für sinnvoll, wenn man einer Stiftung nicht die Gewalt des Ewigkeitsprinzips antäte. Es wäre doch ein Lebenszyklus ganz sinnvoll: die Inkraftsetzung, dann die thematische Entwicklung der Stiftung, eine Zeit, in der aus dem Vollen geschöpft werden kann, und irgendwann das Ende der Stiftung, nämlich dann, wenn das Vermögen verbraucht ist und der Zweck der Stiftung erfüllt ist – eine Verbrauchsstiftung also. Das aber mögen die Verwalter, Berater und Geschäftsführer nun gar nicht, denn mit dem Verbrauch wären sie auch ihre Aufgaben und Einkommen los.«

»Mhm. Verstehe. Es ist also wie überall.«

»Vielleicht, vielleicht …«

»Und welcher Art Stiftung ist die *unsere*?«

Wernberger grinste über das »unsere«. »Es ist eine Verbrauchsstiftung. Die alte Dame hat sich meiner Argumentation zuwenden können.«

Schielin lächelte hintergründig. Dann war das ja eine Stiftung, bei der man irgendwann einmal aus dem Vollen schöpfen konnte. Er fragte: »Sie wussten vom Wunsch Martin Bangers, seine Tochter als Vorsitzende zu etablieren?«

Wernberger sah überrascht über seine Brille, blieb aber unbeeindruckt. »Nein. Das ist mir zum einen neu und es verwundert mich zudem.«

»Verwundert? Weshalb?«

»Frau Sahm war ja in letzter Zeit einige Male bei mir. Es ging um den Kauf eines Hauses. Weder sie noch ihr Vater haben ein solches Ansinnen an mich herangetragen.«

Schielin hatte sich mehr erwartet und brauchte Zeit zum Nachdenken. Ein Spaziergang war das Richtige und er wählte den Weg hinunter zum See, durch den Wiesengrund und vorbei am Hof der Mrowkas, wo der kleine Bauerngarten zurzeit von einem Meer blühender Stockrosen beherrscht wurde.

Als er am See ankam, tauchte er in eine neue Geräuschkulisse ein. Wellenschlag, darüber Musikfetzen; sanfte Weisen, ganz dem leichten Plätschern des Wassers angemessen. Die Töne eines Saxofons führten die Melodie, untermalt von Bläsern. Eine leichte, beschwingte Tanzmusik, die Assoziationen weckte, von leichtfüßigen, anmutigen Tanzpaaren, im Schatten von Bäumen.

Woher kam nur die Musik? Von Bad Schachen? Von der Hinteren Insel? Es war nicht auszumachen.

Lydia rief an und riss ihn aus seinem melancholischen Anflug. Ihre Stimme klang eindringlich. Er sollte zurück zur Dienstelle kommen. Herr Sahm sei mit einem Anwalt erschienen, der sich um die Interessen der Familie kümmern solle.

Es klang nicht gut und bald darauf fuhr sie mit dem alten blauen Passat in der Giebelbachstraße vor und holte ihn ab. »Mensch – du hatscht doch mit deinem Esel genug in der Gegend herum«, schimpfte sie, »reicht denn das nicht! Bin ich denn die Chauffeuse?«

*

Norbert Sahm und sein Anwalt, Doktor Körber, warteten schon. Kimmel hatte sich für Robert Funks Büro entschieden, wo der kleine runde Besprechungstisch auf dem blauen Perserteppich stand und vier Wiener Kaffeehausstühle drum herum. Es gefiel ihm selbst recht gut in diesem Salon.

Doktor Körber verbarg seine Irritation das Interieur des Raums betreffend nicht und musterte mit einer Mischung aus Verwunderung und Überraschung die Ölbilder und Skulpturen. Die Frage: *Ist das alles echt?*, lag ihm erkennbar auf den Lippen.

Norbert Sahm zeigte keine Reaktion und saß reglos, ja

starr da. Eine sportliche Erscheinung. Schwarzer Anzug, weißes Hemd, keine Krawatte.

Schielin stellte sich knapp vor. Da er es war, auf den man gewartet hatte, eröffnete er das Gespräch mit einem fragenden »Bitte?«.

Norbert Sahm wich seinem Blick aus, hatte eine maskenhaft wirkende Miene aufgezogen und fixierte einen imaginären Punkt an der Wand. Er fühlte sich nicht angesprochen und überließ es seinem Anwalt, der schnell zu Sache kam. Nachdem Körber in kurzen Worten seine persönliche Betroffenheit formuliert hatte, äußerte er in vorwurfsvollem Ton sein Entsetzen über das Vorgehen der Lindauer Polizei mit den Angehörigen des Opfers und forderte, ihn, der die Familie Sahm nun vertrete, über den Stand der Ermittlungen und die Umstände des Todes von Martin Banger *en detail* zu informieren und stellte fest, dass alleine er fürderhin als Ansprechpartner diene.

Schielin hörte aufmerksam zu und fixierte Sahm mit einem durchdringenden Blick. Was konnte ihn veranlasst haben, einen Anwalt hinzuzuziehen? Die zwei läppischen Befragungen? Seine Frau hatte einen sehr kontrollierten Eindruck gemacht. Sicher – die Umstände waren belastend und dramatisch –, doch diese Reaktion?!

Schielin antwortete Körber mit zwei, drei Phrasen und sprach von ermittlungstaktischen Erwägungen, die es bisher verboten hätten, sich näher zu den Todesumständen zu äußern. Er betonte sein Bedauern über die Ereignisse. Das kam immer gut an. Während er so sprach, entschloss er sich, wenigstens eine kleine Information preiszugeben, senkte die Stimme und sprach etwas leiser, um dem Gesagten mehr Bedeutung und einen Hauch von Geheimnis zu verleihen. Er äußerte sich etwas umständlich, bevor er als Kern seiner Information vermeldete, Martin Banger sei vergiftet worden. Er tat so, als gäbe es Körber nicht, betonte das Wort *vergiftet* und sprach ausschließlich Norbert Sahm an.

Körber ärgerte sich sichtlich darüber, und Sahm machte es nervös. Das Wort *vergiftet* tat seine Wirkung. Sahms Erstarrung löste sich und er drehte sich Schielin zu. »Vergiftet? Ich dachte, erschlagen oder so.«

Es klang überrascht.

Lydia meldete sich hart: »Nein, nicht *oder so* – Ihr Schwiegervater ist vergiftet worden.«

Als Körber ansetzte zu sagen, auch er sei überrascht, kam ihm Kimmel schnell zuvor, der meinte, mehr Informationen zum Tod von Martin Banger könnten sie in der derzeitigen Ermittlungsphase wirklich nicht mitteilen.

Schielin nutzte frech die Gelegenheit und fragte streng und distanziert: »Welches Verhältnis hatten Sie denn zu Ihrem Schwiegervater?«

Sahm war irritiert, genauso wie sein Anwalt.

»Und?«, hakte Lydia Naber nach, um noch ein wenig mehr Schärfe in die Situation zu bringen. Der Ton machte die Musik und jetzt war es eine Vernehmung. Von wegen mit Anwalt aufmarschieren und einem diktieren wollen, wie man seine Arbeit zu machen hatte.

Norbert Sahm setzte sich brav zurecht. »Ja nun, ein normales Verhältnis, würde ich sagen.«

Sie blieb dran. »Was ist normal? Haben Sie sich öfter oder regelmäßig getroffen, gemeinsam etwas unternommen, oder war es eher distanziert, man sieht sich ab und zu einmal – Kaffee, Ostern, Weihnachten?«

»Wir haben uns schon getroffen und Dinge zusammen unternommen. Das bezeichne ich als normal.«

»Sicher. Wie das eben so ist. Mit wem hat sich Ihr Schwiegervater sonst noch getroffen und … vielleicht wissen Sie das ja … hatte er eine Beziehung? Das muss nichts Festes gewesen sein … Frauen, mit denen er sich eben manchmal getroffen hat? Bezahlter Sex?«

Norbert Sahm antwortete schnell: »Davon weiß ich nichts. Wir haben uns nie darüber unterhalten.«

»Mhm … darüber … zu welchen Leuten hatte er Kontakt?«

»Er ist viel in Konzerte gegangen und es gab da diesen Verein, in dem er sehr engagiert war und viele Leute getroffen hat. Aber das wissen Sie doch schon.«

»Sie wissen also nichts von einer Partnerin oder Lebensgefährtin?«

Sahm schüttelte den Kopf.

»Hat er einmal von einer Desiree oder einer Hildegard gesprochen?«

Sahm kniff die Augen zusammen. »Nein. Wie ich schon sagte – wir haben uns nie über so etwas unterhalten.«

»Was verstehen Sie denn unter *so etwas*?«

»Beziehungsdinge eben.«

Körber hatte seine Fassung wiedergefunden, hob die Hand und wackelte mit dem erhobenen Zeigefinger. »Also so nicht, ja! Sie scheinen da etwas zu verwechseln. Herr Sahm ist nicht hierhergekommen, um sich vernehmen zu lassen.«

Schielin sah Körber mitleidslos an. »Wenn Ihr Mandant doch schon mal da ist. Sollen wir ihm denn eine Zeugenladung zuschicken? Am Ende passt der Termin nicht.« Er wendete sich Norbert Sahm zu. »Ihnen ist doch auch daran gelegen, dass wir den Mord an Ihrem Schwiegervater aufklären, nicht wahr.«

»Natürlich.«

Körber wollte etwas sagen. Schielin tat so, als hörte er gar nicht, und widmete sich ganz Norbert Sahm.

»Na also. Herr Sahm, wann haben Sie Ihren Schwiegervater das letzte Mal gesehen?«

»Vorletzte Woche. An den genauen Tag kann ich mich gerade nicht erinnern. Ich war auf der Insel im Büro und habe Unterlagen vorbeigebracht, vom Makler. Es ging um das Haus in Reutin.«

»Mhm. Ihnen war das nicht so recht mit dem Hauskauf, nicht wahr?«

»Was heißt nicht recht ... ich fühle mich wohl in unserem Haus.«

»Sie haben sich oft getroffen?«

»Ich sagte ja schon ... Wir hatten einen normalen Kontakt.«

»Haben Sie etwas gemeinsam unternommen?«

»Wie meinen Sie das?«

Körber saß nach hinten gelehnt im Stuhl und sah gelangweilt zur Decke.

Weder Schielin noch Lydia Naber gingen auf die Frage ein und er wiederholte sie für sich. »Gemeinsam unternommen ... nun ja ... wie das eben manchmal so ist. Wir haben den ein oder anderen Ausflug gemacht, mit Anna. Ihm war daran gelegen. Ich war ein paar Mal im Konzert mit ihm, wir haben Kunstausstellungen besucht. Meine Frau hat an bildender Kunst kein sonderlich großes Interesse ... wir haben uns zum Essen getroffen. Ganz normal eben.«

»Mhm, ich verstehe.«

»Wer kannte den Alltag Ihres Schwiegervaters und wer hatte Zugang zu seiner Wohnung?«

Sahm überlegte. »Zugang zur Wohnung? Na, ich denke mal die Putzfrau. Wir, also meine Frau und ich, wir hatten keinen Schlüssel und ich wüsste auch sonst niemanden, und wie sein Alltag so ablief, ja, das wussten wir so grob natürlich schon; vielleicht noch irgendjemand aus seinem Verein, dieser Doktor Hauser ganz sicher, sie haben ja viel Zeit miteinander verbracht und Hubert Neisser natürlich … aber sonst … fällt mir niemand ein.«

»Gut. Das war's schon. Vielen Dank für Ihre Hilfe.«

Körber meldete sich wieder und verwies noch einmal auf den Grund für seine Anwesenheit und ärgerte sich, wie desinteressiert Schielin darüber hinwegging und ihn geschäftlich-freundlich verabschiedete, sodass es ihm eher wie ein Hinauskomplimentieren vorkam.

»Was sollte denn das?«, fragte Lydia Naber, als Körber und Sahm die Dienststelle verlassen hatten.

Schielin sah hinaus in den Hof, wo die beiden standen und sich unterhielten. »Keine Ahnung. Es war in jedem Falle eine seltsame Vorstellung, so ganz ohne Sinn und Zweck.«

»Eben … das war doch völlig überzogen, hier mit einem Anwalt aufzutauchen und so zu tun, als hätten wir die Angehörigen stundenlang verhört. Ich verstehe nicht, was das sollte?«

»Mhm. Ich auch nicht. Das ist überhaupt ein ganz komisches Ding – die Tochter erzählt mir, sie hätte erst seit Kurzem wieder einen etwas intensiveren Kontakt zu ihrem Vater bekommen und dann taucht ihr Mann auf und erzählt die Geschichte vom Gaul – von Normalität. Von Distanz, Entfremdung und Spannungen ist nun gar nichts mehr zu hören. Ausstellungen, Konzerte, Ausflüge. Kein Ton vom Suizid der Schwiegermutter.«

Jasmin Gangbacher kam ins Büro, einen Stapel Dokumente unter dem Arm. »Jetzt wird es spannend; Leute. *Hil Degard* und *De Siree* haben ihren Facebook-Account gelöscht. Irgendwann heute Nacht.«

»Und? Ist das gut oder schlecht?«

Sie zuckte mit den Schultern. »Tja – gut oder schlecht. Wer auch hinter diesen Profilen steckt, er ist aktiv. Wir haben jetzt die Mailadressen über Facebook und das LKA wird schauen, ob es eine echte Person dahinter gibt.«

»Na toll«, kommentierte Lydia Naber, schnappte sich die Fahrzeugpapiere für den BMW und sprach spitz: »Die einen gehen mit ihrem Hundle spazieren, die anderen scheuchen einen Esel durchs Gelände, der Nächste drangsaliert seine Mitarbeiter … und die Lydia macht jetzt eine kleine Spritztour ins Ländle. Vielleicht bleibe ich für eine Nacht im Sheraton Panoramahaus in Dornbirn. Der Wellnessbereich soll legendär sein. Auf Spesen natürlich, gell! Täte mir gut.«

Jasmin Gangbacher grinste, kramte ein Blatt Papier hervor und las mit dunkler Stimme:

»Ich lasse meine grosse traurigkeit
Dich falsch erraten um dich zu verschonen
Ich fühle hat die zeit uns kaum entzweit
So wirst du meinen Traum nicht mehr bewohnen.«

»Ganz genau – so wirst du meinen Traum nicht mehr bewohnen«, kommentierte Lydia Naber und ging hinaus. Sie war von einem erwartungsvollen Gefühl ergriffen; einer inneren Unruhe. Sie erwartete sich etwas von ihrer Fahrt nach Dornbirn, und – ihr Gefühl hatte sie bisher nur selten getäuscht.

*

Die Fahrt durch den Pfändertunnel war ihr nach wie vor noch fremd, so entspannend und spielerisch, wie man ihn nun auf den zwei Fahrspuren ganz ohne Gegenverkehr hinter sich bringen konnte. Sie fuhr gedankenverloren dahin, verließ die Röhre und kniff die Augen zusammen, so hell war es auf einmal unter freiem Himmel. Sie freute sich an der leuchtenden Natur. Im Süden glänzten noch Schneereste auf den Hängen des Alpsteins, zur Fahrerseite hin leuchteten die Weiden der südlichen Hänge des Bregenzer Waldes. Auf der weiten Fläche zwischen den Erhebungen ein wie hingeworfenes Gewirr an Hochspannungsleitungen, Industrie- und Gewerbeflächen, die in jähem Kontrast zu den kleinen Siedlungen auf den Höhen standen, die allesamt durch einen Kirchturm markiert waren und einen Rest heimeligen Gefühls verströmten, inmitten der zivilisierten Wirklichkeit.

Dornbirn sauste an ihr vorbei und vor ihr tauchte schon der grau glänzende, ovale Turm des Sheraton Panoramahauses auf. Die Kreisverkehre des Messeparks bewältigten den Verkehrsstrom an diesem Dienstag ungewohnt gelassen. Auch auf den Parkplätzen waren noch große Freiflächen zu entdecken. Zum Wochenende hin würde sich das ändern.

Die Hotellobby nahm die Formensprache des Gebäudes nicht auf. Hier war nichts rund, oval, oder sonst in einer Weise schwingend. Hinter der Glasfront, die die Geschäftigkeit ihrer irdischen Umgebung mit der Gelassenheit des Himmels mischte und in einer collagenhaften Installation reflektierte, gab Funktionalität den Ton an. Klare Linien, nichts Überflüssiges.

Lydia Naber nahm einen Sessel in der Nähe des Empfangsschalters und wartete auf eine Gelegenheit, ungestört mit einer der Damen reden zu können. Nach einer kurzen Diskussion mit einer Blondine wurde sie an die Empfangschefin des Hotels verwiesen.

Die nahm den Bericht Lydia Nabers unbeeindruckt und ohne äußere Regung entgegen. Gute Hotels waren verschwiegene Wohntempel und mussten ein Geheimnisgrab ihrer Kunden sein. Die Sache mit dem Toten, der vergiftet worden war, brachte sie aber doch dazu, ihre Stirn in Falten zu legen und ihre professionell freundliche Miene abzulegen. Ihre Augen wurden zu engen, forschenden Schlitzen, als sie die von Lydia Naber vorgelegte Hotelrechnung begutachtete.

Sie war unschlüssig und hatte kein gutes Gefühl bei der Sache. Die deutsche Polizei. Durfte sie überhaupt Auskunft geben? Diese Kriminalbeamtin war sehr höflich und zurückhaltend, gar nicht drängend. Der Name auf der Rechnung – Martin Banger –, er kam ihr schon irgendwie bekannt vor, sie verband aber weder eine Geschichte noch ein Gesicht damit. Dabei war genau das eine ihrer Stärken: Namen, Gesichter und Geschichten miteinander zu verbinden. Viele ihrer Stammgäste waren überrascht, welche Details sie präsent hatte – ganz aus der Situation heraus und nicht von einem Bildschirm abgelesen.

Hier in der kühlen Empfangshalle war ein schlechter Ort zum Nachdenken. Gerade kam eine Gruppe schweizerischer Geschäftsleute herein. Sie nahm Lydia Naber mit in ihr Büro und recherchierte im Hotelcomputer. Martin Banger tauchte einige Male auf. Seltsam. Er war ihr noch nie aufgefallen. Dabei war er allein in den letzten zwölf Monaten achtmal Gast in ihrem Hotel gewesen. Und immer das gleiche Zimmer – neunter Stock, Blick nach Südwesten, Rheintal, Säntis, Lisengrat, Hoher Kasten. Die Frage, ob Martin Banger vielleicht in Begleitung hier im Hotel war, konnte sie der Beamtin guten Gewissens beantworten. Sie sagte: »Er hat in den vergangenen Monaten achtmal ohne Begleitung eingecheckt.«

»Ein Stammgast also«, stellte Lydia fest und notierte etwas.

»Ja. Ein Stammgast. Er hatte immer das gleiche Zimmer.«

»Einzelzimmer?«

»Nein – Doppelzimmer. Neunter Stock.«

»Schöner Blick von da oben.«

Die Dunkelhaarige lächelte. »Panoramahaus – na, da sollte der Ausblick mindestens *schön* sein.« Sie schielte auf den Bildschirm, »Mhm … ich sehe gerade, dass unser Oberkellner Herr Brandt am Abend Dienst hatte, als Herr Banger zuletzt unser Gast war. Sie könnten ihn kurz befragen – oben im Restaurant, im elften Stock. Der Blick ist schön und der Kaffee stark und gut.«

Lydia Naber dankte mit einem Lächeln, das sie schnell wieder verschwinden ließ, und druckste noch ein wenig herum.

»Ist noch etwas?«

»Na ja … also … Sie können mir nicht sagen, welche Gäste an jenem Tag noch hier im Hotel waren?«

Was für eine Frage. Die Empfangschefin schüttelte entsetzt den Kopf und schnaubte erschrocken. »Nein, also das geht wirklich nicht.«

Lydia beschwichtigte: »Ich weiß, ich weiß. Es ist nur so – ich würde ungern auf dem Weg über die Staatsanwaltschaft an die Sicherheitsdirektion in Bregenz … wissen Sie … es geht um zwei Damen *Desiree* und *Hildegard* … die mit Herrn Banger in konspirativem Kontakt standen … das wäre mir gar nicht recht. Sie wissen, wie das ist, es kommt unsinniges Gerede zustande.«

Die Dunkelhaarige überlegte. Sie verstand sehr wohl. Einem offiziellen Antrag könnte man sich nicht entgegenstellen. Der Nachteil von offiziellen Anträgen bestand in seiner Natur, öffentlich zu sein. Sie tippte etwas auf der Tastatur, nahm den Telefonhörer, ohne eine Nummer zu wählen, und sagte: »Ja, ich komme gleich. Ich habe einen

Gast in meinem Büro, den ich nur für ein, zwei Minuten alleine lassen möchte.«

Höflich entschuldigte sie sich für die Unterbrechung und verließ den Raum.

Das war gar nicht ungeschickt und Lydia Naber wartete, bis die Bürotür wieder geschlossen war, stand auf, nahm auf dem bequemen Ledersessel Platz und sah auf den Bildschirm, wo eine übersichtliche Liste zu sehen war. Das Datum passte. Sie holte ihr Smartphone, fotografierte den Bildschirm, blätterte vier Mal weiter und wiederholte das Ganze. Die Fotos waren scharf genug, wie sie bei der Kontrolle feststellte, und das Ganze dauerte nicht mal eine Minute. Sie setzte sich zufrieden zurück auf den Besucherstuhl und wartete. Auch die Empfangschefin war zufrieden, als sie zurückkam.

Herr Brandt im elften Stock servierte einen starken, aromareichen Kaffee und Lydia Naber musste sich bei der Befragung konzentrieren ihn anzusehen und nicht die Landschaft rundherum.

Panoramahaus war nicht übertrieben.

Dieser Brandt erinnerte sich nicht an Martin Banger. An die Bestellung aber sehr gut: Champagner als Aperitif, was selten vorkam in dieser Proseccowelt, wie er mit trüber Stimme bemerkte; dann das Rind – der Gast wollte es durchgebraten haben, was den Koch nicht begeisterte, dazu das Poulet à la Maison – und *finalement* der Apfelkuchen; er musste ein zweites Stück bringen, weil er so gut gewesen war, was ihn verwundert hatte, bei jemandem, der sein Rindersteak ganz durchgebraten haben wollte. Er strahlte Lydia Naber an: »Unser Apfelkuchen – wollen Sie probieren?«

Sie lehnte freundlich ab und unterhielt sich weiter mit

diesem formgewandten Herrn, der sich an so viele Details erinnerte und dazu nur den Rechnungsbeleg anzusehen brauchte. Und ihm fiel noch etwas ein: Es war keine Dame, mit der sich Martin Banger an jenem letzten Abend getroffen hatte – es war ein Mann gewesen, der mit am Tisch gesessen hatte. Da war er sich ganz sicher. Zu dessen Alter, Aussehen und Erscheinungsbild konnte er keine Erinnerung mehr abrufen.

Lydia Naber blieb nach dem Gespräch noch eine Weile sitzen und sah hinaus auf das Rheintal, die erhabene Bergkette des Alpsteins, und zur Seite gestellt die Ausläufer des Rätikons mit dem Block der *Drei Schwestern*, an dem sich das Rheintal schied. Hier teilte sich die Welt. Nach Osten ging es zum Arlberg; nach Süden, das Rheintal runter in Richtung Via Mala und dem San Bernadino – hinter dem das Tessin wartete. Noch südlicher, noch italienischer, noch wärmer, palmiger und mondäner – Lago Maggiore, Lago di Lugano, Ascona, Locarno, Lugano.

Sie scrollte durch die Bildschirmfotografien ihres Smartphones und schickte sie per Mail an Jasmin Gangbacher, die was zu tun bekam und von ihrer Müdigkeit abgelenkt war.

Ihr kamen die Karten für die Festspiele wieder in den Sinn. Die Wetter-App sagte smarte vierundzwanzig Grad voraus, ein paar Wolken am Himmel und sonst nichts. Ein Traumabend würde es werden. Sie stöhnte und litt. Sollte sie den Staatsanwalt fragen, ob es möglich wäre, die Karten an die Tochter herauszugeben – bevor sie verfielen? Schließlich hatten sie als Polizei ja auch Sorge für das Eigentum der Bürger zu tragen. Diese Silvia Sahm würde doch angesichts der Situation niemals Lust verspüren, die Zauberflöte genießen zu wollen.

Hoffnung keimte in ihr auf, die mit der nächsten gedanklichen Wendung wieder bröckelte. Es könnte Verwandtschaft geben, Freunde, oder Bekannte, denen die Übernahme der Karten kaum als Pietätlosigkeit ausgelegt würde – eine starke Konkurrenz für Lydia Naber. Sie kaute auf ihrer Unterlippe herum. Ein Stück Apfelkuchen zum Kaffee wäre nun gar nicht schlecht.

War er ethisch vertretbar – ihr Plan? Wieder kam ihr beim Ausatmen ein leises Klagen über die Lippen. Es war so schön hier, sie war gesund und munter, ihre Lieben auch, und doch zerrte ihr Gemüt an zwei Karten für eine Freiluftoper herum. Mit welchen Luxusproblemen man sich die schönen Augenblicke des Lebens aber auch zerfledderte.

*

Als sie am frühen Nachmittag ins Büro zurückkam, hockte Schielin vor einem Berg Unterlagen und telefonierte mit ernster Stimme.

Sie schmiss ihre Tasche in die Ecke und schnippte anerkennend mit den Fingern, als sie die Ausdrucke auf ihrem Tisch liegen sah. Jasmin Gangbacher war bereits fleißig gewesen.

Schielin beendete das Telefonat und imitierte ihr Fingerschnippen. »Das war der Neisser, der Kompagnon von Banger. Ich hab dir doch davon erzählt, dass er aus der Firma mit Banger aussteigen wollte.«

Lydia verzog nur den Mund. »Was ist mit Ronsard, wann willst du ihn holen?«

»Hörst du mir nicht zu? Hubert Neisser …«

»Ja, ja – ich habe es gehört und du hast es mir auch schon erzählt. Er wollte seine Anteile ausgezahlt bekommen und aus der Firma mit Martin Banger raus.«

Schielin schüttelte den Kopf über ihr Desinteresse an dieser Information, die er für wichtig hielt. Er giftete über den Bildschirm hinweg: »Wie war es in der *World of Wellness*? Massage, Sauna, ayurvedische Dämpfe bei Zimbalklängen und buddhistischen Gongs? Ist deine Seele noch auf Wanderschaft, kreist über dem See und braucht noch eine Weile, bis auch sie die Materie dieses Baus durchdrungen hat und im Büro angekommen ist?«

Sie sah ihn streng an. »Über dem See kreist gerade ein Zeppelin und in meiner Seele gongt es nur sehr selten buddhistisch. Aber ich habe wirklich Neuigkeiten.«

»Ich höre.«

»Banger war ein ständiger Gast im Dornbirner Sheraton. Immer das gleiche Zimmer im neunten Stock. Alle paar Wochen war er da drüben. Das beschäftigt mich.«

»Die Aussicht wird ihm gefallen haben.«

»Und das Abendessen hat er nicht mit einer Frau eingenommen …«

Schielin zuckte mit den Schultern. »Na, dann bleibt nicht mehr viel Auswahl … klingt nach Geschäftsessen, Kundentermin und so.«

»Ja, klingt so.« Lydia Naber sah die Ausdrucke durch.

Schielin stand auf und stapelte die Unterlagen auf seinem Schreibtisch. »Den Neisser werde ich mir gleich vornehmen. Danach hole ich Ronsard drüben in Backenreute ab, weil die Leute heute Abend nicht zu Hause sind. Ich komme dann noch mal rein. Kimmel weiß Bescheid.«

*

Schielin parkte direkt vor dem Lindavia-Brunnen am Reichsplatz, wo zufällig ein Parkplatz frei geworden war. Er musste grinsen, als sein Blick den Lindenzweig erfasste, den die Holde über ihrem Haupt schwang. Früher, in seiner Jugendzeit, also lange her, da war es ein Sport gewesen, in der Nacht nach oben zu klettern und der Dame den Zweig aus der Hand zu ringen. Die Hand blieb nicht lange leer, denn nicht weit entfernt, im Zitronengässele, da sorgte ein Namensvetter für Nachschub. Schielin überlegte, in welcher Kiste bei sich zu Hause der Zweig zu finden sei. Hatte er ihn nicht Marja verehrt? Er war sich nicht mehr sicher.

Es war nicht weit zu Neissers Wohnung in der Ludwigstraße. Von den Dachterrassen leuchteten bunte Sonnenschirme, an manchen Stellen stieg zarter Rauch von einem Grill auf. Das Leben der Einheimischen auf der Insel fand in luftiger Höhe statt.

In einem engen, düsteren Treppenhaus führte eine alte Holzstiege hinauf bis unters Dach, wo Neissers Wohnung lag. Es roch nach Moder.

Neisser erwartete ihn an der Wohnungstür und bat ihn umständlich herein. Obwohl Schielins Besuch angekündigt war, wusste Neisser nicht, wo er das Gespräch führen wollte. Er hatte sich in der ganzen Zeit von Schielins Anruf bis jetzt ganz offensichtlich keine Gedanken dazu gemacht, keinen Plan, und lief unkoordiniert den Gang auf und ab, wies einmal in die Küche, entschied sich dann fürs Wohnzimmer, verhaspelte sich, blieb stumm stehen – sollte er den Polizisten vielleicht mit auf die Altane nehmen? Hier im Gang ging es jedenfalls nicht.

Schielin blieb ruhig stehen und wartete auf eine Entscheidung. Neisser war schon jetzt so aufgeregt. Was würde erst bei der Befragung geschehen?

Schließlich wählte er doch das Wohnzimmer. Ein großer, heller Raum mit der Fensterseite nach Süden hin. Der alte Dielenboden knarrte bei jedem Schritt. Das Wohnzimmer war nicht überladen: Couchgarnitur, ein Vitrinenschrank mit Porzellan und Gläsern, ein Bücherregal. Schielin entdeckte keine Unterhaltungselektronik – weder Fernsehen noch Stereoanlage. An den freien Flächen der Wände hingen Gemälde: Stillleben, Landschaften, Portraits in Öl, dazwischen oder daneben alte Stiche, vorwiegend mit Motiven alter Städteansichten.

Es war gemütlich und wirkte bewohnt. So ganz anders als der Eindruck, den man aus Martin Bangers Wohnung mitnahm. Die beiden Kompagnons waren demnach sehr unterschiedliche Charaktere.

»Wohnen Sie schon lange hier?«, begann Schielin, noch bevor er sich auf die weiche Stoffcouch setzte. Bisher hatte er nichts entdeckt, was auf den Aufenthalt einer Frau hindeutete.

Neisser schob den Sessel für sich zurecht: »Von Kindheit an. Es ist das Haus meiner Eltern.« Eine wohlige Wärme begann ihn zu durchfluten und das Zittern und Zucken, das er überall an seinem Körper verspürt hatte, war plötzlich verschwunden. Er spürte seine Gliedmaßen völlig neu, als Teil seines Körpers. Die Tablette wirkte tatsächlich. Er war froh darüber.

»Ah. Sie sind hier aufgewachsen?«, sagte Schielin.

Neisser setzte sich entspannt zurecht und hörte seinem »Ja« nach. Es ging ihm wirklich gut.

»Ein echter Insulaner also«, stellte Schielin fest.

»Ja.«

»Ich habe noch einige Fragen. Mein Kollege hatte ja schon ein Gespräch mit Ihnen geführt. Sie haben ihm gar nicht von Ihrem Plan erzählt, aus der gemeinsamen Firma mit Martin Banger auszusteigen.«

»Nein. Das habe ich nicht. Irgendwie kamen wir nicht auf dieses Thema.«

»Es ist aber ein wichtiges Detail, finden Sie nicht auch? Was war der Grund für die Trennung, gab es Unstimmigkeiten zwischen Ihnen? Soweit wir inzwischen wissen, ging es um die Höhe Ihres Anteils.«

»Streit gab es nicht. Wir hatten lediglich unterschiedliche Vorstellungen, wie es weitergehen sollte. Martin hat sich in den letzten ein, zwei Jahren vielen anderen Dingen gewidmet und war nicht mehr so intensiv in der Firma engagiert.«

»Welchen anderen Dingen?«

»Er war viel auf Reisen, dieser Musikverein beschäftigte ihn sehr, er hatte viele freie Tage, was nicht zur Auftragslage passte. Letztlich war es seine Weigerung, einen weiteren Mitarbeiter einzustellen, die mich dazu bewog, die Trennung herbeizuführen. Wir hätten dann neue Büroräume gebraucht, weil es an der Kalkhütte zu eng geworden wäre. Das wollte er nicht.«

Es klang plausibel, was Neisser da sagte, und Schielin fiel auf, wie ruhig und souverän er nun vor ihm im Sessel saß. Das Fahrige und Nervöse war vollständig verschwunden und seine Stimme klang ruhig und überzeugend – fast warm.

»Sie leben alleine hier?«

»Ja.«

»Zu welchen Menschen hatte Ihr Geschäftspartner eine besonders innige Beziehung – ich meine damit sowohl Freundschaften wie auch … Liebschaften?«

Neisser ließ sich durch die Frage nicht aus der Ruhe bringen. »Was die Freundschaften angeht, so kann ich sagen: zu niemandem. Martin Banger hatte keine Freunde, und was die Liebschaften angeht, darüber habe ich da keinerlei Einblick.«

Schielin hakte sofort nach: »Gar keinen Einblick? Das

kann ich mir kaum vorstellen. Man bekommt doch schon etwas mit, wenn man sich über so lange Zeit derart nahe ist – Telefonate, Bemerkungen, Notizen, Mails … kramen Sie doch einfach noch mal in Ihrer Erinnerung. Vielleicht fällt Ihnen ja noch was ein?«

Neisser blieb gelassen, ganz anders als Funk ihn Schielin beschrieben hatte. »Martin war ein sehr distanzierter Mensch, müssen Sie wissen, sehr distanziert – ich würde fast sagen, ein Einzelgänger. Wir haben uns nie über private Dinge unterhalten. Es war so, selbst wenn Sie sich das kaum vorstellen können. Seit dem Tod seiner Frau hat er sich noch mehr isoliert als zuvor.«

»Sagen Ihnen die Vornamen *Hildegard* und *Desiree* etwas in Bezug zu Martin Banger?«

»Nein. Nie gehört.«

»Wie geht es nun mit dem Geschäft weiter?«

»Ja, vorerst wie gehabt. Sobald die Formalitäten erledigt sind, werde ich mich mit Silvia, seiner Tochter, unterhalten. Ich gehe davon aus, sie wird die Erbin sein, und dann gehören ihr zwei Drittel an der Firma. Bisher war sie mit einem Drittel beteiligt. Das war der Anteil ihrer Mutter, den sie damals erhalten hatte.«

Schielin horchte auf. Silvia Sahm besaß somit zwei Drittel an dem Geschäft.

»Wie ist Ihr Verhältnis zu Silvia Sahm?«

»Gut natürlich.« Seine Antwort kam sehr schnell, beinahe etwas hektisch.

»Wie gut? Treffen Sie sich manchmal?«

Schielin spürte, wie sich Neisser zurückzog. Dieses Thema gefiel ihm gar nicht.

Er wiederholte zunächst die Frage, ohne dass Schielin darauf eingegangen wäre. »Sie meinen, ob ich mich mit Silvia Sahm treffe? Das ein oder andere Mal haben wir uns schon getroffen, wenn es um Entscheidungen bezüglich der Firma ging.«

»War Martin Banger dann dabei?«

»Manchmal schon.«

»Und manchmal auch nicht«, stellte Schielin freundlich fest. »Was wurde da so besprochen?«

Neisser räusperte sich. »Ja, wie ich schon sagte. Das alte Thema eben. Ich wollte die Firma verlegen – runter von der Insel. Darüber haben wir gesprochen. Die Büroräume sind Eigentum; wir hätten also verkaufen müssen. Martin wollte das nicht. Es war so – er wollte auf den Blick nicht verzichten. Na ja – für mich war das anders, denn ich wohne ja hier auf der Insel und habe das ganze Drumherum, seitdem ich denken kann. Mir hätte es nichts ausgemacht, in Reutin oder im Zech in ein Büro zu gehen. Bei ihm war das anders.«

»Wenn ich es recht verstehe, dann hätte er ja nichts machen können, wenn Sie sich mit Silvia Sahm einig gewesen wären – eine Zweidrittelmehrheit sozusagen.«

»Aber wirklich nur theoretisch. So etwas geht natürlich nicht. Man muss solche Entscheidungen einvernehmlich treffen.«

»Ja, sicher. Ich verstehe das. Mit Silvia Sahm sind Sie aber gut zurechtgekommen. Haben Sie sich auch manchmal privat getroffen, ich meine einfach so – ohne dass es um das Geschäft gegangen wäre?«

Neisser wirkte nun unsicher. Seine Beine gerieten in Bewegung und lösten den Eindruck vom bisher gelassen im Sessel ruhenden Körper auf. Mit der Kante seines rechten Schuhs schabte er auf dem Parkettboden. »Das kam schon vor, ja.«

Schielin lächelte. »Sie sagen das, als handele es sich um einen Unfall.« Er sah Neisser an und wartete. Der kommentierte seine Bemerkung nicht. »Was haben Sie für einen beruflichen Werdegang?«

»Ich habe Innenarchitektur studiert.«

»Mhm.«

»Sie wissen, wie Ihr Geschäftspartner ums Leben gekommen ist?«

»Ja.«

»Von wem?«

»Silvia ... Frau Sahm hat mich angerufen.«

»Wann?«

»Gerade eben. Vielleicht vor zwanzig Minuten.«

»Und was hat sie erzählt?«

Neisser musste schlucken. Jedes Mal, wenn er gedacht hatte, der Polizist hätte keine Fragen mehr, dann schnitt der ein neues Thema an. Er lächelte verlegen, hatte aber im gleichen Moment den Eindruck, dass es angesichts der Thematik unpassend sei, und wechselte zu einem eher betroffenen Ausdruck. Dieses Mienenspiel kam ihm selbst affig vor und er wusste bald gar nicht mehr, wie er überhaupt schauen sollte und wohin. Er sah betreten weg.

Schielin hatte dieses seltsame Gebaren wahrgenommen und tat völlig unbefangen. Er fragte: »Und, was hat Frau Sahm erzählt?«

»Dass ihr Vater vergiftet worden sei.«

»Und was noch?«

»Nichts sonst.«

»Sie kennen ihren Mann, Norbert Sahm?«

»Ich weiß nicht, was Sie unter kennen verstehen. Ich habe ihn ein paar Mal gesehen, ja.«

Schielin nickte und schwieg. Er saß ruhig da und fixierte Neisser mit einem freundlichen Blick, der jedoch etwas Lauerndes hatte. Neisser musste wieder schlucken und fragte unsicher: »Haben Sie sonst noch Fragen?«

»Ja. Gab es Geschäftspartner, mit denen sich Martin Banger im Sheraton Dornbirn getroffen hat, im Panoramahaus?«

Neisser sah ihn verwundert an. »Wieso denn das? In Dornbirn, nein. Wenn wir Geschäftspartner hier hatten, dann in Lindau. Wir haben eine Vereinbarung mit dem Hotel Stift und größere Präsentationen machen wir im Hotel Helvetia, oben, im Tagungsbereich.«

Schielin stand auf. »Tja, dann vielen Dank, Herr Neisser.« Er rieb die Hände aneinander und tat so, als klebte etwas. »Ah ... blöde Sache, aber irgendwas klebt da an meinem Händen. Könnte ich bitte kurz Ihr Bad ...«

Neisser war es peinlich. Ausgerechnet in seiner Wohnung. Er konnte es sich gar nicht vorstellen. Schnell öffnete er die Tür zum Bad.

Schielin bedankte sich und drehte den Wasserhahn auf. Mit geübtem Blick suchte er. Im Badeschränkchen fand er eine Lockenbürste, Nagellackentferner und Schminksachen. Auf dem Rand der Badewanne standen drei unterschiedliche Shampoos, Haartönung und Volumenspülung. Das war es, was er wissen wollte. Aus der Lockenbürste zog er mit einem Papiertaschentuch ein paar lange Haare heraus und verstaute sie in der Tasche. Lange, braune Haare. Vielleicht waren sie einmal nützlich, wenngleich er im Moment nicht genau wusste, wozu er das tat. Er folgte einem Gefühl. Es war Neisser schließlich nicht vorzuwerfen, sein Privatleben diskret zu behandeln.

*

Lydia Naber arbeitete die Listen durch und stieß auf dem zweiten Blatt auf einen Firmennamen, der ihr bekannt vorkam. Als ihre Erinnerung fündig wurde, erschrak sie. Einige Telefonate verschafften Klarheit.

Draußen ging ein Sommertag seinem Ende entgegen. Wie an einer Perlenschnur kamen die Motorboote von ihrem Seeaufenthalt zurück, unterquerten die Seebrücke und machten an den Liegeplätzen des Kleinen Sees fest. Zwischen Galgeninsel und Bahndamm leuchteten die roten Flecken der Tretboote im weichen Licht der nieder stehenden Sonne. Wagemutige suchten weiter draußen, auf Höhe des Römerbades, die Wellen der Ausflugsdampfer, die einander begegneten. Die Haare der Fahrgäste an der Reling wehten im Fahrtwind und sie warfen sich von Schiff zu Schiff Grüße zu.

Der See stampfte unter der Wucht des Sommerprogramms.

Im Lindenhofpark war es nur wenigen bekannt, was Tage zuvor geschehen war. Ab und an standen ein paar Leute beklommen an der Stelle, an welcher Martin Banger gelegen hatte. Eine größere Trauergemeinde versammelten hingegen die vom Sturm gefällten Linden um sich.

Der Parkplatz auf der Hinteren Insel leerte sich zum Abend hin, ebenso wie die Straßen und Gassen auf der Insel. Mit dem Sommerabend zog es nun diejenigen in die Nähe des Wassers, denen es tagsüber zu heiß und aufgeregt zugegangen war. Die Sonnenanbeter und Wasserhungrigen, die der hohen Sonne gehuldigt hatten, eroberten ihrerseits die Plätze in Cafés und Restaurants – Baden machte hungrig und durstig. Nach dem Wachwechsel füllte Stille für eine Weile die Plätze und Orte – eine Art blaue Stunde der Seele.

Schielin zuckelte mit dem Anhänger in Richtung Österreich und nahm dafür den Weg über Rickenbach, wo es jetzt ruhiger zuging als am Berliner Platz und in der Bregenzer Straße. Er hatte sich seine Tage als Strohwitwer anders vorgestellt – gemächlicher, ausgeglichener. Ronsard und der Fall hatten ihm einen Strich durch die Rechnung gemacht.

Entgegen seinen Erwartungen war Ronsard gar nicht störrisch und ließ sich mit ein wenig Zureden, Zug auf der Leine und Johann Moders Schieben in den Anhänger bewegen. Ronsards Geliebte trottete gleichmütig nebenher und musste davon abgehalten werden, gleich mit in den Hänger zu staksen. Moder und Schielin lachten, als sie den Versuch vereitelten.

Das Reden und Tätscheln der beiden Esel, das wortlose Verständnis zwischen ihm und Moder – es lenkte von dem ab, was ihm Albin Derdes erzählt hatte, als er geholfen hatte den Anhänger anzukuppeln –, eben das, was der Kuster Johann von München und Martin Banger erzählt hatte. Derdes wäre gerne mitgekommen, hatte jedoch eine Terminkollision, wie er Schielin mit ernster Miene berichtete, ohne Auskunft darüber zu geben, worin genau die Kollision bestand.

Die neuen Informationen wirbelten Schielins Gedanken durcheinander und er musste sie neu sortieren. Beim Anfahren würgte er den Passat ab und Ronsard rumpelte gegen die vordere Wand und holte sogleich Luft, um seinen Abschiedsschmerz laut werden zu lassen. Zu Hause angekommen, beachtete er die Friesen auf der Weide nicht mit einer einzigen wahrnehmbaren Regung und tat so, als sei überhaupt nichts gewesen. Schielin duschte und radelte zur Dienststelle, wo er im Büro auf Lydia Naber traf. Die anderen waren schon gegangen. »Was machst du denn noch hier?«

»Vermutlich das Gleiche wie du. Hätte nicht gedacht, dass du noch kommst – aber gehofft. Ist der Ausreißer wieder auf heimatlichem Grund?«

»Jaja. Ich hab den Kerl wieder daheim«, bestätigte Schielin knapp und fügte nach einer kurze Pause mit bedeutungsvollem Unterton an: »Ich habe Neuigkeiten.«

»Ich auch«, entgegnete Lydia Naber.

»Wer zuerst?«, fragte er.

»Ach – fang du mal an.«

Sie lauschte ihm aufmerksam und zeigte nicht die geringste Überraschung, was ihn ein wenig enttäuschte. Sie fasste zusammen:

»Also – ein gewisser Johann Kuster will Martin Banger in München gesehen haben ... mit einem Mann.«

Sie sah zum Fenster hinaus. »Das ist ja nun in keiner Weise etwas Besonderes oder wäre auch nur irgendwie erwähnenswert, wenn es nicht mit meinen Information zusammenpasste und meine kriminelle Fantasie fürchterlich anregen würde.«

»Deine Fantasie ist schrecklich, das stimmt – aber welche neuen Erkenntnisse hast du?«

»Ich habe die Gästeliste vom Hotel durchgesehen ...«

»Du hast was!? Wie kommst du denn da ran?«

Sie beschwichtigte: »Jetzt aber, Herr Datenschutz ... du stellst ja vielleicht seltsame Fragen! Ich habe diese Liste ja nicht offiziell. Also hör zu: Zu der Zeit, als Martin Banger im Hotel war, gab es die Buchung einer Firma für ein Zimmer im zehnten Stock – Frigoplan.«

Schielin sah sie fragend an und wiederholte leise: »Frigoplan ... Frigoplan ... Frigoplan – irgendwo habe ich das schon mal gehört.«

»Na, das will ich meinen – es ist die Firma, in der Norbert Sahm arbeitet.«

Schielin fiel die Kinnlade herunter. »Ne!«

»Doch! Wenn ich es dir sage! Und ich hatte ein konspiratives Telefonat mit einem Hotel. Martin Banger und Frigoplan – die Buchungen stimmen jedes Mal überein. Immer wenn Banger gebucht hatte, gibt es auch eine Buchung für Frigoplan, du verstehst?«

Schielin setzte sich. »Das … also das muss ich nun erst einmal verdauen.«

»Ich auch.«

Schielin lief im Büro auf und ab, Lydia Naber blieb am Schreibtisch sitzen. Es dauerte eine ganze Weile, bis er seine Gedanken so weit geordnet hatte, um eine erste Zusammenfassung seiner Variante zu geben. Er setzte mehrfach an, bis er seine Schlussfolgerung formulieren konnte: »Auf die Idee kann man ja gar nicht kommen … Martin Banger und Norbert Sahm sind bisexuell orientiert und haben ein Verhältnis miteinander.«

Lydia Naber pflichtete ihm bei: »Hast aber lang gebraucht, um zu dem gleichen Ergebnis zu kommen wie ich. Genauso ist das.«

»Aus diesem Grund schottet er sein Privatleben derart ab. Jetzt wird mir das klar – und in seiner Wohnung findet nichts statt, keine Treffen, keine Dates –, ausschließlich in Hotels.«

»So wird es gewesen sein«, pflichtete Lydia ihm bei.

»Ein Verhältnis mit seinem Schwiegersohn … mein lieber Mann … das stellt die Sache ja in völlig neuem Licht dar.«

Lydia Naber machte weiter: »Mir wird nun auch klar, aus welchem Grund die beiden Dornbirn für ihre Treffen ausgewählt haben – so nah, und doch so unendlich weit entfernt. Gar nicht blöde, denn die Gefahr war dort am geringsten, jemanden aus dem Freundes- und Bekanntenkreis zu treffen. Die Wahrscheinlichkeit wäre in München, Berlin, auf Ischia oder auf Mallorca größer.«

Schielin nickte mehrfach. »Genau, genau, so ist es. Also

gut. Die beiden arrangieren ihre Treffen also in Hotels. Das heißt für mich – konspirativ, und in der Folge: Silvia Sahm hat davon nichts gewusst, sie sollte und durfte nichts erfahren.«

»Exakt.«

Schielin fuhr mit den Händen durch die Luft. »Ah … der Suizid, der Suizid der Frau! Der erscheint jetzt auch in einem anderen Licht. Jesus Maria. Nach ihrem Tod haben Vater und Tochter kaum noch Kontakt zueinander, über Jahre hinweg. Erst in den letzten Monaten kommen die beiden sich wieder näher, wie sie mir erzählt hat – es steht sogar der gemeinsame Kauf eines Hauses bevor und der Zusammenzug. Eine Entwicklung, die Norbert Sahm überhaupt nicht recht gewesen sein konnte, oder was meinst du?«

»Das meine ich aber auch. Das konnte ihm überhaupt nicht gefallen. Mich wundert nur, dass Banger da nicht vehementer Opposition betrieben hat. Es war für ihn doch auch gefährlich und konnte nicht in seinem Interesse liegen, dass diese Beziehung auffliegt. Der Aufwand, den die beiden getrieben haben, war ja nicht gerade gering.«

»Das sehe ich auch so. Wir beide kommen auch zum gleichen Ergebnis: Silvia Sahm weiß nichts von der Beziehung ihres Mannes zu ihrem Vater.«

Lydia Naber sprach leise: »Also ich bitte dich. Ich kann mir überhaupt nicht vorstellen, dass sie auch nur eine kleine Ahnung von dieser Sache hat. Wenn ich mir das vorstelle … nein, unmöglich. Sie kann nichts davon wissen. So etwas – nein, das kann man nicht verdrängen. Allerdings – sicher können wir erst sein, wenn wir sie danach fragen, und davor graut es mir. Weißt du … wenn sie von dieser Beziehung wüsste, dann wäre das keine Sache, aber wenn sie es durch uns erfährt, und dann noch im Zusammenhang mit den Ermittlungen zum Mord an ihrem Vater! Mir ist ganz übel.«

Schielin schnaufte laut aus: »Jaja, das ist freudefrei, aber zunächst noch mal zu Sahm. Gehen wir also davon aus, er hat sich seinen Liebhaber, oder Schwiegervater … ist das ja schon blöd, weil man nicht weiß, was man da nun sagen soll … also, er hat ihn sich nur durch Mord vom Leib halten können. Wenn er es getan hat, dann frage ich mich, aus welchem Grund er eine so expressive Tatausführung gewählt hat? Weshalb nicht versteckter, hinterlistiger – noch hinterlistiger, sodass man den Mord an sich gar nicht entdecken konnte?«

»Das sehe ich gar nicht so. Du weißt von der Vergiftung, aber denke doch mal daran, wie man ihn gefunden hat. Wenn Robert und Jasmin da nicht skeptisch gewesen wären und geschlampt hätten, dann wäre nach der Leichenschau unter Umständen gar keine Obduktion gemacht worden. Wer das durchgeführt hat, wollte die Vergiftung verbergen und explizit die Art und Weise des Todeseintritts.«

»Stimmt, das könnte man so sehen. Bliebe die Frage, mit welcher Art Ermittlung der Täter gerechnet hat …«

Lydia Naber sagte: »Es geht in jedem Fall um starke Gefühle, Nöte, Verletzungen, vielleicht Demütigungen. Ich kann mir das schon vorstellen, diesen Zwiespalt, in den er geraten sein könnte zwischen seiner Vorzeigefamilie mit Frau und Kind und dieser heimlichen Beziehung. Wenn er fremdgehen würde – nun gut; wenn er mit einem Mann fremdgehen würde: nun gut – aber er geht mit dem Vater seiner Frau fremd. Boah! Genau in dieser Konstellation liegt der Sprengstoff.«

Schielin war ihrer Meinung. »Die waren sehr vorsichtig, ja, über Jahre hinweg diese Geheimhaltung zu betreiben …«, er stutzte, »über Jahre hinweg … wie lange ging das eigentlich schon? Wann hat sich Bangers Frau umgebracht? Das war vor fünf Jahren, Silvia und Norbert Sahm waren frisch verheiratet, das Kind war unterwegs … und völlig aus heiterem Himmel tötet sich die Mutter auf so spektakuläre Weise im Keller des Hauses – da muss es einen Zusammenhang geben, und mich interessiert es brennend, wie sich Silvia Sahm und ihr Mann kennengelernt haben. Ich glaube nicht an Zufälle.«

Lydia Naber klang skeptisch: »Oh ja, nun müssen wir mal langsam machen. Du glaubst doch wohl nicht, dass Martin Banger seinen Lover sozusagen lanciert hat …«, sie stoppte abrupt und rang nach Luft, »ne, also … wirklich nicht. Und Wenzel hat die Sache sauber bearbeitet, ich vermute nicht, dass da noch ein Tötungsdelikt lauert.«

Schielin winkte ab. »Nein, nein, nein – darauf will ich gar nicht hinaus. Vielmehr könnte es doch sein, dass der Grund für diese spektakuläre und dramatische Kurzschlusshandlung in der Beziehung zwischen Martin Banger und seinem Schwiegersohn liegen könnte. Stell dir vor, die Ehefrau Bangers bekommt das mit! Mensch – die Tochter gerade verheiratet, ein Enkelchen ist unterwegs, und sie kriegt raus, dass ihr Mann ein Verhältnis mit dem Ehemann der Tochter hat.«

»Aus welchem konkreten Grund sollte er Martin Banger umbringen? Er hätte sich doch vehement gegen diesen Plan des Zusammenzugs wehren können; deswegen muss man doch nicht einen solchen Mord begehen?«

»Vielleicht wurde ihm die Sache zu heiß und er fühlte sich von seinem Schwiegervater bedrängt, wollte die Verbindung beenden und Banger hat ihn unter Druck gesetzt, oder die beiden hatten Streit.«

»Unter Druck gesetzt? Mit Zielrichtung gegen die eigene Tochter? Also nein, das glaube ich nun wirklich nicht.«

»Ich schon. So viel Skrupel hatte dieser Martin Banger schließlich nicht – er hat seine Tochter mit ihrem Mann betrogen.«

Lydia Nabers Lippen wurden ganz schmal. Damit hatte Schielin durchaus recht – diese Chuzpe musste man erst einmal haben. »Sahm ist freilich beim Betrügen nicht weniger zimperlich. Was meinst du, wie sollen wir jetzt weitermachen? Bisher sind das ja nur Vermutungen. Wenn wir zu einer Klärung kommen wollen, bleibt uns gar nichts anderes übrig, als ihn und sie mit unseren Erkenntnissen und den Schlüssen, die wir daraus ziehen, zu konfrontieren. Und dazu benötigen wir ein paar mehr Fakten.«

Schielin überlegte und kam zu einem anderen Schluss. »Nein. Fakten brauchen wir keine mehr. Der Sahm steht doch jetzt schon unter Druck. Denke nur an die Aktion mit dem Anwalt, das war doch ungeschickt von ihm. Er hat sich damit ja eher verdächtig gemacht, als dass es ihm der Anspannung entledigt hätte. Nein – wenn wir ihn vorladen und mit unserem Vorwurf konfrontieren, dann wird der weich werden, wachsweich. Das hält er nicht durch, sag ich dir. So wie ich ihn einschätze, ist das nicht der Typ, der solchen Belastungen standhält. «

Lydia Naber war skeptisch. »Mhm … du darfst aber auch nicht unterschätzen, dass auch er recht abgebrüht sein muss – er hat das mit seinem Schwiegervater über Jahre durchgezogen. Das erfordert meiner Meinung nach eine erhebliche Nervenstärke. Stell dir mal vor, welchem Druck er ausgesetzt war, oder meinst du, das lief kühl und routiniert ab? Ich glaube das nicht, doch gleich, wie es sich gestalten mag – ob er weich wird, wie du sagst, oder ob er cool bleibt –, sobald wir ihn mit unserer Vermutung, unserem Verdacht, konfrontiert haben, können wir ihn ja nicht einfach so gehen lassen, selbst wenn er die Aussage verweigert und sein Anwalt einen auf Rumpelstilzchen macht. Wir müssen dann das volle Programme abspulen: in seiner Firma ermitteln, das Haus durchsuchen, Beweismittel sicherstellen – seine Computer und Handys zum Beispiel, seine Frau vernehmen, die Staatsanwaltschaft einbinden, Beschlüsse erwirken … der ganze Kram eben.«

»Genau das – einen Beschluss der Staatsanwaltschaft. Und du wirst diesen Beschluss organisieren.«

Lydia Naber war entrüstet. »Ich!? Ja was soll ich denn da schreiben … wie meinst du, soll ich das begründen?«

Schielin winkte ab, als handelte es sich um eine Lappalie, und vollzog fahrige Bewegungen mit der Hand, während er sprach: »Ach, komm. Niemand bei uns kann das so gut und überzeugend formulieren wie du. Schreib ein paar Absätze … die Hotelrechnungen, gemeinsame Buchungen, Liebesverhältnisse übers Eck innerhalb der Familie … eben das, was wir gerade besprochen haben, nur förmlicher gefasst und in diesem so überzeugenden Stil, wie du ihn draufhast. Dann nimmst du das Ding, gehst persönlich zum Gericht, lässt es unterschreiben und fertig.«

Sie sah ihn böse an und schwieg. Dann sagte sie: »Okay. Aber dann wirst du es sein, der Silvia Sahm über das informiert, was wir zwischen ihrem Mann und ermordeten Vater vermuten – dass die beiden ein Liebespaar waren.«

Schielin überlegte nicht, sondern sagte: »Okay, diese Hiobsbotschaft auszurichten werde ich übernehmen. Das ist schon ein Paket – die Mutter begeht Suizid, der Vater wird vergiftet und er hatte aller Wahrscheinlichkeit nach ein Verhältnis mit ihrem eigenen Ehemann.«

Lydia fragte: »Was ist, wenn Sahm alles abstreitet? Dann haben wir wirklich ein Problem.«

»Ja, dann haben wir ein Problem, aber wir müssen es wenigstens probieren und ich glaube nach wie vor nicht, dass er dem Druck gewachsen ist.«

Sie stand vor dem Spiegel und betrachtete sich lange. Anna war schon im Bett. Das indirekte Licht war nicht diffus genug, um nicht Schatten auf ihren Wangen entstehen zu lassen. Je länger sie sich ansah, desto abstoßender wirkte sie auf sich. Die Haare, ihre Haut. Sie fuhr mit der Rechten über die Schulter, den Oberarm hinunter, und konnte nicht sagen, ob ihr dieses Gefühl etwas Gutes bedeutete oder nicht. Ihre Haut – sie fühlte sich nicht wohl darin. Wer konnte das schon, sich wohl in seiner Haut fühlen? Sie lächelte kraftlos und die Schatten auf ihrer Wange wurden noch tiefer. Wer konnte sich schon in seiner Haut wohlfühlen, wenn er denn nachdachte – über sich. Das funktionierte doch nicht. Ihr waren diese Menschen fremd, die mit sich rundum zufrieden waren. Wie konnte so etwas gehen? Dieses sich selbst Fremdsein empfand sie keineswegs als Makel. Für sie war das Dasein damit behaftet, sich als nicht zugehörig zu fühlen – nicht einmal zu sich selbst.

Ihr Vater war so ein Mensch gewesen, von dem sie den Eindruck gehabt hatte, er fühlte sich in seiner Haut wohl. Als sie ein kleines Kind war, hatte sie ihn sehr geliebt. Er war es, der sie mitnahm, ihr die Welt zeigte und erklärte, während ihre Mutter kochte und putzte und wusch. Ob sie sich damals, vor dem großen Unglück, in ihrer Haut wohlgefühlt hatte? Sie machte sich Vorwürfe, sich diese Frage erst jetzt zu stellen, wo es zu spät war. Vater hatte sich wohlgefühlt – aber Mutter? Wieso hatte sie sich diese Frage niemals zuvor gestellt? Diese unendliche Sehnsucht nach ihr, die in ein Nichts führte und niemals mehr im Leben befriedigt werden konnte – sie schnürte ihre Seele zu. Im Spiegel sah sie, mit welchem Schmerz ihr Gesicht Trauer zeigte. So hatte sie nicht empfunden, als Mutter tot war. Da war keine Sehnsucht gewesen, nicht dieses Seelenleid, nicht diese Schwere im Herzen und zugleich das Gefühl von Leere – nur Entsetzen und Unverständnis und Schuldgefühle hatte sie damals empfunden. Und jetzt? Sie war ein Stück weitergekommen und hatte den Zustand des Pendelns hinter sich gelassen. Lange Zeit hatte sie sich den ungeheuren Kraftfeldern der Peinlichkeit und der Scham ausgeliefert gefühlt. Obgleich sie sehr zurückhaltend war, was Kontakte anging, so trugen die vermeintlichen Vorstellungen und Erwartungen ihres Umfelds dieses Gefühl der Peinlichkeit an sie heran. Und aus ihr selbst heraus war diese niederdrückende Empfindung von Scham gekrochen, die sie manchmal regelrecht gelähmt hatte. Dieses Hin und Her, dem sie ausgesetzt war, es erdrückte sie hingegen nicht, sondern schaukelte sie nach und nach auf eine Ebene, in der ihr wieder Kraft zuwuchs. Genau die Kraft, die sie brauchte, um gegen die niederzwingenden Kräfte bestehen zu können.

Es war ihr gut gelungen. Jetzt fühlte sie sich zunehmend befreit und fühlte weder Scham noch Peinlichkeit. Sie war erwachsen geworden.

Nachtgedanken

Am nächsten Morgen war sogar Gommi sprachlos, als die neuen Erkenntnisse in der Morgenbesprechung dargelegt wurden.

Lydia wollte die Stimmung etwas auflockern. »Der jüngste Bruder vom Kaiser Franz Joseph selig, der Ludwig Viktor – genannt hat man ihn Lutzi-Wutzi«, sie lachte glucksend, »Lutzi-Wutzi, ja ist denn das nicht ein herrlicher Name für 'nen Prinzen? Also der Lutzi-Wutzi – dem hat man nahegelegt, seine homosexuellen Indiskretionen nicht länger in Wien zu betreiben, sondern etwas weiter entfernt vom Heiligen Stuhl der Donaumonarchie – in Salzburg. Dorthin hat man ihn sozusagen expediert. Er ist dann Leiter des Österreichischen Roten Kreuzes geworden.«

Nur Wenzel grinste hinterhältig, doch so recht zündete Lydias Stimmungsaufheller nicht.

Kimmel rollte mit den Augen und fragte: »Ja, und wie macht ihr nun weiter?«

»Wir holen ihn zur Vernehmung. Wie im Film – auf die robuste Weise, er wird belehrt, mit unserem Vorwurf konfrontiert und dem, was wir inzwischen an belastbaren Fakten haben, dann darf er seinen Anwalt hinzuziehen und wir werden sehen, wie er mit diesem Druck umgehen kann. Durchsuchung des Hauses; falls erforderlich, müssen wir sein Büro in der Firma unter die Lupe nehmen.«

Wenzel fragte: »Was meint ihr, wie wird seine Frau reagieren?«

Schielin zuckte mit den Schultern. »Keine Ahnung. Das ist natürlich ein Risiko. So, wie ich sie bisher erlebt habe, halte ich sie für eine starke Persönlichkeit, doch bin ich mir nicht sicher, wie sie diese Entwicklung verkraften wird. Ich habe mich ein wenig umgehört und erfahren, dass sie im Aeschacher Kindergarten aktiv war. Vielleicht nehme ich den Pfarrer mit, oder wir informieren ihn vorab. Auf den Freundes- oder Bekanntenkreis will ich nicht zugehen – das müsste dann von ihr selbst kommen. Wir können eben die Realität nicht ändern.

Ich würde vorschlagen, wie holen ihren Mann zur Vernehmung und warten ab, wie er auf unseren Vorhalt reagiert. Erst mit den Ergebnissen dieser Konfrontation gehen wir auf Silvia Sahm zu. Wir müssen richtig Druck machen und nachdem bereits ein Anwalt im Spiel ist, wird es schwierig werden.«

Allen war unwohl.

Schielin telefonierte hernach mit Silvia Sahm und meinte lapidar, sie hätten noch ein paar Fragen mit ihrem Mann zu klären. Sie nahm es gelassen zur Kenntnis und meinte, dass er ihren Mann, der heute noch zu Hause geblieben war, im Lauf des Vormittags gerne aufsuchen könne, im Moment wäre er beim Joggen.

Soweit Schielin beurteilen konnte, klang sie gefasst. Er selbst verspürte Unsicherheit während des Gesprächs mit ihr und vermutete, sie müsse das an seiner Stimme bemerken. Er kam sich unaufrichtig und falsch vor – aber was anders sollten sie denn tun?

*

Gommi und Jasmin bereiteten die Vernehmung vor, Lydia war bereits mit ihrem Antrag bei Gericht unterwegs und Schielin fuhr nach einiger Zeit mit Wenzel das kurze Stück hinüber zum Haus der Familie Sahm. Sie hatten lange genug gewartet.

Wenig später saß Norbert Sahm im Vernehmungszimmer. Schielin und Wenzel begannen mit der Vernehmung des Zeugen. Kimmel und Lydia sollten nach etwa zwanzig Minuten dazustoßen.

Norbert Sahm hatte seinen Unmut deutlich gemacht, allerdings nur murrend und ohne sich grundsätzlich zu verweigern. Er war mit seinem eigenen Auto gefahren und hatte das Angebot abgelehnt, in den zivilen Polizeiwagen zu steigen. Jetzt saß er aufgeräumt auf dem abgewetzten Holzstuhl, hatte die Arme über der Brust verschränkt und wartete mit ernster Miene auf die Fragen.

Schielin saß ihm gegenüber und blätterte in einer Akte. Es schien, als nähme er Sahm gar nicht war. Wenzel saß neben Norbert Sahm. Er hatte seinen Stuhl etwas schräg gestellt, sodass er ihn von der Seite aus im Blickwinkel hatte.

»Vielen Dank, dass Sie sich die Zeit genommen haben, Herr Sahm«, begann Schielin, »es gibt noch einige Fragen, von denen wir hoffen, dass ihre Klärung uns entscheidend weiterbringt.«

Er begann zu erzählen, völlig belanglose Randnotizen, die bereits bekannt waren. Er beschrieb die Fundstelle, den Gewittersturm, der viele Bäume gefällt hatte, die starke Hinwendung Bangers zur Musik. Er breitete die Dinge so umfassend aus, um Sahm nervös machen. Der gab seine ablehnende Haltung nach wie vor nicht auf. Die Beine hingen ausgestreckt unter dem Tisch, der Oberkörper war weit nach hinten in die Stuhllehne gedrückt und die verschränkten Arme sollten den Körper schützen.

Schielin fragte nach dem Befinden seiner Frau und wie es Anna ging. Kimmel kam herein und setzte sich wortlos neben Schielin, der so tat, als wäre keine Unterbrechung entstanden, und eine erste konkrete Frage stellte: »Wo waren

Sie am Donnerstag letzter Woche? Das war der Tag, an dem Ihr Schwiegervater starb.«

Sahms Stirn legte sich in Falten, sein Blick wanderte zwischen Kimmel und Schielin hin und her. Diese drei Männer, die ihn regelrecht umzingelt hatten, setzten ihn unter Druck, ohne dass sie etwas sagen mussten. Er erschrak über seine eigene Stimme, die schwach und belegt klang, als er antwortete und damit seinen inneren Zustand offenbarte: »Das hatte ich Ihnen doch bereits gesagt.«

»Nein. Wir haben bisher nicht danach gefragt. Wo also?«

Sahm räusperte sich mehrfach und antwortete: »Ich war im Büro.«

»In Ulm, oder zu Hause?«

»Ulm«, kam es knapp. Er räusperte sich.

Wenzel schaltete sich sofort ein. »Gibt es Zeugen dafür, oder existiert eine digitale Erfassung Ihrer Anwesenheitszeiten im Büro?«

»Es gibt jede Menge Zeugen. Ich wüsste aber nicht, wozu ich deren Aussagen bräuchte?«

»Nicht Sie brauchen die – wir!«, stellte Wenzel fest und drehte seinen Stuhl geräuschvoll noch ein weiteres Stück schräg. Jetzt hatte er Sahm ständig von der Seite her im Blick. Das hatte noch jeden nervös gemacht. Erst recht diejenigen, die schwach waren und ein Gewissen besaßen. Sahm musste inzwischen gespürt haben, dass es hier nicht um eine normale Befragung ging. Das massive Auftreten der Polizisten, ihre Haltung, die Strenge und Klarheit der Fragen machten den Ernst deutlich. Schielin registrierte eine erste Bewegung. Sahm nahm die Arme vom Oberkörper, zog die Beine an, rückte an den Tisch und atmete gequält aus. Kurz war ihm das Wort »Anwalt« durch den Kopf gegangen. Er hätte einen Anwalt hinzuziehen können, doch er meinte, es wäre ihm als Schwäche, als Eingeständnis für was auch immer ausgelegt worden. Er wollte sich diesen drei Polizisten stellen. Eine sportliche und intellektuelle Herausforderung sozusagen.

Die Hände faltete er nun im Schoß und schon atmete es sich leichter. Wie sehr man sich selbst doch einengt, dachte er, und sagte: »Weshalb stellen Sie diese Fragen? Bin ich etwa verdächtig?«

»Nein. Sie sind nicht als Verdächtiger hier, vielmehr als Zeuge«, entgegnete Schielin, »Sie waren also den gesamten Donnerstag über in Ihrem Büro in Ulm. Wann sind sie von zu Hause weggefahren, wann angekommen und wann waren Sie wieder zurück in Lindau?«

Sahm beantwortete die Fragen und betonte, dass er es auf die Minute genau nicht sagen könnte. Schielin gab sich damit zufrieden.

Lydia Naber kam herein, setzte sich an die schmale Seite des Tisches und legte einen Stapel Dokumente vor sich ab.

Schielin konnte jetzt zur Sache kommen. »Sie sagten, Sie hätten in letzter Zeit einiges mit Ihrem Schwiegervater unternommen, auch Ihre Tochter sei dabei gewesen, an der der Opa sehr hing. Haben Sie sich mit Ihrem Schwiegervater auch öfters alleine getroffen?«

Norbert Sahm lächelte süffisant, doch in seinem Inneren schwallte eine unerträgliche Wärme auf, die sich rapide zur Hitze steigerte und ihm fast den Atem nahm. Er wunderte sich, überhaupt noch dieses Lächeln produzieren zu können; er kam sich vor, als stünde er neben sich und für einen Moment glaubte er, dieses Erlebnis hier wäre nur Teil eines Traums und er würde bald aufwachen und der Alltag ginge seinen gewohnten Gang: Er ging joggen, duschte danach, frühstückte, fuhr ins Büro, erledigte seine Arbeit, kam nach Hause, kümmerte sich um Anna.

Es gab kein Aufwachen, er fühlte den unbequemen Stuhl, die Hitzewallungen und den Schweiß auf der Stirn.

Die blonde Polizistin wiederholte die Frage mit nachdrücklicher Stimme: »Herr Sahm. Haben Sie sich des Öfteren alleine mit Ihrem Schwiegervater getroffen!?«

»Ja, natürlich. Sicher. Was sollte dabei sein?«

»Wie oft und wo?«

»Was sollen diese Fragen?«, sagte er ungeschickt und beugte sich etwas nach vorne.

»Wir fragen – Sie antworten! So einfach ist das«, blaffte ihn Wenzel von der Seite an und kam seinem Auftrag nach, vor allem Unbehagen zu erzeugen.

Sahm warf ihm einen abschätzigen Blick von der Seite zu. Wie war noch dieses Wort, das ihm vorhin Beruhigung verschafft hatte? Anwalt.

Er sagte: »Ich kann nicht nachvollziehen, was Sie von mir wollen. Ich möchte meinen Anwalt hinzuziehen. So lange werde ich Ihre Fragen nicht mehr beantworten. Außerdem möchte ich nach Hause gehen.«

Wenzel sprach, als hätte Sahm auf den Knopf gedrückt: »Oh – alle hier in diesem Raum möchten nach Hause gehen und den schönen Sommertag genießen, so wie Martin Banger einen Sommertag genießen wollte, bevor er sich eincremte und es ganz schnell mit ihm vorbei war.«

Lydia Naber hatte kurzen Blickkontakt mit Schielin aufgenommen und der hatte ihr kaum merklich zugenickt. Er fragte: »Herr Sahm. Wie würden Sie selbst das Verhältnis zu Ihrem Schwiegervater beschreiben.«

»Wir haben uns gut verstanden.«

»Wie gut?«

»Sehr gut.«

Lydia Naber holte ein Blatt Papier hervor, betrachtete es und sagte: »So gut, dass Sie sich regelmäßig in Hotels getroffen haben? Wozu das, und aus welchem Grund ohne Ihre Frau und Ihre Tochter? Können Sie uns das erklären?«

»Von welchen Hotels sprechen Sie bitte?«

»Im Moment vom Sheraton Dornbirn – dem Panoramahaus, mit dem Restaurant im elften Stock, dem dunklen Holzboden, den umlaufenden schrägen Fensterreihen, die so futuristisch aussehen und draußen wartet die Landschaft des Walgaus, die Berge des Rätikons und des Alpsteins. Das kennen Sie doch – oder hatten Sie nur Augen für Martin Banger, Herr Sahm?«

Norbert Sahm befiel das Gefühl, leicht über dem Stuhl zu schweben. Es kam immer nur für kurze Dauer, diese wunderliche Schwerelosigkeit, die jedoch keine Empfindung von Leichtigkeit, sondern von Schwere war; eine unerträgliche Schwere, eine solche Lasst, dass es sich wie Schweben anfühlte. Ärzte hätten etwas von Kreislauf gefaselt, weil sie keine Ahnung hatten.

Er brauchte einige Sekunden, um seine Gedanken zu sortieren. »Ich möchte meinen Anwalt sprechen.« Er lehnte sich wieder zurück und verschränkte die Arme. Wie ein störrischer Bub. Über seine rechte Schläfe rann ein Schweißtropfen, kullerte über das Jochbein und tropfte vom Kinn auf das Jackett. Er bemerkte es gar nicht.

Lydia Naber telefonierte mit dem Anwalt Doktor Körber, der einen Gerichtstermin in Ravensburg hatte.

Knapp zwei Stunden später war er auf der Dienststelle.

Norbert Sahm hatte Wasser getrunken. Weder wollte er seine Frau anrufen noch kam von ihr ein Anruf, so wie es Schielin vermutet hätte, weil ihr Mann doch viel länger wegblieb, als sie es hätte erwarten können.

Norbert Sahm war ratlos. Wie waren die Polizisten auf das Sheraton-Hotel in Dornbirn gekommen? War ihm ein

Fehler unterlaufen? Er hatte doch alle Unterlagen vernichtet und war dabei auch noch äußerst vorsichtig zu Werke gegangen. Er wollte warten, was sie wirklich gegen ihn vorzuweisen hatten, bevor er auch nur einen Ton sagen würde.

Doktor Körber gab schon gleich, nachdem er die Dienststelle betreten hatte, einige kernige Äußerungen des Missfallens von sich, saß aber mit wachen Augen neben seinem Mandanten und wartete auf das, was Schielin an neuen Informationen und Vorwürfen vorbringen würde.

Schielin begann erneut und ohne Umschweife vor dem Anwalt. »Herr Sahm, Sie haben sich in den letzten Jahren in regelmäßigen Abständen mit Ihrem Schwiegervater in Hotels getroffen. So wie wir die Umstände beurteilen, müssen wir davon ausgehen, dass Sie beide ein Verhältnis miteinander unterhielten. Diese Beziehung wird für uns nur aus einem Grund interessant: Martin Banger ist – das gibt die Rekonstruktion des Tathergangs zweifelsfrei – von jemandem getötet worden, der Zugang zu seinem intimsten Umfeld hatte. Nur so konnte ihm das Gift beigebracht werden. Dem Täter ging es definitiv nicht um Wertgegenstände oder dergleichen, was aus unserer Sicht die Vermutung stärkt, es handele sich um eine Beziehungstat. Und nun stoßen wir bei unseren Ermittlungen auf ein Verhältnis zwischen Ihnen beiden. Erklären Sie uns doch bitte die Zusammenhänge.«

Körber baute sich auf. »Mein Mandant wird hier überhaupt nichts erklären und weist Ihre völlig haltlosen Unterstellungen zurück. Sie müssen schon sehr verzweifelt über Ihre mageren Ermittlungsergebnisse sein, wenn Sie ein solches hanebüchenes Konstrukt aufbauen.«

Lydia Naber blätterte auffällig laut in ihren Unterlagen, holte einen ganzen Packen Papier hervor und log: »Herr Sahm. Wir haben hier Hotelrechnungen. Nehmen wir gleich die erste – nur wenige Wochen ist es her. Sheraton Dornbirn. Martin Banger hatte sein Zimmer im neunten Stock. Über Ihre Firma in Ulm hatten Sie wie gewohnt ein Hotelzimmer im gleichen Zeitraum gebucht. Man erinnert sich sehr gut an Sie beide – dort im Hotel; vor allem an das Abendessen. Champagner als Aperitif, einmal Rind und Poulet à la Maison als Hauptgang und zum Dessert Mousse au Chocolat und Apfelkuchen. Vor allem der Apfelkuchen hatte es Martin Banger angetan – Ihnen war nicht danach, wie ich im Hotel erfahren habe. Wissen Sie, die Angestellten in einem Hotel bekommen sehr viel mit, obschon sie unsichtbar sind, und es handelt sich bei ihnen um eine sehr verschwiegene Klientel. Wenn aber einer ihrer Gäste ermordet wird … dann fällt ihnen wieder einiges ein, wie Sie ja selbst sehen.« Hatte sie ihre Stimme bislang leise und mit einem einschmeichelndem Timbre klingen lassen, so hob sie nun ihre Stimme an und ließ die Worte härter herauskommen: »Wollen Sie mehr Details? Sollen wir Ihre Frau hinzuziehen? Kann sie uns diese Umstände erklären? Oder kommen Sie zu der Erkenntnis, es wäre an der Zeit zu reden – nach all diesen Jahren der Heimlichtuerei. Es geht nicht mehr um heimliche Liebe, sexuelle Orientierung, gesellschaftliche Zwänge und persönliche Nöte – es geht um Mord. Bedenken Sie das!«

Norbert Sahms Stimme klang aufgeregt und gepresst: »Hübsche Märchen, die Sie da erzählen.«

»Das Märchen ergibt sich aus Belegen, die wir in Martin Bangers Auto gefunden haben und aus Ermittlungen. Eine ganz nüchterne Angelegenheit, Herr Sahm.«

Er lachte: »Belege!? In Martins Auto!? Na, das ist aber schon kein Märchen mehr, das ist ja wohl Science Fiction. In Martins Auto lag nicht mal ein Krümel herum, geschweige denn Papiere. Das hat er gehasst.«

Doktor Körber verhinderte ein Aufschaukeln der Diskussion, indem er betont beruhigend eingriff und zum Ausdruck brachte, dass diese Fragestellung nicht relevant sei. Er kannte diese Polizisten, die jede Möglichkeit nutzten, um zu provozieren. Bei dem, was dann gesagt, geschluchzt oder geschrien wurde, war immer etwas Neues, Verwertbares dabei. Am liebsten waren ihm Mandanten, deren Sozialisation ihnen es ermöglichte zu schweigen.

Schielin hatte Sahms Einwurf aufmerksam verfolgt.

Norbert Sahm zog sich wieder zurück und sein Inneres erlebte Hitzewallungen, wie er sie nie gekannt hatte. Dieser völlig zurückhaltende Polizist, dessen konzentriertes Lauern einen nervös machte, und diese offensive Blondine – ihre Haltung, ihr Blick und ihre Stimme ließen nicht den geringsten Zweifel an ihrer Entschlossenheit. Er war wie paralysiert und sah sie mit einem leicht geöffneten Mund an, zu keiner Regung fähig. Seine Gedanken jedoch wüteten geradezu. Sie wussten ja schon alles – sogar das mit dem Apfelkuchen. Er war ihm fast peinlich gewesen, diese Szene beim Abendessen. Überhaupt war es kein schöner Abend gewesen.

Ihm war schlecht. Was konnte er sagen, das ihm half?

Er hörte seinen Anwalt reden, verstand jedoch inhaltlich nicht, was er sagte, realisierte nicht, worauf er hinauswollte mit dem, was er sprach, doch aus der Stimme des Anwalts war diese aggressive Gewissheit gewichen, die ihm zuvor noch aufgefallen war. Als er wieder fähig war zu reden, hörte er sich entrüstet sagen: »Sie glauben doch wohl nicht, ich hätte Martin umgebracht.«

Schielin ignorierte es und fragte: »Wie bedroht sahen Sie Ihr Lebenskonzept durch den Wunsch Ihres Schwiegervaters, mit Ihnen zusammen in ein Haus zu ziehen?«

»Ja gar nichts war dadurch bedroht … von welchem Lebenskonzept reden Sie da?«

»Das Konzept Ihre Bisexualität innerhalb der Familie auszuleben. Die Geheimhaltung funktionierte doch nur, wenn sie im Schutz einer räumlichen Distanz angesiedelt war, oder etwa nicht? War es nicht so, dass Sie befürchten mussten, das Verhältnis zwischen Ihnen und Ihrem Schwiegervater würde auffliegen, wenn sie alle so eng beieinanderwohnten? Dann hätten Sie vermutlich alles verloren – Ihre Frau, Ihre Tochter, Ihren … ja wie soll ich es nennen …? Was war Martin Banger für Sie – Lebensabschnittspartner, Liebhaber, Sexualpartner?«

Doktor Körber eroberte mit seiner wedelnden Rechten den Luftraum über den Tisch und unterbrach das Frage-Antwort-Spiel, das gerade Fahrt aufnahm, und stellte energisch klar: »Mein Mandant wird vorerst keine Ihrer Fragen mehr beantworten«, dann drehte er sich Norbert Sahm zu: »Als Ihr Anwalt möchte ich Sie eindringlich darauf hinweisen, vorerst keine Äußerungen mehr zu machen.«

Er wendete sich wieder Schielin zu: »Ich bitte um eine kurze Unterredung mit meinem Mandanten.«

Lydia Naber versuchte den verständlichen Wunsch Körbers zu unterlaufen und wiederholte Schielins Frage mehrfach. Doch Sahm schwieg und sein Anwalt hatte den ersten Schreck der Vernehmung überwunden und zeterte so laut, dass Schielin beschwichtigend einwirkte und beide den Raum verließen.

»Und jetzt?«, fragte Lydia missvergnügt, »jetzt hängen wir ganz schön in den Seilen.«

»Wir hätten es nicht verhindern können. Das weißt du ganz genau.«

»Trotzdem ärgerlich. Wenn wir ihn in ein Geständnis hätten treiben können, wäre das Ding vom Tisch. Vorführung, Untersuchungshaft, irgendwann Verhandlung – und wir könnten den Sommer genießen. Außerdem ist mir die ganze Sache wirklich so widerwärtig – ich wollte sie möglichst schnell vom Tisch haben.«

»Interessiert dich die Wahrheit denn gar nicht?«

Sie lachte sarkastisch. »Ahh … die Wahrheit! Na, die liegt doch schon auf dem Tisch da drinnen. Mehr brauche ich gar nicht mehr zu wissen. Mir tut die Frau so leid. Ist verheiratet mit einem Kerl, der sie mit ihrem Vater betrügt.«

»Aber darum geht es nicht. Es geht darum, wer ihn vergiftet hat.«

»Also für mich stellt sich da kaum noch eine Frage.«

Schielin stöhnte. »Wir wissen noch zu wenig. Und sein Anwalt hat doch geschnallt, dass diese Beziehung ein starkes Motiv beinhaltet. Bin gespannt, wie er das regeln will?«

Doktor Körber signalisierte, wieder für die Vernehmung bereit zu sein und gab im Namen seines Mandanten eine Erklärung ab, in welcher eine sexuelle Beziehung zwischen Norbert Sahm und Martin Banger eingeräumt wurde. Mehr nicht: Keine Details über die Beziehung selbst, und zum Vorwurf, Martin Banger vergiftet zu haben, äußerte sich Norbert Sahm ebenfalls nicht.

Sahm wurde die Festnahme erklärt, sein Anwalt schien ihn darauf vorbereitet zu haben, denn er zeigte keinerlei Regung. Jasmin Gangbacher und Gommi brachten ihn hinüber zur Polizeiinspektion, wo im Keller eine moderne Zelle auf ihn wartete.

Sein Anwalt verließ mit knappem Gruß die Dienststelle.

*

Lydia Naber und Schielin saßen im Büro und diskutierten das weitere Vorgehen. Sahms Anwalt hatte ihren Plan, ein

Geständnis zu bekommen, kühl durchkreuzt und jetzt mussten sie mit Indizien arbeiten. Kimmel hockte dabei. Alle drei hatten im Grunde nicht mit einem Geständnis gerechnet und Kimmel war sogar eine gewisse Zufriedenheit anzumerken: Endlich gab es eine heiße Spur. Und es war gut gewesen, Wenzel nach Ulm zu schicken, wo er mit der Unterstützung der dortigen Kripo die Ermittlungen in der Firma *Frigoplan* führte.

Sahms Kollegen reagierten mit Bestürzung und Fassungslosigkeit. Keiner traute ihm eine solche Tat zu. Wenzel nutzte die Aufregung und stellte den Lebenswandel von Norbert Sahm betreffende Fragen, die unter geordneten Umständen keiner beantwortet hätte, doch erregte Gemüter neigten zu Gesprächigkeit. Sahms Sekretariat und die engen Mitarbeiter betonten, wie zuverlässig, erfolgsorientiert, kollegial und sozial er sei. Ging Wenzel aber in die Tiefe, dann offenbarte sich, dass kaum einer von ihnen Details von Sahms Lebensumständen wusste. Sie kannten weder Frau noch Kind, hatten ihn nie in Lindau besucht – nach und nach wurden sie über ihr anfangs so sicheres Urteil unsicher. Was wussten sie eigentlich über diesen gut gekleideten, smarten Norbert Sahm? Wenzel stellte Kalender- und Buchungsdaten sicher. Als Vertriebsleiter war Sahm viel unterwegs gewesen. Mit der Auswertung der Daten würden sie einige Zeit befasst sein. Sein Stellvertreter blieb noch am nüchternsten und skizzierte mit wenigen Worten den Charakter seines Chefs als eine klar strukturierte Persönlichkeit, intelligent, leistungsbereit und motiviert, im persönlichen Umgang höflich und verbindlich auch in Krisensituationen. Doch war hinter allem eine große menschliche Distanz zu spüren und er sei zu dem Ergebnis gekommen, Sahms Höflichkeit war nicht Ergebnis eines positiven Menschenbildes oder das einer tieferen menschlichen Regung; vielmehr war sie ein Mittel, um Ziele zu erreichen. Für Sahm hatte alles eine Funktion: Telefon, Auto, Mitarbeiter, Kunden, Verhalten und Benehmen – und er habe für sich die Frage gestellt, welche Funktion wohl seine Frau und seine Tochter hätten.

Wenzel notierte sich Stichpunkte. Diese letzte Aussage fand er deshalb so bemerkenswert, weil kein verborgener Groll dahinterstand.

Schielin machte sich alleine auf den Weg hinüber zur Wohnung von Silvia Sahm. Vielleicht war der Anwalt ja schon bei ihr gewesen und hatte sie im Namen ihres Mannes in Kenntnis gesetzt. Er klingelte und war überrascht, als ihm eine aufgeräumte Silvia Sahm die Tür öffnete. Nein, sie konnte noch nichts wissen. Sie bat ihn herein und wollte in den Garten. Er blieb im Gang stehen und meinte, er würde lieber drinnen bleiben, angesichts dessen, was sie zu bereden hätten.

Sie drehte sich um und sah ihn verwundert an. »Was gibt es denn, was so geheimnisvoll wäre?«

Sie saßen wie bei ihrem letzten Gespräch wieder im Wohnzimmer. Silvia Sahm auf dem Sofa unter dem Gemälde, er auf dem Sessel. Schielin war über sich selbst irritiert, denn noch bevor einen Ton gesagt hatte, spürte er eine Abgeklärtheit in sich, die er so nicht erwartet hatte. Ganz anders als Lydia empfand er keine Empathie, war vielmehr nüchtern und klar. Ohne Umschreibung und ohne um die Sache herumzureden, berichtete er Silvia Sahm von der neuen Situation. Ihr Mann war festgenommen worden, weil er im Verdacht stand, seinen Schwiegervater vergiftet zu haben. Das Motiv für die Tat war nach Meinung der Ermittler in der sexuellen Beziehung zu suchen, die die beiden seit Jahren unterhielten.

Ohne Anteilnahme beobachtete er Silvia Sahm und fragte sich, weshalb er so ganz ohne Mitgefühl sein konnte.

Sie veränderte ihre Körperhaltung nicht, sprach nicht, weinte nicht – saß da und sah an Schielin vorbei in den Garten, wo ihre Tochter Anna spielte.

Schielin befand sich noch auf der Suche nach einem Grund, der ihm seine Gefühlslage erklären konnte, und fand einen, als er in das Gesicht dieser Frau gegenüber blickte: Sie hatte nicht nach ihrem Mann gefragt. Das war es. Sie hatte nicht nach ihm gefragt. Seit Stunden war er weg, war von der Polizei abgeholt worden und sie hatte weder angerufen noch eine Frage gestellt, die sich auf ihren Mann bezogen hatte. So, wie sie sich verhielt, erschien es, als seien die Dinge in Ordnung, so wie sie waren.

Er fragte nach einer Weile: »Wussten Sie davon, oder hatten Sie eine Ahnung … haben es verdrängt?«

Sie schüttelte den Kopf.

»Hat Ihr Anwalt Doktor Körber Sie bereits informiert?«

Sie reagierte auf die gleiche Weise wie zuvor. Stumm.

Unvermittelt stand sie auf und sagte mit fester Stimme: »Bitte haben Sie Verständnis, Herr Schielin, aber ich möchte jetzt alleine sein.«

Schielin blieb sitzen und erklärte mit ruhiger Stimme, dass er ihrem Wunsch nicht entsprechen könne, da er jeden Moment eine Kollegin erwarte, mit der zusammen er eine Durchsuchung vornehmen müsse. Er entfaltete den Durchsuchungsbeschluss und legte ihn auf den Tisch.

Sie setzte sich wieder.

Er fragte: »Soll ich denn jemanden verständigen … eine Freundin vielleicht?«

»Nein.«

Jasmin Gangbacher klingelte kurz darauf an der Tür. Ein kurzer Blickkontakt mit Schielin informierte sie über die von ihm als unkritisch empfundene Situation. Sie durchsuchten das Büro im oberen Stockwerk, nahmen verschiedene Unterlagen mit, ein Notebook und einen kleinen Handgepäckkoffer, in dem sich einige Fläschchen mit Flüssigkeit befanden. Sie inspizierten die Kellerräume und den Dachboden. Jasmin Gangbacher fragte nach einem Passwort für das Notebook, doch Silvia Sahm wusste es nicht. Sie hatte keine Passworte für die Computer ihres Mannes und kümmerte sich auch sonst nicht um diesen Technikkram. Dass die Polizistin die Festplatte aus dem Familiencomputer ausgebaut hatte, kommentierte sie mit einem Schulterzucken. Sie nahmen auch Klebeproben an allen Stellen, die sie als zielführend erachteten. Jasmin Gangbacher verzog sich das Kreuz, als sie in den Autos herumkroch, um noch im letzten Winkel eine Probe zu nehmen.

Zwei Kisten mit Material, das sie als geeignet für Spurenanalysen und Auswertungen ansahen, schleppte Schielin aus dem Haus.

Der Tag steuerte auf den Abend zu. Was aufgerichtet stand, warf lange, schwere Schatten auf die Erde. Die Wärme verharrte in jedem Winkel.

Jasmin Gangbacher suchte Norbert Sahm in der Zelle auf und bat ihn um die Zugangsdaten für das Notebook. Erst stellte er sich taub und meinte, sie solle sich an seinen Anwalt wenden. Die stoische Art, in der die junge Polizistin seine Antwort entgegennahm, machte ihm deutlich, wie wenig erforderlich seine Mitarbeit im Grunde war; sie würden sich sowieso einen Zugang verschaffen können. Langsam richtete er sich auf; die Matratze war ihm viel zu hart. Er räkelte sich und diktierte seine Benutzerkennung und sein Passwort. Jasmin Gangbacher würde wieder eine kurze Nacht haben.

Wenzel kam aus Ulm zurück und hatte ebenfalls eine Kiste mit sichergestellten Unterlagen dabei. Dazu noch zwei Handys, die Norbert Sahm nutzte. Jede Menge Arbeit stand nun herum.

Gommi setzte einen starken Kaffee für Jasmin Gangbacher auf, die im Büro alles für einen langen Abend vorbereitete.

Die anderen sichteten die Unterlagen, überwiegend Dokumente, die über die dienstlichen Abwesenheiten Norbert Sahms Auskunft gaben.

Als die Sonne als orangeroter glühender Ball hinter dem Horizont des Sees versunken war und der Himmel in feuriger Glut aufschien, ging die Arbeit in den Büros noch lange weiter. Gommi verstand überhaupt nicht, was Jasmin Gangbacher mit diesen Notebooks und Handys anstellte, die im Büro verteilt waren und deren Bildschirme ab und zu aufleuchteten, dass auf ihnen seltsame Schriftzüge zu lesen waren, dann wieder Zahlen. Er selbst hatte nichts mehr zu tun und ihre Arbeit war ihm zutiefst fremd, doch hatte er Hemmungen sie allein zu lassen. Sie spürte das, und ohne den Blick von den Bildschirmen zu nehmen, sagte sie: »Ist schon okay, Gommi. Geh nur, und danke für den Kaffee.«

Er druckste herum: »Aber morgen schläfst du emol aus, gell. Ich werds dem Chef schon sagen, dass des auch emol sei muss, wenn er was dagegen sagt.«

Sie lächelte.

Nach Mitternacht war ihr Büro das einzige, aus welchem Licht nach außen drang.

*

Lydia war eher dem Büro entkommen und nicht direkt nach Hause gefahren, sondern hatte den Weg zur Hinteren Insel genommen. Nach diesem Tag war ihr nach mehr gewesen, als nur heimzufahren, zu duschen und sich auf den Schlaf mit einem Glas Wein im Garten einzustimmen. Sie ging die paar Schritte zum See und setzte sich auf die breite Mauer im Schatten der Pulverschanze. Vom Hafen her kamen schon die ersten Heimkehrer. Nach Menschenbad war ihr überhaupt nicht zumute, vielmehr nach Alleinsein. Nicht einmal die liebevolle Distanz ihres Mannes hätte sie ertragen.

Nach einer Weile auf der Steinmauer zog sie sich aus, stakste vorsichtig über die Steine und schwamm hinaus. Das Wasser des Sees war erfrischend und geschmeidig. Vor ihr lag die offene Seefläche. Im Süden leuchteten die Hügel des Schweizer Ufers und rechts die Schattenfassade der Bucht mit dem Turm des Hotels Bad Schachen. Aus der Ferne hörte sie das Ziepen der Haubentaucher und das vereinzelte, schrille Kirren eines aufgeschreckten Blässhuhns. Ein Ausflugsboot kam von Westen heran. Die Motoren wummerten dumpf und darüber war Tanzmusik war zu hören und helles Sommerlachen.

Sie schwamm ruhig weiter, tauchte den Kopf unter die Wasseroberfläche und wusch nach und nach den Tag von sich ab. Später nahm sie noch jede Menge Nässe mit ins Auto zurück und fuhr auf der Autobahn langsam nach Norden.

Schielin war es ähnlich ergangen. Nach seinem obligatorischen Besuch an der Weide und der Kontrolle, die inzwischen das Zählen der Viecher mit einschloss, war er zurück ins Haus gegangen. Von wegen gemütlicher Abend alleine und Musik hören. Es war zum Verrücktwerden. Welche

Musik passte zu seiner Stimmung – diesem heftigen Hin und Her seiner Gedanken, dieser inneren Unruhe. Bei Beethoven fand er genauso wenig Geeignetes wie bei Mozart und Schumann. Brahms vielleicht? Die erste Sinfonie mit ihrem unerbittlichen Paukenschlag in der Aufnahme von Solti? Oder die vierte Sinfonie, über die sich Hugo Wolf aufregte und so beißend kritisierte, nicht einmal Beethoven, Schubert, Schumann, Mozart und Mendelssohn hätten eine Sinfonie in e-Moll geschrieben, die ihn, die Edelfeder, das böse Wort hatte schreiben lassen: *Die Kunst ohne Einfälle zu komponieren, hätte in Herrn Brahms ihren würdigsten Vertreter gefunden.*

Die Suche nach einer Musik half halbwegs ihn abzulenken. Er lief durchs Haus, trank Wein, legte hier etwas zurecht, dort etwas zur Seite, dachte an Ronsard, der mit müßiger Miene auf der Weide gestanden hatte.

Er brauchte etwas, was seine aufgewirbelten Emotionen befriedete und befriedigte. Kein Abend für die Reinheit mathematischer Strukturen, wie sie Schönberg und Alban Berg geschaffen hatten.

Er geisterte durch das Haus und analysierte seinen Zustand, ohne einen Bezug zu diesem Fall herzustellen, der in einer verwobenen, nicht zu entschlüsselnden Dreiecksbeziehung von Vater, Tochter und Schwiegersohn versank. Nicht zu entschlüsseln – weshalb? Weil seine gewohnten Denkmuster dieser Konstellation nicht gewachsen waren – das wurde ihm deutlich. Sigmunds Freud Motiv der Kästchenwahl hatte bislang noch immer weitergeholfen, oder wenigstens Anhalte liefern können. Doch diesmal fehlte ihm die Fähigkeit, Personen und Rollen zu transferieren – wer waren Gebärerin, Verderberin, Genossin, Mutter, alter Mann und Todesgöttin?

Die Dunkelheit war schon lange der Finsternis gewichen, als er fündig wurde und endlich in seinem Musiksessel die Ruhe fand, die er brauchte, um irgendwann schlafen zu können: Gabriel Fauré, Klavierquartett Nummer 2 in g-Moll. Es nahm seine Unruhe auf, spiegelte sie und brachte sie endlich zum Erliegen. Die Klänge und Rhythmen waren wie eine Dusche für die Seele. Ein Wochenende auf dem Lande.

Als er danach ins Bett ging, konnte er sofort einschlafen und wachte nach wenigen Stunden auf – erholt von einem tiefen und traumlosen Schlaf.

Ronsard tat verwundert, zu so früher Stunde die Leine angelegt zu bekommen. Die gleichsam ruhigen wie zielgerichteten Bewegungen seines Chefs ließen aber keinen Zweifel aufkommen und taten keine Lücke auf, in die ein störrisches Weigern hätte eingreifen können – sein Chef wollte tatsächlich eine Runde traben.

Schielin kontrollierte die Weidetränke. Es war noch genügend Wasser im Fass und die Friesen machten einen guten Eindruck. Er wollte sie nach der Rückkehr von seinem Ausflug mit Ronsard noch striegeln. Ihr Fell sollte glänzen, denn wenn Marja zurückkam, durfte nicht der Eindruck entstehen, sie wären nicht ausreichend gepflegt worden.

Er lief mit schnellen Schritten los und Ronsard trippelte brav nebenher. Ein letzter Blick hinunter auf den See und den Gipfel des Säntis, der im Morgenlicht stand, dann ging es in den Wald. Das war eine gute Idee, fand er, denn nach einer solchen Morgentour konnte der Alltag kommen mit all seiner Routine – er hatte schon Sinneserfahrungen im Kontakt mit Tier und Natur hinter sich, mithin etwas erlebt.

Im Tobel war es kühl. Die Schnaken und Bremsen schliefen noch. Die Halme der Gräser hingen, von der Last der Tautropfen weit übergebogen, in den Weg hinein. Ronsard versuchte ein Stück vor Schielin zu gelangen und ließ sein mächtiges Haupt mit jedem Schritt zur Seite hinschwingen, um das ein oder andere Büschel zu erhaschen. Schielin zog ihn mehrfach zurück. »Lass das! In deinem Innern ist eh schon ein Grollen und Gurgeln, schlimmer als in einem Höllenschlund. Esel fressen dürres und stacheliges Zeug! Das steht schon in der Bibel!«

Auch der Hinweis auf die Bibel vermochte Ronsards Gier nicht zu zähmen.

Eine Amsel flog aus einem Busch auf und zeterte hysterisch.

»Was hat dieser Banger getan, um von seinem Liebhaber derart perfide getötet zu werden, he!? Wenn es nur darum gegangen wäre, den Zusammenzug zu verhindern, dann hätte es dieses komplexe Vorgehen doch nicht gebraucht. Kugelfisch – das ist schließlich keine Allerweltsangelegenheit, so wie Rattengift, ein starkes Pestizid oder das gute, alte Arsen etwa – leicht verfügbare Gifte eben. Nein – Kugelfisch und TTX, da steckt eine gewisse Symbolik drin. Die Erwartung des Täters die Wirkung betreffend.«

Trotz mehrerer Entladungen besserte sich die Geräuschentwicklung in Ronsards Eingeweiden nicht wesentlich.

Die beiden trotteten weiter. Schielin sinnierte vor sich hin, drehte und wendete die Varianten des Falles und kam doch zu keinem Durchbruch. Ronsards Gefräßigkeit nahm ab und sie beide legten ein ganzes Stück völlig gedankenlos zurück. Wenn Schielin den wackelnden Körper neben sich so betrachtete, kam er zu einer Vermutung, die sich im Fortgang seiner Wegstrecke und Gedanken zur Erkenntnis steigerte: Esel haben es einfach leichter im Leben.

Eselinnen auch.

Briefe

»Wie hast du geschlafen?«, fragte ihn Lydia, als er im Büro ankam.

»Tief und ohne Träume. Ich war sogar schon mit Ronsard unterwegs. Und du?«

»Ich war gestern noch auf der Hinteren Insel – ins Wasser gucken und schwimmen, und habe danach auch wunderbar geschlafen. Heute Morgen bin ich dann durch den Garten und habe meine Blümchen gestreichelt. Fühle mich auch gut. Hattest du eine Idee?«

»Nein, und du?«

»Überhaupt nicht.«

Hundle wackelte den Gang entlang und ließ sich vor Lydias Schreibtisch mit einem lauten Stöhnen niedersinken. »Macht's Herrchen so viel Stress, he?«

Erich Gommert hatte tatsächlich Stress, denn Jasmin Gangbacher hatte ihm einen Bericht auf den Tisch gelegt, den er Schielin und Lydia Naber übergeben sollte. Er war ganz aufgeregt von dem, was er da las, und eilte, nachdem er es ein paar Mal kontrolliert hatte, nach hinten, wo Hundle als Vorbote schon lag.

Er drückte Schielin die Papiere in die Hand und erzählte sogleich, worum es ging, damit Lydia auch sofort informiert war.

»Auf dem Notebook von dem Sahm, da hat die Jasmin was ganz Interessantes gefunden. Sie hat gelöschte Dateien wieder sichtbar gemacht … Internetseiten … lauter Zeug mit Kugelfischen und so, und dem Gift von denne Viecher und wie es wirkt und wo mer des Viehzeug herkriegt … alles ausgedruckt und gesichert und dokumentiert. Bis um drei Uhr hat sie gschaffet. Jetzt soll se auch emol ausschloofe due, gell.«

Lydia Naber war elektrisiert. »Oh, oh, Mister Sahm – die Schlinge zieht sich zu.«

Schielin blätterte grob durch die Ausdrucke. »Tatsächlich. Wie doof ist der nur? Das ist ein wesentliches Indiz.«

Lydia ging schnell über die Blätter hinweg. Für sie waren diese Papiere mehr als nur ein Indiz – sie betrachtete sie als klare Beweise. Auf den Seiten ging es konkret um das Gift, seine Wirkungsweise, wie man es nutzen konnte und so weiter. Ein kulinarisches Interesse für Kugelfische konnte dahinter niemals stecken. Alle Hinweise, Indizien und Erkenntnisse, die sie hatten, fokussierten auf ihn. »Da wird er schauen. Soll ich ihn gleich holen?«

Schielin schüttelte den Kopf. »Nicht gleich. Ich möchte noch etwas warten.«

Er versuchte sich in Sahms Lage zu versetzen. Die erste Aufregung war vorbei. Die Entdeckung, das Wirre, die Auseinandersetzung mit seiner Geschichte – darüber hatte er eine Nacht schlafen oder nachdenken können. Im Laufe des Tages sollte das Rationale zur Geltung kommen – das Abwägen der Chancen. Und Schielin wollte auf eine Reaktion von Silvia Sahm warten, denn auch sie hatte sich inzwischen mit der Situation auseinandergesetzt. Es musste doch etwas kommen – von beiden.

Lydia war nicht ganz einverstanden mit seiner Vorgehensweise, nahm es aber ohne langes Murren hin.

Ihre Geduld wurde hart auf die Probe gestellt, denn den gesamten Tag über kam weder vom Anwalt noch von Sahm selbst eine Reaktion. Auch Silvia Sahm ließ nichts von sich hören. Lydia Naber hatte am Mittag bei ihr angerufen und eine völlig belanglose Frage gestellt, nur um zu erfahren, ob sie zu Hause war und aus der Stimme zu lesen, in welcher Verfassung sie sich befand. Sie hatte weder verstört noch verweint geklungen. Während des kurzen Telefonats schoss Lydia wieder die Erinnerung an die zwei Karten für die Festspiele in den Kopf. Sollte sie fragen, was mit den Karten geschehen sollte? Sie schwieg darüber.

Sie drängte Schielin, Sahm doch erneut zu vernehmen, und auch er war sich seiner Strategie nicht mehr so ganz sicher. Aber er überzeugte sie und die anderen davon, doch noch eine weitere Nacht abzuwarten. Wie sie erfahren hatten, gab es weder in Memmingen, Kempten, Ravensburg noch in München derzeit einen freien Platz in der Justizvollzugsanstalt. Also konnte Sahm gut bis Samstag in Lindau bleiben.

*

Der Freitag kam so sommerfrisch und freudig daher wie die Tage zuvor; nur war er angereichert mit den Erwartungen, die auf das bevorstehende Wochenende gerichtet waren, das die Möglichkeit bot, einen Teil der Sommerträume wahr werden zu lassen, denen sonst die Pflichten des Alltags im Wege standen; man konnte seinen Körper die Wärme und Ruhe spüren lassen, sich der leichten Brise und dem sanften Wasser des Sees aussetzen, nach heißen Sonnenstunden den Schatten alter Bäume suchen und die Zeit eines Tages an sich vorüberziehen lassen, ohne eine Scheu vor Müßiggang und Bequemlichkeit zu entfalten.

Ein Segen, solchen Vorstellungen und Gedanken nachhängen zu können, denn so nagten keine Sorgen am Gemütszustand.

Norbert Sahm erwachte verwundert aus einem tiefen Schlaf und anders als am Tag zuvor empfand er kein Erschrecken, keine Verzweiflung und keine Verzagtheit mehr. Die kahle Zelle war ihm in wenigen Stunden vertraut geworden, weil alle anderen Orte ihm keine Vertrautheit mehr geben konnten. Sein Zuhause war nicht mehr existent. Von Silvia war keine Nachricht gekommen und er wusste nicht, was mit ihr und Anna würde. Er war von heute auf morgen allein in der Welt. Gestern hatte er noch Furcht empfunden, doch heute, nur einen Tag später, war die Trostlosigkeit darüber verschwunden. War er derart gefühlskalt? Man musste doch daran zerbrechen, zugrunde gehen, ersticken, an der Last dieser Schuld. Doch nichts von alledem zehrte an ihm. Er genoss seine Ausgeschlafenheit und freute sich auf den Kaffee, den der schrullige Kerl bringen würde, den alle *Gommi* riefen. Er beneidete ihn um sein Leben und um den Hund, der ihm überallhin folgte.

Es erschreckte ihn auch, wie schnell er emotionalen Abstand zu den Menschen erlangt hatte, die in seinem bisherigen Leben von Bedeutung gewesen waren, und die Suche nach dem Schmerz darüber, dass Silvia sich nicht meldete, war ohne Ergebnis geblieben. Er fühlte darüber keinen Schmerz. Anna – ja, sie fehlte ihm und er verdrängte die Gedanken an sie und an eine Zukunft. Er hatte keine Zukunft mehr. Und in der Vergangenheit? Nichts hätte er anders gemacht. Das war der Quell seiner inneren Festigkeit, die er spürte. Nichts würde er anders machen. Was kommen würde, sollte kommen.

Diese Menschen hier, der zurückhaltende Polizist, der ihn unsicher machte, und die blonde Polizistin, deren energische Fragen ihn schwitzen ließen, sie waren ihm näher als alles andere im Moment. Er fühlte sich – und das war das Verwirrende – bei ihnen gut aufgehoben. Am liebsten wäre er hier in der Zelle geblieben, denn da draußen fegte einem der kalte Wind der Wahrheit um die Ohren und machte einen frieren – mitten im Sommer. Er wehrte sich noch, doch spürte er, wie langsam die Schattenwelt, die er über Jahre aufrechterhalten hatte, lichter wurde.

Nach dem Kaffee und zwei Croissants, so wie er es gewünscht hatte, stellte sich eine dunkle Leere ein, und niemand wollte etwas von ihm wissen – keine Fragen, keine Vernehmung, nichts.

Am späten Vormittag erhielt er einen Brief. Er war handgeschrieben und sofort erkannte er Silvias klare und gleichmäßige Schrift. Ein Brief ohne Anrede und Schluss:

Du liebst es doch so in den Worten von Dichtern zu sprechen, weil dir eigene nicht zur Verfügung stehen. In dieser Situation, in der wir sind, geht es mir genauso – es fehlen mir die Worte. Also lies, was ein anderer geschrieben hat. Es ist lange her, dass diese Zeilen entstanden sind, Jahrhunderte; und doch finde ich mich in dem, was ich dir sagen möchte, darin wieder:

Erstarrung – das passt nicht zu dir, beseelt dich doch brennende Schöpferkraft, Feuergeist, edler Schwung. Aber was nützt das alles, wenn die Hemmung stärker ist, als die Kraft der Tugend? Auch große Kraft wird schwach unter dem Gegendruck von noch größerer Kraft, und dem Zwang des Unvermeidlichen muss alles erliegen. Die eine Kraft hat dich nach Babel gezogen, die andere hält dich fest.

Denke über die Kräfte nach – wer könnte für sie stehen?

Hart ist das, doch muss man es tragen; so ist ja nun einmal die Natur des Ortes und die der Menschen mit all ihren Sehnsüchten und Wünschen und Begierden. Alles Gute wird dort an diesem Ort verderbt, wo du bist und wo du hinwolltest – aber allem zuvor die Freiheit; bald genug dann der Reihe nach Ruhe, Freude, Hoffnung, Glaube, Liebe und … die Seele: welch ungeheure Verluste! Aber im Königreiche jedweder Gier bucht man nichts als Schaden, solange nur das jeweilige Geld heil bleibt. Die Hoffnung auf das künftige Leben hält man dort für eine leere Fabel, was man von der Hölle erzählt, alles für erdichtet, und die Auferstehung des Fleisches, das Weltende, Christi Wiederkehr zum Gericht – all dies gilt für Kinderpossen. Wahrheit ist dort Wahnsinn, Enthaltsamkeit bäurische Einfalt, Keuschheit schlimmste Unzucht; zügelloses Sündigen dagegen gilt für Hochherzigkeit und höchste Freiheit, und je befleckter ein Leben, umso glänzender ist es; je mehr Verbrechen, umso mehr Ruhm. Der gute Name ist wertloser als Kot, die wertloseste Ware aber ist der gute Ruf.

Da hast Du, soweit es in so wenigen Worten möglich ist, das genaue Abbild vom Zustand dieser deiner heiligen Stadt ICH.

Er las diesen Brief mehrfach, legte ihn ordentlich zusammen und steckte ihn weg. Er wurde nicht schlau aus den Zeilen.

Bald darauf holten sie ihn. Sein Anwalt saß bereits im kahlen Raum und begrüßte ihn ernst. Er unterrichtete ihn davon, dass seine Frau eine Kanzlei mit der Vertretung ihrer Interessen beauftragt habe. Es schockierte ihn nicht, wenngleich er sich fragte, was ihre Interessen denn seien.

Dann begann die Vernehmung. Der Polizist und seine blonde Kollegin strahlten heute eine gewisse Strenge und Härte aus.

*

Das Erscheinen eines neuen Anwalts, der Silvia Sahm vertrat, überraschte Schielin und Lydia Naber. Mit Körber hatte er nichts zu tun. Sie nahmen seine Vollmacht entgegen und den Brief für Sahm.

Sie hatte ihrem Mann also geschrieben. Es war schwer diese Entwicklung recht zu deuten und sie hofften bei der Vernehmung mehr Erkenntnisse zu erzielen. Zumal sie inzwischen mit echten Fakten aufwarten konnten.

Schielin begann mit allgemeinen Fragen und tastete sich langsam voran. »Wie hat die Beziehung zu Ihrem Schwiegervater ihren Anfang genommen – haben Sie ihn zuerst kennengelernt und dadurch dann Ihre Frau?«

»Nein. Ich habe Silvia auf einer Messe kennengelernt. Sie war als Standbetreuung eingesetzt und hatte den Job über das Studentenwerk vermittelt bekommen. Ganz normale Story – kennengelernt, verliebt, verlobt, verheiratet, ein Kind.« Er sagte es ohne Sarkasmus.

»Wie kam es zu Ihrer Verbindung mit Martin Banger – geschah dies noch vor dem Suizid Ihrer Schwiegermutter?«

Sahm nickte. »Ja. Wir zogen hier in Lindau in dieses Haus. Die Beziehung zu Martin hatte sich gleich zu Beginn ergeben … ich kann Ihnen gar nicht mehr genau sagen wie … es ist einfach geschehen. Silvia war schwanger und wir haben uns in einem Hotel getroffen … daran erinnere ich mich noch. In Memmingen, in einem Gewerbegebiet, direkt an der Autobahn.«

»War es Ihrer Meinung nach ausgeschlossen, dass Ihre Schwiegermutter etwas von dieser Beziehung mitbekommen hat?«

Sahm zögerte mit der Antwort: »Ich meine, sie hat nichts gewusst.«

Da er nicht überzeugend, sondern nachdenklich klang, hakte Schielin nach: »Sie sind sich nicht ganz sicher?«

»Ich schon, aber Martin machte damals Andeutungen.«

»Das war nach dem Suizid?«

»Ja. Er ging nicht direkt darauf ein. Ich erinnere mich nur an gewisse Bemerkungen und Zweideutigkeiten, die es mir nahelegten. Wir haben uns danach für fast ein Jahr nicht mehr getroffen.«

»War es schwierig für Sie, diese Treffen zu arrangieren?«

»Nein. Mein Beruf ermöglichte gewisse Freiheiten und er war ja auch flexibel.«

»Ich verstehe. Er hatte also schon den Verdacht, seine Frau hätte etwas mitbekommen. Wie steht es mit Ihrer Frau – wusste sie davon?«

Norbert Sahm lachte zynisch auf. »Nein, also wirklich nicht! Und um das klarzustellen. Meine Familie ist mir wichtig … meine Frau, mein Kind … sie stehen an erster Stelle.« Sein kurzes Aufbrausen verpuffte und Schielin ließ nicht locker. »Könnte es sein, dass sie eine Ahnung hatte, dass sie durch eine Unachtsamkeit Ihrerseits der Verbindung auf die Spur gekommen ist?«

»Nein – das hätte ich gemerkt, glauben Sie mir, das hätte ich doch bemerkt! Silvia ist nicht der Typ, der so etwas für sich behalten könnte, es so überspielen könnte, ohne dass ich es merken würde.«

»Eine Unachtsamkeit eben. So was passiert.«

Er antwortete energisch: »Nein, nein, keine Unachtsamkeit. Martin und ich haben uns nicht geschrieben, weder altmodische Briefe noch elektronisch – keine Mails, keine SMS und keine Messenger. Nichts. Wir haben nur kurze Telefonate geführt. Es ist völlig ausgeschlossen, dass meine Frau davon Kenntnis hatte. Zufrieden!?«

Schielin zuckte mit den Schultern. »Es geht hier nicht um meine Zufriedenheit. Haben Sie versucht diese Beziehung zueinander zu beenden – ich meine die mit Martin Banger?«

»Ja. Sowohl ich hatte das versucht als auch Martin. Es gab in den letzten Jahren mehrfach Unterbrechungen für mehrere Monate, die längste nach dem Tod meiner Schwiegermutter. Doch zu einem endgültigen Ende ist es … auf normale Weise nicht gekommen.«

Lydia Naber fragte: »Wie sehen Sie selbst dieses Verhältnis zu Ihrem Schwiegervater in Bezug zur Ehe mit Ihrer Frau. Hat es diese Ehe eher stabilisiert, gab es Ihnen einen besonderen Kick, war es für Martin Banger eine Art Herausforderung, seiner Tochter den Mann auszuspannen?«

»Ich verstehe Ihre Frage nicht.«

»Brauchten Sie die Beziehung zu Ihrem Schwiegervater als Beweis Ihrer Männlichkeit?«

»Nein.«

»Brauchte er es?«

»Nein.«

»Wollte er seine Tochter verletzen, erniedrigen, demütigen, bestrafen?«

»Was reden Sie denn da für einen Unsinn. Er hat sie geliebt …«

»Und Sie? Hat er Sie auch geliebt?«

Norbert Sahm schwieg.

Lydia Naber sprach ruhig und sachlich: »Diese Beziehung war für Sie also keine emotionale Last, es bedeutete eher eine logistisch-organisatorische Herausforderung – interpretiere ich das korrekt?«

Norbert Sahm blickte ihr lange in die Augen und sprach dann leise. »Nein, es war beides, sowohl eine emotionale als auch eine logistische und organisatorische Herausforderung.«

»Wer tat sich leichter – waren das Sie, oder war es Ihr Schwiegervater?«

»Martin tat sich leichter damit. Das ist doch natürlich. Er hatte keinen täglichen Kontakt zu Silvia, so wie ich. Er lebte für sich …«

»Es gab keinen Gegenpart, an dem sich so etwas wie *schlechtes Gewissen* hätte manifestieren können«, stellte Lydia Naber nüchtern fest.

Zynisch antwortete er: »Gewissen, Gewissen. If you obey all the rules, you miss all the fun.«

Schielin lachte böse auf: »So sehen Sie das also: Wer alle Regeln befolgt, wird keinen Spaß haben.«

Sahm wurde schlagartig wieder ernst und er bereute es, so reagiert zu haben. »Nein, nein. Das war nur so eine Redensart … wie es Ihre Kollegin gesagt hat, so ist es wohl.«

Hatte Sahm gerade etwas verraten, über seine Sichtweise der Dinge, über seinen wahren Charakter? Schielin machte weiter. »Mhm, so war das also – wohl. Und wenn Sie sich alle miteinander trafen, dann war er ganz cool, frei und unbefangen?«

»Ja, so war das. Wir waren dann eine glückliche Familie. Papa, Mama, Kind, Opa!«

»Und Sie? Wie ging es Ihnen in diesen Situationen?«

»So oft kamen die ja nicht vor. Ich fühlte mich nicht gut dabei und vermied solche Familientreffen auch.«

Schielin verzichtete aber darauf die Gelegenheit zu nutzen, um über den geplanten Zusammenzug zu reden. »Herr

Sahm, wann waren Sie zuletzt in Martin Bangers Wohnung?«

Er schüttelte den Kopf. »Nie.«

Schielin wiederholte die Frage.

»Ich war nie in seiner Wohnung. Wir haben jeglichen Kontakt auf privater Ebene vermieden …«

Lydia unterbrach ihn. »Das verstehe ich nicht. Sie waren doch Schwiegersohn und Schwiegervater – es wäre doch völlig ungefährlich gewesen, wenn Sie sich getroffen hätten.«

»Das schon, aber Sie müssen wissen, er war da sehr eigen. Er hat niemanden in seine Wohnung gelassen. Ich glaube, es hat mit dem Tod seiner Frau zu tun. Wir haben aber niemals darüber gesprochen.«

»Die Putzfrau …«, warf Schielin in den Raum, »die hat er schon reingelassen.«

»Na ja – auf die konnte er bei seiner Sucht nach Ordnung und Reinlichkeit schlecht verzichten, den Kompromiss musste er eingehen.«

»Sonst niemand?«

»Niemand«, bestätigte Sahm.

»Ihre Frau auch nicht?«

»Nein. Sie hatte keinen Schlüssel… ich müsste überlegen, aber sie war auch nie in seiner Wohnung. Ich weiß jedenfalls nichts davon.«

»Mochte er bestimmte Blumen sehr gerne?«, fragte Lydia Naber.

Sahm sah sie verwundert an. »Blumen?«

»Ja.«

»Oh … da fällt mir nichts ein dazu. Rosen vielleicht.«

»Orchideen?«

»Kann sein, ja. Ich habe ihm nie Blumen geschenkt, wenn sie darauf hinauswollen.«

Schielin wechselte das Thema: »Herr Sahm, eine andere Frage – Sie verwenden verschiedene Gerätschaften –, Handys und Notebooks. Wir haben sie in Ihrer Firma und bei Ihnen zu Hause sichergestellt. Wer hat Zugang zu diesen Geräten?«

Sahm fragte: »Zugang?«

Schielin präzisierte: »Ja. Wer hat Verfügungsgewalt über diese Geräte und wer kann sich mit den Zugangsdaten an diesen Geräten anmelden?«

»Die Handys liegen in meinem verschlossenen Schrank in der Firma, wenn ich sie nicht mit zu Hause oder auf Reisen habe, aber es gibt einen Firmenschlüssel dazu. Das Notebook habe ich immer bei mir. Niemand außer mir hat die Zugangsdaten. Sie liegen auch nicht in einem Tresor oder Schließfach auf.«

»Niemand?«, fragte Lydia Naber nach.

Sahm bestätigte.

Sie schob einen Stoß Papiere über den Tisch. »Das haben wir auf Ihrem Notebook rekonstruieren können. Seiten aus dem Internet, die Sie aufgerufen haben.«

Norbert Sahm nahm die Blätter entgegen und sah sie durch. Es ging um Kugelfische und deren Gift mit seiner Wirkungsweise. Er las einige Absätze und langsam wurde ihm klar, worum es hier ging, worauf diese Polizisten hinauswollten. Die Gleichgültigkeit, die er nach dem Aufwachen empfunden hatte, war schlagartig verschwunden. Er lachte zynisch. »Ah … ich weiß, worauf Sie abstellen. Aber ich habe das nie angesehen, solche Seiten habe ich niemals aufgerufen.«

Sein Anwalt beugte sich zur Seite und flüsterte: »Ich möchte Ihnen empfehlen, weiter nichts mehr zu sagen, Herr Sahm.«

Schielin machte eine wegwerfende Handbewegung, als

interessiere ihn das, was er gerade gesagt hatte, nicht. »Auf einem der Handys, die wir in der Firma sichergestellt haben, befand sich im Grunde nichts – keine Daten, keine Kontakte, keine Fotos oder Filme. Nur zwei Facebook-Accounts: *Hil Degard* und *De Siree*. Diese zwei Accounts tauchen in der Kontaktliste bei Martin Banger auf.«

Norbert Sahm hob beide Arme, als hätte jemand gesagt: *Hände hoch!* »Ja und. Ich habe sie benutzt, um mich mit Martin auszutauschen, Termine abzusprechen, na und!? Was ist dabei!?«

»Vorhin sagten Sie, es hätte keinen elektronischen Austausch zwischen Ihnen beiden gegeben – nur kurze Telefonate.«

Sahm schüttelte resigniert den Kopf. »Sie wollen es einfach nicht verstehen.«

Lydia Naber fragte: »Eine gefährliche Sache, diese giftigen Viecher. Wo haben Sie den Kugelfisch präpariert? Wann und wo haben Sie Martin Bangers Sonnencreme ausgetauscht?«

»Wovon reden Sie da ... Kugelfisch ... Sonnencreme ... Ich hatte doch nicht den geringsten Grund ihn zu töten. Überhaupt nicht.«

»Das sind wir anderer Meinung. Sie haben vorhin erst gesagt, Sie hätten unter allen Umständen vermeiden wollen, sich auf privater Ebene zu begegnen, Sie waren noch nicht einmal über all die Jahre in seiner Wohnung gewesen. Und jetzt stand plötzlich der Zusammenzug in dieses Haus bevor.«

»Das stand gar nicht bevor. Es war die Idee von Silvia, die da gar kein Ende mehr gefunden hat. Martin war nicht begeistert.«

»Das können Sie nun gut behaupten. Er kann dazu keine Stellung mehr beziehen. Und noch etwas – Sie wollten die Beziehung mit Martin Banger beenden.«

Sie las von einem Blatt Papier ab:

»Ich lasse meine grosse traurigkeit
Dich falsch erraten um dich zu verschonen
Ich fühle hat die zeit uns kaum entzweit
So wirst du meinen Traum nicht mehr bewohnen.«

Norbert Sahm schüttelte den Kopf und grinste dumm, als hätte er mit unverständigen Kindern zu tun: »Das ist von Stefan George. Martin mochte das. Ich kann mit dieser Art Lyrik nichts anfangen.«

Schielin schwenkte ab. »Teilten Sie seine Begeisterung für Musik, Oper, Theater?«

Sahm sprach mit aggressivem Unterton: »Nicht in dem Maße, wie er es gerne gehabt hätte. Ich hatte weder Zeit noch Lust und die Leute von diesem Kulturverein fand ich abstoßend. Vor allem der Oberchef, dieser Friedemann Hauser. Haben Sie den eigentlich schon befragt, ist der denn gar nicht verdächtig? So wie der mit Martin gestritten hat. Die haben sich doch am letzten Donnerstag noch getroffen. Bin nur ich interessant wegen unserer Beziehung …«

Schielin vollzog eine beruhigende Handbewegung. »Wann haben sich Friedemann Hauser und Martin Banger getroffen?«

»Ja, an dem Tag, an dem er in den Lindenhofpark ist. Am Vormittag wollte er sich mit dem Kerl auf der Seebühne in Bregenz treffen. Es ging um diesen Verein und die Millionen, die sie erhalten hatten … diese Stiftung. Der Hauser ist doch pleite und auf das Geld angewiesen. Aber das interessiert Sie ja nicht.«

»Das interessiert uns sehr wohl. Doch bitte erklären Sie uns, weshalb Sie nach Kugelfischen und der Wirkung deren Gifts recherchiert haben.«

Sahm verschränkte die Arme und lehnte sich zurück. »Das habe ich nicht, und wenn ich es getan hätte, dann würden Sie nichts mehr davon gefunden haben. Ich weiß, wie man Dateien richtig löscht, weil ich ein solches Verfahren für unsere Verträge anwende.«

»Das mag schon sein. Doch Sie selbst haben uns ja gesagt, niemand sonst hätte an Ihrem Notebook gearbeitet. Wer soll es denn dann gewesen sein?«

»Ja, finden Sie das heraus!«, zischte Norbert Sahm.

»Haben wir doch schon«, stellte Lydia Naber ruhig fest, »das haben wir doch schon herausgefunden, und Sie sitzen hier.«

Schielin wechselte das Thema. »Ihre Schwiegermutter hat sich vor einigen Jahren auf sehr spektakuläre Weise das Leben genommen. Können Sie uns dazu etwas sagen?«

»Nein.«

»Wir vermuten, dieser Suizid könnte im Zusammenhang mit der Beziehung zwischen Ihnen und Ihrem Schwiegervater stehen.«

»Ich kann Ihnen derlei Vermutungen nicht untersagen.«

Körber sprang ein und stellte mit ruhigem Ton fest: »Mein Mandant wird sich zu Ihren Fragen nicht mehr einlassen. Insgesamt haben Sie nichts wirklich Belastendes gegen meinen Mandanten in der Hand.«

»Das wird sich herausstellen«, meinte Lydia Naber.

Nach der Vernehmung sprachen sie das weitere Vorgehen ab.

Friedemann Hauser musste dringend noch mal rangenommen werden. Kimmel telefonierte mit den österreichischen Kollegen, um Videoaufnahmen von der Seebühne zu bekommen.

Lydia Naber war über Mittag auf die Insel gefahren und mischte sich unter die Gäste, die bedächtig durch die Maximilianstraße spazierten. Manchmal folgte sie einem der fremden Blicke hinauf zu den Treppen- und Volutengiebeln. Am alten Rathaus marschierte sie vorbei. Ihre Einkaufsliste hatte sie schon abgehakt: Schönegg, Kleiber, Käseecke. In der Ansammlung von Fremden kam ihr eine bekannte Gestalt entgegen: Robert Funk. Er war nicht alleine. An seiner Seite ging eine hochgewachsene Schwarzhaarige.

Zielstrebig steuerte Lydia auf die beiden zu. »Ja, da schau an. Grüß dich, Robert. Das ganze Urlaubsglück!«, und mit einem kleinen Seitenblick auf die Schwarzhaarige setzte sie hinzu, »du hattest ja gesagt, den Urlaub mit den Enkeln verbringen zu wollen – schön, dass es klappt! Und das Wetter …«

Robert Funk grinste. Die Schwarzhaarige lächelte. Eine stolze Frau, mit schönem Schmuck. Sie hatte Lydia stumm lächelnd, mit einem angedeuteten Nicken begrüßt.

Robert Funk lachte nun. »Oh ja. Das ist übrigens Liene. Wir sind auf dem Weg zum Untersee. Ich will ihr den Heiligenberg zeigen.«

Lydia Naber erstickte eine sarkastische Replik und meinte nur: »Schön. Dann viel Spaß … Liene.«

Einmal sah sie den beiden nach, wie sie in der Krummgasse verschwanden und dachte an den Heiligenberg und das Schloss und die Landschaft darunter – der See, die Berge. Ist der frech. Na warte nur.

Schon am späten Nachmittag saßen sie vor dem Bildschirm und betrachteten Videoaufnahmen. Ein kleiner Link machte es möglich und die Eingrenzung auf wenige Stunden Aufzeichnungsmaterial war nicht schwer gewesen, da nur ein bestimmtes Zeitfenster infrage kam. Schielin, der als Einziger Friedemann Hauser erkennen konnte, musste nicht lange warten, bis er ihn auf einer ersten Sequenz entdeckte. Die Aufnahmen des Außengeländes waren in Schwarz-Weiß, die vom Innenbereich sogar in Farbe. Auf einer der Aufnahmen sah man Friedemann Hauser, wie er mit Martin Banger vom Hafen herkam. Die beiden gingen ein paar Meter, blieben stehen, diskutierten miteinander, wobei die Energie, mit welcher sich ihre Körper und Extremitäten dabei bewegten, Auskunft über ein sehr engagiertes Gespräch gab. Von Streit konnte man allerdings nicht reden. Schielin hätte sich etwas mehr Zoff gewünscht. Ein Zug fuhr vorbei und verlieh der Szene etwas Gespenstisches, weil es keinen Ton dazu gab. Stummfilm ohne Musikbegleitung.

Auf einer weiteren Sequenz sah man die beiden auf einer Bankreihe in einem freien Block unter dem schwarzen VIP-Kasten sitzen; einander zugewandt und nach wie vor heftig diskutierend. Banger war der Energischere und Hauser der eher Beschwichtigende. Das zumindest ließ seine Körpersprache erahnen.

Schielin kommentierte nüchtern: »Der Hauser hat keine Tasche dabei und auch sonst nichts, worin er die Sonnencreme verstaut haben könnte. Und Banger trägt brav seine Ledertasche. Dumm gelaufen. Es ist ja schwer vorstellbar, dass der Hauser ihm die Sonnencreme so einfach in die Hand drückt. Kann ich mir nicht vorstellen.«

»Nee … ich auch nicht«, sagte Lydia, »das hat man dem untergejubelt. Alles andere ist Quatsch. Macht einem schon Gänsehaut, wenn man den hier so rumlaufen sieht und weiß, wie er wenige Stunden später zu Tode gekommen ist.«

Friedemann Hauser war ohne Umschweife nach Lindau gekommen und von Gommi am Bahnhof abgeholt worden.

Der vornehme Herr wand sich geschickt. Zeitweise hatte Schielin den Eindruck, der Kerl bestreite das Verhör ausschließlich mit Phrasen, Zitaten und Bonmots. Er war glitschig wie ein Aal und nicht zu packen. Wo hatte er nur gelernt, so geschickt zu agieren, und Ausdauer hatte er auch. Er musste Erfahrungen oder Kenntnis davon haben, wie man Fragen geschickt auswich: Manchmal wiederholte er die Frage, so als würde er sie sich selbst noch einmal stellen. Dabei sprach er langsam und nahm das Tempo aus der Befragung, das Schielin gerne hoch gehalten hätte. Schnell und aggressiv gestellte Fragen animierten schnelle Antworten, die wenig reflektiert waren. Darauf ließ sich Hauser nicht ein. Beständig fragte er bemüht nach, behauptete, die Frage nicht verstanden zu haben – inhaltlich, akustisch. Zeitweise schnaufte er angestrengt. Es war eine Plage, und Schielin gewann über die Zeit den Eindruck, sein Gegenüber suchte selbst Informationen zu gewinnen. Und wenn er einmal eine Antwort gab, dann nicht direkt und klar, sondern in einem Wust ausufernder Nebensätze. Und – er versuchte Schielin zu provozieren. Auf dessen Frage, weshalb er ihm nicht gesagt hatte, sich noch am Todestag mit Martin Banger getroffen zu haben, äußerte er, dass er das Gespräch mit Schielin als sehr angenehm empfunden habe, sich aber nicht erinnern könne, dass er gefragt worden sei, wann und wo er sich mit Banger getroffen habe. Der schlaue Kerl war sich bewusst, wie wenig er angreifbar war – gab es doch keine Aufzeichnung des Gesprächs. Genauso gut hätte er behaupten können, sehr wohl über sein Treffen mit Martin Banger erzählt zu haben.

Es war nichts aus ihm herauszubringen. Er hatte Banger nichts übergeben, sie hatten nicht gestritten, es war eine eher leidenschaftliche Diskussion über die Musik gewesen, sie hätten sich im Guten getrennt und seien als Freunde auseinandergegangen. Was geschehen sei, täte ihm sehr leid und es mache ihn traurig.

Schielin glaubte ihm kein Wort.

Sie mussten ihn wieder gehen lassen.

Die Staatsanwaltschaft war von der Beweislage wenig begeistert. Sicher – die Recherche nach Kugelfischen und deren Gift war ein starkes Indiz, allein, was fehlte, um Norbert Sahm seine Tat nachzuweisen, war ein klassischer objektiver Beweis. Wenigstens war das Motiv schlüssig konstruierbar.

»Wird es ausreichen, ihn zu verurteilen?«, fragte Kimmel, als sie sich am Abend im Besprechungsraum trafen.

Weder Schielin noch Lydia Naber sahen sich imstande, die Frage sofort mit *Ja* zu beantworten.

»Kommt drauf an … kommt auf den Richter an«, meinte Schielin.

»Er hat es eben gut vorbereitet«, meinte Wenzel.

»Ja eben – er hat alles wirklich gut vorbereitet und durchgeführt«, antwortete Schielin sarkastisch und stellte fragend fest: »Und dann vergisst er ausgerechnet diese Dateien auf dem Notebook zu löschen? Das verstehe ich nicht.«

»Er hat nicht damit gerechnet, dass wir mit unseren Ermittlungen so weit kommen«, meinte Wenzel.

»Du zweifelst doch nicht etwa an seiner Täterschaft?«, fragte Kimmel entrüstet.

»Ich denke nach. Es passt nicht, etwas passt hier überhaupt nicht.«

Wenzel klang frustriert: »Wir haben nicht einen Fitzel gefunden, der auf eine Beziehung zwischen den beiden hinweist – also keine Briefe, keine Karten, Notizen – nichts … finde ich seltsam. Der hat das alles entsorgt.«

»Das wird so sein«, meinte Lydia Naber.

Kimmel sortierte Papiere. »Am Montag kommt er nach Ravensburg, eher wird nichts frei, aber immer noch besser als Stadelheim oder Straubing, dann haben wir ihn sauber in der Nähe für weitere Vernehmungen.«

*

Das Handy klingelte und Wenzel wusste sofort, dass es das Ende eines Sommerabends bedeutete. Sie saßen unter freiem Himmel im Biergarten des Montfort-Schlössle auf der Streitelsfinger Höhe. Unter ihnen sanfte Hügel, Apfelgärten, die Stadt vor dem See, und dahinter die Kulisse der Alpsteinkette. Mit jedem Schluck vom Weißburgunder nahm man einen Teil dieses Panoramas in sich auf.

Er sah seine Frau mit einer Miene an, die verzeihend und leidend zugleich wirken sollte. Sie lächelte mit zusammengepressten Lippen und wendete den Blick wieder auf die blaue Seefläche, die im Abendglanz lag.

Er meldete sich mit einem schlichten »Ja«.

Der Kollege klang entschuldigend und berichtete, der rote Peugeot sei von der Streife entdeckt worden. Er sei ihnen vor Oberreitnau entgegengekommen und befinde sich auf der Fahrt in Richtung Lindau. Und bedauernd fügte er an, sie hätten sich doch melden sollen, wenn ihnen das Auto auffiele.

»Passt schon so«, sagte Wenzel.

»Und jetzt. Sollen wir was tun?«

»Dranbleiben.«

Drei Leute hockten in der roten Kiste. Das gefiel Wenzel. Er hatte ein gutes Gefühl.

Als er mit dem Cabrio seiner Frau in Richtung See hinunterfuhr, fühlte er sich ein wenig wie ein Urlauber. Das Handy verbotenerweise zur Hand, las er die Positionsmeldungen, die per SMS ankamen. Der Peugeot war auf die Hintere Insel gefahren und parkte in der Nähe der Freien Schule. Wenzel gab Gas und rauschte viel zu schnell die Zwanzigerstraße entlang. Am Zebrastreifen hinter der Inselhalle regten sich einige Leute auf, wie er rücksichtslos vorbeibrauste. Er motzte etwas in den Fahrtwind, nahm die enge Linkskurve nach der Thierschbrücke sportlich und war zufrieden, als er den Peugeot nicht weit vom Kreisverkehr entfernt stehen sah. Die Streife war schon wieder abgezogen, aber nur bis auf die andere Seite der Gleise, wo die Kollegen am Paradiesplatz warteten, ob sie unterstützen sollten.

Wenzel fuhr zweimal durch den Kreisverkehr, nahm dann den Weg zurück, um in die Dreierstraße einzubiegen, und passierte die bedrückende Atmosphäre des Verfalls und Niedergangs, der von den Bahnbaracken ausging. Im Peugeot hatte nur noch der Fahrer gesessen. Einer der Typen vom Grill. Wenn es drei gewesen waren, dann fehlten zwei, und er hatte eine Ahnung, um wen es sich dabei handeln könnte. Er steuerte in den Hof von Wiedemann. Da hinten war auch nach Geschäftsschluss noch offen und an Sommerabenden gab es dort meistens einen Schluck Wein für Spezialkunden. Er stellte das Cabrio vor einer monströsen Ansammlung aus Fackelhaltern, Elefantenfiguren, Brunnen, Aphrodite samt kompletter Verwandtschaft, Engeln, Buddhas, Steinbänken und Gartenmöbeln ab und schlich entlang der Gebäudewand nach Norden, wo der Durchgang zur Dreierstraße war. Irgendwo dahinten mussten die beiden sein.

Er stellte sich in eine Nische und tippte wenige Worte in die Tastatur. Die Streife sollte sich bereit machen, um den Peugeot anzuhalten.

Blechern klingende Durchsagen von Verspätungen, Gleisänderungen und Verbindungsmöglichkeiten schallten vom Bahnhof über das Gleisbett herüber.

Er versuchte etwas zu erfassen, doch die Aufregung spülte Rauschen in seine Ohren; das Dröhnen der Loks, das Sommersummen aus dem Hafen und zwei Flugzeuge über der Insel ließen es nicht zu, sich auf das Gehör zu verlassen. Wo verdammt noch mal konnten die zwei sein?

Er verließ die Nische und ging vorsichtig weiter. Brachte das etwas? Was würde geschehen, wenn er auf die beiden treffen würde? Er hielt inne. Im Grunde war es Unsinn, was er gerade tat; ein Opfer seines Jagdtriebs. Er ging zurück.

Der Peugeot stand noch an der gleichen Stelle. Der Fahrer wartete. Wenzel setzte sich ins Auto und wartete auch.

Wenn es so war, wie er dachte, dann waren die zwei fehlenden Leute aus dem Peugeot gerade dabei, ihr Depot zu räumen. Vielleicht fühlten sie sich sicher, weil nun einige Tage seit dem Zusammentreffen mit ihm vergangen waren. Die Mauer entlang des Ufers war voll mit Sonnenuntergangssüchtigen und Abendspaziergängern. Er stellte den Sitz etwas zurück und machte es sich gemütlich.

Eine Viertelstunde später tauchte der Peugeot auf, besetzt mit drei Gestalten.

Er gab der Streife Bescheid, die inzwischen an der Spielbank parkte. Wo war die günstigste Anhaltestelle? Am Kreisverkehr vor der Heidenmauer, direkt vor der Spielbank. Da war es schön eng, es herrschte jede Menge Verkehr – Autos, Roller, Fahrräder, Fußgänger.

Er folgte dem Peugeot und ließ nach der Thierschbrücke zwei Autos einscheren, um nicht direkt hinter das verfolgte Fahrzeug zu geraten, das ausnehmend langsam und vorsichtig unterwegs war. Vor dem Kreisverkehr an der

Heidenmauer hatte sich ein kleiner Stau gebildet. Die Verkehrskontrolle wirkte schon. Der Peugeot wurde herausgewunken, als er an der Reihe war.

Wenzel kam lächelnd auf die Kollegen zu. Neigert war schon zu erkennen. Er war ausgestiegen und versuchte sich in Small Talk mit der Kollegin. Der Fahrer des Peugeot suchte etwas im Handschuhfach, vermutlich Führerschein und Fahrzeugpapiere, und auf der Rücksitzbank, wie konnte es anders sein, saß Frau Jessica.

Wenzel verlangsamte seine Schritte, als er der Szene näher kam und tat so, als handelte es sich um einen Zufall. »Gott zum Gruße, Herr Neigert. Was für ein herrlicher Sommerabend, nicht wahr. Die Menschen strömen auf die Insel, ein Bad im abendlichen Bodensee, ein Gläschen Wein draußen, ein gutes Essen. Gibt es Schöneres. Und Sie, Sie befinden sich bereits auf dem Heimweg?«

Neigert sah ihn abschätzig an. Wenzel verfolgte, wie die Kollegen ihr Programm abspulten: Der linke Blinker funktionierte nicht, Führerschein und Fahrzeugschein bitte, wo sind Verbandskasten und Warndreieck. Letzteres befand sich im Kofferraum. Dort war auch eine alte Kunstledertasche abgestellt, die Wenzel neugierig beäugte. Die Kollegin fragte Neigert, was in der Tasche sei, und als er daraufhin in forschem Ton von ihr wissen wolle, warum sie das interessierte, schaltete sich Wenzel ein und log: »Genau so eine Ledertasche ist vor Kurzem bei einem Einbruch entwendet worden, Herr Neigert. Deshalb interessiert sich meine Kollegin dafür.«

Neigert musste schlucken, Wenzel nickte der Kollegin zu und sie nahm die Tasche aus dem Kofferraum.

Schon der erste Blick offenbarte einen kleinen Piratenschatz. Lose lagen in der Tasche Geldbeutel und Brieftaschen aller Größen und Farben durcheinander, dazwischen Uhren und Schmuck in verschiedenen Farben und Ausprägungen.

Neigert, Frau Jessica und ihr Bruder wurden bis spät in die Nacht vernommen, fotografiert, erkennungsdienstlich behandelt. Bei Frau Jessica und ihrem Bruder waren einige neue Tätowierungen hinzugekommen, die exakt beschrieben wurden. Neigert grinste feist, wischte ab und an den Schweiß von der Stirn, behauptete, mit der Tasche nichts zu schaffen zu haben und schwieg, genauso wie sein Liebchen und ihr dumpfer Bruder. Wenzel schrieb an den Berichten und den exakten Auflistungen und Beschreibungen des Diebesguts. Einige der Sachen konnte er, ohne in den Unterlagen nachsehen zu müssen, bereits Fällen zuordnen. Eine alte Dame würde sich über ihr Armband und zwei Broschen freuen, die im Hotel abhandengekommen waren.

Die drei wurden auf die Zellen verteilt. Der Dienstgruppenleiter schimpfte, es würde jetzt knapp – da er nur noch eine Zelle frei hatte. Was sollte er machen, wenn in der Nacht noch der ein oder andere dazukäme; ein Ausnüchternder, oder ein Schläger. Wenzel ging nicht darauf ein, es war schließlich nicht sein Problem. Erst weit nach Mitternacht kam er nach Hause. Seine Frau schlief schon. Ihm selbst war es unmöglich – zu viel Adrenalin –, und er zog sich mit einem Glas Wein auf die Terrasse zurück. Er sah in die Sterne und fragte sich, wie es sein mochte, eine solche Nacht in einer Zelle eingesperrt zu verbringen. Er lenkte seine Gedanken weg vom Fall und von den hasserfüllten Blicken, die ihm Frau Jessica zugeworfen hatte. Direkt über ihm leuchtete das unspektakuläre Sternbild des Krebses. Wenn er es lange genug beobachtete, konnte er den unscharfen, nebligen Flecken erkennen, die sogenannte

Krippe – kein Stern, sondern wie Galilei schon sechszehnhundertzehn nachgewiesen hatte, ein Sternenhaufen. Was dieser Galilei alles entdeckt hatte – nur durch Nachdenken und exakte Beobachtung. Er kroch tiefer in das Polster der Liege. Trotz der Wärme konnte man eine leichte Decke gut vertragen.

Zauberflöte

Schielin floss die Zeit durch die Finger. Marja und Lena kamen am Samstagnachmittag aus der Schweiz zurück und erzählten von den herrlichen Tagen am Vierwaldstätter See, von Luzern und dem so ganz anderen Lebensgefühl dort. Schielin hörte nur halb zu und bemühte sich ab und an, seinen Gesichtsausdruck dem Gehörten anzupassen oder ein *ah*, *schön*, *prima* oder sonst eine Teilnahmsfloskel anzubringen, um sein Desinteresse zu kaschieren. Er konnte seine Gedanken nicht vom aktuellen Fall lösen und sogar auf Seebühne und Zauberflöte hatte er nicht die geringste Lust, denn er fürchtete, den Festspielabend mit Gedanken um Martin Banger zu verbringen, und hätte diese herrliche Musik und die atemraubende Kulisse, in die sie gesetzt war, gerne unbelastet solcher Gedanken genossen. Und was sollte schon so grundlegend anders sein am Vierwaldstätter See?

Wie Marja es gewünscht hatte, fuhren sie am Abend mit dem Schiff hinüber nach Bregenz. Schon im Lindauer Hafen herrschte Gedränge und die Aufgeregtheit der Festspielneulinge breitete sich im ganzen Hafenbereich aus. Gut, dass sich Leuchtturm und Löwe nicht davon beeindrucken ließen.

Ein heftiger Mittagswind, der aus dem Nichts gekommen war, hatte den See aufgerührt und der kräftigen Wellen wegen legten sie im Bregenzer Hafen an und nicht an der Seebühne direkt.

Er hätte es nicht für möglich gehalten, aber mit jedem Meter, den sie sich vom Festland entfernten, wuchs auch die Distanz zum Fall.

Der Wind flaute rechtzeitig ab, die untergehende Sonne färbte Wasser und Himmel in leuchtenden Rottönen, aufgeregtes Getuschel und unterdrückte Gespräche füllten den gewaltigen Raum, den die Seebühne formte, und die ersten Takte der Ouvertüre fegten alle anderen Gedanken fort. Festspielabend. Weit draußen zog die Hohentwiel vorbei, als wäre sie Teil der Inszenierung.

Schielin klebte an den Farben und an den Texten. Die drei Damen sangen hinreißend:

»Würd' ich mein Herz der Liebe weihn,
So müßt' es dieser Jüngling sein.
Laßt uns zu unsrer Fürstin eilen,
Ihr diese Nachricht zu erteilen.
Vielleicht, daß dieser schöne Mann
Die vor'ge Ruh' ihr geben kann.

O zittre nicht, mein lieber Sohn!
Du bist unschuldig, weise, fromm;
Ein Jüngling, so wie du, vermag am besten
Dies tiefbetrübte Mutterherz zu trösten.
Zum Leiden bin ich auserkoren,
Denn meine Tochter fehlet mir;
Durch sie ging all mein Glück verloren,
Ein Bösewicht entfloh mit ihr.

Noch seh ich ihr Zittern
Mit bangem Erschüttern,
Ihr ängstliches Beben,
Ihr schüchternes Streben.
Ich mußte sie mir rauben sehen,
Ach helft! war alles, was sie sprach.
Allein vergebens war ihr Flehen,

Denn meine Hilfe war zu schwach.
Du wirst sie zu befreien gehen,
Du wirst der Tochter Retter sein;
Und werd' ich dich als Sieger sehen,
So sei sie dann auf ewig dein.«

Viel später sang Papageno:

»O wär ich eine Maus,
Wie wollt' ich mich verstecken!
Wär' ich so klein wie Schnecken,
So kröch' ich in mein Haus.
Mein Kind, was werden wir nun sprechen?«

Und Pamina antwortete:

»Die Wahrheit! Die Wahrheit,
Wär' sie auch Verbrechen.«

Die Wahrheit, die Wahrheit – wäre sie auch Verbrechen. Musik und Geschehen liefen weiter, doch Schielins Sinne landeten ganz woanders, er drehte mehrfach den Satz: die Wahrheit, die Wahrheit … ja, hätten Banger oder Sahm den Mut zur Wahrheit gehabt, so erschreckend sie auch gewirkt hätte. Den ganzen Abend kam er nicht mehr davon los.

*

Sie mied den Garten, in dem die Farben explosiv unter den Strahlen der Sonne aufschienen. Er war ihr zu grell, zu fröhlich, zu lebenslustig. Das kleine Zimmer im Dachboden war dunkel und kühl. Sie kauerte sich in den alten Sessel.

Sie war allein im Haus; Anna war bei ihrer Freundin.

Es war still in den Räumen und sie war mehrfach durch die Zimmer gezogen – ziellos. Nichts hatte sie gefunden – keine Schuld und daher auch keine Reue. Musste man etwas erst bereuen, um zu erfahren, dass eine Schuld in der Welt war? Solcherlei ging ihr durch den Kopf, ohne dass sie sich um eine Antwort bemüht hätte.

Ein kurz aufflackerndes Gefühl hatte ihr Angst gemacht und ihrer selbstgewissen Haltung Zweifel entgegengestellt. Ein sentimentales Aufzucken war kurz und heftig in ihren Leib gedrungen und hatte es in ihrem Innern schmerzhaft warm werden lassen. Es war der sehnsüchtige Wunsch danach, ihr altes Leben zurückzuerhalten; etwas, was völlig unmöglich war. Für einen Moment hatte sie keine Luft mehr bekommen und glaubte, an ihrem Wunsch zu ersticken. Dann war dieses bedrängende Gefühl verschwunden. Trotzdem fühlte sie sich geschwächt; geschwächt von diesem kleinen Gedanken, diesem Wunsch.

Eine Rückkehr in das alte Leben war ausgeschlossen. Sie selbst hatte das neue herbeigeführt. Das Haus mit dem großen Garten und dem Blick hinunter auf den See und die Berge. Das war das neue Leben, für sie und für Anna.

*

In der Nacht fand Schielin keinen rechten Schlaf und war wieder früh hinaus auf die Weide gegangen. Für eine Tour mit Ronsard reichte es nicht, aber er striegelte und tätschelte ihn, denn dies tat sowohl Ronsard als auch ihm selbst gut. Der massige Körper, das weiche Fell, die Wärme und die Ruhe, die dieses Tier ausstrahlte – er konnte sich gar nicht mehr vorstellen, wie ein Leben ohne diese Empfindungen möglich sein sollte.

Zurück von der Weide machte er Frühstück, um sich bei seinen zwei Frauen ein wenig einzuschmeicheln. Danach traute er sich endlich Lydia anzurufen und lud sie ein, am Nachmittag doch vorbeizuschauen. Sie wollte gerne kommen.

Wie er ihr versprochen hatte, duftete es verführerisch nach Kaffee und an ihrem Platz im Freien unter dem Apfelbaum summte und summte und brummte es.

Lydia lobte Kaffee, Kuchen und die Umgebung, bevor sie zur Sache kam. »Nun erkläre mir noch mal, was dich so umtreibt. Ich habe das am Telefon nicht so richtig verstanden. Wo meinst du, liegt unser Denkfehler?«

»Nein, kein Denkfehler, aber wir sind zu sehr auf Norbert Sahm fixiert und haben nicht alle Varianten durchdacht.«

»Mhm. Findest du? Welche Variante gäbe es denn deiner Meinung nach noch. Vor allem – welche ließe sich mit Spuren, Indizien und Beweisen unterfüttern?«

»Nun ja, Spuren und Beweise haben wir noch nicht in ausreichendem Maß, aber vielleicht nur deshalb, weil es da gar nicht mehr gibt. Bisher leben wir kriminologisch und kriminalistisch nur von einem nachvollziehbaren, aber konstruierten Motiv.«

»Dem muss ich zustimmen. Okay, ich höre und bin gespannt.«

Schielin schob die Kaffeetasse ein Stück von sich weg, als sei sie seiner Argumentation im Wege. »Unsere Ermittlung läuft doch nur deshalb geradewegs auf Sahm zu, weil wir auf seine Beziehung zu Banger gestoßen sind.«

»Richtig.«

»Vielleicht ist es aber so, dass wir darauf gestoßen wurden.«

»Das verstehe ich nicht. Wie meinst du das?«

»Auf mich wirkt es konstruiert: Diese Hotelrechnung im Auto von Banger – wir konnten gar nicht daran vorbeilaufen, dann die Dateien auf dem Notebook. Ich kann mir wirklich nicht vorstellen, weshalb ausgerechnet er einen solchen Fehler begehen sollte ... das weiß heute doch jedes Kind, wie Löschen richtig funktioniert, oder man wechselt die Festplatte. So wie es übrigens am privaten Computer der Sahms vor gut sechs Wochen erfolgt ist. Jasmin hat festgestellt, dass vor sechs Wochen alles komplett neu aufgespielt wurde. Das ist meiner Meinung nach nicht logisch. Am privaten PC macht er *tabula rasa* und an seinem Firmennotebook schlampt er herum.«

Lydia Naber trank einen Schluck Kaffee und sah ihn fragend an. »Okay – wir sind deiner Meinung nach einer Spur gefolgt, die uns gelegt wurde ... von wem?«

Schielin schwächte ab: »Es ist eine Variante. Ich bin mir noch nicht sicher. Im Ergebnis stoßen wir auf die geheim gehaltene Beziehung zwischen den beiden Männern und natürlich liefert das ein Motiv, sogar mehrere Motive lassen sich mit dieser Information nachvollziehbar konstruieren.«

»Ja eben – eine Täterschaft Sahms ist nicht an den Haaren herbeigezogen. Welche Alternative bietest du also an?«

Schielin holte tief Luft. »Gehen wir davon aus, die Familie steht immer noch unter dem Eindruck des Suizids von Frau Banger – die Gründe für ihre Tat liegen im Dunkeln. Jahre später wird – durch irgendeinen dummen Zufall – die Verbindung zwischen Sahm und Banger bekannt ...«

»Wem bekannt? Die zwei wissen doch Bescheid ...«

Schielin hob an, doch Lydia war schneller. »Ahhhh ... du hast Silvia Sahm im Visier ...«

Er winkte ab. »Nicht so schnell, noch nicht im Visier! Stelle dir vor, sie hätte von dieser Beziehung erfahren – was würde in ihr ablaufen, was würde sie denken? Ihr Mann betrügt sie mit ihrem Vater ... Pahh! Das ist der reine Sprengstoff.«

»Eine Katastrophe, das wäre eine Katastrophe«, ergänzte Lydia und schüttelte sich, als würde sie frieren, und tatsächlich war ihr ein kalter Schauer über den Rücken gelaufen.

»Genau – eine Katastrophe. Ehemann und Vater betrügen sie. Wenn sie nicht sofort ausrastet, sondern darüber nachdenkt, dann muss sie diese Information doch irgendwann in Bezug zum Suizid ihrer Mutter setzen.«

»Jetzt wird es abenteuerlich.«

»Finde ich nicht. Ich halte das für ganz normal. Wenn sie so beherrscht ist und sich im Klaren darüber ist, wie sie betrogen wurde, wird sie sich fragen: Seit wann geht das schon so? Sie wird zurückdenken, und ...«

Es war nicht von der Hand zu weisen, was er sagte. Lydia Naber fragte: »Wie bist du auf sie gekommen? Es gibt keinerlei objektive Spur, nichts, was dahin führt.«

Schielin fuhr mit den Händen durch die Luft. »Wie soll ich dir das erklären. Es war am Samstagabend in der Zauberflöte. Die Königin der Nacht, die vorgeblich um ihre Tochter bemüht ist, im Grunde aber nur ihre eigene Machtversessenheit im Sinn hat. Ich bin darüber in Gedanken geraten und konnte mich auf einmal nicht mehr von dieser Tochterfigur trennen. Während diese wunderbare Musik über mich kam, sind mir andere dieser Tochtergestalten vor die Augen gekommen: Medea, Antigone, Elektra ... dieser Friedemann Hauser hat von Elektra erzählt ... es ist einfach verworren, jedenfalls waren diese Gedanken mit einem Mal da.«

»Oje.«

»Ja, oje. Allesamt Frauen, Töchter, die nicht länger dulden und schweigen wollten, sondern aktiv wurden, Töchter, die handelten.«

Lydia sah Schielin fast mitleidig an. »Katastrophen ... totale Katastrophen. Medea tötet ihre eigenen Kinder, Antigone begleitet treu ihren Vater Ödipus, nachdem er sich geblendet hat, und endet eingemauert, weil sie ihren Bruder beerdigt; und Elektra ist die blutigste von allen, sie tötet mit ihrem Bruder Orest ihre Mutter und deren Mann, um ihren Vater Agamemnon zu rächen. Da hast du dir ja feine Mädels ausgesucht ... da geht's ganz schön zu.«

»Ja, schon. Aber diese mythologischen Erzählungen machen uns doch das Undenkbare zum Denkbaren. Man verliert die Scheu das Undenkbare zu denken. Ich dachte mir: Bei alldem, was Silvia Sahm widerfahren ist – wie kann sie nur so beherrscht, so kontrolliert und ruhig bleiben? Sie ankert geradezu in sich selbst, als sei sie nicht Teil des Geschehens, sondern dessen bestimmendes Zentrum. Dabei müsste sie zu einer Medea, Antigone oder Elektra werden.«

»Du meinst, wie eine dieser griechischen Heldinnen, im Triumph bereits gescheitert.«

»So in etwa. Und ihre Persönlichkeit gibt es her: intelligent, eher introvertiert, gebildet, energisch und entschlossen. Wie würde sie reagieren, wie könnte sie reagieren, sollte sie von der fatalen Situation erfahren haben? Den Mann aus dem Haus werfen und den Kontakt zu ihrem Vater abbrechen – was sie schon einmal fast getan hat. Verdrängung wäre auch eine Möglichkeit – verdrängen und sich arrangieren. Es wäre aber auch möglich, dass sie über Rache nachgesonnen hat.«

Lydia Naber schüttelte den Kopf. »Das würde bedeuten, sie hätte ihren Vater vergiftet und es so aussehen lassen, als wäre ihr Mann der Täter gewesen?«

»Wieso nicht? Damit hätte sie beide bestraft – ihren Vater und ihren Mann. Sie hätte beide für ihren Verrat und Betrug bestraft und den Suizid ihrer Mutter gerächt. Ein Motiv lässt sich für sie genauso gut konstruieren wie für ihren Mann.«

Lydia Naber war skeptisch. »Wie sollen wir das jemals beweisen?«

»Ja – wir bräuchten schon ein paar knallige Beweisstücke, mit der wir sie in die Enge treiben können. In diesem Fall kommen wir nur mit einem Geständnis zum Ergebnis. Die Spurenlage gibt nichts, aber auch nichts her, was uns weiterbringt. Eine trostlose Angelegenheit.«

»Wie immer, wenn Gift im Spiel ist … knallige Beweisstücke … schwierig … es bleiben ja nur zwei Ansätze. Wenn es so ist, wie wir es eben konstruiert haben, dann muss sie das Notebook ihres Mannes manipuliert haben, sie muss diese Rechnung in die Finger bekommen und im Auto abgelegt haben, um uns darauf zu stoßen … eine gewagte Angelegenheit.«

»Vielleicht hätte sie noch das ein oder andere veranlassen können, wenn wir nicht auf ihren Mann gekommen wären. Sie hatte es in der Hand.«

»Also so, wie du redest, bist du schon total von dieser Variante überzeugt. Was macht dich so sicher?«

»Kann ich dir nicht sagen – es ist so ein Gefühl.«

»Ich weiß gar nicht, wie wir da rangehen sollen. Ihr Mann hockt in Untersuchungshaft, wir haben dem Staatsanwalt unsere dürftige Beweislage vorgelegt, und jetzt? Jetzt nehmen wir plötzlich die Frau in die Mangel? Conrad, sie hat einen Anwalt, sie ist intelligent – und wenn du recht hättest, dann wäre sie so was von abgebrüht – wir kämen ihr mit *ein bisschen Angst machen* nicht bei. Wovor sollte gerade sie denn noch Angst haben, wovor? Also – wie sollten wir das anstellen, so ganz ohne die Daumenschrauben echter Beweise, zu denen sie Stellung nehmen müsste und mit denen wir Druck aufbauen könnten? Hast ja gesehen, wie es bei Sahm gelaufen ist.«

Schielin schnaufte und blieb unverbindlich. »Ja, wir müssten gezielt vorgehen.«

»Du hast einen Plan?«

»Wir brauchen Beweise und daher müssen wir das wenige, was wir haben, noch mal genau ansehen. Ich weiß nicht – vielleicht kippt sie ja, wenn sie unter Druck gerät. Die Situation für sie hat sich geändert. Wenn sie es war, dann hat sie ihren Zorn und ihre Rachsucht erheblich kultiviert, um so einen perfiden Plan zu entwickeln: Vater vergiftet, Schuld auf Mann schieben. Doch jetzt? Sie hat ihre Rache gehabt, Mutter und Vater sind tot, der Mann hockt in Untersuchungshaft, und sie … sie ist jetzt alleine, ganz alleine? Das packt man nicht so einfach weg. Darauf setze ich – auf die Schwäche, die ganz zwangsläufig über einen herfällt.«

»Du redest, als hättest du selbst schon so ein Ding gedreht, Mensch.«

Schielin lachte. »Angst?«

»Nein – aber sie hat das Kind.«

Schielin stöhnte.

Töchter

In der Morgenrunde erzählte Wenzel, wie billig er Neigert, Frau Jessica und ihren tumben Halbbruder hochgenommen hatte. Kimmel war zufrieden, weil sich die Meldung in der Presse gut verkaufen ließ. Ein großer Teil des sichergestellten Diebesguts konnte den Opfern zugeordnet werden und die Staatsanwaltschaft hatte Haftbefehle erlassen sowie einem Durchsuchungsbeschluss zugestimmt.

Schielin und Lydia Naber erläuterten sodann ihren Verdacht gegen Silvia Sahm und Jasmin erhielt den Auftrag, deren gesamtes Umfeld zu erhellen. Während die anderen weiter diskutierten, überlegte sie, womit sie anfangen sollte und entschied sich für den Kindergarten, in den die Tochter Anna ging. Es war die einzige Schnittstelle zu Silvia Sahms Privatleben, die ihr einfiel.

Schielin telefonierte den halben Vormittag und wurde nur einmal von Lydia Naber unterbrochen, als sie aus dem Keller kam, mit einem Blatt Papier wedelte und »Bingo!« rief.

Schielin ging alle Unterlagen noch einmal im Detail durch und hielt wichtige Daten und Stichpunkte in seinem Notizbuch fest. Ein kleiner Stapel Papier war gerade an der Reihe; das Sheraton Dornbirn hatte die Buchungen auf den Namen *Frigoplan* und *Banger* für ein Jahr zurück aufgelistet und dem LKA Bregenz zur Verfügung gestellt, von wo sie geradewegs den Weg nach Lindau gefunden hatten. Schielin ging die Liste durch, nur um noch einmal sicher zu sein. Eine Buchung fiel ihm auf, weil der Buchungsname nicht passte. Er brauchte eine ganze Weile, bis er verstand weshalb. Lydia Naber hatte mitbekommen, wie er murmelte und fortwährend den Kopf schüttelte. »Was hast du denn?«, fragte sie schließlich.

»Komm rüber und schau es dir selbst an.«

Sie trat neben ihn und las einen der letzten Einträge auf der Liste. Die Buchung lag fast ein Dreivierteljahr zurück. »Ja und?«, fragte sie. Eine Hotelbuchung.

»Ja, aber nicht auf den Namen Banger oder für die Firma Frigoplan, sondern auf den Namen Sahm.«

Lydia Naber stutzte. »Ja, schon. Ich hatte ihnen den Sahm auch als Suchkriterium mitgegeben.«

»Aber Norbert Sahm hat doch nie unter seinem Familiennamen gebucht, und hier auf der Liste findet sich für das gleiche Datum eine Übernachtung für Banger, für Frigoplan und für Sahm – neunter, zehnter und sechster Stock. Das passt doch nicht. Wieso brauchen die drei Zimmer?« Er schnaufte aus. »So langsam blickt man da gar nicht mehr durch …«

Lydia Naber schwieg und stand ganz still da. Schielin nahm ihre angestrengte Schweigsamkeit auf und wurde ebenfalls ganz ruhig. Es führte ihn zum gleichen Gedanken.

»Oje, oje … wir sind beide zum gleichen Ergebnis gekommen, nicht wahr?«

»Ja. Es bleibt keine andere Möglichkeit, mein Gott.«

Sie wurden von Wenzel unterbrochen, der mit den Abschlussvernehmungen von Neigert befasst gewesen war und von diesem ein Angebot erhalten hatte. Neigert hatte also etwas zu erzählen.

Sie ließen ihn von der Zelle in den Vernehmungsraum bringen und Wenzel forderte ihn auf noch mal zu erzählen, was er ihm bereits gesagt hatte. Schielin und Lydia hörten desinteressiert zu.

Lydia sah Neigert angewidert an. »Ich verstehe ja, dass Sie Probleme haben, weil sie wieder in den Häfn einwandern. Aber glauben Sie vielleicht, es wird besser, wenn Sie uns derartig langweilige Geschichtchen erzählen!? Dass jemand an einem Sonntagabend Ihrem Nachbarn einen großen Blumenstrauß bringt!? Sollen wir das dem Haftrichter erzählen oder was, und erwarten Sie wirklich, mit so 'nem Zeug erquatschen Sie sich ein Entgegenkommen? Ich glaub's ja nicht.«

Neigert kaute an seinen Fingern herum und sagte patzig: »Keinen Blumenstrauß, Mensch! Eine Orchidee war es. Und Ihr Kollege hat gesagt, alles ist wichtig.«

»Ja, sicher ist alles wichtig. Aber so was? Ist schon recht, Herr Neigert.« Lydia Naber stand auf und verließ den Vernehmungsraum. Schielin folgte ihr.

*

Am Nachmittag erschien Silvia Sahm auf der Dienststelle. Sie trug ein dunkelblaues Sommerkleid und eine Perlenkette.

Etwas zu edel, dachte Lydia Naber.

Im Vernehmungsraum war es angenehm kühl. Silvia Sahm setzte sich vorsichtig auf den angebotenen Stuhl und strich über ihre blanken Oberarme, als fröstelte sie. Ihre Stimme klang fest und bestimmt.

Schielin begann mit einer längeren Einleitung, berichtete über den Stand der Ermittlungen ihren Mann betreffend, stellte belanglose Fragen und gestaltete die Befragung langwierig und umständlich. Eine halbe Stunde mochte vergangen sein, als er einen Blick Silvia Sahms erhaschte, in dem er ein unruhiges Flackern wahrnahm. Nun lenkte er die Fragen in eine zwingendere Richtung.

»Sie wollen keinen persönlichen Kontakt zu Ihrem Mann? Er sitzt drüben in der Zelle.«

Sie verschränkte die Arme. »Ich werde hier nicht über meinen Mann reden.«

Es kam so überzeugt, dass Schielin es gerne sein ließ. »Reden wir von Ihrem Vater. Sie waren nie in seiner Wohnung«, stellte er fest.

»Das war so, ja, wie ich schon einmal erklärt habe. Auch wenn es seltsam erscheinen mag, doch er war da eigen und wollte das nicht.«

»In einem unserer letzten Gespräche sagten Sie mir, sie kümmerten sich nicht um Computer und kennen sich damit nicht sonderlich aus.«

»Ja, das ist so.«

»Mhm. Wir haben Grund an Ihrer Behauptung zu zweifeln, Frau Sahm. Wie wir erfahren haben, übernehmen Sie für den Kindergarten in Aeschach administrative Arbeiten an den Computern. Sie sind Mitglied im Elternbeirat, kümmern sich um die Computer dort und gelten als versiert und erfahren.«

Silvia Sahm lächelte. »Ja, das ist so. Aber dafür sind keine weiterführenden Erkenntnisse erforderlich, wirklich nicht.«

»Sie haben Archäologie studiert.«

»Ja«, sagte sie abwartend.

»Einer Ihrer Schwerpunkte war die Erstellung von Vergleichsdatenbanken und Sie haben diese Datenbanken selbst entwickelt und administriert. Ich würde also meinen, Ihre Kenntnisse über Computer und Netzwerke sind hervorragend und gehen weit über das hinaus, was normale Anwender wissen.«

Silvia Sahm sah Schielin streng und schweigend an. »Es war ein Nebenprodukt meiner Arbeit an der Uni und nicht meine Hauptaufgabe.«

Lydia Naber fragte: »Wann haben Sie Ihren Vater das letzte Mal zu Hause besucht?«

Silvia Sahms Augen wurden enger. »Ich habe ihn nicht zu Hause besucht. Dann wäre ich ja in seiner Wohnung gewesen.«

»Nicht? Sie waren nicht in seiner Wohnung?«

»Nein.«

»Sie haben Ihren Vater nie in seiner Wohnung in Achberg besucht und Sie waren nie in dieser Wohnung – ist das so richtig?«

»Ich weiß nicht, was das soll. Sie können so oft fragen wie Sie möchten, es wird sich an meiner Aussage nichts ändern.«

»Sie bleiben also dabei.«

»Ja, sicher bleibe ich dabei.«

»Aus welchem Grund war das so?«

»Was sollte *wie* gewesen sein?«

»Dass Sie nie in der Wohnung Ihres Vaters waren.«

»An dem Thema finden Sie großes Gefallen. Also noch mal – er hat das nicht gewollt.«

»Und trotzdem wollten Sie gemeinsam in ein Haus ziehen. Das ist doch eigentümlich, finden Sie nicht auch?«

»Finde ich gar nicht.«

»Also ich finde das schon seltsam. Ihr Vater lebt nur wenige Kilometer von Ihnen entfernt, Sie beide haben für einige Jahre kaum Kontakt zueinander, doch dann, auf eine seltsam unmotivierte Weise, kommen sie sich wieder näher und er möchte Sie zwar nicht in seiner Wohnung haben, aber zusammen mit Ihnen in ein Haus ziehen. Nun sagen Sie doch selbst – das ist doch eigentümlich, oder etwa nicht?«

»Ich habe keinen missionarischen Eifer, Ihnen ein Verständnis abringen zu wollen, und es steht Ihnen frei davon zu halten, was Sie möchten.«

Lydia Nabers Stimme wurde leiser. »Der Makler hat mir erzählt, er hätte nur mit Ihnen gesprochen und der Notar wusste auch nur von Ihnen, Frau Sahm. Wieso taucht Ihr Vater nur dann in Bezug zu diesem Hauskauf auf, wenn Sie davon erzählen?«

»Sie interpretieren das völlig falsch. Ich war natürlich diejenige, die das vorangetrieben hat … der aktive Part eben. Es war ja auch meine Idee, mein Wunsch.«

»Ihr Wunsch ist es ganz sicher, dieses Haus zu kaufen. Hatten Sie aber jemals ernsthaft vor, zusammen mit Ihrem Vater und Ihrem Mann dort einzuziehen?«

Silvia Sahm antwortete lächelnd und so, als spräche sie zu einem kleinen Kind, das etwas gesagt hat, was unzweifelhaft im Gegensatz zu den Gesetzen der Welt stand. »Ah … bitte … jetzt reden Sie aber Unsinn.«

»Ich habe die Frage ernst gemeint. Sie steht noch unbeantwortet im Raum.«

Silvia Sahm sah auf ihre Hände, die sie im Schoß ineinandergelegt hatte. Die Finger spielten miteinander und wirkten, als gehörten sie nicht zu ihr, als hätte sie keine Macht über sie. Da war es wieder, dieses Gefühl, keine Macht über den eigenen Körper zu haben. Sie war nicht aufgeregt, obwohl sie spürte, dass aller Grund dazu bestand. Trotzdem blieb sie in ihrem Inneren ruhig. Und darüber hinaus verschaffte es ihr sogar ein gewisses Gefallen, hier zu sitzen und mit diesen Leuten zu reden. So ruhig und sachlich hatte sie noch nie reden können, wenngleich sie gar nicht reden wollte.

Schielin fragte: »Sie waren noch nie in der Wohnung Ihres Vaters, ist das so richtig?«

Ihre Augen blitzten zornig. »Aber bitte, Herr Schielin. Nicht schon wieder das, ja!«

Lydia Naber holte ein Blatt Papier aus einer Kartonbox.

Die Plastikhülle, in der sich das Dokument befand, reflektierte das spärliche Licht. »Das hier ist eine Hotelrechnung. Sie ist an Ihren Vater adressiert, an die Adresse in Esseratsweiler, Ortsteil Achberg. Er war ein sehr, sehr ordentlicher Mensch. Dieses Dokument haben wir in seinem Auto gefunden. Kennen Sie es, haben Sie es schon einmal gesehen? Schauen Sie es sich bitte genau an.«

Silvia Sahm sah einige Sekunden auf das Papier. »Nein. Ich habe das noch nie gesehen. Was sollte ich auch mit einer Hotelrechnung meines Vaters anfangen. Wie Sie schon sagten, er war ein sehr ordentlicher Mensch, alles musste in Ablagen und Ordnern, in Fächern und Schubladen sortiert sein.« Sie lachte kurz auf.

»Wenn Sie das Dokument noch nie gesehen haben, dann fragen wir uns, wie Ihre Fingerabdrücke auf dieses Stück Papier kommen können? Sie hatten das Papier richtig fest in der Hand – Daumen, Zeigefinger, Mittelfinger. Sie haben es gelesen, gedreht und gewendet.«

Es war das erste Mal, dass Silvia Sahm einen Stich verspürte; unterhalb des Rippenbogens, und für einen Moment war da ein Taumeln, obwohl sie saß.

Sie sah Lydia Naber lange in die Augen und die machte etwas, was Schielin verwunderte. Sie fragte: »Möchten Sie vielleicht einen Kaffee, Frau Sahm?«

Silvia Sahm nickte freundlich. »Sehr gerne, ja.«

Schielin war erschrocken. Wie konnte Lydia an so einem markanten Punkt die Befragung unterbrechen und Kaffee holen gehen. Aber was sollte er machen, außer zu warten und zu schweigen. Es entstand währenddessen keine unangenehme Situation im Raum. Silvia Sahm konnte schweigen und er auch.

Lydia kam kurz darauf mit einem Tablett zurück und stellte den Kaffee auf den Tisch – für alle. Und noch etwas war auffallend. Es gab nicht die üblichen Pappbecher, sondern sie hatte aus Robert Funks Büro die Porzellantassen geholt; die Fälschungen mit dem Meißener Zwiebelmuster. Blau-weiß leuchtete das Kaffeegeschirr und Silvia Sahm bestaunte Untertasse und Tasse mit dem Blick einer Kennerin, nahm Milch und Zucker und prüfte den Geschmack des Kaffees. Es war keine Entspannung oder Lockerheit, dennoch war ihrem Wesen nun eine aufmerksame Zugewandtheit anzumerken. Sie akzeptierte Lydia Naber als eine gleichwertige Gesprächspartnerin.

Die hockte locker da und redete, als handelte es sich hier wirklich um ein Kaffeekränzchen. Das Beißende und Aggressive war verschwunden – es duftete nach Kaffee, das Porzellan zauberte eine intime Atmosphäre, und aus der Vernehmung war eine Befragung, war eine Unterhaltung geworden. Eine ganze Zeit lang ging zwischen den beiden eine Art Small Talk hin und her. Schielin beschloss einfach dazusitzen, nicht aufzufallen und geduldig zu warten, bis er wieder an der Reihe war. Gar nicht blöde, was Lydia da veranstaltete.

Die lenkte inzwischen wieder zum Fall zurück. »Ich frage mich die ganze Zeit, wie Sie es erfahren haben? Denn – Ihr Mann und Ihr Vater – beide sind sehr vorsichtig mit ihrer Beziehung umgegangen. Wie haben Sie nur davon etwas mitbekommen?«

Silvia Sahm stellte die Tasse vorsichtig zurück. »Na, von Ihnen habe ich es erfahren.«

»Nein, nein – Sie wussten es schon vorher. Auf welche Weise, Frau Sahm? Es muss grauenhaft gewesen sein und Sie fürchterlich getroffen haben.«

Sie schwieg.

Schielin klinkte sich vorsichtig wieder ein. »Sie waren sehr kontrolliert, als ich es Ihnen sagte. Da ich davon ausgehe, keinen völlig gefühllosen Menschen mit Ihnen vor mir zu haben, liegt die Vermutung nahe, dass diese Nachricht keine Überraschung für Sie gewesen war und Sie schon lange Bescheid wussten.«

Sie lächelte bitter und blieb stumm.

Lydia Naber holte die Liste mit den Hotelbuchungen hervor. »Vor gut acht Monaten haben Sie ein Hotelzimmer im Sheraton gebucht. Exakt an einem jener Samstage, an denen Ihr Mann und Ihr Vater dort eine Nacht verbrachten. Sie wollten sich vergewissern, nicht wahr? Dabei hätten Sie einem der beiden jederzeit begegnen können … so gefährlich. In der Lobby, im Aufzug, im Restaurant. Wie haben Sie das angestellt? Oder trafen Sie sich dort – zu dritt?«

Silvia Sahm warf angewidert den Kopf zurück.

Schielin setzte nach: »Sie wussten genau, wann die beiden anreisen würden, nicht wahr? Woher hatten Sie diese Informationen? Wir vermuten, Sie haben das Notebook Ihres Mannes gehackt und sind so an die Daten gekommen. Wir ermitteln in diese Richtung. Rache? Für den Verrat, die Demütigung … für Ihre Mutter?«

»Reden Sie! Es wird Ihnen gutun«, sagte Lydia Naber leise und ohne Eindringlichkeit.

Silvia Sahm hob die Tasse an und nahm genussvoll einen Schluck Kaffee. Doch hinter der gespielten Souveränität dieser Frau steckte ein inzwischen verunsicherter, zweifelnder Geist. Sie überlegte, was gescheit war und klug. Anna fiel ihr ein.

»Wie Sie an das Gift gelangt sind, das werden wir noch erörtern, das größere Problem für Sie war allerdings, die präparierte Sonnencreme zu platzieren. Eine Herausforderung, denn Ihr Vater wollte ja wirklich niemanden in seiner Wohnung haben. Da sind Sie einfach mit einer Orchidee als

Geschenk vorbeigekommen ... da konnte er Sie ja schlecht wegschicken. Einmal in der Wohnung ins Bad zu gelangen und die Cremepackungen auszutauschen ... keine große Schwierigkeit. Aber Sie haben ihm eine kleine Botschaft mitgeben wollen – diese Karte mit dem Text von Stefan George. Und als Ihr Vater dann tot war – ist Ihnen ein Fehler aufgefallen: Sie hatten diese Karte mit der Hand geschrieben. Deswegen mussten Sie nochmals in die Wohnung, um die Orchidee und die Karte zu holen. Völlig unsinnig übrigens, denn wir haben eine Fotografie und es gibt Zeugen, die Sie am Haus gesehen haben – die Nachbarschaft. Sie haben Ihr Auto an einem Sonntagabend auf deren Grundstück abgestellt und sind von dort, es war schon dunkel, mit der Orchidee rüber zum Haus Ihres Vaters.«

Silvia Sahm zeigte sich von dem Gesagten nicht beeindruckt und legte beide Hände auf die Tischplatte, wie ein artiges Kind. Sie schwieg aktiv.

»Wie haben Sie von der Beziehung erfahren?«, fragte Schielin und war anschließend selbst überrascht, als sie ruhig begann seine Frage zu beantworten. Die unangestrengte Tonlage und die überlegte Weise, in der sie sprach, machten deutlich, dass sie nun bereit war auf alle ihre Fragen einzugehen. Schielins Herz schlug ein wenig schneller und es wusste nicht, ob es einen Grund gab zufrieden oder freudig zu sein.

»Es war ein ganz gewöhnlicher Tag vor einigen Monaten«, begann Silvia Sahm, »ich bekam einen Anruf aus der Firma meines Mannes. Es gab ein Problem mit der Hotelbuchung. Eine Angestellte in der Verwaltung war dran und teilte mit, sie hätten ein anderes Zimmer als sonst gebucht, weil wegen einer Messe viele Zimmer belegt seien – Samstag auf Sonntag, im Sheraton Dornbirn. Norbert befand sich auf einer Geschäftsreise in Schanghai und hatte mir gesagt, er würde am Sonntag in Zürich landen. Ich verstand zunächst überhaupt nichts und war verwundert – Samstag auf Sonntag, ein Hotel in Dornbirn und dann die Formulierung *ein anderes Zimmer als sonst?* Das hat mich natürlich beschäftigt und überhaupt nicht mehr in Ruhe gelassen. Es war wie in einem schlechten Film, meinetwegen auch ein spannender Film – doch ist es das nur, wenn es Fiktion ist und einen nicht selbst betrifft. Wie auch immer – ich hatte mich schließlich dazu entschlossen, dorthin zu fahren, nach Dornbirn. Ist ja nicht weit. Sie müssen wissen – ich dachte, er trifft sich da mit einer anderen Frau.«

Lydia Naber sah Schielin etwas erschrocken an. Ja, natürlich – das war der logische Gedanke. Darauf hätten sie auch kommen können.

Silvia Sahm sprach leise weiter. »Ich war sehr vorsichtig, habe keinen Aufzug benutzt, mir das Essen aufs Zimmer bringen lassen, bin nicht in den Wellness-Bereich. Am Abend habe ich sie dann gesehen, im Restaurant. Da wusste ich Bescheid. Ein Kellner, den ich später in ein Gespräch verwickelt habe, hat mir erzählt, dass die zwei sich öfter hier treffen – *die Zwei* hatte er entsprechend vielsagend betont und mimisch unterlegt. Ekelhaft.«

Silvia Sahm zeigte keine Anzeichen von Erregung oder gar Verzweiflung. Schielin wollte nicht zu schnell voranschreiten, um den gegenwärtigen Zustand beizubehalten. Andererseits blieb nun keine andere Möglichkeit, als sein Gegenüber formell zu belehren, ansonsten wäre alles was sie da sagte für ihre Arbeit wertlos gewesen. Er sprach langsam und deutlich in Richtung des Mikrofons und Silvia Sahm bestätigte gleichmütig das verstanden zu haben, was er gesagt hatte. Sie hatte nicht den Wunsch ihren Anwalt hinzuzuziehen.

Schielin fragte: »Sie sahen keine Möglichkeit zu reden?«

Sie sah ihn verständnislos an. »Mit wem hätte ich reden sollen!? Alle Menschen, die mir nahestanden, betrogen mich. Ich war ganz allein, verstehen Sie! – ganz alleine. Und – können Sie sich vorstellen, wie ich mich geschämt habe? Nein, das können Sie nicht. Es war eine unendlich große Scham. Selbst wenn es jemanden gegeben hätte, mit dem ich hätte reden können, weiß ich nicht, ob ich das hätte wiedergeben können. Nein, ich war völlig alleine.« Sie stöhnte laut auf.

Schielin wunderte sich über die Vergangenheitsform, die sie wählte. War sie jetzt vielleicht nicht mehr alleine?

Lydia fragte: »Worum ging es Ihnen bei ihrem Aufenthalt in diesem Hotel?«

»Das weiß ich heute selbst nicht mehr. Ich wollte einfach wissen was los ist und hatte keinen konkreten Plan, wie ich auf gewissen Situationen reagieren würde. Ich war … ich war wie ferngesteuert als ich dorthin gefahren bin. Vielleicht ging es mir um Klarheit, oder um Gerechtigkeit. Ich kann es heute nicht mehr nachvollziehen. Von da an, war ich wie in einer eigenen Welt und es ging mir so schlecht und es brauchte unendlich viel Kraft den Alltag so weiter zu leben, als sei nichts, als sei gar nichts geschehen. Ich war wie benommen und nur langsam kam ich wieder zu mir. Der Selbstmord meiner Mutter war mir nun wieder präsent und quälte mich, denn nun, da ich über die Situation Bescheid wusste, erschien mir das was sie sich angetan hatte in völlig neuem Licht.«

»Sie vermuten, ihre Mutter wusste von der Beziehung zwischen ihrem Mann und ihrem Vater?«, fragte Lydia, denn Silvia Sahm hatte aufgehört zu sprechen und sah versonnen an die Wand.

»Ja natürlich, das ist keine Vermutung, es ist mir die einzige Erklärung. Im übrigen ist die Formulierung *sie wusste davon* falsch. Sie hat es auf ähnlich schockierende Weise zur Kenntnis nehmen müssen, wie ich. Wie und wo und auf welche Weise, das weiß ich nicht. Schockierend war es und es hat sie derart niedergeschmettert, dass sie diese fürchterliche Entscheidung traf. Der Phantasie sind ja keine Grenzen gesetzt. Ja – sie hat von dieser Beziehung gewusst. Es kann keine andere Erklärung für alles geben. Und ich fragte mich natürlich, ob ich nur ein Mittel zum Zweck war, ich fragte, was ich überhaupt war, wozu ich existierte und wer mich wofür benötigte. Ich kam mir vor wie ein Ding, wie eine Sache, über die mein Mann und mein Vater bestimmten und mich benutzten um ihrem zweiten Leben einen Anschein zu geben, eine Außenwirkung, oder was auch immer. Nach einiger Zeit fiel mir der Alltag leichter und ich konnte wieder klare Gedanken fassen.«

»Wozu führten diese klare Gedanken?«

Sie antwortete lakonisch: »Klare Gedanken im Hinblick auf die Bewältigung meines Alltages. Ganz ohne konkrete Absicht suchte ich den engen und näheren Kontakt zu meinem Vater. Ich löcherte seine soziale Isolation, in die er sich begeben hatte. Vielleicht schämte er sich auch, ich weiß es nicht. Aber es befriedigte mich zu sehen, wie er sich in meiner Nähe unsicher und unwohl fühlte. Mit Norbert war es das gleiche – was habe ich die beiden herzlich umarmt.« Sie lachte böse auf, bevor sie weitersprach. »Einige Zeit später hatte ich einen Zahnarzttermin und blätterte gelangweilt in einer dieser Zeitschriften, wie sie eben so in Wartezimmern herumliegen. Eine Reportage über diese giftigen Fische fiel mir auf. Ich fand die Fotos von diesen hässlichen Kugelfischen so aufdringlich. Ein Manager, der miserabel zubereiteten Fugu in einem illegalen Restaurant in Stuttgart gegessen und sich dabei vergiftet hatte, beschrieb sein Erleben – die Symptome und die Angst, die er durch die Vergiftung empfunden hatte, diese unendlich große Angst und Sprachlosigkeit, die ihn erfasst hatte ... das hat mich fasziniert und so keimte, zunächst langsam, dann immer zielgerichteter, diese Idee. Und das meiste Gift dieser Viecher konzentriert sich in den Geschlechtsorgangen – ich fand es einen sowohl makabren, wie passenden Aspekt. «

Lydia Naber fuhr ein kalter Schauer über den Rücken. Wem saßen sie da gegenüber?

Schielin fragte sachlich: »Wo hatten Sie das Gift her? Für Fugu besteht ein Einfuhrverbot in die Bundesrepublik.«

Silvia Sahm lachte leise auf und nahm einen Schluck Kaffee. »Diese Frage von einem Polizisten? Das werden Sie doch wissen, dass es gerade für Verbotenes einen illegalen Markt gibt, und das Internet liefert einem jederzeit die Möglichkeit, Kontaktstellen zu finden.«

»Mhm – Kontaktstellen –, wo befand sich Ihre ... Kontaktstelle?«

»In Ulm. Mehr werde ich Ihnen diesbezüglich nicht sagen. Die Leute dort haben mit dem, was ich getan habe, nichts zu tun. Es ist eine etwas fatale Sorte von Genießern.«

Schielin sprach leise, aber betont klar: »Es ist ein langer Weg gewesen von ihrem Erschrecken über die Beziehung ihres Mannes mit ihrem Vater und dem was sie danach durchlebten. Vor allem ein langer Weg bis dahin, ihren Vater wirklich zu töten, noch dazu mit dem Ziel, ihren Mann als Täter erscheinen zu lassen. In dieser Zeit – kam ihnen da nie die Idee, auf eine andere Weise aus der Situation entkommen zu können?«

Silvia Sahm schüttelte den Kopf. »Nein. Es gab kein Entkommen. Ich wollte auch nicht entkommen, denn in den Welt in der ich lebte, einer Welt der Klarheit über die Umstände, die mich umgaben, da fühlte ich mich wohl. Es ging mir gut und ich wollte Gerechtigkeit, Strafe, Sühne. Meine

Mutter hatte sich umgebracht und diese Beiden … welche Strafe hätte es für sie gegeben? Keine! Ihr Betrug an mir ist nicht verboten und der Tod meiner Mutter – einen Zusammenhang hätte jeder amateurhafte Betroffenheitsschwafler klein und zunichte reden können. Am Ende wäre *ich* mit einer Schuld dagestanden, so funktioniert das doch heute. Nein, so durften sie nicht davonkommen. So nicht. Die beiden hatten sich – ich hatte niemanden. Nur Anna. Und es hat lange gedauert, bis ich über die Realität meines Lebens in Kenntnis gesetzt wurde. Haben sie meinen Mann vielleicht gefragt, warum er nicht geredet hat, aus welchem Grund er und mein Vater nichts redeten, erklärten, besprachen – was auch immer? Auch nach dem Tod meiner Mutter nicht? Ich traue mich zu wetten, Sie haben ihn nicht gefragt, ganz einfach, weil es für Sie keine relevante Kategorie ist.«

Schielin ließ ihre Frage unbeantwortet. Ihn interessierte etwas anderes. »Am Tag, als ihr Vater im Lindenhofpark starb, da haben Sie ihre Tochter, wie immer an schönen Tagen, mit dem Fahrrad aus dem Kindergarten abgeholt. Waren Sie an diesem Tag im Lindenhofpark?«

Silvia Sahm sah Schielin lange in die Augen. »Ja. Ich war im Lindenhofpark. Es ist ein schöner Weg von Aeschach aus, den ich sehr genieße, durch den Wiesengrund am Hof der Mrowkas vorbei, ein Stück am Giebelbach entlang. Ich bin vom Hotel Lindenhof her gekommen, an der alten Stieleiche vorbeigefahren, zur Gleditschie mit dem stachligen Stamm und weiter zum Trompetenbaum unter dem ich gewartet habe. Die amerikanische Roteiche unterhalb der Villa hat im Nachmittagslicht gestrahlt wie selten. Und ein Stück unterhalb – da hat er gelegen. Ja, ich war dort.«

Schielins Stimme klang belegt: »Sie waren nicht dort, um das Arboretum zu genießen. Hatten Sie ihre Tochter dabei?«

»Nein. Ich war zuvor dort. Mit Anna hatte das nichts zu tun.«

Lydias Lippen wurden schmal. Diese Silvia Sahm – was trieb sie an, wie kaltblütig war sie wirklich? Die Lockerheit, mit der sie dasaß, ab und zu die Tasse hob und einen Schluck Kaffee genoss, ihre ruhige, reflektierte Art zu sprechen – als ginge es um etwas Banales und nicht um den Mord an Ihrem Vater. Lebte sie schon lange in einer anderen Welt? In einer Welt, in der nichts mehr für sie Bedeutung hatte? Ein Schreck erfasste sie. Was hatte Schielin gefragt? Ob sie ihre Tochter dabei gehabt hatte. Wo war Anna jetzt? »Wo befindet sich Ihre Tochter?«, fragte sie streng.

»Es geht ihr gut.«

Lydia Naber wurde unfreundlich. »Na, na, na – das war nicht meine Frage! Wo ist Ihre Tochter, will ich wissen?!«

»Bei einer befreundeten Familie«, beruhigte Silvia Sahm.

Lydia Naber schob ein Blatt ihres Notizblocks über den Tisch samt Kugelschreiber und forderte: »Name, Anschrift, Telefonnummer bitte!«

»Sind Sie sich darüber im Klaren, dass wir Sie hierbehalten müssen. Wir werden Ihnen die Festnahme erklären und Sie werden in Untersuchungshaft kommen«, erklärte Schielin.

Sie nahm noch einen Schluck Kaffee. »Ja, dessen bin ich mir bewusst.«

Schielin und Lydia Naber saßen etwas ratlos am Tisch. Sie hatten ein halbes Geständnis, ihre Vermutungen und Verdächtigungen waren bestätigt worden, und doch stellte sich keine rechte Befriedigung darüber ein, so weit gekommen zu sein. Norbert Sahm würde aus der Haft entlassen werden, seine Frau käme hinter Gitter, das Kind verlöre damit einen seiner Elternteile an das Gefängnis, der Opa war tot und die Polizei empfand kein Triumphgefühl.

Es gab nur Verlierer.

Den Vorschlag von Lydia Naber hatten alle gut gefunden und sich am Abend eines der darauffolgenden Tage im Lindenhofpark getroffen. Sogar Robert Funk war dazugekommen, obwohl er Urlaub hatte.

Der Trubel, der tagsüber hier herrschte, war wie üblich abgeebbt und sie saßen alle beisammen auf der steinernen Treppe. Der breite Wall aus Linden lieferte angenehmen Schatten. Schielin schenkte Weißburgunder aus. Das angeregte Gespräch war zum Erliegen gekommen. Jeder hing seinen Gedanken nach und sah auf die glitzernde Wasserfläche. Hinter der Insel, im Osten, füllte sich der Zuschauerraum der Seebühne mit erwartungsvollen Menschen. Lydia lag im Gras, linste durch die Lücken der Baumstämme hinaus auf das Wasser wo der See ihr eine eigene Bühne war. Die Appenzeller Hügel leuchteten herüber. Eine Amsel lieferte sich ein abendliches Sängerduell mit einem Buchfinken.

Wenzel meinte versonnen: »So viel Wasser.«

Während die anderen beiläufig und stumm zustimmten, kommentierte Gommi: »Ja, unglaublich … man kann's kaum glauben, das des alles die Stuttgarter saufen.«

Personenregister

Martin Banger – Mordopfer
Silvia Sahm, geb. Banger – Tochter des Opfers Martin Banger
Norbert Sahm – Ehemann von Silvia Sahm und Schwiegersohn des Opfers
Anna Sahm – Enkelkind
Friedemann Hauser – ein Musikwissenschaftler
Hubert Neisser – Kollege des Opfers Martin Banger
Frau Notze – eine Nachbarin des Opfers
Jessica Notze – ihre Tochter
Neigert – Lebensgefährte von Jessica und deren Mutter
Johann Moder – Bauer und Eselbesitzer
Hertha und Walter Koller-Brettenbach – Ärztehepaar

Das Team

Conrad Schielin – Bodenseekommissar und Mordermittler
Ronsard – Conrad Schielins französischer Esel; ein Grand Noir du Berry
Marja – Schielins Frau
Lena und Laura – Schielins Töchter
Albin Derdes – Schielins Nachbar
Lydia Naber – Kriminalkommissarin und engste Mitarbeiterin von Conrad Schielin
Robert Funk – Sachbearbeiter für Eigentumsdelikte, ein Connaisseur; hat die Erscheinung eines Bankdirektors und ein Faible für barocke Büroausstattung

Adolf Wenzel, »Wenzel« – wird nur bei seinem Nachnamen genannt, da er seinen Vornamen nicht leiden mag

Kimmel – mürrischer Chef der Kripo Lindau

Erich Gommert, »Gommi« – die gute und chaotische Seele der Kripo in Lindau

Hundle – Gommis Hund; ein phlegmatischer Straßenhund aus dem Tierheim

Jasmin Gangbacher – jüngste, technikaffine Ermittlerin

Walter Lurzer – österreichischer Kollege der Kripo Bregenz und Freund Conrad Schielins

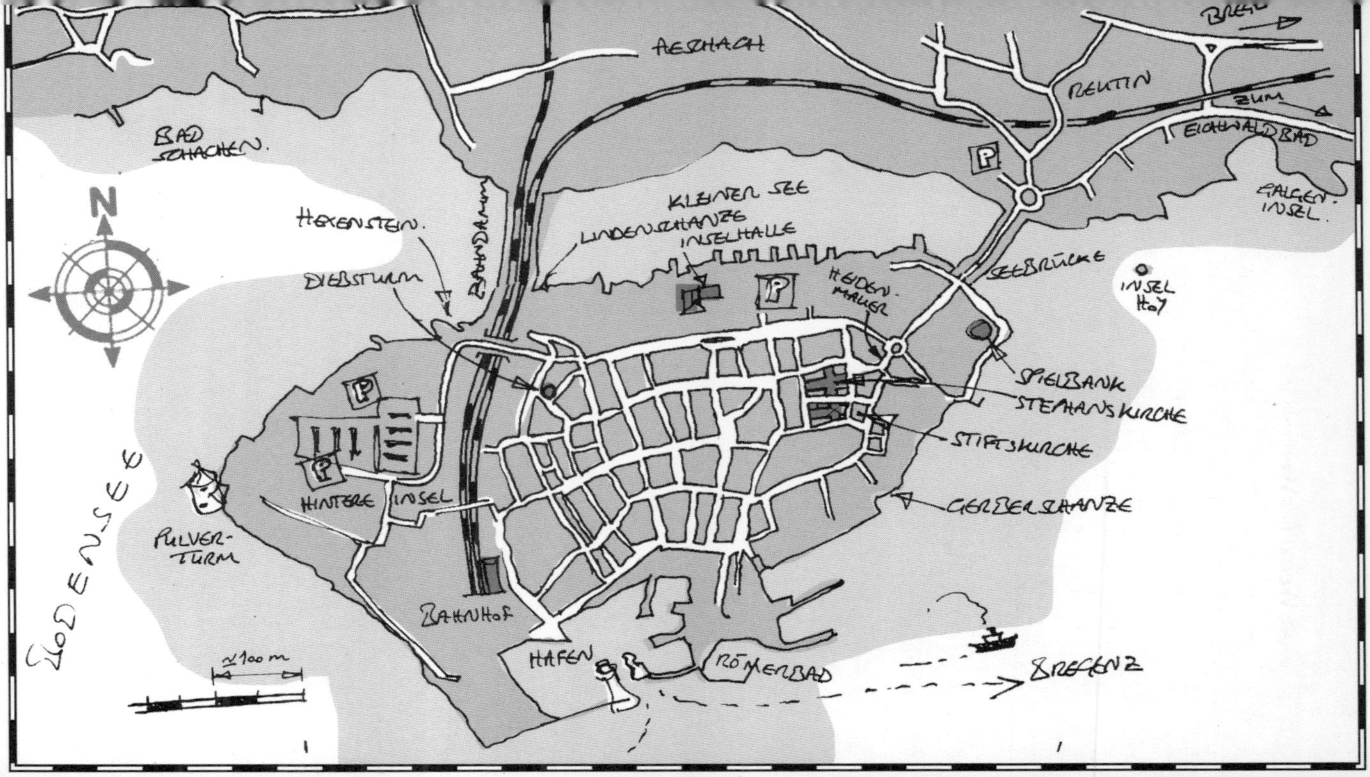
AESCHACH
REUTIN
ZUM
EICHWALDBAD
BAD SCHACHEN.
N
KLEINER SEE
HEXENSTEIN.
LINDENSCHANZE
INSELHALLE
BAHNDAMM
SEEBRÜCKE
GALGEN-INSEL.
INSEL Hoy
DIEBSTURM
HEIDEN-MAUER
SPIELBANK
STEPHANSKIRCHE
STIFTSKIRCHE
GERBERSCHANZE
HINTERE INSEL
PULVER-TURM
BODENSEE
BAHNHOF
HAFEN
RÖMERBAD
BREGENZ
~100 m

BODENSEE
ÜBERLINGER SEE
ZELLER SEE
DEUTSCHLAND
SCHWEIZ
ÖSTERREICH
BODMAN
SINGEN
RADOLFZELL
STEIN AM RHEIN
REICHENAU
ERMATINGEN
KONSTANZ
KREUZLINGEN
MAINAU
ÜBERLINGEN
BIRNAU
UNTER-UHLDINGEN
MEERSBURG
HAGNAU
SALEM
MARKDORF
IMMENSTAAD
FRIEDRICHSHAFEN
SCHUSSEN
RAVENSBURG
TETTNANG
ARGEN
LANGENARGEN
KRESSBRONN
WASSERBURG
LINDAU
HÖRBRANZ
LOCHAU
PFÄNDER 1064 m
BREGENZ
HARD
HÖCHST
RHEIN
ST. MARGRETHEN
DORNBIRN
RORSCHACH
ARBON
ROMANSHORN
AMRISWIL
WEINFELDEN
FRAUENFELD
ZÜRICH
ST. GALLEN
SÄNTIS
MÜNCHEN
≈5km
N
98
7
1
96

Bodensee Literaturkalender

Literaturkalender Bodensee 2015

54 Fotografien, 19,95 €,

ISBN: 978-3-9815506-9-6

Der jährlich erscheinende Literaturkalender Bodensee – ein Wochenkalender mit 54 herausragenden Fotografien; ein Begleiter durch das Jahr, für all diejenigen, die den Bodensee in ihr Herz geschlossen haben.

Die Fotografien von J. M. Soedher geben die poetische Kraft und die magischen Momente des Bodensees wieder. Zusammen mit den ausgewählten Texten wird der Literaturkalender zu einem Stück Bodensee für jeden Tag und jede Woche des Jahres. Das Kalendarium enthält alle Angaben zu weltlichen und kirchlichen Feiertagen, sowie Illustrationen zum aktuellen Mondstand.

Literaturkalender
Bodensee
2016

54 Fotografien,
19,95 €,
ISBN:
978-3-9816355-5-3

Textzitate von:
Herrmann Hesse, Golo Mann, Werner Bergengruen, Anette Droste-Hülshoff, Friedrich Hölderlin, Johann Gottfried Ebel, Gustav Schwab, Franz Michael Felder, Thekla Schneider, Levin Schücking, Max Barthel, Tami Oelfken, J. M. Soedher, Peter Sutermeister, Ludwig Finckh, Friedrich Wolf, Ernst Jünger, Ludwig Armbruster, Martin Andersen Nexö, Claus Sternheim, u. v. m.